一九五三年一月出生于湖南省。一九六八年
队务农,一九七四年调该县文化馆工作,一
文系。先后任《主人翁》杂志副主编（一九
业作家（一九八五年）、《海南纪实》杂志
杂志社长（一九九五年）、海南省作协主席
席（二〇〇〇年）等职。

主要文学作品有：短篇小说《西望茅草地
中篇小说《爸爸爸》《鞋癖》等，散文《
小说《马桥词典》《日夜书》《修改过程
记》，长篇散文《山南水北》《人生忽然
之轻》《惶然录》。

曾获中华优秀出版物奖、鲁迅文学奖、荚
度小说家奖、美国纽曼华语文学奖等重要
士勋章。作品有四十多种译本在境外出片

目录

1	归去来	195	人迹
17	蓝盖子	203	谋杀
28	空城	217	暗香
38	雷祸	231	真要出事
48	爸爸爸	246	北门口预言
97	诱惑	258	领袖之死
107	鼻血	270	鞋癖
120	史遗三录	295	余烬
125	老梦	309	山上的声音
136	女女女	320	红苹果例外
186	故人	355	很久以前

归去来

很多人说过,他们有时第一次到了某个地方,却觉得那地方很眼熟,奇怪之余不知道是何原因。

现在,我也得到这种体会。我走着,看到土路一段段被洪水冲过,冲毁得很厉害,留下路面一道道深沟和一窝窝卵石,像剜去了皮肉,暴露出人体的筋骨和脏器。沟里有几根腐竹,一截烂牛绳,是村寨将要出现的预告。路边小水潭里冒出几团一动不动的黑影,不在意就以为是石头,细看才发现它们是小牛的头,鬼头鬼脑地盯着我。它们都有皱纹,有胡须,有眼光的疲惫,似乎生下来就苍老了,有苍老的遗传。前面的芭蕉林后冒出一座四四方方的炮楼,墙黑得像经过了烟熏火燎。我听说过这地方以前多土匪,还有"十年不剿地无民"一类说法,怪不得村村有炮楼。民居房屋也决不分散,互相紧紧地挤靠和纠缠。石墙都厚实,上面的窗户开得又高又小,大概是防止盗匪翻爬,或者是防止瘴雾过多涌入。

这一切居然越看越眼熟。见鬼,我到底来过这里没有呢?让我来测试一下吧:踏上前面那石板路,绕过芭蕉林,在油榨房边往左一折,也许可以看见炮楼后面一棵老树、银杏或者是樟树,已经被雷电劈死。

片刻之后,预测竟然被证实!连那空空的树心,还有树洞前两个烧草玩耍的小娃崽,似乎都依照我的想象各就各位。

我又怯怯地预测:老树后面可能有栋牛房,檐下有几堆牛粪,有一张锈了的犁或者耙。没想到我一旦走过去,它们果然清清晰晰地向我迎来!甚至那个歪歪的石臼,那臼底的泥沙和落叶,也似曾相识。

当然,我想象中的石臼里没有积水。但再细想一下,刚下过雨,屋檐水就不该流到那里去吗?于是凉气又从我的脚跟上升,直冲我的后脑。

我一定没有来过这里,绝不可能。我没得过脑膜炎,没患过精神病,脑子还管用。那么眼前的一切也许是在电影里看过?听朋友们说过?或是曾在梦中相遇……我慌慌地回忆着。

更奇怪的是,山民们似乎都认识我。刚才我扎起裤脚探着石头过溪水时,一个汉子挑着两根扎成A字形的杉木从山上下来,见我脚下溜溜滑滑,就从路边瓜地里拔出一根树枝,远远地丢给我,莫名其妙地露出一口黄牙,笑了笑。

"来了?"

"嗯,来了……"

"怕有上十年了吧?"

"十年……"

"到屋里去坐吧,三贵在门前犁秧田。"

他的屋在哪里?三贵又是谁?我糊涂了。

随着我扶杖走上一个坡,一些黑黑的檐瓦在前面升起来。几个人影在地坪中翻打豆荚,连枷摇得叭叭响,几下重,又一下轻,几下重,又一下轻,形成了统一的节拍。他们都赤脚,上衣短短地吊着,露出脐眼和软和的肚皮,裤边松松地搭在胯骨上,看上去随时可能垮落下来。这些人脸上都有棕色的汗釉,釉块的边缘残缺不齐,在日光下一晃,颧骨处就有一小块反光。直到发现他们中的一个走向摇篮开始解怀喂奶,直到发现她们都挂了耳环,我这才知道他们应该是她们——女人。有一位对我睁大了眼。

"这不是马……"

"马眼镜。"另一个提醒她。觉得这个名字好笑,她们都笑了。

"我不姓马,姓黄……"

"改姓了?"

"没改。"

"就是,还是爱逗个耍呵?从哪里来的?"

"当然是县城。"

"真是稀客。梁妹呢?"

"哪个梁妹?"

"你娘子不是姓梁?"

"我那位姓杨。"

"未必是吾记糟了?不会不会,那时候她还说是吾本家哩。吾婆家是三江口的,梁家畲,你晓得的。"

我晓得什么?再说,那个马什么又与我有什么关系?姓马的怎么又扯出一个姓梁的?……事情有点复杂。我似乎是想去访友,想做点生意,却鬼使神差地来到这里。我不知自己是怎么来的。

这位大嫂丢下连枷,把我引进她家里。门槛极高,极粗重,不知被多少由少到老的人踩踏过,不知被多少代人闲坐过,已经磨得腰中部分微微凹陷,木纹像一圈圈月光在门槛上扩散开来,凝成了一截月光的化石。小娃崽过门槛要靠攀爬,大人须高高地勾起腿,才能艰难地倾着身子拐进去。门内很黑,一切都看不清楚。只有高高的小窗漏下一束光线,划开了潮湿的黑暗。我的瞳孔好半天才适应过来，可以看见满壁烟灰，还有弯梁和吊篓。我坐在一截木墩上——这里奇怪地没有椅子，只有木墩和板凳。

妇人们都叽叽喳喳地挤在门口。喂奶的那位毫不害羞，把另一只长长的奶子掏出来，换到孩子嘴里，冲我笑了笑，而换出的那一只还滴着乳汁。她们都说了些奇怪的话："小琴……""不是小琴。""是吧？""是小玲。""哦哦。小玲还在教书吧？""何事不也来耍耍？""你们都回了长沙吧？""是长沙城里还是长沙乡里？""有娃崽没有？""一个还是两个？""小罗有娃崽没有？""一个还是两个？""陈志华有娃崽没有？""一个还是两个？""熊头呢？找了娘子没有？""也有娃崽了吧？""一个还是两个？"……

我很快察觉到，她们都把我错当成一位既认识什么小玲也认识什么熊头的"马眼镜"，一位曾经居住在这里的青年。也许那家伙同我长得很像，也躲在眼镜片后面看人。

他是什么人？我需要去设想和伪装他吗？从女人们的笑脸来看，今天的吃和住是不成问题了，谢天谢地。当一个什么姓马的也不坏。回答关于一个还是两个的问题，让女人们惊讶或惋惜一阵，不费多少气力。

梁家畲来的大嫂端来一个茶盘，四大碗油茶。我后来才知道，这是取四季平安的意思。碗边黑黑的，令我不敢把嘴沾上去，不过茶倒香，有油炒芝麻、红豆以及糯米的气味。她满意地看着我喝下第一口，把地下两件娃崽的衣捡起来，丢进木盆，端到里屋去，于是一句话被切分成两半："老久没有听到你的音信，听水根夫子说……"（半响才从里屋出来）"你一回去，就坐了大牢。"

我吃了一惊，差点让油茶烫了手。"什么大牢？"

"就是判徒刑呵。"

"胡说，我从来没犯过事！"

"背时的水根打鬼讲！讲得跟真的一样，害得吾家公公还吓心吓胆,还为你烧了好多香。"她捂嘴笑起来。

妇女们都笑起来。有一位还绽开黄牙补充:"她公公还到杨公岭求了菩萨呢。"

真是晦气,扯上了香火与菩萨。也许那个姓马的真的撞了什么煞,确有牢狱之灾,而我代替他在这里喝油茶。

大嫂又敬上了第二碗。"他老是挂牵你,说你仁义,有天良。你给他的那件袄子,他穿了好几个冬天。他故了,我就把它改了条棉裤,满崽又穿……"

我想谈谈天气。

屋里突然暗了下来,回头一看,是一个黑影几乎遮挡了整个门。看得出这是个男人,赤裸的上身线条很硬,隆起的肌肉有棱有角。他手里提着什么东西,从那剪影来看,是个牛头或是树兜。黑影向我笼罩过来了,没容我看清面孔,他扑通一下丢掉了手里的东西,两只大巴掌捉住了我的手开始猛锉起来。"是马同志呵,哎哟哟,呵呀呀……"

我又不是一条毛虫,他惊恐什么?以至发出这样的尖声?

当他转到火塘边,侧面被镀上了一层光亮,我这才看清是一张笑脸,有黑洞洞的大嘴巴,有满嘴的胡桩。

"马同志,何时来的?"

我想说我根本不姓马,姓黄,叫黄治先,也不是来寻访故地的,只是进山来随便问问山货。

"还识得吾吧?你走的那年,还在螺丝岭修公路,吾叫艾八呵。"

"识"大概是认识的意思。

"艾八?识的识的。你那时候当队长?"

"不是队长,吾当记工员。你嫂子,还识不识呵?"

"识的识的,她最会打油茶。"

"吾同你去赶过肉的,记不记得?那次吾要安山神,你说是迷信,不让我敬香和念诀。结果还不是?野猪毛都没打到一根。你还碰上牧麻草,染了一身毒疮。你碰了只小麂子,也没叉着……"

我听出来了,"赶肉"是打猎的意思。

黑洞洞的大嘴巴笑起来。女人们也笑了笑,然后纷纷起身,摇晃着宽大的屁股,出门继续去打场。自称艾八的男人搬出一个葫芦,向我大碗大碗敬酒。酒很混浊,有甜味,也有辣味和苦味,据说浸过什么草药和虎骨。他不抽我的纸烟,用报纸卷了一支喇叭筒,吸一口,吸出了烟头的明火,但看也不看一眼,待我着急了好一阵,才从从容容一口气把明火荡灭,烟卷还是好好的。

"如今日子好过了,酒肉不稀奇。过年,家家都杀了猪,柴熏肉要吃半年。"他抹着嘴巴,"只有那几年大干快上,累得翻筋斗,谁都没得禄。你晓得的。"

"是没得禄。"

"你视德龙哥了吗?他当了乡长,昨日到捉妹桥栽树去了,兴许回来,兴许不回来,兴许又会回的。"他谈起一些令我糊涂的人和事:某某做了新屋,丈六高;某某也做了新屋,丈八高;某某也要做屋了,丈六高;某某正在打地基,兴许是丈六也兴许是丈八。我紧张地听着,捕捉这些话后面的各种脉络,猜测某些陌生词语的含义。"视"大概就是指看,"得禄"大概是指得利。还有一个个"集",是起立的意思,还是站立的意思?

我有点醺醺然头重脚轻了,对丈六或丈八胡乱地表示着高兴。

"你这个人念旧,还进山来视一视。"他又把烟纸吸出了浅浅的明火,让我暗暗急了几秒钟。"你当民师那阵发的书,吾还存着哩。"他咚咚地上楼,好半天才头顶几丝蜘蛛网下来,拍着几页黄黄的纸。这是一本油印的小书,大概是识字课本,已经撕去封面了,散发出霉气和桐油气。上面好像有什么夜校歌谣、农用杂字、辛亥革命，还有马克思以及地图，印得很粗糙，一个个字也大得出奇，杂有油墨团子。

"你那时也造孽，饿得脸上只剩一双眼睛，还来讲书。"

"没什么，没什么。"

"腊月大雪天，好冷呵。"

"是好冷，鼻子都差点冻落了。"

"有时候晚上还要开田，打起松明子出工。"

"嗯啦，松明子。"

他突然神秘起来，颧骨上那一小块光亮，还有几颗酒刺，一齐朝我逼近。"吾想打听件事，阳矮子是不是你杀的?"

阳矮子？我头盖骨乍地一紧，口腔也僵硬，连连摇头。我压根儿不姓马，也没见过什么阳矮子，怎么刑事案都往身上扯？

"真的不是你？"

"我连鸡都没有杀过。"

"这就怪了。"见我否认，他似乎有点怀疑，又不无遗憾。"都说是你杀的。那家伙是条两头蛇，该杀!"

"还有酒没有？"我岔开话题。

"有的有的，尽你的量。"

"这里有蚊子。"

"蚊子欺生，要不要烧把草？"

草烧起来了。又有一批批的人来看我，拐进门来，照例问起身体可好和府上可安一类。男人们接过我的纸烟，嗖嗖嗖地抽得很响，靠门或靠墙坐下来，眯眯笑，不多言语。他们相互之间偶尔说上一两句，无非是说我胖了，或者说我瘦了；说我老多了，或者说我还很"少颜"，当然是城里油水厚的缘故。待纸烟烧完，他们又笑一笑，说是去倒树或下粪，懒散地出门而去。有几个娃崽跑过来，把我的眼镜片考察了片刻，紧张得兴高采烈，恐惧得

7

有滋有味："里面有鬼崽，有鬼崽！"他们一边宣告一边四下奔逃。还有一位女子，咬着一根草站在门边，反复打量着我却不说话，不知是什么意思，弄得我很不自在。

这类事我已经碰得多了。刚才我去看他们种的鸦片，路上碰到一位中年妇人。她一见我就显得恐惧，脸色像一盏灯突然黯淡，赶紧拔了拔鞋后跟，低头择路而去，也不知道是什么缘故。难道姓马的曾经与她有过什么麻烦？

艾八说我还应该去看看三阿公——其实三阿公已经不在，不久前死于蛇咬，只是在人们的谈论中还留下了一个名字。在砖窑那边，他的孤零零小屋已有一半倾斜，眼看就要倒塌。两棵大桐树下，青草蓬蓬勃勃地生长，已从四面八方包围过来，阴险地漫上了台阶，摇着尖舌般的草叶，眼看就要吞灭小屋，吞灭一个家族的最后几根残骨。挂了锁的木门，已被虫蛀出了密密小洞，在门边留下一堆堆蛀粉。我不知道主人在的时候，房屋是否会破败得这么厉害。难道人是房屋的灵魂，一旦灵魂飞去，躯壳就会腐朽得如此迅速？齐腰深的草丛里倒栽着一盏锈马灯，上面有几点白色的鸟粪。还有一个破了的瓦坛子，你不经意地一碰，坛口就嗡的一下涌出很多蚊子。艾八叹了口气，说这口瓦坛腌泡的酸菜最好，当年我就经常来这里吃酸黄瓜和酸豆角。（是吗？）艾八扯掉门前几把草，又打望檐下的蛛网与鸟窝，说墙头灰壳剥落之处，那几个还未完全褪色的油漆字，"放眼世界"云云，还是我当年写的。（是吗？）

我朝窗里瞥了一眼，看见屋里有半筐石灰，几捆干柴，还有一个铁圆盘，细看一阵，才发现是铁杠铃，已经锈得不成样子——我感到惊异，这种罕见的体育用品，怎么会出现在山里？是怎么运来的？大概不用问，也是我从城里运来，直到临走时才送给三阿公的。是吗？我希望三阿公用它去打几把锄头或耙头，而他终究还是没有打。是吗？

有人在坡上唤牛："呜吗——呜吗——"于是满山都是回声，林子里有隐隐的牛铃声响。我发现这里唤牛的方式比较特别，像一声声喊妈，喊得有些凄凉。

一位老阿婆背着小小柴捆，从山上走下来，腰弯得几乎成了直角，每走一步下巴就朝前一锄，像一步步锄着归途。她抬头仰望了我一眼，黑瞳孔顶着上眼皮，但目光似乎穿透了我的脑袋，投向我身后的桐树，还有桐树上的鸟巢。她没有任何表情，只有满脸皱纹深刻得使我一震。"树也死了。"她看看高高的桐树，又看看三阿公的老屋，没头没脑地嘟哝："人也死了呵。"然后慢慢地锄着步子离开，额上几根枯枯的银丝，被一阵阵寒风压下去，压下去，再压下去。

我现在相信，我确实没有来过这里。我更无法理解老阿婆的这句话——一片无法看透的深潭。

晚饭做得很隆重。牛肉和猪肉都大模大样，神气十足，手掌大一块，熬得不怎么熟，有一股生油味，一层层堆出了碗口，靠草箍码成了砖窑模样——几千年来山民们就有这种待客的豪爽和奢侈吧。同很多地方的规矩一样，男客才能上桌。不过有种做法比较新鲜：如果有哪位没来，主人就在空着的座位前摆放一张草纸，大家吃一块，往纸上夹一块，算是那位也吃了。席间我继续充当马眼镜，应邀唱了几首歌，谈了些城里的故事，生意之事当然也在偷偷进行。我谈到了香米，他们根本不肯出价钱，简直是要白送。至于鸦片，今年鸦片好是好，但国家药材站统一收购，我果然没法插手。

"阳矮子该杀。"

艾八唏唏地喝下一口热汤，把汤勺放回桌面黏糊糊的老地方，又在碗边猛敲筷子，"翘屁股，圆手板，什么功夫都做不像，还起了两栋屋，不就是靠脔心阴毒？"

"就是，哪个没挨过他一绳子？吾腕子上现在还两道疤。操他老娘顿顿的！"

"他到底是何事死的？真的碰了血污鬼，跌到崖下去了？"

"人再狠，拗不过八字。命里只有一升，偏要吃一斗。夏家湾的洪生也是这个样。"

"连老鼠肉都敢吃，几多毒辣！"

"是蛮毒辣，没听见过的。"

"熊头也造孽，挨了他两巴掌。明明是几管颜料，吾视过的，染不得布，油不得桶，只在纸上画得菩萨。他硬说是国民党的炮子。"

"炮子"就是子弹的意思。

"也怪熊头的成分大了一点。"

我鼓足勇气插了一句："阳矮子的事，上面没派人来查过吗？"

艾八把一块肥肉咬得吱吱响："查过的，查卵呵！那天来找我，我背都不给他们看。哎，马同志，你的酒没动呵？来，取菜取菜，取。"

他又压给我一大块肉，令我喉头紧缩，只好再次做出装饭的模样，溜入暗处时把肉拨给胯下一挤而过的狗。

饭后，他们说什么也要我洗澡，我怀疑这是不是当地的风俗，得装得很懂，很配合。没有澡堂，只有大木桶一个，足可以装几锅热水，戳在灶屋当中，如同让我在广场上脱衣起舞。女人们在桶前来来去去，梁家畲来的大嫂还不时用瓜瓢来加水，使我不好意思，往桶内一次次蹲躲。直到她提桶去喂猪，我才偷偷出了口长气。我已经洗得一身发热，汗气腾腾了。大概水是用青蒿熬出来的，全身蚊虫咬出来的红斑，一过水就不再痒。头上那盏野猪油的灯壳子，在蒸气中发出一团团淡蓝色光雾，给我的全身也抹上一层幽冷。

洗着洗着，我望着这个淡蓝色的我，突然有一种异样的感觉，好像这具身体很陌生，与我没有关系。他是谁？或者说我是谁？这具赤裸裸的肉身有手脚，可以干点什么；有肠胃，要吃点什么；生殖器呢，当然可以繁殖后代。由于很久以前一个精子和一个卵子的巧合，才有了一位祖先。这位祖先与另一位祖先的再巧合，才有了另一个受精卵子，有了世世代代以后一具淡蓝色的身体。作为无数偶然巧合之后的一个受精卵子，他或者我为什么要来到这个世界？……我蠢头蠢脑地也许想得太多了。

我擦拭着小腿上一道伤疤。这是不久前在足球场上被钉鞋刺伤的，但似乎也不是，而是……一个什么矮子咬的。那是一个雨雾蒙蒙的清早？是在那条窄窄的山道上？他撑着伞过来，被我的目光盯得全身颤抖，脸上红一块白一块，然后跪下，然后叩头，说他再也不敢，再也不敢了。他说二嫂的死与他毫无关系，三阿公的牛也不是他牵走的，熊头被抓入狱更不是出于他的举报。最后，他在一根绳子下反抗，眼球凸突得像要掉出来，一嘴咬住了我的小腿，双手揪住绳套，接着又猛地伸开去，在空中抓拉一阵，十个指头最后抠进泥沙。

我不敢想下去，甚至不敢看自己的双手——是否有血腥味和牛绳勒伤的痕迹？是否将成为刑警辨认和展示的物证？

我现在努力断定，我从来没有来过这里，更不认识什么阳矮子。眼前这一团团淡蓝色的光雾，我甚至从未梦见过。

堂屋里还很热闹。有一位老人进来，踩灭了松明子，说他以前托我买过染布的颜料，欠了我两块多钱，现在是来还钱的，还请我明天去他家吃饭。这就同艾八争起来了。艾八说他明天接裁缝，已经砍了肉，已经买了豆腐，明天我毫无疑义该去他家……趁他们还在争执，我悄悄溜出门，浅一脚深一脚上了石板路，想去看看我以前住过的老屋——听艾八说，马眼镜以前就住油榨房后的那间瓦房。

又经过了桐树下，又看见了杂草将要吞灭的破屋。萤虫是破屋的眼风，鸦噪是它的咳嗽，沙沙树叶声是它的低语。我甚至还感到了一股似有似无的酒气。

孩子，回来了吗？自己抽椅子坐下吧。吾对你说过的，你要远远地走，远远地走，再也不要回来。

可是，我想着你的酸黄瓜和酸豆角。我自己也学着做过，做不出那个味。

那些糟东西有什么好吃呢？那时候是你们饿，造孽，一犁拉到头，连田塍上的生蚕豆也剥着吃，才会觉得什么都好吃。

你总是惦记着我们，我知道的。

谁没个出门的时候呢？那是该的。

那次担树丫，我们只担了九担，你记数，总说我们担了十担。

吾不记得了。

你还总是催着我们剃头，说头发和胡须都是吃血的东西，留长了会伤精气。

吾不记得了。

我该早一点来看你的。我没想到，变化会这么大，你走得这么快。

该走了。再活不快成精了吗？

阿公，你抽烟吗？

小马，喝茶自己去烧吧。

……

我离开了那股酒气，举着将要熄灭的松明子，想着明天早上要干的农活，不时听到脚边的青蛙跳到水田里，摇摇晃晃地回家。但我现在手中没有松明子，我的家也变成了牛房，显得如此生疏和冷冽。我看不清屋里的情景，只听到牛反刍的声音，还有牛粪热烘烘的酸臭涌出门来。几头牛以为是主人来了，有什么好事，头挤头地往外探，撞得木头门栏咔嗒作响。我每走一步，脚步声就从牛房土墙上折回来，一声套着一声，似乎还有一个人在墙那边走，或是在墙里面走——这个人知道我的秘密。

巨大的月亮冒出来，寨子里的狗好像很吃惊，猖猖地叫唤。我踏着树影筛下的月光，踏着水藻浮萍似的圈圈点点，向村口的溪边走去。此情此景，使我猜测溪边应该坐着一个人，比方说一位姑娘，嘴里含一片木叶什么的。

溪边老树下果然有人影。

"是小马哥？"

"是我。"我居然应答得并不慌张。

"你们喝酒也喝得太多了。"

"你……是谁？"

"我是四妹子，听不出来？"

"四妹子，你长得好高了。要是在外面什么地方碰到，我根本认不出你。"

"你跑的世界大，就觉得什么都变了。"

"家里人都好吗？"

"你还好意思问。"

"怎么啦？"

她突然沉默了，望着溪那边的水榨房，声音有些异样："你为什么还要回来呢？为什么不忘记这个地方呢？吾姐好恨你……"

我紧张地回望村里的灯光，有点想逃之夭夭。"对不起，我有很多事情不知道，也一直说不清楚……"

"你傻呵？你疯呵？那天你为哪样要往她背篓里放苞谷呢？女儿家的背篓，能随便放东西吗？她给了你一根头发，你也不晓得?"

"我……我不懂,不懂这里的规矩。我只是……想要她帮忙,让她背些苞谷。"

大概回答得不错,还可以混过去。

"你教她扎针。"

"她一直想当个医生。其实我那时也不懂,只是翻翻书,乱扎。"

"你还教她读书。"

"我以为她只是要多认几个字。"

"你们城里人,是没情义的。"

"你不要这样说……"

"就是,就是!"

"我知道……你姐姐是个好姑娘。我知道,她对我也很好。她歌唱得好听,针线活做得巧。有一次带我去捉鳝鱼,下手就是一条,次次都不落空。这些我都是知道的。可是,有好些事我确实不知道,永远也说不清楚。我对她没有做过坏事。"

她捂着脸抽泣起来。"那个姓胡的,好狠毒哩。"

我似乎知道这是什么意思,继续试探着回答下去:"我听说了。你放心,我迟早要找他算账。"

"那有什么用?有什么用呵?"她跺着脚,哭得更伤心了,"你要是早说一句话,事情也不会这样。吾姐已变成了一只鸟,天天在这里叫你。你听见没有?"

月光下,我看见她的背脊在起伏,落下来的头发在抖动。我真想伸出一只手去擦泪,更想让所有泪水都流进我的嘴里,咸咸的,苦苦的,被我吞饮。但是我不敢。这是一个奇怪的故事,我不敢舔破它。

树上确实有只鸟在叫唤:"行不得也哥哥,行不得也哥哥——"声音孤零零地射入高空，又忽悠悠飘入群山，坠入树林。我抽了支烟。

行不得也哥哥。

行不得也哥哥。

我走了，行前给四妹子留了张字条，请梁家畲来的大嫂转交。我在信中说她姐姐以前想当医生，终究没当成，但愿妹妹能实现姐姐的愿望。路是人闯出来的，她愿意投考卫生学校吗？我将寄给她很多复习资料，寄给她学费，一定。我还说，我永远不会忘记她姐姐，请她相信我。

我几乎像是潜逃，没给村里任何人告别，也没顾上香米样品——其实我要香米或者鸦片干什么？似乎本不是为这个来的。整个村寨莫名其妙地使我窒息，使我惊乱，使我似梦似醒，我必须逃走，一刻也不能耽误。走到山头上，我回头看了看，又见村口那棵死于雷电的老树，伸展的枯枝，像痉挛的手指，要在空中抓住什么。毫无疑问，手的主人在多年前倒下，变成了山脉，但它还在挣扎，永远地举起一只手。

进了县城的旅社，我做了个梦，梦见我还在皱巴巴的山路上走着，看土路被洪水冲洗毁得很厉害，如同剜去了皮肉，留下筋骨和脏器，来承受一代代山民们的草鞋。不知为什么，这条路总是在延伸，似乎总也走不到头。我看看手腕上的日历表，已经走了一小时，一天，两天，三天……可脚下还是黄土路，长得令人绝望。

我惊醒过来，喝了三次水，撒了两次尿，最后向朋友挂了个长途电话。我本想问问他在牌桌上的战绩，一出口却成了打听卫生学校招生的事。

朋友称我为"黄治先"。

"什么？"

"什么什么？"

"你叫我什么？"

"你不是黄治先吗？"

"你是叫我黄治先吗？"

"我不是叫你黄治先吗？"

我愕然，脑子里空空荡荡。是的，我眼下在县城一家小旅社里。过道里有一盏蚊虫扑绕的昏灯，有一排临时加床和疲倦的旅客们。就在我话筒之下，还有个呼呼打鼾的胖大脑袋。可是——这世界上还有个叫黄治先的人？而这个黄治先就是我？

我累了，妈妈！

一九八五年一月

○ 最初发表于一九八五年《上海文学》杂志，后收入小说集《诱惑》等，被译成英文、法文、意文、荷文、韩文、希伯来文、塞尔维亚文等，获一九八五年上海文学奖。

蓝盖子

我把沉沉的一瓶酒递过去,问他会不会开盖子。当时他正与一块猪脚恋战,牙缝中弹跳一截筋,还没腾出口来说话,酒瓶就不见了。

是我右边的一只手把它抢去的。"我来开。"年轻的乡长瞟了他一眼,又看看我,红扑扑的脸上有憨厚的笑。

这抢酒瓶的动作太快,太猛,已不像是客气,显然存在着什么问题。

对面的两个人也很有问题,看看咬猪脚的人,冲我笑笑。

那人仍然埋头艰辛地吃着,直到打饱嗝,抹嘴巴,剔完一排很像真牙的假牙,弓着腰出去洗手,乡长这才用手触触我的膝盖:"你不能让他开盖子。来,喝汤,汤还是蛮甜的。"

"为什么?"

"最好不要提起盖子。"

"为什么?"

"喝汤喝汤,你抱着一碗饭老吃什么?"

我很纳闷,当然不是因为主人责怪我吃饭,而是关于左边这张空椅子。刚才那个咬猪脚的人就坐在这里，蹬着一双此地少见的高统套靴，一边给我敬酒一边自我介绍，小姓陈，叫梦桃，在国家仓库看管茶叶。他还同我谈了一阵春茶与夏茶的差别以及汉武帝——看他呢帽里正垫了一本薄薄的《西汉小故事》。他和瓶盖有什么特殊的关系？

他洗完手，面色严肃地进来了，嘎喳一声装上假牙，又猛地咧开笑纹，继续同我谈汉武帝。我开始注意他，把椅子往后挪了挪，发现他的脖子有点可怕，过于松弛的颈皮裹着一束管子，随着口腔运动而柔软地此起彼伏，使你的颈脖也感觉难受，想往衣领里收缩。那眼睛一旦盯住你，就透出一种似乎知心的友好，勾勾的、呆呆的、阴阴的瞳孔中有黄色、绿色以及褐色的复杂圈环，深不见底，暗无天日，如洞开一条黑暗隧道，还有隧道尽头浮游着小小亮点——诱惑你走进去。

我也感到有问题了。

乡长送我回镇上旅社时，我问他："那姓陈的老头莫非……"

"听说城里动物园来了个红毛野人，你见过吗？"

"没见过。他怎么到这里来的？"

"我刚来不久，不清楚。你说世界上真有红毛野人没有？兴怕是只猴子吧？"

我只好安心地来谈谈猴子了。

这一天，遇上另一位朋友。他也认识陈梦桃，总算帮我卸下了心头那只酒瓶盖子。是入夜时分，我坐在小镇旅社的木楼上，目光越过栏杆，投向远处那座古庙斑驳生苔的砖墙，还有高墙下一片檐瓦和屋脊，深浅相叠，高低错落，密密排列。炊烟从屋角和瓦缝中丝丝缕缕地渗出，升到空中逐渐淡去，再似有似无地飘落，融融地填满所有街巷。于是小镇就如港湾，众多屋顶恰似停泊于烟波之中的船队，而屋脊高翘的两端，自然是舟船的首尾了。

我似乎感到脚下的楼板也在摇晃,还听到了每座房屋下的哗哗水响。

来者一直业余研究姓氏学,据说到派出所协助人口普查,单凭申报者的姓和名,就能大体判断对方是否弄错了自己的籍贯、族源以及辈分,从而补救了不少疏漏,获得了省里有关部门的重视。多年来,他还偷偷录载野史,积有文稿半挑箱,视之为珍宝,大概准备藏于名山传于后世。哪个村子出了个速算神童,哪个村子挖出个红薯大王,甚至省里某大学闹风潮的传闻,他觉得该记的都不会放过。提起陈梦桃,他抿嘴一笑,身朝后半仰,眼睛又像看你又像看屋顶地转了一下,似有了如指掌的把握。

"你说他?嗯,我当然清楚一点。他是苦役场来的。你知道苦役场吗?那个很有名的苦役场?这些砖瓦很多都是从那里来的。那里有几个窑厂……"

他继续说下去。我需要省去他的一些烦琐考据和解说,并适当加一点我的想象,才能整理出下面的故事。事情是这样——陈梦桃以前身负罪名,曾在苦役场抬石头,每天换下的衣裤沉甸甸,全有白花花的几圈粉盐,一圈比一圈大,是新汗和旧汗凝结而成。他个头高,抬石头最吃亏,受到的压力最大,一旦遇到路面不平,重心从杠棒上偏移过来,泰山压顶之下就可能有人屎尿横飞。没担多久,他的背驼了,嘴合不拢了,腿上的青筋打成结,成天一脸苦相,连换件衣都肩痛背痛千难万难,爷哎娘哎地直喊叫。有一天黑早,他被尿憋醒,发现自己根本不能动,暗中摸到了一双腿,大概是自己的,但发现上面全是泥沙,原来睡觉前自己困得忘了洗脚。他又揪又掐,又拍又打,还是搬不动这两条腿,好容易把两根肉棍挪到了床沿,一泡尿还是热辣辣地流在裤裆里。

他呜呜地哭起来。

他去请求管押人员开恩,念他年纪大,给个轻松点的差事。

那时候苦役场最轻的差事只有一件——埋人。经常有病死的和自杀的人需要处理。还有些完不成劳动定额的，或者违反监规的，被枪杆子押去受训。一旦遇到管押人员不耐烦，来一点动手动脚，一阵颇有教育意义的号叫之后，就可能有百来斤骨肉需要送回黄土。管押人员见陈梦桃确实人瘦体弱，每次受训还把身子折出最大角度，有意优待宽大一下，便把美差交给他。

"喂，你去收拾一下。"他们吩咐。

陈梦桃其实最怕死人，平时一听到号叫就全身发抖，舌头滚了半天还说不出一个字。不过尸体比石头轻多了。而且管押人员觉得这事很晦气，不会尾随监督，不愿去现场，所以埋尸者多了一份自由。你可以放心地睡一个懒觉，放心地穿上鞋袜，放心地品茶抽烟养足精神，远离工地上的紧张劳累，到安静的荒坡上去慢慢挖坑，慢慢下土，慢慢拍土，垫着钯头把坐到一身汗凉也不打紧。陶陶然体会到身后没有愣头愣脑的枪口，肩上也没有咬皮咬肉的杠棒，这样的幸福日子真是能长膘，能发体。

陈梦桃带着快快活活的恐惧，积极地搓草绳和织草袋，做好埋人的各种准备。他虚心好学，努力钻研，进步很快。搓好了草绳，脚踩住一头，手在另一头使劲拉，看它够不够结实，能不能承受一个人的重量。织好了草袋，搓一搓，扯一扯，测出它的质量不错，再举起来与自己比比高度，发现它的确可以装下自己这样的规格和型号，才有成功的一份心满意足。他吆吆喝喝地干，好让管押人员看见，以示自己干这一行是值得信赖的。

但走到冷冰冰的死者面前，他满脸皱纹毫无规则地抽搐，闭上眼，憋住气，直到脸转向安全的方向才敢呼吸。这时候的手也不听使唤，半天还哆嗦，拢不好一个绳结。好在他的同伴是个傻大胆，上去三下五除二，咔嚓咔嚓，就把硬硬的直腿折弯了，把硬硬的弯臂扳直了，草袋一套，草绳一挽，就可以上肩起步。一般来说,人有体温时很软,冷了就僵硬了,因此抬尸者根本不用在尸体下塞板子,就可以让死者硬挺挺地横空而起,摇摇晃晃上山去。

感谢同伴的照顾,陈梦桃每次抬尸都走在前面。这样走的好处,是他可以不看见死者黑洞洞的嘴巴,包括嘴里的某颗铜牙,或者牙缝中一丝酸菜,就权当自己只是抬着石头,抬着粮草,抬着新娘子的花轿。但一想到步步跟在身后的并非花轿,是一具曾经热着而现在冷着的生命,他不免还是有些目光发直,心里发毛。那一天下坡,因为要避开一堆牛粪,他踏空了一步,使肩上的担子剧烈摇晃。死者的一只冷手从胸前滑落,大幅度地向前一荡,正好触到了陈梦桃的膝弯,好像冷不防在那里挠了挠。

"娘哎——"陈梦桃高跳了几步,摔倒在地。碰巧死者向前一滑,冲出了草袋,歪歪地压在他身上。他马上手脚四伸,晕了。

同伴掐他的人中,扇了几个耳光,总算让他醒了过来,吐掉了嘴里的一些泥沙。

后来多埋了几次,他多了些胆量,也多了些经验,功夫越做越巧,根本不必像第一次那样把坟坑挖得过于宽大,坑底也不必修得四方四正整齐精致。上坡下坡时,哪只脚踩哪块石头,哪只脚踏哪个草茆,哪只手抓哪束茅草或哪根树枝,都有了预定的规划。在岭上坐钯头把休息的时候也越来越多了。陈梦桃在业余剧团唱过戏,能哼出很多曲目。他说同伴的面目清秀,可扮演小生。又说自己恋过爱,女方名字中带了个"桃"字,自己改名梦桃正表示对爱情的忠贞。这绝对是事实,也实在令人回味和神往。如此天南地北,一直闲聊到天暗风冷,日头由又小又白变得又红又大,偏到西山去了,他们朝采石工地那边不无同情地打望一眼,伸个懒腰,拍打身上的泥灰,缓缓地整装回家。当然,碰到人群的时候,他们必须走得匆忙一些,显示些辛苦模样,以免苦役犯们过于嫉妒。进了工棚，他们也谨言慎行，不该说的事决不乱说，只是把钯头和杠棒，还有搓绳织袋用的稻草，认真地放在墙角某个固定地方，以防同别人的工具混同，准备下一次再用。

有时他们还可回得早一些，偷偷地在厨房端出一碗豆豉蒸肉，趁大家还没回，关起门来狼吞虎咽，偷偷地幸福。这事请示过管押人员，理由是埋人沾染尸气，伤体质，理应补一补。反正是自己家属寄来的钱。

同住一个工棚的犯人，有时进门后收收鼻孔，能嗅出草棚里反常的蒸肉味，或者咸鱼味，或者豆腐味，当然十分不平。他们见陈梦桃不再屙湿被褥，面色也日渐红润，更是议论纷纷侧目而视。接下来的结果，是有得必有失，陈梦桃的茶杯不知为什么掉了几块搪瓷，一双旧棉鞋也不翼而飞，要是他吃饭晚来一步，地上那只菜钵就空空见底，连一点黛色的汁水也没给他留下。他无意中踩了老戴的脚，这当然是他的不是。他已经赔笑，已经鞠躬，已经道歉，但这一点罪过不至于值得对方来一顿老拳吧？

不过，陈梦桃不会再踩到对方的脚了，因为那一张床不久就空了，空得大家都有点戚戚然，不敢靠近那一床的空洞和寂静。

第二天早上，同伴照例来叫陈梦桃去搓草绳，发现他坐在尿桶上老不起身，一双猫眼黯淡无光，两颗龅牙哆哆嗦嗦敲着嘴唇。

"快点快点！"

"对不起，我……我屙不出来。"

"你看看什么时候了。"

"我屙不……出来，怎……么办？"

同伴盯了他一眼，明白了什么。大概今天要埋的人，不像前几次是些没有交情的陌生面孔，而是陈梦桃对面床上的老戴，让他有点手脚发软。其实，陈梦桃不是刚挨过对方的拳脚吗？埋起来岂不是更合适，更顺心，更理直气壮？就算他不记仇，但他对老戴也不太了解，没讲过多少话，只是那次尿湿床，他向对方讨过一条裤子，还同对方谈过一次城里老牌号的包子。这算什么交情呢？也许，毕竟是两床相对同睡了几百个夜晚，就在前一天夜里，陈梦桃还愤怒地听到对方磨牙齿，不料一觉醒来那床草席上就空了，永远地空了。现在的陈梦桃，得马上去为那磨牙的脑袋搓草绳、换衣服、挖坑、下土……他不会在自己手头边再一次磨牙吧？

同伴说："你不想去？也好，我去找领导，换个人就是。"

陈梦桃咬咬牙关，"我今天去抬石头……抬石头！"

"抬石头？就你这猴样，恐怕明天就要我来抬你呵。"

"老宋他们抬得……我也抬得。"

"今天又加了定额。"

"加多少？"

"每人加一方。"

"娘哎。"

陈梦桃脸色大变，满脸皱纹往下垂落，更觉得屙不出屎了。他痛苦得挺直腰，扯长脖子，又是耸鼻又是闭眼。

"你到底去不去？"

他喘了口气，"今天，非得要埋吗？"

"不埋还供起来？"

"用土……埋吗？"

"还用饭埋？"

"埋在……老地方？"

"你搞什么名堂？不去就算了，莫误了我的工。我还要搓绳子。"

"不瞒你说，我实在……实在脚根子软。你想想看，昨天还听到他磨牙，前天他还冲着我大叫……你看他那双筷子，那双筷子，

23

就插在我床档头的。吓不吓人？我实在不能去埋他。你莫骂我，我不能去哎……"

不过，这天他还是去了，只是回到草棚后没有吃晚饭。

日子又慢慢恢复平静，好像并没有什么了不起的变化。大家照常蹲在地上扒饭，照常在床上硬手硬腿地直哼哼，照常坐在太阳下翻开棉袄抓臭虫。那双闲着的筷子，在陈梦桃的床头晃晃荡荡，不久也被什么人拿走，去削成扁担扎或者挂衣钉。阳光每天从门外伸进来又缩回去，像一条又大又白的舌头，舔走一点屋内的湿气和稻草的气息，舔回到大自然去，融进油菜花香里。

陈梦桃有些异样，显得有些心神不宁，常常毫无理由地朝别人盯一眼。吃饭的时候，洗脚的时候，铺床的时候，他露出两颗大龅牙，突然抬头四顾，从这一张脸看到那一张脸，虽然只是一盯，但你总感觉到他看得很深，像是作意义重大的某种打量，令你从头凉到脚。有几个常常完不成定额的犯人，平时总是被墙角那捆稻草弄得心惊肉跳，现在一遇陈梦桃含义莫名的目光，更是魂不守舍。

"你他娘的看什么看？"好多人这样对他怒吼。

"我……我找我的鞋子。"

他显然感觉到自己的孤立，一心想缓和这种局面，便热心为大家做好事。尤其对那几个完成定额有困难的犯人，总是表现出特别的关切。晚上睡在被子里，翻来滚去，醒了，就偷偷来到你的床前，帮你把鞋子摆得端正一点，或是给你的茶杯里加一点水，或是给你拉拉被子。如果见你睡觉的姿势不好，他还会轻轻搬动一下你的脑袋或者手脚。要是不小心把你弄醒了，他深为不安，点头哈腰，露出大龅牙嘿嘿一笑，算是招呼，算是告退，算是赔不是。他脸上毫无根源的长长笑纹，收放得僵硬而快捷，显得有点夸张不实。尤其是看惯了草绳和土坑的猫眼，似乎更深远了，瞳孔模糊不清,黄色和黑色的复杂圈环里,掩着绿莹莹的什么光点。你会感到他的目光已经穿透了你,已成功估算了你的重量,估算了你的领围,预测了你未来的姿态,暗暗比较了你和某个什么东西的长度。

他的卑怯和殷勤令人恐惧和愤慨。有一次,一条汉子被他的鼻息声惊醒,吓得呼的一下弹起来,在床上向后蹭了好几尺:"姓陈的,我×你妈!你不动张三,不动李四,动我的鞋子做什么?"

"你的鞋子里有一根草。嘿嘿。"

"与你有什么关系?滚!"

陈梦桃弯弯腰,苦笑着捡起一件脏衣,带上肥皂,准备去塘边洗洗。

衣的主人也吓了一跳,声音发颤:"陈……陈梦桃……我什么时候同你过不去?你拿我的衣干什么?"

"我……我去搓一搓。"

"你这是什么意思?什么意思?"

"把它洗干净呵。"

"洗你娘的×!"

陈梦桃很悲哀,觉得一定是自己服务得不好,一定是自己殷勤得不够,只好悻悻地回到床上睡觉,在被子里翻来滚去,不时轻轻地叹息一声。

他越来越莫名其妙地内疚,也遭到越来越多的咒骂和躲避,一个浑身是毒的毒王也莫过如此吧。他面色惨白,眼窝下塌,成天慌手慌脚,嘴巴更加合不拢,头发也白了不少,还是一心一意地服务下去。去食堂送饭钵,常常毫无理由地赶几个碎步,又很快恢复自然,像刚才有个无形的人踩了他的脚后跟。他抢着去倒尿桶,手脚特别笨,动作特别碎,弄得自己鞋子上和裤子上都有臭水,但他绝无半句怨言。这一天,寒风飕飕,大家的鼻尖和指尖已冷得毫无知觉，耳朵大多生了冻疮。管押人员商量了一下，同意大家去买点酒御寒。陈梦桃马上行动，慷慨地掏出几块钱，立即去保管员那里买酒。

酒买回来，需要揭开瓶口的小铁盖。他用嘴咬，没咬动。找来一根筷子撬，还是没撬动。最后他把锄头搁在膝上，用锄头口子去刮。一使劲，嘣的一声，盖子不见了。

他愣了一下。"盖子呢？"

"盖子呢？"他把草席掀了掀，把每只鞋都朝外倒了倒。

"盖子呢？"他扫视四周，找到墙角，把钯头和扁担扒得哗哗响，又朝尿桶后看了看，还是没有找到。

众人已经喝下了几口酒，辣辣的热气从腹内升起来，直涌到红红的脸上。不知什么时候，他们发现他还没回来喝酒，探头一看，没看见他的上半身，只见一个高高翘起的屁股，裤子中缝照例歪斜着，没有对准股沟，拉扯到一边去了，上面还有两块模糊的黄泥印子。奇怪的是，这个屁股持久地高翘，两块黄泥印子径直出了门，到地坪去了，上路了。后来还听说，他要越过岗哨一直找到镇上去，口里总是咕咕嘟嘟地自语：

"盖子呢？真有味，我的盖子呢？"

就这样，疯了。

这个人非常平静非常随和地开始寻找盖子，一个居然永远也找不到的盖子。这事令大家十分疑惑不解。

后来又过了好些日子，死去又生来好些人，砍伐又栽种了好些树木，拆毁又筑建了好些房屋。苦役场撤销时，陈梦桃和很多犯人一样，属冤案错断，恢复了自由和公职身份。他被安排在一个国营公司的仓库看管茶叶，拿一份不算低的工资，经常吃豆豉蒸肉，闲时看看书报和听听广播，评价一些业余剧团的演出。据实而言，他除了寻盖子成癖以外并无其他疯态，是一个奇怪的家伙。有些人好心地安慰他，有些人恶意地捉弄他，都曾带给他各种瓶盖。他用粗糙的手指捏着，正反左右都看看，色彩丰富的猫眼转向来人，神态认真得像研讨学问："像是有点像。不是。"

不知道他到底要寻找哪一个。

不知道他积满了满箱满屉的大小瓶盖以后，还经常四处探望，何时才能找到他丢失的那一个。

——说到这里，业余姓氏学家已经说完，看看手表："唉，我说得太多了。还想听你讲讲呢。这次带了什么新闻来没有？"

我抽了一支烟，突然醒过来一般，觉出我们刚才毕竟是在谈着。事情既是被谈着，也就有点轻飘而悠远了。我们马上可以谈别的，谈姓氏学，谈吃猪脚，等等，谈谈而已。

我脑子突然显得很笨，半天还没想到一个话题，甚至没想出一句话，一个字。

你怎么啦？朋友问我。

没什么，没什么。

我又看见前面那一片渐入夜色的参差屋顶，想象着屋顶下面的千家万户。穿过漫长的岁月，这些屋顶不知从什么地方驶来，停泊在这里，停棹息桨，形成了集镇。也许，哪一天它们又会分头驶去，去发现和奔赴新的世界。静悄悄地来了，又静悄悄地离去。也许明天早上我一觉醒来，它们就已经成了海上的远帆，甚至消失在地平线的那一边？——我仔细地看着它们，向它们偷偷告别。

一九八五年一月

最初发表于一九八五年《上海文学》杂志，后收入小说集《诱惑》，已译成法文、英文、意文等。

空　城

我们进城时,天已断黑。整个街市除了偶然冒出一声婴孩的哭泣,悄无声息,不见人影和灯火。临街的木板房东偏西倒,门窗紧闭,关锁着一家家的黑暗,似乎怯怯地守口如瓶,紧咬着一个我们初来者不便知道的秘密。渐渐地,我们也被自己脚步声弄得毛发倒竖——人呢?人在哪里?这柜台,这伙棚,这墟场,这错落勾结的檐瓦和梁柱,明明还有喧嚣人烟的余温,转瞬间却静如一片寂静山谷。

墟场不动声色向脚步声迎来。那里依稀冒出几团黑影,如蹲伏的十几只巨兽从天而降,使人不得不惊慌和提防。借着手电筒的射光细看,才发现巨兽原是肉案,案板均有门板大小,几口砖那么厚,油污黑亮,粗头粗脑,重若千钧,压得一只只案脚纹丝不动。案面有密集交错的刀痕,除了一圈黑油油的边沿,当中已砍出了浅浅的本色。不知屠宰过多少生灵之后,不知砍削过多少价钱之后,有的案面已经凹陷,成了个锅形。有的干脆已穿了底,一个漏斗模样。但它们也未被收拾处置,仍然露置于街市,大概还可充当赶场者们歇脚时的坐凳,或是品酒时的餐桌。它们大多带着骨屑肉末，缕缕残血，在墟街两旁整齐地蹲伏着，守着这黑沉沉的寂静。有个肉案上还钉着一把钢刀，当然是屠夫忘了带回家的，在暗中泄一道银光，似肉案偷偷瞥来的一眼，不免使你背脊一凉。

突然，不知哪扇木门里迸出咣当一声金属的巨响，使你魂飞魄散，莫名其妙地感到有什么大事就要在这里发生。

第二天，我们早早在旅社起床，得以看清这个小镇的大貌。小镇名叫锁城，其实充其量只是一个大村子，但有一圈矮矮墩墩的沙土城墙合围。城墙上青草丛生已经过膝，布满蛛网和鸟粪，封住了外来者巡游的兴致。墙下的护城河早已干涸，被城民们垦成了大块小块，高低不平，有黄麻冬葵之类作物参差摇曳，地边还有刺树扎成的篱笆，显然是为了防范鸡鸭。东边城楼上冒出炊烟，檐下挂有尿布、蓑衣、草席、钩筒一类，也不知是何人贫寒得借此破楼安身。

楼檐下的小小风铃已绿锈斑驳，竟无人窃去，依然在风中摇出沙哑的嗒嗒声，似胸有成竹地对小城咕哝着某种预言。从东门到西门，有一条用大卵石铺成的"官道"，滑溜溜的并不好走，如一条石头小河潺潺淌来，淌到此处突然凝结。听人说，这种路可走轿，不宜行马，容易造成马蹄打滑，故有官道之称——取的是土匪骑马很难追上官轿之意。其实以前的官轿很少来到这里，小城里也不见官衙的旧址。在老人们的记忆中，此地天高皇帝远，官府一直势薄。县令每每不能入境，只能寄居邻县，每年来催缴钱粮一次而已。

所以这里匪患不绝。

附近的老百姓也就活得很小心，皆依傍山岭筑寨而居，大路两旁和小河两旁的平川之地倒是历来废弃不用。这当然给屯垦提供了条件。明、清两代都在这里设立了屯堡，我们的知青农场续上了屯堡,也占据了锁城以南的大片荒土。

知青们在草地上垦荒种粮,总想去锁城跑跑公差或办办私事,也算是进一趟城,多看些人面。碰上逢三、逢六、逢九的赶闹子,更要在城中多耽留些时辰。本地人避瘴疠,忌早起,闹子或说墟场,要到午时才猛地出现活气。卖草药的,卖瓜果的,卖糕饼的,卖竹器的,卖渔网的,卖铜器银器的,卖猪羊牛马的,来自四乡八里,同类相聚,很有默契地找到各自地盘,坐下来打发一天的光阴。有的汉子提几根丝篾,或摆两皮烟叶,也算来赶个场,似乎全不在乎买卖,主要是来此交际和休息娱乐,从熟人那里借个火来点烟,看一串串手牵手来此闲游的小女子,大红大绿,花容月貌,腼腆地低头来往,实是一大乐趣。到傍晚,这一类汉子已经坐得身影由短到长,可能又提着丝篾或烟叶悠悠然回家去。

知青们走入墟场,最热爱伙棚那边的猪血摊子、酒糟担子,还有老太婆们篮中的粽叶粑粑一类。不过,此地苍蝇极多,有时嗡嗡嗡地聚拢来,一叮就黑了半个桌面或半截柱子,颇能破坏食欲。这些苍蝇多来自临街的粪凼——其实粪凼与地坪很难区分,界限常常模糊。经常有肥猪哼哼地上街散步,在某个墙角蹭蹭痒,在某棵树下拱拱泥,去粪凼里狠狠地探索一番,再披挂一身泥污窜入人流,俨然也有谋取衣食的忙碌。它们把粪水带向四面八方,再加上鸡粪、狗粪、驴粪、牛粪、马粪、羊粪,很少得到清扫,与泥土互相混合,于是黑中带绿的浮泥散发出一种浓浓的酸臭,盖满整个墟场。白天还没什么,一到雨天,肥大的蚂蟥和蚯蚓钻出浮泥,钻出了密密的虫眼,就会有黑绿色的粪水从这些虫眼中纷纷渗出,有分有合,有合有分,不知最终流向何处。

于是我又觉得这雨天的锁城正在溃烂。

我们与本地人言语不通,交往和买卖都十分困难。有时我蹲在卖主的筐篓前打上好一阵手势,对方眼中还是一片茫然。有一位同伴逞能,缠住一个汉子哇啦哇啦讲了一通,自以为用上了本地话,其实很像电影中那种日本官佐的汉语:"……你的知道,槟榔的,哪里有卖?"

对方举起一个柚子。

"不是这个,槟榔的,鸡心槟榔的,嗯?"

对方嗯嗯地点头,懂了,指着斜对面一个铺面说了几句什么。我们以笑代谢,兴冲冲而去,竟发现那是一裁缝店。

我们不甘心,又拦住一位女子询问,不料对方一开口就脸红,于是引来一圈围观者。有的像询问我们,有的像指导我们,有的像责骂我们,但我们徒见一排排黄牙露出来,徒见一张张嘴又开又合,叽里呱啦中竟无一句可解。一位后生扫兴地转身挤出去,肩头的扁担横挑过来,在我脑袋上狠狠刮了一下。

"要找槟榔吗?"

有声音清晰传来。顺着声音看去,见人群中有一位老太婆,细密的皱纹十分舒展,虽小鼻子小眼,但轮廓匀称而和谐,脸上隆起两个肉球,又添几分孩童的天真。

我们回答,就是,就是。可答后又觉得刚才有什么不对劲的地方。对了,刚才这不是十分纯正的省城官腔吗?在千里外的偏僻之地冒出来,而且由一位身穿大襟衣肩挎竹背篓的苍苍老妇说出,岂不是奇迹?

"太好啦,您也是外地人吗,阿婆?"

她笑了笑,只是要我们跟她走。

"您是什么时候到这里来的?"

她仍然答非所问,只说西门有槟榔卖。

我们前呼后拥,随着她乐颠颠地走了,穿过墟场,穿过街口,又从两排肉案当中走过。这里总是很热闹。红鲜鲜的肝肺,白生生的肚肠,都在肉案上光彩灿烂。屠夫卖得兴起,往肉堆上拍两拍，就有雄壮的叭叭声响，有高声大气的吆喝。嫩肉细腻，老肉松弛，均已被细细分解。几个硕大的猪头伏在案头，闭眼安睡，似乎对世事毫不关心。唯有一只被剜得太厉害，薄薄地只剩一张脸，露出了苦相。

后来我们才知道，老妇现在独身寡居，开了一个小粉店，就在肉市后一个不显眼的街角。粉店小而干净，灶台上不见油污，地板和墙板都被擦洗得木纹毕露，黄澄澄的桌面也徐徐透出木香。进食者在这里可以四体松弛，脚伸出去，不用担心踩着什么秽物，手放下去，不用担心两袖压住油污。老太婆有点闲不住，见一只狗带来些污泥，立刻取来抹布，蹲下去擦拭地板。我们建议她改用洗把，她却说用洗把伸着个腰，使不上劲。

如果你往里屋瞥一眼，还可以看见壁上插着此地极罕见的牙膏和牙刷，看见主人的镜子和睡衣，还有所有家具上的一尘不染。

她叫四姐。也有小娃崽，学着阿婆们的样，叫她四姑娘或四嫂子。她听了，只是眯眯一笑，并不多言语。不论与她熟到什么程度，我们还是不知道她的名字，更不知道她的来历。每次见我们上门，她不用说话，就知道我们要吃什么，要吃多少。一碗碗可口的米饭端上来，她笑眯眯地看我们吃完，笑眯眯地看我们离去。靠她做翻译，我们在附近收粪，购买鸡蛋或土布，也不再有什么困难。自然，我们还从这位翻译的嘴里得知本地很多掌故，包括寺庙的兴衰和戏班的来去。有一次，我问附近还有什么地方好玩，她想了想，拴上门，带我们往城南走。我怕她误会，把我们带进百货商店或中学校园，想解释一下却没顾得上，只是半信半疑跟着她。出了城，我感觉身上一凉，眼前一暗，发觉我们已到了两株古柏之下。古柏果然雄奇，浓密的树冠不似枝叶，倒像墨色岩层悬在天空。树干狰狞而倨傲，拔地冲天，有一种神话感。小沙河淙淙地流来，穿过柳树林，在古柏前分割出两个小沙洲。

因为河水冲走了一些泥沙，古柏的很多树根暴出地面，如老人痉挛的筋骨，又似两只巨大的章鱼。坐在这些纵横交错的老树根上，听水声，观大木，自觉渺小。久坐之后，想必会悟出一些人生道理。

我很惊异，不知四姐为什么把我们引来这里，为什么这样准确地猜透了我的意愿。回头一看，发现她不知什么时候已经离开，去了远远的一边，平静无事的模样，佝偻着背脊采集野菜，只有发髻和背脊偶尔浮出草浪。

她一定是有来历的，但她从来不说。看着她一次次趴在地上擦拭地板，我想一定有很多秘密，已被她擦进黄澄澄的木纹了。

我们碰上政治运动，闹腾了两三年。农民代表奉命进驻农场时，抓了好些人，批斗了好些人。本地人把"捆"称为"绚"，而且"绚"术极高。一片"绚起来"的吆喝中，一根细细麻绳，就可以绚得你天旋地转日月无光。我甚至曾经倒挂在梁上，望着眼前摇摇晃晃的土地，感到血往眼球和鼻窦压了下来。我看见门窗都倒置，看见旁人都变得下身长上身短，平时不常看见的桌椅底部尘垢也都收入眼中。地面在头顶，于是干湿不匀的泥沙成了云天，弯曲的泥缝成了黑色闪电，一些云母片的亮点成了星光。我这才发现，原来大地与天空同样丰富，只是青年人习惯于看天，平时很少看地。

当然得鸣锣游街，当然得被民兵押着去劳动改造。这一天去锁城担粪，我饿得头重脚轻两眼发花，趁看守人员看别人玩蛇的机会，一把丢掉粪桶，钻入墟场的人流，扑向一家家店铺。我身无分文，想赊一点什么充饥。有几个店老板倒认得我，但他们笑一笑，没把馒头或糕饼递过来。

我来到了四姐的粉店。那里正热闹，门前停了好几担竹木，客人们在桌边谈着广西那边杀人的事，叽叽哇哇不好懂。四姐看见我，先是一愣，嘴呆呆地张开，但很快就哆哆嗦嗦端来两碗米粉，似乎一眼看出了我的来意。

我的右腕已经捆出伤痕，怎么也拗不过来，只得用左手扶筷子，因此吃得很慢，汗也冒出来了。我希望有风，正想着背上就凉了，回头一看，是四姐在我身后摇着蒲扇。

咽完最后一口，我回过头，发现身后已没有人，只有一条蜷伏在桌下的狗。

这是一个好机会，趁四姐不在，我可以拔腿就走逃之夭夭。但我走出门走了一段，又觉得惭愧不安。待我返身回到店里，四姐已经回来了，正指点邻家一位女子如何刺绣。她不紧不慢，咕唧几个字，停顿下来，再咕唧几个字。

"四姐……"

她手捏几缕彩线，看了我一眼。

"四姐，对不起……"

她淡淡地说："你丢下什么东西了？"

"对不起，我没有钱……"

"不要紧，不要紧。"

"你相信我，我以后会还你……"

"你刚才已经给钱了吗。"

"什么？不，我没有。"

"你看这娃！你自己记错了。"

她似乎不愿与我纠缠，回头又去与女子谈刺绣。事后我回想起来，她对待一切都是淡淡的。假如我再去她那里，她还会让我吃饱，会给我扇风，也不计较钱粮，只是觉得没有必要过于热情，没有必要多说。

我有点手足无措，悻悻地出了门。

我看见看押人员大步冲我而来，吃了一惊，但定睛细看，才发现对方不是看押人员，只是面目相似的另一位陌生人。我慢慢发现，这个小镇上的很多人都面貌相近，几种常见的脸型屈指可数，隐约显示出本地人的血统脉络。只有四姐的小圆脸别具一格，尤其是那种细腻的肌肤和匀称和谐的轮廓，在这里是一个异数。

什么事也没发生过似的，我们就骨架粗硬，喉结突出，进入了中年。当年的知青大多已经回城，营生和兴趣各各有别。每逢聚在一起，最能维持气氛的话题还是谈球赛，谈小孩，谈往事。于是我们偶尔会说到锁城，说到当年的猪血摊子、酒糟担子以及粽叶粑粑。有人也提到了四姐——我都差点把她忘了。

不知是谁提供了一些传说。有人说她原是省里一位名门中医的遗孀，战乱之年，流落异乡，就定居在锁城了。有人说她是多年前土匪从客船上劫下来的一位丫鬟，后来由政府搭救，就地安置，一直在锁城自食其力。还有一种说法较为详细，也十分怪诞：说她原是省城里的一位青楼名妓，多与大户人家的公子哥们交往。有一回，一个据说得了"花痴"的银匠慕名而来，出钱贿赂鸨婆，求见她一面。她哪里看得上一个银匠？听说此事以后随意开了个玩笑，说那人要见也可以，得弄干净身子再来。不料那银匠把此话当真，立刻求医割势，几乎丧命。她为此深为震动，说世上男子多是淫而无情的禽兽，唯有这银匠情而不淫，真丈夫也。从此她竟弃绝风尘，随银匠去了广西。直到银匠病故，她还是立志守节，为了反抗夫家人逼她再嫁，便隐姓埋名来到锁城谋生。

这种说法未见得真实，和其他几种说法一样，似可信也不足信。套在四姐的头上，都只是有点像而已。

前不久，我又去看望了分别多年的锁城。官道还在，但很多卵石已脱落空缺，使路面一截截中断，石头小河快要干涸了。城墙早已无影无踪，大概是在风雨之下逐渐垮塌，只是建在墙基上的房屋，比其他房屋要明显高出一截，隐约勾勒出当年城墙的轮廊。四姐的小粉店也不见了，被供销商场一大片红砖水泥楼房取代。只是墟场仍像当年那样热闹，甚至更加热闹——许多杂货摊贩冒了出来，给小镇增添了鲜艳色彩。一些后生把钢丝行军床打开，就成了简便的货摊。运动衫、牛仔裤、折叠伞、电子手表以及太阳镜，等等，一直摇晃到顾客的鼻子前。小贩们说着一种不太难懂的本地官话，蓄长发，戴手表，着装时尚，脸色黑里透红，有一种审度和挑剔外地人的自信。有点奇怪的是，这里一串串牵手来往的少女，身段高多了，也漂亮多了，与她们的上一代大不相同。这种人种演化的现象在周围四乡并不多见，不知是什么原因。

我问几位后生小贩，知不知道以前这里有个粉店？知不知道一位叫四姐的阿婆？她现在怎么样？……他们眼中透出茫然，互相打听了一下，摇摇头。

四姐死了吗？算起来她现在年过古稀，是可能死了，可以死了。当然也有其他可能，比方被一个海外归来的亲人接到城里去了什么的，这类事眼下都不足为奇。然而他们根本不知道她。

我心里空落落的，接着又问了一句："你们知道这里来过知识青年吗？"

"知道的。"

"知道知青是些什么人？"

"不，不大知道。"

他们说，知青就是知青么，知青来过这里吧？知青是些城里人吧？是些犯了错误的城里人吧？是些神经有毛病的城里人吧？好像他们在草地上搭了几个棚棚子。至于还干了些什么，以后又到哪里去了，就不大清楚了。从他们尽力回忆的眼神中，以及互相启发互相提醒的神态中，我感到他们似乎在说一个远古暧昧不明的神话。

自然，除了几个"棚棚子"，往事是很容易被忘记的。

我在那些久违的肉案前站定。一切都变了，只有它们还是老样子，污黑油亮，雄威凛凛，横霸一街，不可一世。只有细看，才会发现多了几架砍穿了底的肉案，多了几架案面凹陷得更深的肉案。也许被鲜血浸染过的东西，才有这般结实，才熬得过悠长岁月。我记得以前这里多雨，血水常流下案脚，流入泥泞。有些打鱼人常来肉案前讨些猪血，据说渔网在猪血里多浸泡，渔网就更逗鱼虾，也更经久耐用。

一九八五年十一月

○
最初发表于一九八五年《湖南文学》杂志，后收入小说集《诱惑》。

雷　祸

　　早饭以后就是这阴阴的天，像要落黑，又像要天亮。一只狗莫名地朝天叫了几声。后来有人回忆到这一点，觉得是很有意义的。

　　好容易门外光亮了一些。梓成老倌挺了挺腰，出门去丢尿，扯开了糟糟的抄头裤说："三伢子，快点拱出来，看这雨到底落得下来不？"三伢子研究着地上一只蚂蚁，随口回答："广播里说，今日有雷阵雨的。"听众人浪浪地哄笑起来，又瞥见梓成老倌在干那勾当，才知自己上了他的当，被当作裤裆里那物，红了脸说："这老鬼，不忠不孝，留神点咧，就要打雷了。"梓成老倌笑得双耳一个劲往脑后扯："好眼力，好眼力，你一只眯眯眼，还看得出天要打雷呀？"于是众人又笑得此伏彼仰。

　　正在这时，地面突然颤了一下，众人或猛地矮下去，或猛地跳起来，瞬时万念俱消，心身空了一般。呆了片刻，才察觉刚才轰响了一下。是山崩？是屋倒？是对门岭上采石场放炮？再想想，见满天云雾，才不约而同断定：雷！

　　这雷劈头劈脑灌下来，到底落在何处，难辨前后左右。又不见雨，十分奇怪。

梓成老倌最怕雷，蹲伏在地上好一阵不敢起来，好像被雷声砸矮了半截，怎么也无法恢复原状。三伢子没注意他，目光投向门外的一片田野："嘿，看见了！两团火，就打在那边。"梓成老倌窜进门，钻到桌子下怯怯地问："真看见了？"三伢子说："确定无疑。是两团，肯定是阴电和阳电，顺着八斗丘滚下去的。"梓成老倌见头上的人又指点议论了一阵，皆平安无事，这才定下神来，跟着伸腰探头。他对三伢子蓄的小胡子从来缺乏好感，不以为然地纠正："什么阴电阳电？那是雷公车的天火轮子，去年把舒家楼的瓦都轧烂了一片。"

八斗丘那边有人影晃动，有叫喊声。

梓成老倌说："怕是在捡雷公墨？"他指的是一种落雷处的黑石头，据说小孩戴上这种石头可避惊邪；石头磨成粉给孕妇吃是上好的催生药；要是把石头墨膏杂合细研，用来写诉状，必使正义在公堂得到伸张。

贵胡子说："怕是雷耕吧？"他说的雷耕是指落雷处常见泥土翻动，恰似耕耘的痕迹。"把我那丝瓜丘也耕一道，就好了。"他又补充。

那边的人声越来越尖锐，不同寻常。虽听不太清楚，大家都敏感到：不好，出大事了，肯定是倒了人！

三伢子最先跑出门，立在路口侧耳细听一阵，报出一个惊心动魄的名字。

众人不敢相信，又问了一遍。

是他？真是他？真是那家伙？那家伙颇遭村民们怨恨，昨天还被梓成老倌手持菜刀诅咒一番，今日果真得了现世报应？

好些人心中暗喜，却又觉得欣喜不宜充分暴露，于是面面相觑，从容谨慎地且看人家如何动作。唯独梓成老倌恨之最切，一拍膝，一咬牙，有翻身解放的快感："后生们，看看，看看呵，这就是样呢！亏心事做得吗？世上没有王法，还有天理呢。我说过的，老子那栏里的猪是不大好捉的，彭乡长也说过不能捉的……"

众人没兴致听他说彭乡长，从门口鱼贯而出，朝八斗丘跑去。梓成老倌看着这一群后脑壳，只好遗憾地收住话头，也跟着去凑热闹。他看看一只狗，脑袋一缩，美滋滋地笑笑。那神情，像是有什么人摸了摸他的头，弄得他颇不好意思似的。

有人确实栽倒在田泥中，身边的泥浆都向外浅浅地翻出一圈。大概刚才在担牛栏草，他的一筻粪草翻泼在脑袋边，扁担呢，不知何故飞到数丈以外的水沟里。衣服水淋淋地贴着皮肉。一只眼还未被泥浆糊住，半睁着，直勾勾放出呆光，似乎还盯着田边的一丛野菊花，又似乎在暗暗留意，看谁敢来动弹他。他的嘴里、鼻孔里、头发里全有泥沙，一条蚂蟥顺着他乌色的嘴唇爬到了耳边，兢兢业业地一拱一拱。

三伢子四下张望，颇生奇怪：这里的地势并不算高，火球为何不左不右，偏偏落在这里？莫非真有天意？

呆子化仁刚才在这里铲田埂，是最早发现雷击惨状的，眼下已全身颤抖不知所措，鼻涕双流地号啕着："娘哎，娘哎——"

众人七嘴八舌：

"冷了吗？"

"冷了。"

"还有气吗？"

"没气了。"

"只怕……"

于是都吓得往后一退，又徐徐探头，目光发直，觉得无话可说。

不知是谁说了句："呆着干什么？"这才提醒了后生们要干点事。大家上前试着把死者抬上田埂，一路泥水滴滴地往村子里抬。七扯八拉之下，死者的上衣向上收缩，露出了瘪瘪的肚皮和裤带束出的肉痕,还有脐眼边一处蜈蚣模样的伤疤。他喉结挺突如刀背,脑袋晃来晃去地倒悬着,不时被路边的豆苗刷打。

寨子里已鸡犬不宁。一位小脚老太婆慌乱得丢掉菜篮,腰弯得极低,捂着脸嚎嚎地往屋里跑,跑得竟如少年一样快捷。凭这一反常的快跑,到处都有了阴阴的恐惧。凡女人皆贴着屋墙乱窜,像寻求什么庇护却又总无着落,五官都失去焦点一般垮落和散乱,放出一片呜呜的哀哭。奶崽也哄然四散,待在某个角落不敢动弹。"不得了哇,死了人啦!""造孽哇,刚才还看他活活地在这里吃茶呀!""还有一窝奶崽,何时长成人呵?""不得了哇,吾看见他倒的。""命苦呀,命苦呀!"……

死者家黑洞洞的门里,进出的人影当然更加稠密。有咣当巨响,不知发生了什么。不知是谁在劝慰,哭闹声中断断续续可闻:"……你顾着自己的身子,你对得起老倌,大家都看见了的。你端饭端水,看牛种菜,还喂十一只猪,没有白天黑夜地做,谁不晓得?……"又有几个或脆或哑的声音,照此大概内容重复着。

哀情是有感染力的,连梓成老倌也忘了仇恨,突然激动起来,大喝一声:"蚯蚓!"三伢子问:"蚯蚓做什么?"梓成老倌说:"蚯蚓血敷肚脐,治得雷伤。"三伢子愤愤地反对:"又是迷信!"梓成老倌说:"这贼娘养的,你怕如今还是'四人帮'那阵?如今政策开放,允许迷信。"三伢子虽然自以为懂得不少科学,却一时觉得对方的话无法驳倒。既然电视里也在播《西游记》,既然县里的大戏班也在唱吕洞宾,牛鬼蛇神都出来了,恐怕用蚯蚓来治雷伤,确实是政策允许的。

在化仁去找蚯蚓的时刻,梓成老倌觉得自己还应该更忙碌一些,便指挥人们下门板,要把死者送往卫生院。一个仇人都如此慷慨热心,男人们当然应该忙得更为卖力。一旦大家都忙得更为卖力,梓成老倌也只能更加大义凛然。他飞起一脚,把路边一只空粪桶踢得咕噜噜滚开去:"娘的,莫挡路!"其实那粪桶根本没挡路。但这种愤慨令人感动,令人闲不住,男人们都争着去抬那门板。没争到的,虚伸着一只手过去,也似乎出了点力。如果连这个热闹也凑不上,便吆喝几声,对围观的奶崽们凶恶一番。

卫生院不太远,不一会死者就送到了这里。

守家的医师受了梓成老倌一支烟,受了他一个笑脸,不动声色地来到死者面前,看见三伢子便问:"这两天进城没有?城里猪板油什么价?"同时一只手探了探死者的脉,又翻了翻死者的眼皮。问:"好久了?"

梓成老倌连忙欠身回答:"就是响雷那时分倒的,你听见了吧?"

医师嗯了一声,"还是猪油好吃,茶油我是没吃得惯。"右手撕开死者的衣襟,摸索了一番,又马骑上去,双掌压住死者的胸口,重重往下一压,停了停,再压。

梓成老倌眨眨眼问:"刘医师,这是干什么?"

三伢子不屑地瞥了他一眼,"人工呼吸,这还不懂?"

医师挥挥手,"来个人,对他嘴巴吹气,我叫吹,你就吹。喂,你们寨里要是杀了猪,给我留五六斤肥膘。"

化仁在旁边一直没帮上忙的,连忙说:"我来,我来。"他扑通一声跪在死者面前,嘴巴就过去,吹得呼呼响。气漏掉不少,鼻涕却丝丝落在那冷脸上。

医师皱皱眉头说:"擦掉鼻涕嘛。"

化仁惭愧地用袖口抹抹鼻子,再吹。

一口气吹下去,死者的胸脯鼓起来,被医师重重压几下,又缓缓回落下去。医师压得很费气力,上身挺成了一个弓形,时而两手并压,时而两掌叠压,压得死者肋骨壳子有喳喳喳的声响,喉管里有嘀嘀嘀的声响,好像那里的部件都乱糟糟不成格局了。不一会,医师额上已有汗珠,喘着大气命令:"打扇,打扇!"

"是这样按呵?"梓成老倌大惊,"雷没打死,也要按死吧?死就死,还吃这样大的亏?"

这句话引起了医师的不快,他沉下脸没好气地说:"出去出去,围着做什么?现在就是需要新鲜空气。莫挡风!"

闲人们只好退到卫生院大门外。外面风大,雨落满山叶响,一团团云雾爬上屋阶,亮闪闪的雾珠到处涌动。梓成老倌感到背脊生凉,想到厨房去避避寒,一进门看见高悬的两张猫皮,吓得急急退回屋檐下——这种东西都吃,足见郎中的凶狠。走到另一间房,大概是一间诊室,梓成老倌看见墙上几幅解剖挂图,有红红的肝肠肺肚,顿觉十分恶心。呸,怎么像屠房里一样?也不知是谁家的后生,可怜呵可怜,死了还被这样胡来,竟然还画出来!这样一想,刘医师的人工呼吸就更可疑了。"不能让他这么按!不把我们贫下中农当人吗?"他愤愤地声讨,几乎想发动一场民变。

看到众人脸上还没有足够的愤怒,他暂时有点孤掌难鸣。大家只是唉声叹气,说说死者的可怜。有人说:"原先以为他吃冤枉长了蛮多肥膘,今日一看,几根骨头恐怕比我还不如。"又有人说:"可惜,戏班子里少一个角了。你们说他人心歹,不过台上那一路花旦的步子,还只有他走得出来。翻跟头也好看。"还有人说:"聪还是个聪明人呢。三伢子,他拐骗了你的鱼苗钱,不是有本事,如何拐骗得了?要不你试试看。"梓成老倌也点点头:"还真是。那年在青龙峒,还搭伴他厉害,人家五张嘴巴硬是没吵过他。不然的话,枫木营那曹会计还会搞鬼。寒天冷冻,我们把肩膀担肿,还休想回来过年。"

错错落落的一些人影从卫生院里拥出来,抬着一张门板下坡。门板上有个人,蒙头蒙脑的,不辨面目,只有一缕黑发露在被子外面,似露出一点什么秘密。大概又是谁完事了吧?从此省下一份口粮了吧?梓成老倌看着一位号啕大哭的老妇,还有她手中色

43

彩艳丽的一条纱巾,怆怆然感叹:"还是一位娇莲呢。"

大家争着看黑头发,都无语。

那一群人下坡而去,留下泥水中一些脚印,有大脚印,有小脚印,有胶底印,也有草鞋印和木屐印,如一些深意难解的浮雕,一会儿就被雨点冲洗得模糊不清。

屋里传来化仁的嘿嘿一笑。大家不知何故,探头去看,发现那边居然出现了奇迹——死者的脸色已由青转黄,黄中透红,嘴唇的乌色也淡去许多。医师已用湿毛巾一把把洗去了脑袋上的泥污,于是整个脸已鲜明清晰,生机盎然,眼皮微微抽搐了一下,嘴角也不时轻跳,好像就要情不自禁地微笑起来。梓成老倌上前摸摸他的手,那手竟然是热的,而且柔顺中带刚韧,好像就要抓住你的手来谈谈心。

化仁越吹越来劲,腮帮子鼓成了两个球形,流出了涎水。医师看看手表,又摸脉,又翻眼皮和数呼吸,说:"有点希望了。换个人吹吧,再去打点酒,等下漱口消毒。三伢子你用劲,用劲!"

三伢子正在刘医师的指导下大"按"人工呼吸。众人都议论三伢子一身泡肉,使不上劲,被医师再催,才记起换下化仁的事。梓成老倌对赵家后生说:"你气长,你来。"

赵家后生上去吹了两口,似乎对地上的密密胡桩和一嘴黄牙有点害怕,一个劲用袖口抹嘴,说:"贵叔你来,平时杀猪都请你吹猪尿泡的,你最会吹。"

贵胡子连连摆手:"使不得使不得,我有气管炎,一点点气也没有。我去打酒。"

赵家后生见实在推托不掉,狠狠心说:"你以为我怕?老子一个人走黑路过坟山也不怕的。"说着趴下去又是一口,尖削的屁股撅得老高老高。

又过了片刻,医生打了一针,说呼吸和心跳差不多正常了,眼下得把他送到附近一个机械厂去输氧。医师知道那里有焊机用的氧气瓶，可以凑合着用。

梓成老倌不知是高兴还是失望，不无犹疑地问："活了？"

"当然活了。"

"真的活了？"

"真的活了。"

"就是说，不死了？"

"你们自己看嘛……"医生说。

梓成看一眼，发现那肤色果然与自己的差不了多少，轻轻哦了一声，松了口气。

众人重新抬起那张门板，你扯我拉的，走上曲曲的山路，步子较为别扭。三伢子已被谁踩了好几脚，只喊娘，建议喊一二一的号令，大家合上步子。可他喊得喉干，未见得门板平稳，还是筛子般簸来簸去。路刚被雨淋，极滑，尤其是下坡时，行人如果踩不到草蔸，只能把脚趾勾起来，使劲往泥里钻，方可稳稳地把身子钉住。而且有时候身子要横着一步步往下探，做蟹行状，一不小心撞到树，就算人没倒下去，但哗啦啦一树的积水落下来，扑打得一个个晕头转向，冷水珠子直往衣领里钻。

"要死要死。"梓成老倌抢先卸下门板的那一角，五官收缩成一团，"哎哟哟，这瘟尸，再抬，恐怕要来抬我了。"

贵胡子也感到气力不足："歇一下，歇一下。唉，刘医师也不怎么的，索性把他再按活一点，走得路，也省得我们抬呵。"

赵家后生笑得脸上肉一聚："走得了还要输什么氧？不晓得走回去吃饭？"

梓成老倌现在更感到刘医生的两张猫皮可恶，"输什么氧？有本事就打针下药，到人家厂里去，修蒲滚吗？"

于是众人都笑得咧嘴，像一齐准备刷牙。

45

梓成老倌围着门板转了一圈，细细打量那死而复活的人，咕哝着："贼娘养的，到底是吃多了冤枉的，这身肉还蛮紧扎，蛮咬肩呢。"

贵胡子说："咬肩不碍事，你多抬点，来日他会提红包来还礼的。"

梓成老倌冷笑："还礼？他只会说他命大，雷公都怕了他。"

大家都觉得梓成老倌言之有理。想想看，一个雷公都莫奈何的家伙，以后还不把鼻子翘到天上去？还会把众人放在眼里？贵胡子已经一脸苦相了："世事就是不平呢，想不得，想不得。这杂种那阵子批这个批那个，上台就是三脚，踢得我骨头不作骨头响。没想到如今老子还来侍候他。"

赵家后生说："这瘟神好无廉耻，那一年说是排戏，对我妹子动手动脚，我都晓得的。呸，今天老子还来抬它！"

梓成老倌颈根涨粗了一圈，也记起了自己的伤心事："我那猪呢？不算数了？彭乡长都说了不准捉的，但他公报私仇硬要捉……我𪡃他八辈子祖宗呵！他还要输什么氧，老子都没输过的，他有什么资格输？"

大家都不失时机地附和：就是就是，没资格的，没资格的。

梓成老倌说到气愤处，点烟的手哆嗦着，火星纷纷落在怀里。他把大火星捉回来塞进烟卷，小的就不去理睬了。好在衣上多泥，不会燃起来。

三伢子看看手表，说："十四点十七分了，要走了吧？"奇怪的是，他发现大家没有动静。贵胡子的眼睛都没打开。赵家后生还在戳老鼠洞。梓成老倌更是装聋，慢慢地烧着烟，舒缓地一口吞下去，一口吐出来，竟无半点起身的意思。

呆子化仁从不怎么言语，只好把路边的草看了又看，显示他也有事做。他见大家不想动，最后也坐了下来，但不知什么时候突然惊号一声，依稀是叫出一个"血"字。大家齐刷刷站起来，围上前，顺着他的指头看，只见门板上那人的左耳里果然有红。

血！确实是流血！这耳朵里怎么出血了？

怎么在这个时候开始出血？

大家吓了一跳。梓成老倌本想说："反正他一条吸血虫，流一点血有什么打紧？"但看看旁人紧张的脸色，话一出口却变成了："快走快走，怕是不行了！"

他们手忙脚乱地抬起了门板。

这天夜里，村民们睡得很晚，一直静候着关于生与死的消息——去机械厂的人都还没回来，岭上还没有松明子和手电筒出现。山乡的春夜还是很凉，火塘里噼噼啪啪跳着火苗，有的火星扶摇直上黑苍苍的屋顶。周围的老少都被火光映红了脸面。他们裹着棉袄，抄着袖筒，缩头缩脑的，看上去比白日里老了许多。某位有心人见此情景也许会突然觉得：原来人都是在夜里变老的。

寨子深处有敲竹筒和锣鼓的声音，那是遭雷祸的一家在杀牛敬鬼，祈求亲人平安。声音越来越近，其实是夜越来越静的缘故。一只大鸟嘎嘎长啸，越过屋顶飞入静夜。老人们寻思半晌，拿不准这是凶兆还是吉兆。

那个人也许活着。

那个人也许死了。

再细听一阵，有一缕怪异的声音飘来，初听以为是猫嚎，细听才辨出是婴孩的哭泣——是赵家媳妇落生了吧？

一九八五年十一月

最初发表于一九八五年《湖南文学》杂志，后收入小说集《诱惑》。

爸爸爸

一

他生下来时，闭着眼睛睡了两天两夜，不吃不喝，一个死人相，把亲人们吓坏了，直到第三天才哇地哭出一声来。

能在地上爬来爬去的时候，他就被寨子里的人逗来逗去，学着怎样做人。很快学会了两句话，一是"爸爸"，二是"×妈妈"。后一句粗野，但出自儿童，并无实在意义，完全可以把它当作一个符号，比方当作"×吗吗"也是可以的。

三五年过去了，七八年也过去了，他还是只能说这两句话，而且眼目无神，行动呆滞，畸形的脑袋倒很大，像个倒竖的青皮葫芦，以脑袋自居，装着些古怪的物质。吃饱了的时候，他嘴角沾着一两颗残饭，胸前油水光光一片，摇摇晃晃地四处访问，见人不分男女老幼，亲切地喊一声"爸爸"。要是你大笑，他也很开心。要是你生气，冲他瞪一眼，他也深谙其意，朝你头顶上的某个位置眼皮一轮，翻上一个慢腾腾的白眼，咕噜一声"×吗吗"，掉头颠颠地跑开去。

他翻眼皮是很费力的，似乎要靠胸腹和颈脖的充分准备，运上一口长气，才能翻上一个白眼。掉头也是很费力的，软软的颈脖上，脑袋像个胡椒碾锤摇来晃去，须甩出一个很大的弧度，才能稳稳地旋到位。他跑起路来更费力，深一脚浅一脚找不到重心，靠整个上身尽量前倾，才能划开步子，靠目光扛着眉毛尽量往上顶，才能看清方向。他一步步跨度很大，像赛跑冲线的动作在屏幕上慢速放映。

都需要一个名字，上红帖或墓碑，于是他就成了"丙崽"。

丙崽有很多"爸爸"，却没见过真正的爸爸。据说父亲不满意婆娘的丑陋，不满意她生下了这么个孽障，觉得自己很没面子，很早就贩鸦片出山，再也没有回来。有人说他已经被土匪裁了，有人说他还在岳州开豆腐坊，有人则说他拈花惹草，把几个钱都嫖光了，某某曾亲眼看见他在辰州街上讨饭。他是否存在，说不清楚，成了个不太重要的谜。

丙崽他娘种菜喂鸡，还是个接生婆。常有些妇女上门来，在她耳边叽叽咕咕一阵，然后她带上剪刀什么的，跟着来人交头接耳地出门去。那把剪刀剪鞋样，剪酸菜，剪指甲，也剪出山寨一代人，一个未来。她剪下了不少活脱脱的生命，自己身上落下的这团肉却长不成个人样。她遍访草医，求神拜佛，对着木头人或泥巴人磕头，还是没有使儿子学会第三句话。有人悄悄传说，多年前她在灶房里码柴，曾打死一只蜘蛛。那蜘蛛绿眼赤身，有瓦罐大，织的网如一匹布，拿到火塘里一烧，气味臭满一山三日不绝。那当然是蜘蛛精了。冒犯神明，现世报应，有什么奇怪的呢？

不知她听说过这些没有，反正她发过一次疯病，被人灌了一嘴大粪，病好了，还胖了些，胖得像个禾场滚子，腰间一轮轮肉往下垂。只是像儿子一样，间或也翻一个白眼。

母子住在寨口边一栋木屋里，同别的人家一样，木屋在雨打

49

日晒之下微微发黑，木柱木梁都毫无必要地粗大厚重——这里的树反正不值钱。门前有引水竹管，有猪屎狗粪，有经常晾晒着的红红绿绿的小孩衣裤以及被褥，上面荷叶般的尿痕当然是丙崽的成果。丙崽呢，在门前戳蚯蚓，搓鸡粪，抓泥巴，玩腻了，就挂着鼻涕打望人影。碰到一些后生倒树归来或上山去"赶肉"——就是去打野猪，他被那些红扑扑的脸所感动，会友好地喊一声："爸爸——"

哄然大笑。

被他眼睛盯住了的后生，往往会红着脸气呼呼地上来，骂几句粗话，对他晃一晃拳头。要不，干脆在他的葫芦脑袋上敲一丁公。

有时，后生们也互相逗耍。某个后生笑嘻嘻地拉住他，指着另一位开始教唆："喊爸爸，快喊爸爸。"见他犹疑，或许还会塞一把红薯片子或炒板栗。当他照办之后，照例会有一阵旁人的开心大笑，照例会有丁公或耳光落在他头上。如果他愤怒地回敬一句"×吗吗"，昏天黑地中，头上就火辣辣地更痛了。

两句话似乎是有不同意义的，可对于他来说，效果都一样。

他会哭，哇的一声哭出来。

妈妈赶过来，横眉瞪眼地把他拉走，有时还拍着巴掌，拍着大腿，蓬头散发地破口大骂。如果骂一句，在胯里抹一下，据说就更能增强语言的恶毒。"黑天良的，遭瘟病的，要砍脑壳的！渠是一个宝崽，你们欺侮一个宝崽，几多毒辣呀。老天爷你长眼呀，你视呀，要不是吾，这些家伙何事会从娘肚子里拱出来？他们吃谷米，还没长成个人样，就烂肝烂肺，欺侮吾娘崽呀……"

"视"是看的意思。"渠"是他的意思。"吾"是我的意思。"宝崽"是"呆子"的意思。她是山外嫁进来的，口音古怪，有点好笑和费解。但只要她不咒"背时鸟"——据说这是绝后的意思，后生们一般不会怎么计较，笑一阵，散开去。

骂着，哭着，哭着又骂着，日子还热闹，似乎还值得边抱怨边过下去。后生们在门前来来往往，一个个冒出胡桩和皱纹，背也慢慢弯了，直到又一批挂鼻涕的奶崽长成门长树大的后生。只有丙崽凝固不动，长来长去还是只有背篓高，永远穿着开裆的红花裤。母亲说他只有"十三岁"，说了好几年，但他的脸相明显见老，额上叠着不少抬头纹。

夜晚，母亲常常关起门来，把他稳在火塘边，坐在自己的膝下，膝抵膝地对他喃喃说话。说的词语，说的腔调，说话时悠悠然摇晃着竹椅的模样，都像其他母亲对待自己的孩子："你这个奶崽，往后有什么用呵？你不听话，你教不变，吃饭吃得多，穿衣最费布，又不学好样。养你还不如养条狗，狗还可以守屋。养你还不如养头猪，猪还可以杀肉呢。呵呵呵，你这个奶崽，有什么用啊，眯眯大的用也没有，长了个鸡鸡，往后哪个媳妇愿意上门？……"

丙崽望着这个颇像妈妈的妈妈，望着那死鱼般眼睛里的光辉，觉得这些嗡嗡的声音一点也不新鲜，舔舔嘴唇，兴冲冲地顶撞："×妈妈。"

母亲也习惯了，不计较，还是悠悠然地前后摇着身子，把竹椅摇得吱呀呀地响。

"你收了亲以后，还记得娘吗？"

"×妈妈。"

"你生了娃崽以后，还记得娘吗？"

"×妈妈。"

"你当了官发了财，会把娘当狗屎嫌吧？"

"×妈妈。"

"一张嘴只晓得骂人，好厉害咧。"

丙崽娘笑了，笑得眼小脖子粗。对于她来说，这种关起门来的对话，是一种谁也无权夺去的亲情享受。

二

寨子落在大山里和白云上，人们常常出门就一脚踏进云里。你一走，前面的云就退，后面的云就跟，白茫茫云海总是不远不近地团团围着你，留给你脚下一块永远也走不完的小孤岛，托你浮游。

小岛上并不寂寞。有时可见树上一些铁甲子鸟，黑如焦炭，小如拇指，叫得特别焦脆和洪亮，有金属的共鸣声。它们好像从远古一直活到现在，从没变什么样。有时还可见白云上飘来一片硕大的黑影，像打开的两页书，粗看是鹰，细看是蝶，粗看是黑灰色的，细看才发现黑翅上有绿色、黄色、橘红色等复杂的纹络斑点，隐隐约约，似有非有，如同不能理解的文字。

行人对这些看也不看，毫无兴趣，只是认真地赶路。要是觉得迷路了，赶紧撒尿，赶紧骂娘，据说这是对付"岔路鬼"的办法。

点点滴滴一泡热尿，落入白云中去了。云下面发生了一些什么事情，似与寨里的人没有多大关系。秦时设过郡，汉时也设过郡，到明代"改土归流"……这都是听一些进山来的牛皮商和鸦片贩子说的。说就说了，山里却一切依旧，吃饭还是靠自己种粮。官家人连千家坪都不常涉足，从没到山里来过。

种粮是实在的，蛇虫瘴疟也是实在的。山中多蛇，蛇粗如水桶，蛇细如竹筷，常在路边草丛嗖嗖地一闪，对某个牛皮商的满心喜悦抽上黑黑的一鞭。据说蛇好淫，即便被装入笼子里，见到妖娆妇女，还会在笼中上下顿跌，躁动不已，几近气绝。取蛇胆也不易，据说击蛇头则胆入尾，击蛇尾则胆入头，耽搁久了，蛇胆化水，也就没用了。人们的办法是把草扎成妇人形，涂饰彩粉，引淫蛇抱缠游戏之，再割其胸取胆，那色胆包天的家伙在这一过程中竟陶陶然毫无感觉。还有一种挑生虫，春夏两季多见，人一旦染上虫毒，就会眼珠青黄，十指发黑，嚼生豆不腥，含黄连不苦，吃鱼会腹生活鱼，吃鸡会腹生活鸡。在这种情况下，解毒办法就是赶快杀一头白牛，让患者喝下生牛血，对满盆牛血学三声公鸡叫。

至于满山密密的林木，同大家当然更有关系了。大雪封山时，寄命一塘火。大木无须砍断，从门外直接插入火塘，一截截烧完便算完事。以至这里的火塘都直接对着大门，可减少劈柴的劳累。有一种楠木，长得很直，质地紧密，祛虫防蚁，有微香，长至几丈或十几丈才撑开枝叶。古代常有采官进山，催调徭役倒伐这种树，去给州府做宫室的檩栋，支撑官僚们生前的威风。山民们则喜欢用它打造舟船，远远行至辰州、岳州乃至江浙，由那些"下边人"拆船取材，移作他用，琢磨成花窗或妆匣。下边人把这种树木称为香楠。

人们出山当然有危险。木船或木排循溪水下行，遇到急流险滩，稍不留神就会船毁排散，尸骨不存。这是第一条。碰上祭谷神的，可能取了你的人头。碰上剪径的，可能钩了你的车船，剐了你的钱财。这是第二条。还有些妇人，用公鸡血掺和几种毒虫，干制成粉，藏于指甲缝中，趁你不留意时往你茶杯中轻轻一弹，令你饮茶之后暴死于途。这叫"放蛊"。据说放蛊者由此而益寿延年，至少也要攒下一些留给来世的阴寿。当然是害怕蛊惑，此地的青壮后生一般不会轻易远行，远行也不敢随便饮水，实在干渴难忍，视潭中或井中有活鱼游动，才敢前去捧喝两口。

有一次，两个汉子身上衣单，去一个石洞避风雨，摸索到洞里，发现那里有一大堆骷髅，石壁上还有刀砍出来的一些花纹，如鸟兽，如地图，似蝌蚪文，全不可解。谁知道这是怎么回事？谁知道这是不是一次放蛊的后果？

加上大岭深坑，山路崎岖，大树实在不易外运，于是长了也是白长，派不上多大用场，雄姿英发地长起来，又在阳光雨露下默默老死山中。枝叶腐烂，年年厚积，若有人软软地踏上去，腐积层就冒出几注黑汁和一些水泡，冒出阴湿浓烈的酸臭，浸染着一代代山猪和野豹的号叫。这些叫声总是凄厉而悠长。

村村寨寨所以都变黑了。

这些村寨不知来自何处。有的说来自陕西，有的说来自广西，说不太清楚。他们的语言和山下的千家坪的就很不相同。比如把"说"说成"话"，把"站立"说成"倚"，把"睡觉"说成"卧"，把近指的"他"与远指的"渠"严格区分，颇有点古风。人际称呼也特别古怪，好像是很讲究大团结，故意混淆远近和亲疏，于是父亲被称为"叔叔"，叔叔被称作"爹爹"，姐姐成了"哥哥"，嫂嫂成了"姐姐"，如此等等。"爸爸"一词，还是人们从千家坪带进山来的，暂时算不上流行。所以，按照这里的老规矩，丙崽家那个离家远走杳无音信的人，应该是丙崽的"叔叔"。

这当然与他没太大关系。叫爹爹也好，叫叔叔也罢，丙崽反正从未见过那人。就像山寨里有些孩子一样，丙崽无须认识父亲，甚至不必从父姓。如果不是母亲吐露往事，他们可能永远不知自己的骨血与哪一个汉子有关。

但人们还是有认祖归宗的强烈冲动。对祖先较为详细的解释，是古歌里唱的。山里太阳落得早，夜晚长得无聊，大家就懒懒散散地串门，唱歌，摆古，说农事，说匪患，打瞌睡，毫无目的也行。坐得最多的地方，当然是那些灶台和茶柜都被山猪油抹得清清亮亮的殷实人家。壁上有时点着山猪油灯壳子，发出淡蓝色的光，幽幽可怖。有时人们还往铁丝编成的灯篮里添块松膏，待松膏烧得噼啪一炸，铜色火光煌煌一闪，灯篮就睡意浓浓地抽搐几下。火塘里的青烟冒出来，冬天可用来取暖，夏天可用来驱蚊。栋梁壁顶都被烟火熏得黑如焦炭，浑然黑色中看不清什么线条和界线，只有一股清洌的烟味戳鼻。要是火烧得太旺，气流上冲，梁上一根根灰线子不断摇晃，点点烟屑从天而降，翻舞飞腾，最后飘到人们的头上、肩上或者膝头上，不被人们注意。

德龙最会唱歌，包括唱古歌。他没有胡子，眉毛也淡，平时极风流，妇女们一提起他就含笑切齿咒骂。他天生的娘娘腔，嗓音尖而细，憋住鼻腔一起调，一句句像刀子在你脑门顶里剜着，刮着，挤着，让你一身皮肉发紧。大家紧惯了，还紧出了满心的佩服：德龙的喉咙真是个喉咙呵！

他揣着一条敲掉了毒牙的青蛇，跨进门来，嬉皮笑脸，被大家取笑一番以后，不劳多劝就会盯住木梁，捏捏喉头，认真地开唱：

　　辰州县里好多房？
　　好多柱来好多梁？
　　鸡公岭上好多鸟？
　　好多窝来好多毛？

这类"十八扯"相当于开场白或定场诗，是些不打紧的铺垫。唱得气顺了，身子热了，眼里有邪邪的光亮进出，风流情歌就开始登场：

　　思郎猛哎，
　　行路思来睡也思，
　　行路思郎留半路，

睡也思郎留半床。

德成风流,最愿意唱风流歌,每次都唱得女人们面红耳赤地躲避,唱得主妇用棒槌打他出门。当然,如果寨里有红白喜事,或是逢年过节祈神祭祖,那么照老规矩,大家就得表情肃然地唱"简",即唱历史,唱死去的人。歌手一个个展开接力唱,可以一唱数日不停,从祖父唱到曾祖父,从曾祖父唱到太祖父,一直唱到远古的姜凉。姜凉是我们的祖先,但姜凉没有府方生得早。府方又没有火牛生得早。火牛又没有优耐生得早。优耐是他爹妈生的,谁生下优耐他爹呢?那就是刑天——也许就是晋人陶潜诗中那个"猛志固常在"的刑天吧?刑天刚生下来的时候,天像白泥,地像黑泥,叠在一起,连老鼠也住不下。他举起斧头奋力大砍,天地才得以分开。可是他用劲用得太猛啦,把自己的头也砍掉了,于是以后成了个无头鬼,只能以乳头为眼,以肚脐为嘴,长得很难看的。但幸亏有了这个无头鬼,他挥舞着大斧,向上敲了三年,天才升上去;向下敲了三年,地才降下来。这才有了世界。

刑天的后代怎么来到这里呢?——那是很早以前,很早很早以前,很早很早很早以前,五支奶和六支祖住在东海边上,发现子孙渐渐多了,家族渐渐大了,到处都住满了人,没有晒席大一块空地。怎么办呢?五家嫂共一个春房,六家姑共一担水桶,这怎么活下去呵?于是,在凤凰的提议下,大家带上犁耙,坐上枫木船和楠木船,向西山迁移。他们以凤凰为前导,找到了黄泱泱的金水河,金子再贵也是淘得尽的。他们找到了白花花的银水河,银子再贵也是挖得完的。他们最后才找到了青幽幽的稻米江。稻米江,稻米江,有稻米才能养育子孙。于是大家唱着笑着来了。

奶奶离东方兮队伍长,

> 公公离东方兮队伍长。
> 走走又走走兮高山头,
> 回头看家乡兮白云后。
> 行行又行行兮天坳口,
> 奶奶和公公兮真难受。
> 抬头望西方兮万重山,
> 越走路越远兮哪是头?

据说,曾经有个史官到过千家坪,说他们唱的根本不是事实。那人说,刑天是争夺帝位时被黄帝砍头的。此地彭、李、麻、莫四大姓,原来住在云梦泽一带,也不是什么"东海边"。后因黄帝与炎帝大战,难民才沿着五溪向西南方向逃亡,进了夷蛮山地。奇怪的是,这些难民居然忘记了战争,古歌里没有一点战争逼迫的影子。

鸡头寨的人不相信史官,更相信他们的德龙——尽管对德龙的淡眉毛看不上眼。眉淡如水,完全是孤贫之相。

德龙唱了十几年,带着那条小青蛇出山去了。

他似乎就是丙崽的父亲。

三

丙崽对陌生人最感兴趣。碰上匠人或商贩进寨,他都会迎上去大喊一声"爸爸",吓得对方惊慌不已。

碰到这种情况,丙崽娘半是害羞,半是得意,对儿子又原谅又责怪地呵斥:"你乱喊什么?要死呵?"

呵斥完了,她眉开眼笑。

窑匠来了,丙崽也要跟着上窑去看,但窑匠说老规矩不容。

传说烧窑是三国时的诸葛亮南征时路过这里教给山民们的，所以现在窑匠动土，先要挂一太极图顶礼膜拜。点火也极有讲究，须焚香燃炮在先，南北两处点火在后，窑匠念念有词地轻摇鹅毛扇——诸葛亮不就是用的鹅毛扇吗？

女人和小孩不能上窑，后生去担泥坯也得禁恶言秽语。这些规矩，使大家对窑匠颇感神秘。歇工时，后生就围着他，请他抽烟，恭敬地讨教技艺，顺便也打听点山外的事。这其中，最为客气的可能要数石仁，他一见窑匠就喊"哥"喊"叔"，第二句就热情问候"我嫂""我婶"——指窑匠的女人。有时候对方反应不过来，不知道他是扯上了谁。三言两语说亲热了，石仁还会盛情邀请窑匠到他家去吃肉饭，吃粑粑，去"卧夜"。

石仁对窑匠最讨好，但一再讨好的同时也经常添乱，不是把堆码的窑坯撞垮了，就是把桶模踩烂了，把弓线拉断了，气得窑匠大骂他"圆手板"和"花脚乌龟"，后来干脆不准他上窑来——权当他是另一个丙崽。

这使他多少有些沮丧和落寞。他外号仁宝，是个老后生，虽至今没有婚娶，但自认为是人才，常与外来的客人攀攀关系。无所事事的时候，他溜进林子里，偷看女崽们笑笑闹闹的溪边洗澡，被那些白色影子弄得快快活活的心痛。但他眼睛不好，看不大清楚，作为补偿，就常常去看小女崽撒尿，看母狗母猪母牛的某个部位。有一次，他用木棍对一头母牛进行探究，被丙崽娘看见了。这婆娘爱拨弄是非，回头就找这个嘀咕几句，找那个嘀咕几句，眉头跳跳的，见仁宝来了才镇定自若地走开。后来仁宝上山挖个笋子，刮点松膏，或是到牛栏房去加点草料，也总看见那婆娘探头探脑，装着在寻草药什么的，死鱼般的眼睛充满信心地往这边瞥一瞥，瞥得仁宝心里发毛。

仁宝没理由发作，骂了阵无名娘，还是不解恨，只好在丙崽身上出气，一见到他，注意到周围没什么旁人，就狠狠地在他脸上扇耳光。

小老头被打惯了，经得打，嘴巴歪歪地扯了几下，没有痛苦的表情。

石仁再来几下，直到手指有些痛。

"×吗吗，×吗吗……"小老头这才感到形势不妙，稳稳地逃跑。

仁宝追上去，捏紧他的后颈皮，逼着他给自己磕了几个响头，直到他额上有几颗陷进皮肉的沙粒。

他哇哇哭起来。但哭没有用，等那婆娘来了，他一张哑巴嘴说不清谁是凶手，只能眼睛翻成全白，额上青筋一根根暴出来，愤怒地揪自己的头发，咬自己的手指，朝着天大喊大叫，疯了一样。

丙崽娘在他身上找了找，没发现什么伤痕，"哭，哭死呵？走不稳，要出来野，摔痛了，怪哪个？"

丙崽气绝，把自己的指头咬出血来。

就这样，仁宝报复了一次又一次，婆娘欠下的债，让小崽子加倍偿还，他自己躲在远处暗笑。不过，丙崽后来也多了心眼。有一次再次惨遭欺凌，待母亲赶过来，他居然止住哭泣，手指地上的一个脚印："×吗吗"。那是一个皮鞋底印迹，让丙崽娘一看就真相大白。"好你个仁宝臭肠子哎，你鼻子里长蛆，你耳朵里流脓，你眼睛里生霉长毛呵？你欺侮我不成，就来欺侮一个蠢崽，你枯窝心毒窝心不得好死呀——"她一把鼻涕一把泪，拉着丙崽去寻找凶手，"贼娘养的你出来，你出来！老娘今天把丙崽带来了，你不拿刀子杀了他，老娘就同你没完！你不拿锤子锤瘪他，老娘就一头撞死在你面前……"

这一夜，据说仁宝吓得没敢回家。

不过，后来仁宝同她并没有结仇，一见到她还"婶娘"前"婶娘"后地喊得特别甜。帮她家舂个米，修个桶，找窑匠讨点废砖瓦，都是挽起袖子轰轰烈烈地干。摘了几个南瓜或几个苞谷，也忙着给她家送去。有人说，他是同丙崽娘打过一架，但打着打着就搂到一起去了，搂着搂着就撕裤子了——这件事就发生在他们去千家坪告官的路上，就发生在林子里，不知是真是假。还有人说，当时丙崽"×吗吗×吗吗"地骑到仁宝的头上揪打，反而被他娘一巴掌扇开，被赶到一边去，也不知是真是假。

反正结果有点蹊跷。看见仁宝有时给呆子一把杨梅或者红薯片，妇女们免不了更多指指点点：真的吗？不会吧？诸如此类。

丙崽对红薯片并不领情，一把掷回仁宝。"×吗吗。"

"你疯呵？好吃的。"

"×吗吗！"

"我×你妈妈呢。"

丙崽一口浓痰吐到仁宝的身上。

妇女们大笑：仁宝伢子，这下知道了吧？要×吗吗还不容易呵……她们没说完，差点笑得气岔，羞得仁宝一脸涨红夺路而逃。大概是受到笑声的鼓舞，丙崽左右看看，更加猖狂起来，把自己拉的屎抓了个满手，偏斜着脑袋，轮出一个白眼，继续追击仁宝，一路"×吗吗×吗吗×吗吗"，竟把一条汉子追得满山跑。

仁宝跑下山去了。直到半个多月以后，他才重新出现在人们眼前。他头发剪短了，胡桩刮光了，还带回了一些新鲜玩意儿，一个玻璃瓶子，一盏破马灯，一条能长能短的松紧带子，一张旧报纸或一张不知是何人的小照片。他蹬着一双更不合脚的旧皮鞋壳子，在石板路上嘎嘎咯咯地响，很有新时代气象。"你好！"他逢人便招呼，招呼的方式很怪异，让大家听不大懂。你什么好呢？又没生病，能不好吗？

仁宝的父亲仲满是个裁缝，看见菜园里杂草深得可以藏一头猪，气不打一处来，对儿子脚下的皮鞋最感到戳眼："畜生！死到哪里去了？有本事就莫回来！"

"你以为我想回来？我一进门就脔心冲。"

"你还想跑？看老子不剁了你的脚！"

"剁就要剁死，老子好投胎到千家坪去。"

"到千家坪，吃金子屙银子是吧？"

"千家坪的王先生穿皮鞋，鞋底还钉了铁掌子，走起来当当地响，你视过？"

仲满没见过什么钉铁掌的皮鞋，不便吭声，停了片刻才说："皮鞋子上不得坡，下不得河，不透气，穿起来脚臭，有什么稀奇？"

"铁掌子，我是说铁掌子。"

"只有骡马才钉掌子，你不做人，想做畜生？"

仁宝觉得父亲侮辱了自己的同志，十分恼怒，狠狠地报复了一句："辣椒秧子都干死了，晓得吗？"

叭——裁缝一只鞋摔过来，正打中仁宝的脑袋。他不允许儿子如此不遵孝道。

"哼！"

仁宝怕第二只鞋子，但坚强地不去摸脑袋，冲冲地走进楼上自己的房间，继续戳他的旧马灯罩子。

听说他挨了打，后生们去问他，他总是否认，并且严肃地岔开话题："这鬼地方，太保守了，太落后了，不是人活的地方。"

后生们不明白"保守"是什么意思，更不明白玻璃瓶子和马灯罩子有何用途，于是新名词就更有价值，能说新名词的仁宝也更可敬。人们常见他愤世嫉俗，对什么也看不顺眼，又见他忙忙碌碌，很有把握地在家里研究着什么。有时研究对联，有时研究松紧带子,有时研究烧石灰窑。有一回,还神秘地告诉后生们:他在千家坪学会了挖煤,现在他要在山里挖出金子来。金子!黄泱泱的金子哩!

他真的提着山锄,在山里转了好几天。有几个想沾光的后生,偷偷地跟着看,看了几天,发现他并没有真正动手。

对付同伴们的疑惑,他宽容地笑一笑,然后拍拍对方的肩,贴心地作些勉励:"就要开始了,听说没有?上面来人了,已经到了千家坪,真的。"

或者说:"就要开始啦,真的,明天就会落雪,秧都靠不住。"说完回头望一望什么,似乎总有个无形的人在跟着他。

有时甚至干脆只有一句:"你等着吧,可能就在明天。"

这些话赫赫有威,使同伴们好奇和崇敬,但大家不解其中深意,仍是一头雾水。要开始,当然好,要开始什么呢?要怎么开始呢?是要开始烧石灰窑,还是要开始挖金子,还是像他曾经说过的那样——下山去做上门女婿?不过众人觉得他蹬着皮鞋壳子,总有沉思的表情,想必有深谋远虑。邀伴去犁田、倒树或者砍茅草,干这一类庸俗的事,不敢叫他了。

仁宝从此渐渐有了老相,人瘦毛长一脸黑。他两眼更加眯,没看清人的时候,一脸戳戳的怒气。看清了,就可能迅速地堆出微笑。尤其是对待一些不凡人士:窑匠、木匠、界(锯)匠、商贩、读书人、阴阳先生,等等,他总是顺着对方的言语,及时表示出惊讶、愤慨、惋惜、欢喜,乃至悲天悯人的庄严。随着他一个劲地点头,后颈上一点黑壳也有张有弛。当然,奉承一阵以后,他也会巧妙地暗示自己到过千家坪,见识过那里的官道和酒楼。有时他还从衣袋摸出一块纸片,谦虚谨慎地考一考外来人,看对方能否记得瓦岗寨的一条好汉到六条好汉,能否懂一点对联的平仄。

这一天，寨子里照例祭谷神，男女老少都聚集在祠堂。仁宝大不以为然，不过受父亲鞋底的威胁，还是不得不去应付一下。只是他脸上一直充满冷笑。可笑呵，年年祭谷神，也没祭出个好年成，有什么意思？不就是落后吗？他见过千家坪的人作阳春，那才叫真正的作家，所谓作田的专家。哪像这鬼地方，一年只一道犁，甚至不犁不耙，不开水圳也不铲田埂，更不打粪凼，只是见草就烧一把火，还想田里结谷？再说就算田里结了谷，与他的雄图大志有何关系？他看到大家在香火前翘起屁股下拜，更觉得气愤和鄙夷。为什么不行帽檐礼？什么年月了，怎么就不能文明和进步？他在千家坪见过帽檐礼的，那才叫振奋人心！

他自信地对身边一个后生说："会开始的。"

"开始？"后生不解地点点头。

"你要相信我的话。"

"相信，当然相信。"

他觉得对方并非知音，没什么意思。于是目光往左边的女人们投过去。有个媳妇，晃着耳环，不停地用衣袖擦着汗珠。跪下去时没注意，侧边的裤缝胀开了，露出了里面的白肉。仁宝眯着眼睛，看不太清楚，不过这已经足够，可以让他发挥想象，似乎目光已像一条蛇，从那窄窄的缝里钻了进去，曲曲折折转了好几个弯，上下奔窜，恢恢乎游刃有余。他在脑子里已经开始亲热那位女人的肩膀、膝盖，乃至脚上每个趾头，甚至舌尖有了点酸味和咸味……

直到叭的一声，他感觉脑门顶遭到重重一击才猛醒过来。回头一看，是丙崽娘两只冒火的大圆眼，"你娘的×，借走老娘的板凳，还不还回来？"

"我……什么时候借过板凳？"

"你还装蒜？就不记得了？"丙崽娘又一只鞋子举起来了。

四

女人们白天爱串人家，偷偷地沿着屋檐溜进东家或西家，凑在火塘边叽叽咕咕，茶水喝干了几吊壶，尿桶里涨了好几寸，直说得个个面色发白，汗毛倒竖，才拿起竹篮或捣衣的木槌，罢休而去。

一般来说，她们谈得最多的是婚嫁之事。比如说，哪个男人暗取了哪个女子的一根头发，念上七十二遍"花咒"，就把那女子迷住了。又比如说，哪个女子未婚先孕，用大凉的蓝靛打胎，居然打出了一个满身长毛的猴子。如此等等。有时候，她们也讨论一些不祥之兆：某家的鸡叫起来像鸭；腊月里居然没下一场雪；还有丙崽娘去岭那边接生带回的消息，说鸡尾寨的三阿公坐在屋里被一条大蜈蚣咬死，死了两天还没有人知道，结果有只脚被老鼠吃去一半——这些事端是不是有些不吉？

但后来又有人说，三阿公并没有死，前两天还看见他在坡上扳笋子。这样一说，三阿公又变得恍恍惚惚，有无都成为一个问题了。

像要印证这些兆头，后来一阵倒春寒，下了一阵冰雹，田里大部分禾苗都冻成了黑水，只剩下稀稀拉拉几根，像没有拔尽的鸡毛。几天后暴热，田里又多虫，稻谷都长成了草。粮食立刻就成了焦心的话题。家家都觉得奶崽太多，太能吃，又觉得米桶太浅，一舀就见底。有人开始借谷，一借就有了连锁反应，不管桶里有谷没谷的，都踊跃地借，大张旗鼓地借，以示自己也会盘算别人。丙崽娘也借得要死要活的，其实她这几年大模大样地积德，义务照看祠堂，偷偷省下了不少猫粮。祠堂里不能没有猫，不然老鼠啃了族谱和牌位怎么办？搅了祖宗的安宁怎么办？养猫也不能没有猫粮。丙崽娘每年从公田收成里分得两担谷,每天拿瓦罐盛半罐饭,吆吆喝喝从一些门户前经过,说是去送猫食,其实一进祠堂就自己吃了。只可怜那只饿猫,只吃点糠粉野菜,饿得皮包骨,成天蚊子一样尖叫。

靠这只老猫,娘崽两个居然混过了春荒。大家似乎知道这个中机巧,有人在她背后指指点点。她横眉竖眼,装着没听见就是。

一直借到寨子里人心惶惶,女人们又开始谈起杀人祭谷神。丙崽娘有点兴高采烈,积极投入了这场对谷神的议论。得闲的时候,就带上针线鞋底,拉上丙崽,矮胖的身子左一顿,右一顿,屁股磨进一家家高大的门槛。对一些没听说过谷神的女崽,她谆谆教导:这可是个老规矩呐。不杀人是不能祭谷神的,要杀人就要杀个男的,选头发最密的杀,肉块都分给狗吃。杀到哪一家,就叫哪一家"吃天粮"……说得女子睁大眼睛,脸色发白,相互挤靠得越来越紧。她又笑起来,神秘地压低声音:"你屋里不会吃天粮的,放心。你男人头发胡子都稀吗……不过,也不蛮稀。"或者说:"你屋里不会吃天粮的,放心。你竹哥太瘦了,没有几斤肉,不过……也不蛮瘦。嗯啦。"

她圆睁双眼,把一户户女人都安慰得心惊肉跳之后,才弯着一个指头,把碗里的茶叶扒起来,嚼得吱吱响,严肃认真地告别:"吾去视一下。"

"视一下"有很含混的意思,包括我去打听一下,我去说说情,有我做主,或者是我去看看我的鸡埘什么的,都通。但在女人们的恐慌中,这种含混也很温暖,似乎也值得寄予希望。

实在是割野葱去了。

然后是看鸡埘去了。

鸡埘那边就是仁宝父子的家。丙崽娘看完鸡埘,总是朝那边望一眼。这一眼的意思也很模糊,似乎是招呼,似乎是警惕,似乎是窥探隐私，似乎是不示弱地挑战：看你能把我怎么样？每天都这样偷偷地望几眼，叫仲裁缝心里猫抓似的。

仲裁缝恨女人，尤恨丙崽他娘，那个圆不圆瘪不瘪的家伙。说起来，她还算他的弟媳，又与他为邻，两家地坪相连树荫相接，要是拆了墙壁，大家会发现对方也不过是吃饭、睡觉、训儿子，没什么两样。但越接近就越看得清楚，看出些不一样来。丙崽娘常常挑起一竹篙女人的衣裤，显眼地晒在地坪里，正冲着裁缝的大门，使他一出门就觉得晦气，这不是有辱斯文吗？她还经常在地坪里摊晒一些胞衣，作为大补佳药拿去吃，或卖钱。那些婆娘们腹中落下来的肉囊，有血腥气，在晒席上翻来滚去的，晒出一条条皱纹，恰似一个个鬼魂，令人须发倒竖。

不过，这一切都不如她那眼光可恶。似乎是心不在焉地瞅一眼，有毫无理由的理由，有毫不关心的关心，像投来一条无形的毒蛇。堂堂仲满的儿子就是被这样的毒蛇缠住，乱了辈分，毁了伦常，闹出一些恶浊不堪的闲言，岂不是往他仲满耳朵里灌脓？

"妖怪！"

有一天，仲裁缝在大门口怒骂。

地坪里没有他人，只有丙崽娘。她架起一条腿，撕剥脚皮，哼了一声，吐出一口痰，又狠狠剥下两大块茧皮。

就这样交了恶。

但仲裁缝从来不对丙崽做手脚。有一回，小老头怯怯地来到他家门口，研究了一下他脸上的麻子，吐了两个痰泡，把一团绿色鼻涕抹在布料上。裁缝忍无可忍，但还是没有恶语，只是横了一眼，旋即把布料塞进灶口，烧了。

避女人与小子，乃有君子之风。仲裁缝算不算君子，不好说。但他从不与女人交道，从不同后生笑闹，在寨子里是个颇有"话份"的长者。话份在这里也是一个含糊概念，初到这里来的人许久还弄不明白。似乎有钱,有一门技术,有一把胡须,有一个很出息的儿子或女婿,就有了所谓话份。后生们都以毕生精力来争取话份。

有话份,就意味着有人来听你说话。仲裁缝粗通文墨,自婆娘早死之后,孤独度日,晴耕雨读,翻破了几本六叔留下来的线装书,知道不少似真似假的旧事。晋公子重耳、吕洞宾、马伏波,还有他最为崇拜的贤相诸葛亮,都常在他嘴中出入。尤其是坐在火塘边的时候,他把竹烟管喝得嘀嘀响,慢条斯理说一句,停半天再说一句,三个字一顿,五个字一断,间或夹上一声"哎",久久没有下文,目光茫茫然,不像是在同听者说话,而是在同死去的先人禅对。后生们望着他脸上几颗冷峻的阴麻子,不敢催促他。

"汽车算个卵。"他说,"卧龙先生,造了木牛流马,逢山过山,逢水过水。只怪后人太蠢,就失传了。"

他还说:"先人一个个身高八尺,力敌千钧,日行三百。哪像现在,生出那号小杂种,茄子不是茄子,豆角不是豆角。"

大家知道他是说丙崽。

"先人真有那么高大?"有个后生表示怀疑,"上次我们挖坟砖,挖出来的骨头同我们的差不多,没长到哪里去呵。"

"晓得什么!"仲满哼了一声,"人死了,骨头就缩了。"

"那年千家坪唱戏,诸葛亮还是个矮子。"

"书真戏假,戏台上的事能信吗?"

他越这样崇敬古人,越觉得日子不顺心。摇着蒲扇,还是感到闷,鼻尖上直冒汗——呸,妖怪,先前哪有这么热呢?那时候六月天的夜里也要盖被子呵。他觉得椅子也很不合意,吱吱呀呀叫得很阴险——妖怪,如今的手艺也真是哄鬼呵,哪像先前一张椅子,从出嫁坐到做外婆,还是紧紧实实的。想来想去,觉得没有了卧龙先生,这世道恐怕是要败了,这鸡头寨怕是要绝人了。

67

眼下，听人们都在议论天灾，议论杀人祭谷神，听得让人烦。他坐在家里不知要如何才好。好像出了点问题，仔细思量，才知是自己肚子饿。近来很少有人接他去做衣，即使接他去做上门工，主家的饭食也越来越稀软——此事最不可容忍。人是铁，饭是钢嘛，人吃饭怎么成了猪吃潲？如果米饭不是粒粒如铁砂，他情愿不摸筷子。当然，更让他寒心的是，今天是什么日子？是他五十岁大寿。想想看，寿星佬居然饿着，这日子还能过？

"仁拐子！"他叫喊。

没有人回答。

"仁拐子，要舂米啦！"

他又喊了一声，上楼去找找，还是没有找到米，只有半箩瘪壳谷，充其量只能拿来喂喂鸡。还有去年攒下来一担苞谷和几十个南瓜，竟然也不翼而飞。他往儿子的房间看看，发现那铺盖上全是灰土，还有老鼠屎，看来很久没有人睡过，使他不免吃了一惊。

他明白了什么，一句话也没说，只是啪啪两下，狠抽自己的耳光。"家门不幸，家门不幸呵。老子前世作了什么孽？……"

他看见墙边几个大瓦坛子，很久没有装酸菜了，倒立在那里，像几个囚犯受着大刑，永远倒栽在那里。他还看见一具棺木，不知是仁宝为谁准备的，横霸中央，不可一世。有一只老鼠钻出棺材，在墙根一晃即逝，更让他明白了什么。妖怪！对了，就是这个妖怪——他梦见过的，这家伙眼红足赤，抹了胭脂一般，拱手而立，眼睛滴溜溜地转，还同情地冲他一笑。这不就是古书上说的红眼媚鼠吗？不就是德龙家那妖婆附体的精怪吗？仁拐子一定是被它媚住的，是被它勾了魂魄的。

仲裁缝气喘吁吁，下楼找到铁尺，回头找媚鼠算账。一铁尺打过去，咣地破了个坛子，老鼠尾巴又缩进壁缝去了。他跑到另一房间，撬破一个木柜，捅烂两只箩篓，还是没有成功捕杀。他咚咚咚地窜到楼下，对可疑之处一律给予惊天动地的检查。一瞬间，碗钵烂了，吊壶也倒了，桌椅板凳都苦苦地跪倒或趴下，尘灰到处飞扬。当他引火大烧鼠洞的时候，一不小心，黑油油的帐子又接上火，燎起热爆爆的一片金黄色光亮。

幸亏老黑狗前来相助，媚鼠总算被他找到，被他戳死，六只肉溜溜的乳鼠也被他斩首，拿到火塘中烧出了一股奇臭。他听见地坪中有脚步声，回过头，没看见儿子，只有丙崽娘蓬头散发，半掩胸襟，朝这边瞄了一眼。

大概是闻到了奇臭，不知这里发生了什么事。

他更加冒火，一咬牙，把老鼠的尸灰泡在水里，喝了下去。

他脸发黑，感到丹田之气已尽，默坐一阵之后出门而去。此时公鸡正在叫午，寨子里静得像没有人，只有两只蝴蝶在无声飞绕。对面是鸡公岭一片狰狞石壁，斑斓石纹有的像刀枪，有的像旗鼓，有的像兜鍪铠甲，有的像战马长车。还有些石脉不知含了什么东西，呈深深赭色，如淋漓鲜血劈头盖脑地从山顶泻下来，一片惨烈的兵燹气象。仲裁缝突然觉得，他听到了来自那里的轰隆隆声浪，听到了先人们正在对自己召唤。

路过瓜棚时，见绿叶丛中冒出一张老人的脸。

"仲爷，吃了？"

"吃了。"他淡淡一笑。

"要祭谷神了？"

"要祭的吧？"

"轮到谁的脑袋？"

"听说……摇签。"

"摇签？"

"摇到我就好了。"

69

"活着是没什么意思。"

"我都活过了五十,该回去了。"

"谁说不是呢?"

"省得饿肚皮,省得挑担子。"

"还省得蚊子蚂蟥咬。"

"省得日晒雨淋。"

"省得受儿孙的气。"

双方不再说话。

山上的树漫天生长。从茶子坡过去,大木就多了。有些树上扎了篾条,那都是寿木。寨里的人很小就要上山给自己看寿木,看中了,留个记号,以后每年检查一两次,直到自己最终躺进寿木做成的棺材。但仲裁缝很少进山,也一直没选过寿木,而且憎恶这一棵棵居心不良的鸟树。君子坐有坐相,站有站相,死也要有个死威,死得顶天立地,还用得着准备什么?他提着弯刀进山来,就是要选一处好风景,砍出一个尖尖的树桩,然后桩尖对准粪门,一声嘿,坐桩而死,死出个慷慨激昂。他见过这种死法。前些年马子洞的龙拐子就是一个。他咳痰,咳得不耐烦了,就昂首挺胸地坐死在桩上。后来人们发现血流满地,桩前的草皮都被他抓破,抓出了两个坑,翻出了一堆堆浮土,可见他死得惨烈、死得好,不仅上了族谱的忠烈篇,还在四乡八里传为美谈。

他选定了一棵松树,用裁缝的手,不熟练地砍削起来。

五

为什么祭谷神不用猪羊而要用人肉,为什么杀人得杀个男人,最好是须发茂密的男人……这些道理从来无人深究。

有些寨子祭谷神,喜欢杀其他寨子的人,或者去路上劫杀过往的陌生商客,但鸡头寨似乎民风朴实,从不对神明弄虚作假,要杀就杀本寨人。抽签是确定对象的公道办法,从此以后每年对死者亲属补三担公田稻谷,算是补偿和抚恤。这一次,一签摇出来,摇到了丙崽的名下,让很多男人松了口气,一致认为丙崽真是幸运:这就对了,一个活活受罪的废物,天天受嘲笑和挨耳光,死了不就是脱离苦海?今后不再折磨他娘,还能每年给他娘赚回几担口粮,岂不是无本万利的好事?

听到这消息,丙崽娘两眼翻白,当场晕了过去。几个汉子不由分说,照例放一挂鞭炮以示祝贺,把昏昏入睡的丙崽塞入一只麻袋,抬着往祠堂而去。不料只走到半道,天上劈下一个炸雷,打得几个汉子脚底发麻,晕头转向,齐刷刷倒在泥水里。他们好半天才醒过来,吓得赶快对天叩拜,及时反省自己的罪过:莫非谷神大仙嫌丙崽肉少,对这个祭品很不满意,怒冲冲给出一个警告?

这样,丙崽娘哭着闹着赶上来,把麻袋打开,把咕咕噜噜的丙崽抱回家去,汉子们也就没怎么拦阻。

重新商议,重新摇签,杀了另一个短命鬼,是后来的事。不过像很多寨子一样,鸡头寨这次祭过谷神以后还是灾厄未除,地上依然大旱,下种的秋玉米没怎么出苗,稻田里的虫子也没退去。人们更恐慌了,不仅把周边山上的野菜挖了个遍,不仅把镯子耳环都拿去换粮食,而且鬼鬼祟祟张皇失措摩拳擦掌准备炸掉鸡头峰——这是一位巫师的主意。据这位巫师一边揪鼻涕一边说,流年不利,年成不好,主要是叫鸡精在作怪。你们没看见吗?鸡头峰正冲着寨子里的田土,把五谷收成都啄进肚子里去啦。

巫师抓狂时发出的大声鸡叫,给人们印象很深。

风声传出去,七里路以外的鸡尾寨立刻炸了锅。道理是这样:若斩了鸡头,鸡尾还如何出粪?没有鸡尾出粪,鸡尾寨还拿什么丰收五谷？要知道，鸡尾寨是个大寨，有几百号人口，在寨前的石头大牌坊下进进出出，全靠叫鸡精一个粪门的照顾，近年来比较富足。那寨子出了一些读书人，据说有的在新疆带兵，回乡省亲都是坐八人大轿。每逢过年，那寨子里家家宰牛，牛叫声此起彼落，牛皮商也最喜欢往那里钻。

不仅鸡头吃谷鸡尾出粪的说法，一直在暗暗流传使两寨生隙，而且鸡尾寨去年一连几胎都生女崽，还生了什么葡萄胎，也是两寨不和的原因。有人说，鸡尾寨路口的一口水井和一棵樟树，就是保佑全寨的阳根和阴穴，是寨子里发人的保障。一年前有鸡头寨的某后生路过那里，上树摸鸟蛋，弄断一根枝丫，不就伤了鸡尾寨的命根？那后生还往井里丢了一只烂草鞋，不就是闹出什么葡萄胎的根由？……眼下，旧恨未消新仇又起，贼坯子们还要炸掉鸡头峰，也太歹毒了吧？

双方初次交手，是在两寨交界处吵了一架，还动起了手脚。鸡尾寨有人受伤，脑袋上留下一条深沟，嘴里大冒白色泡沫。鸡头寨也有人挂彩，肠子溜到肚皮外，带血带水地拖了两丈多远，被旁人捡起来，理成一小堆重新塞回肚囊。

不得了啦，不得了啦。寨子里锣声大震，人人头上都缠着白布条，家家大门上都倒挂着一条长裤，祖宗牌位前还有人们咬破手指洒下的血迹。这都是决一死战的表示。看着大人们忙着扛树木去寨前堵路设障，或是在阶前霍霍地磨刀，丙崽倒是显得很兴奋，大概把热闹当成了过年的景象。他到处喊"爸爸"，摇摇摆摆地敲着一面小铜锣，口袋里装有红薯丝，掏出来一两根，就撒落了三四根，引来两条狗跟着他转。他对仲裁缝家的老黑狗会意地一笑，又朝两棵芭蕉树哇地叫嚣了一声，看见前面有一条牛，又低压着脑袋，朝那边一顿一顿地慢跑。

几个娃崽也在路口疯玩，看见了他。

"视，宝崽来了。"

"他没有叔叔，是个野崽。"

"吾晓得，渠是蜘蛛变的。"

"根本不是，渠的妈妈是蜘蛛变的。"

"要渠磕头，好不好！"

"不，要渠吃牛屎，吃最臭最臭的！啊呀，臭死人！"

……

丙崽朝他们敲了一下锣，舔舔鼻涕，兴奋地招呼："爸爸爸——"

"哪个是你爸爸？呸，矮下来！"

娃崽们围上去，捏他的耳朵，把他揪到一堆牛屎前，逼他跪下去，鼻尖就要顶着牛粪堆了。"张嘴，你张嘴！"他们大喊。

幸好来了一群大人，才使娃崽们停止胡闹，遗憾地一哄而散。但丙崽还在那里久久地跪着，发现周围已无人影，才爬起来朝四下看看，咕咕哝哝，阴险地把一个小娃崽的斗笠狠狠踩上几脚，再若无其事地跟上人群，去看热闹。

大人们牵来了一头牛，牛身上的泥片已被洗刷干净了，须毛清晰，屁股头的胯骨显得十分突出。湿滑的牛嘴一挪一磨，散发出来自胃里的一种草料臭。

一个汉子提着大刀走过来，把刀插在地上，脱光上衣，大碗喝酒。那刀也令丙崽感到新奇。刀被磨得锃亮，刀口一道银光，柔顺而清凉，十分诱人。有花纹的刀柄被桐油擦得黄澄澄的，看来很合手，好像就要跳到你手上来，不用你费什么气力，就会嚓嚓嚓地朝什么东西砍去。"吉辰已到，太上显灵——"随着有人一声大呼，锣鼓齐鸣，鞭炮炸响，那汉子已经喝完酒，叭的一声，砸了酒碗，拔起刀来，一跺脚，一声嘿，手起刀落，牛头就在地动山摇之间离开了牛身，像一块泥土慢慢垮下来。牛角戳地之时，牛眼还圆圆地睁着,牛颈则像一个西瓜的剖面,皮层裹着鲜鲜的红肉——没有头的牛身还稳稳站了片刻。

娃崽们吓了一跳。他们不知道,为什么当牛身最终向前扑倒的时候,大人们都会一齐欢呼起来:

"赢了!"

"我们赢了!"

"我们赢定了!"

"拍死姓罗的那些臭杂种——"

……

其实这是一种战前预测方式。据说当年马伏波将军南征,每次战斗之前都要砍牛头问凶吉,如牛向前倒,就是预示胜利,若牛向后倒,就得赶快撤兵。

人们的欢呼太响亮了,吓得丙崽上嘴唇跳了一下,咕咕哝哝。他看见有一缕红红的东西,从大人们的腿下流出来,一条赤蛇般地弯弯曲曲急窜。他蹲下去捏了捏,感到有些滑手,往衣上一抹,倒是很好看。不一会,他满身满脸就全是牛血。大概弄到嘴里的牛血有些腥,小老头翻了个白眼。

丙崽娘也提了个篮子来,想看看牛肉怎么分。听人家说,没人上阵的人家没有肉吃,正撅着嘴巴生气。一眼瞥见丙崽这血污污的全身,更把脸盘气大了。"你要死,要死呵?"她上前揪住小老头的嘴巴,揪得他眼皮往下扯,黑眼珠转不过来,似乎还望着祠堂那边。

"x妈妈。"

"又要老娘洗,又要老娘洗,你这个催命鬼要磨死我呵?还不如拿你去祭了谷神,也让老娘的手歇上几天呵。"

"x妈妈x妈妈。"

她把丙崽像提猫一样提回家去。

整整一天，丙崽没有衣穿，全身赤条条。他似乎还知道点羞耻，没有出门去巡游，只是听到远处急促地敲锣，也敲几下自己的小铜锣。看见妇女们哭哭泣泣燃着香火去祠堂，他也在水沟边插上一排树枝，把一堆牛粪当作叩拜的对象。不知什么时候，他倒在地上睡了一觉。醒来时觉得寨子里特别安静，就再睡了一觉，直到斜斜的夕阳投照在他身上，把他全身抹出了一片金色。

他醒来的时候，发现自己在祠堂的大瓦盖下，嘈杂的脚步声，叫骂声，哭号声，铁器碰撞声，响在他的周围。借着闪闪烁烁的松明子，他看不清这里的全景，只见男女老幼全是头缠白布，一眼望去，密密的白点起起伏伏飘移游动。好些女人互相搀扶着，依靠着，搂抱着，哭得捶胸顿足，泪水湿了袖口和肩头。丙崽娘一屁股坐在地上，不时用袖口去擦眼睛，也把眼圈哭红了，显得一张娃娃脸很纯真了。她坐在二满家的媳妇旁，用力收缩鼻孔，捉住对方的手，用外乡口音说："人生一世，草木一秋，去也就去了。你要往开处想，呵？你还有后，有兄弟，有爷娘。吾呢，那死鬼不知是死是活，一个丙崽也当不得正人用的，比你还苦十倍呵。"

她劝别人莫哭，自己却带头大哭，使对方更加泪水横飞。

"打冤家总是有个三长两短。早死也是死，晚死也是死。早死早投胎，说不定投个富贵人家，还强了。呵？"

对方还是哭出奇怪声调，听上去是剪刀在玻璃上划出的尖声。

大概想到了什么伤心事，丙崽娘拍着双膝更加大放悲声，哭得自己头上的白布条在胸前滑上去，又滑下来。"吾那娘老子哎，你做的好事呀。你疼大姐，疼二姐，疼三姐，就是不疼吾呀。你做的好事呀，马桶脚盆都没有哇……"

这就不知道是什么意思了。

正堂里烧了一堆柴火，噼噼啪啪炸出些火光。靠三根大树支着，一口大铁锅架在火上，冒出咕咕嘟嘟的沸腾声，还有腾腾热气冲得屋梁上的蝙蝠四处乱窜。人们闻到了肉香，但人们也知道，锅里不光有猪肉，还有人肉。按照打冤家的老规矩，对敌人必须食肉寝皮，取尸体若干，切成了一块块，与猪肉块混成一锅，最能让战士们吃出豪气与勇气。当然，猪肉油水厚一些，味道鲜一些。为了怕人们专挑猪肉，也为了避免抢食之下秩序混乱，肉块必须公平分配，由一个汉子站在木凳上，抄一杆梭镖往锅里胡乱去戳，戳到什么就是什么，戳给谁谁就得吃。这叫吃"枪头肉"。

前面已经有人吃开了。有的吃到了肺，不知是猪肺还是人肺。有的吃到了肝，不知是猪肝还是人肝。有的吃到了猪脚，倒是吃得很安心。有的吃到了人手，当下就胸口作涌，哇的一声呕吐出来。

柴火的热气一浪浪袭来，把前排人的胸脯和胯裆都烤烫了，使他们不由自主往后挪。油浸浸的那杆梭镖映着火光，油浸浸的发亮，不时从锅里带出一点汁水，就零零星星洒下三两火珠，落入身影后的暗处。一个赤膊大汉突然站起来，发疯般地大叫一声："给老子上人肉！老子就是要吃罗老八的裔心肝肺……"

几个不甘示弱的汉子也站起来：

嚼罗老八的骨头！

嚼罗老八的脚筋！

老子要拿罗老八的鸡巴拌辣椒！

……

场面有点乱。人影错杂之际，火光把人影投射在四壁和屋顶，使那些比真人放大了几倍乃至十几倍的黑影，一下被拉长，一下被缩短，忽大忽小，忽胖忽瘦，扭曲成各种形状。

"德龙家的，过来！"

叫到丙崽娘的名字了。她哭得泪眼糊糊的，还在连连拍膝，

"吾不要哇，吃命哇……"

"碗拿来。"

"罗老八是我接生的哇，他还喊我干娘哇……"

"德龙家的，你娘的×吃不吃？丙崽，你吃！"

丙崽穿着开裆裤，很不耐烦地被旁人推到前面，很不情愿地从旁人手里接过一个碗。他抓起碗里一块什么肺，被烫了一下，嗅了一嗅，大概觉得气味不好，翻了个白眼，连碗带肺都丢了，朝母亲怀里跑去。

"你要吃！"有人把肺块捡起来，重新放在碗里。

"你非吃不可！"很多油亮亮的大嘴都冲着他叫喊。

一位白胡子老人，对他伸出寸多长的指甲，响亮地咳了一声，激动地教诲："同仇敌忾，生死相托，既是鸡头寨的儿孙，岂有不吃之理？"

"吃！"掌竹扦的那位汉子，把碗再次塞到他怀里，于是屋顶上出现了一个无比巨大的手影。

丙崽看着屋顶上黑影，哇的一声哭了。

六

仁宝下山耍了几日，顺便想打打零工，交交朋友。要是机会好，找个机会做上门女婿也不错。他听说前几天有一队枪兵从千家坪过，觉得太好了。嘿，这不就是要开始了吗？可枪兵过就过了，既没有往鸡头寨去改天换地，也没邀他去畅谈一下什么理想，使他相当失望。倒是有一个买炭的伙计从山里慌慌地出来，说鸡头寨与鸡尾寨行武了，还说马子溪漂下来了一具尸体，不知为什么脚朝上头朝下，泡得一张脸有砧板大，吓死人……

仁宝吓了一跳：还果真打起来了吗？

他在外面人缘很广,在鸡尾寨也有一位窑匠朋友,一位铜匠朋友,一位教书匠朋友,堪称莫逆,不可伤情面的。如今打什么冤家呢?同饮一溪水,同烧一山柴,大家坐拢来喝杯酒吃碗肉不就结了?

仁宝回到了寨子里,发现父亲脸色苍白,重伤在床——那天他去坐桩,被一个砍柴的发现,把他救了回来,但下体的伤口一时半刻封不了疤。

"不是渠不孝,仲爹何事会寻绝路?"

"坐桩没死成,兴怕也会被气死。"

"崽大爷难做,没得办法呵。"

"你看渠个脸相,吊眉吊眼的,是个克爹的种。"

"他娘故得那样早,恐怕也是被克的吧?"

……这一类话,从耳后飘来,仁宝不可能没听到。他跪在老爹的床前,抽了自己几个耳光,在地上砸出几个响头,又去借谷米给仲裁缝做了一顿干饭。见裁缝还是不理他,便毫无意义地扫了扫地,毫无意义地踩死了几只蚂蚁,毫无意义地把马灯罩子再研究了片刻,怏怏地往祠堂而去。

祠堂门前一圈人,都头缠白布条,正谈论着打冤家的事。这似乎是仁宝重建形象的好机会,只是大家都红了眼,红得仁宝也有几分激动,一开腔竟完全忘了自己回寨子来的初衷。"鸡头峰嘛,这个,当然嘛,是可以不炸的。请个阴阳先生来,做点关口,什么邪气都是可以破掉的是不是?"他显出知书识礼的公允,"不过话说回来,说回来。他们姓罗的明火执仗打上门来,也欺人太甚不是?小事就不要争了,不争了——"他闭着眼睛拖出长长的尾音,接着恶狠狠扫了众人一眼,"但我们要争口气,争个不受欺!"

"仁宝说得对,我们被他们欺侮太久了!"一个汉子说。

仁宝受到鼓舞,说得更为滔滔不绝:"人心都是肉长的,总得讲个天地良心吧?莫说是你们,我对鸡尾寨的人怎么样?他们来了,我冲豆子茶,豆子是要多抓一把的。到时候吃饭,我油盐是要多下一些的。怎么能翻脸不认人呢?树活一张皮,人活一口气,对这样不知好歹的畜生,你还有什么道理可讲?……"

打冤家的正义性,由他以新的方式再次解说。众人如果不觉得他的道理有多新鲜,至少觉得那恶狠狠的扫视还是很感人。他眯着眼睛看出这一点,看到自己忤逆不孝和怕死躲战的恶名几乎消除,更为兴高采烈,把衣襟嚓地一下撕开,抡起一把山锄,朝地上狠狠砸出一个洞,"量小非君子,无毒不丈夫。呸!老子的命——就在今天了!"

他勇猛地扎了扎腰带,勇猛地在祠堂冲进冲出,又勇猛地上了一趟茅房,弄得众人都肃然起敬。

从这一天起,他似乎成了个预备烈士,总像要开始什么大事,在寨子内外无端地游来转去,好像在巡视哨卡,又好像在检查熬硝一类备战工作,无论看一棵树还是一块岩石,都锁着眉头目光凝重,有种出征临战之际壮士一去不复返的肃穆。转悠完了,他见人就心情沉重地嘱托后事:"金哥,以后家父就拜托你了。我们从小就像嫡亲兄弟,不分彼此的。那次赶肉,要不是你,吾早就命归阴府了。你给吾的好处,吾都记得的……"

"二伯爷,腰子还阴痛吗?你老要好好保重。以前很多事只怪吾没做好。吾本来要给你砍一屋柴禾,但来不及了。那次帮你垫楼板,也没垫得齐整。往后的日子里,你想吃就吃点,要穿就穿点,身子骨不灵便,就莫下田了。侄儿无用,服侍你的日子不多了,这几句还是烦请你把它往心里去……"

"庆嫂子,有件事早就想找你说一说。吾以前做了好些蠢事,有对不起你的地方,你千万莫记恨。有一次我偷了你的两个菜瓜,给窑匠师傅吃了,你不晓得。现在吾想起来,脔心蒂子都是痛的。吾今日特地来说声得罪了,对不起呵。你要咒就咒,你要打就打……"

"幺姐……你……你在洗衣吗?这一次实在是没办法了。你千万莫难过,千万莫伤身子。吾是个没用的人,文不得,武不得,连几丘田也做不肥。不过人生一世,总是要死的。这一点我明白。八尺男儿,报家报国,义不容辞。你话呢?好些事眼下也没法讲了。反正只要你心里还有一个石仁哥,我也就落心落意去了。你千万……硬朗点,形势总会好的。吾这就告辞了……"

他很能克制悲伤,不时缩缩鼻子。

弄得连最讨厌他的幺姐也都有些戚戚然,泪水夺眶而出。"石仁,你不要这样,我以前也不是真恨你……"

"不,吾决心已定。"他低着头,望着路边一块破瓦片。

"不是说不打了吗?"

"你也相信?"他悲壮地一笑。

几天下来,大家都不知道他要干什么,不知道他马上要干什么。听见他的皮鞋子还是在石阶上响来响去,发现他还没有去赴汤蹈火。好在寨子里这一段很乱,又是鸡上屋,又是牛吃禾,又是办丧事和操武艺,众人没顾上研究这位大英雄。甚至也慢慢习惯了。要是他不忙,众人还会觉得少了点什么,有什么地方不对劲。

这一天,从鸡尾寨传来消息:对方准备告官。这样鸡头寨也得有所准备,仁宝在外面的脚路广,更得有所作为才对。不过他并没有同官府打过交道,对文书款式没有太多把握。两位老人想了想,记起仲裁缝说过的什么,对提笔的那位说:"兴许,叫禀帖吧?"

仁宝想起了什么,摇摇手:"不是不是,叫报告。"

"禀帖吧？"

"是报告。"

"总得有上有下，要讲点礼性。"

"要讲礼性，报告就最礼性了。"仁宝宽容地一笑，"没错的，没错的。"

"你去问你叔叔。"

"他只懂些老皇历，晓得个屁呵。"

"你读过好多书？他读过好多书？"

"现在还读什么书？下边人都看报纸了。"

"下边人打个屁也是香的？什么报告不报告，听起来太戳气了。"

"伯爷们，大哥们，听吾的，决不会错的。昨天落了场大雨，难道老规矩还能用？我们这里也太保守了，真的。你们去千家坪视一视，既然人家都吃酱油，所以都照镜子，都穿皮鞋。你们晓不晓得？松紧带子是什么东西做的？是橡皮筋，这是个好东西。马灯烧的是什么东西？是汽油，也是个好东西。你们想想，还能写什么禀帖吗？正因为如此，我们就要赶紧决定下来，再不能犹豫了，所以你们视吧。"

众人被他"既然""因为""所以"了一番，似懂非懂，半天没答上话来。想想昨天确实落了雨，就在他"难道"般的严正感面前，勉强同意写成"报帖"。

接下来又发生一些问题。老班子要用文言写，他主张用什么白话写；老班子主张用农历，他主张用什么公历；老班子主张在报告后面盖马蹄印，他说马蹄印太保守了，太难看了，太污浊了，只能惹外人笑话，应该以什么签名代替。他时而沉思，时而宽容，时而谦虚地点头附和——但附和之后又要"把话说回来"，介绍各种新章法和新理论，俨然一个通情达理的新党。

"仁麻拐，你耳朵里好多毛！"丙崽娘忍无可忍，突然大喊了一声，"你哪来这么多弯弯肠子？四处打锣，到处都有你，都有你这一坨狗屎！"

"婶娘……"仁宝嘿嘿一笑。

"哪个是你婶娘，呸呸呸……"丙崽娘抽了自己嘴巴一掌，眼眶一红，眼泪就流出来，"你晓得的，老娘的剪刀等着你！"

说完拉着丙崽就走。

人们不知丙崽娘为何这样悲愤，不免悄声议论起来。仁宝急了，说她是个神经病，从来就不说人话嘛。然后忙掏出几皮烟叶，一皮皮分送给男人们，自己一点也不剩。加上一个劲地讨好，他鸡啄米似的点头哈腰，到处拍肩膀和送笑脸，慷慨英雄之态荡然无存。事后一个汉子揪住仁宝逼问："你对德龙家的到底怎么样了？她硬是吃得下你。"仁宝捶胸顿足地说："老天在上，我能怎么样？她是我婶娘，一个禾场滚子。我就是鸡巴再骚，不怕她碾死我？"汉子上下打量仁宝一眼，还是半信半疑。

七

告官的代表从千家坪回来，说官府收是收下了报帖，但还得派人上山来查勘事实，才能最终断案。不过从办案官的脸色来看，好像是凶多吉少。且不说鸡尾寨人脉广，在官场里有关系，就是说话这一条，鸡头寨也不占上风。他们的口音别出一格，办案官听着听着就发脾气："你们说些什么话？把舌头扯直了再说好不好？"

爹妈给的舌头就是这样，还要怎么个直法？

"下次再在公堂上讲鸟语，先掌嘴三十！"办案官又说。

加上三位代表一到千家坪就水土不服，又是胸闷，又是头晕，又是呕吐拉稀,这官司看来是太不好打,也打不下去的。他们十张嘴顶不了仇家的一张嘴,这官司还能打吗?难怪仲裁缝说过,先民有仇不动朝不告官,是祸是福从来都自己扛,那才是好汉。

告官叫做走"舌道",叫做文胜。行武叫做走"牙道",叫做武胜。到底是要用舌还是要用牙,寨子里分成两派意见,一时无法统一。有个后生突然想起了一件事,说那天杀牛以占胜败,结果并不灵。倒是丙崽当时在场咒了句"×妈妈",像是给了个坏兆头,却灵验了……这不十分可疑吗?这一想,大家都觉得丙崽神秘。丙崽有一次从山崖上滚下来,不但没有死,还毫发未损,不是神了吗?丙崽有一次被棋盘蛇咬了一口,不但没有倒地立毙,还活蹦乱跳手舞足蹈追着蛇要打,不是更神了吗?这样一件大神物,只会说"爸爸"和"×吗吗"两句话,莫非就是泄露天机的阴阳二卦?

大家都觉得是这个理,于是连忙取来一架滑竿,就是两根竹子夹一张椅子,把丙崽抬到祠堂前。香火也即刻点燃。

"丙相公……"

"丙大爷……"

"丙仙……"

汉子们伏拜在他面前,紧紧盯住他,对他额上的抬头纹充满希望。

丙崽刚坐过滑竿,十分快活,脸上笑纹舒展,鼻涕炸了一个泡。他把停止不动的滑竿踢了一脚,发现它还是不再动,翻了个白眼。

实在不好理解。

是不是他要高兴了才会显灵?有人狠狠心,把家里珍藏很久的一块粽粑找来,贡献给鸡头寨第一大高人。丙崽这才兴奋起来,急急地掰粽粑,没抓稳,掉了一块,其实就掉在他右脚边,但他脑袋转起来不灵便,轮着眼皮居然朝左边望去。这样个吃法,是吃一半掉一半。每掉一块,他照例去找,照例找错了方向。有时也能阴差阳错,发现了前几次掉下的碎粑,他捡起来就往嘴里塞。

他拍拍巴掌,听见了麻雀叫,仰头轮了个方向不够准确的白眼。最后指定了一个方向:"爸爸。"

好,终于有了结果。照事先的约定,他叫"爸爸"就意味着舌道,意味着官司还得继续打。主张用舌的一派因此欢欣鼓舞,一颗悬心总算落到实处。不过,主张牙道的一派还是犹疑,一再琢磨丙崽的其他意思。比方他手里的粽粑总是掉了一半,就没什么意味吗?嘴里吹了一个涎泡,又是什么含义?至于他的手指朝上,所指之处有祠堂一个尖尖的檐角,向上弯弯地翘起,像一只黑色老凤举翅欲飞。那不会是更重要的指点吧?

"渠是指麻雀,还是指树?"

"不,是指屋檐。"

"檐和言同音,是不是说要言和?"

"胡说,檐和炎同音,双火为炎嘛。他是说要用火攻。"

争了半天,天意又变得茫然难测。

不管是出于天意还是人意,这一天战端再起。鸡尾寨的人主动杀上山来。先是浓烟滚滚,大概是有人故意放火,大火顺着南风,很快就烧焦了鸡头寨的前山,直烧得鸟雀乱飞,一根根竹子炸得惊天动地,黑黑的烟灰到处降落。要不是侥幸碰上一场雨,整个寨子连同后山以及更多的山林,恐怕都得惨遭毒手。接下来,一伙满脸涂着血污的男女,据说嘴里念了刀枪不入的金刚咒,据说头上淋了祛邪避祸的狗血酒,越过大木横陈的路卡,操持刀枪哇哇哇往上冲,如同阎王殿开了大门。他们与迎战的壮丁们混成一团,又砍又劈,又戳又刺,又揍又踢,又咬又啃,经常分不清你我敌友。杀红了眼的时候,一锄头挖到自家人也是难免的。看花了眼的时候，对着一个树蔸大砍大杀也有可能。杀呵，杀呵，杀呵——杀你猪婆养的——杀你狗公肏的——在那一刻，一颗离开了身子的脑袋还在眨眼。一截离开了胳膊的手掌还在抓挠。一具没有脑袋的身子还在向前狂跑。很多人体就这样四分五裂和各行其是。

黑红色或淡红色的鲜血，迅速喷红了草坡和田土，汇入了干枯的沟渠……这一天夜里，特别安静。

活下来的人似乎被遍地鲜血吓懵了，震呆了，已经不知道哭泣，已经没有泪水。只有竹义家的媳妇疯了，在寨子里走一路就笑一路，唱一路戏文。

一些骨瘦如柴的狗异常活跃，被空气中的血腥味刺激得呜呜乱叫，须毛奋张，两耳竖立。它们也许太饿了，纷纷挤出门缝和跳越石墙，身体拉成一条直线，向血腥味狂射而去，在草坡上或溪沟里找到尸体，撕咬着，咀嚼着，咬得骨头咯咯咯脆响。一条条狗很快就吃得肚大肥圆，打着饱嗝，眼睛红红的，在茅草中窜来窜去时闹出很大动静。它们所到之处都会有血迹。肉块也被它们叼得满处都是。有时你去灶房，无意中搬开一捆柴禾，也许会发现柴弯里滚出一只陌生的手或者脚。

把人肉吃习惯以后，它们对活人也变得很有兴趣，总是心怀叵测地跟着人影。尤其是见到有人吵架，音容有些异样，它们就会盯住不放，大大方方地露出尖牙，长长的舌头活泼得像一条飘带、一片水波，等待着什么结果发生。据说竹义家的阿公有次在树下瞌睡，竟被狗误认成尸体，把他大咬了一口。

丙崽把一泡屎拉在椅子上了。

丙崽娘照例唤狗来舔："呵哩——呵哩——呵哩——"

狗来了，嗅一嗅，又舔舔舌头走了，似乎对粪便已丧失热情。它们刚才听到召唤，不得不来敷衍一下，只是不想在主人面前过

85

于趾高气扬，显得它们富贵并不忘旧情。

　　于是寨子里屎多了，苍蝇多了，到处都臭起来。丙崽娘遇到二满家的媳妇，缩了缩鼻子，"你身上怎么有股臭味?"

　　竹义家的瞪大眼，"怪事，是你身上臭。"

　　两人嗅了一阵，发现大家手都是臭的，袖口也都是臭的，连棒槌和竹篮也有股怪味，这才恍然大悟：原来空气早就臭了，连嘴里说出的话都像放屁。

　　丙崽娘一直自诩自己娘家是大户，最为干净整洁，因此她从来活得与众不同，即便时逢乱世，即便眼下差不多家家举丧，她还是贵人习惯依旧，带上草把和茶枯，把丙崽拉到水井边狠狠擦洗。但她腹中的米粮实在太少，以前吃下的胞衣也不管用，只是洗净了丙崽的屁股，裤子与椅子上的臭味却怎么也洗不掉。她喘着气，翻着白眼，两眼一黑便歪歪地倒下。

　　不知自己是怎样醒来的，是怎样摸回家的。没有被狗咬，恐怕就是万幸。她听着窗外的激情狗吠，望着蚊帐上和墙上密密麻麻的苍蝇，伤心地号啕大哭起来："吾那娘老子哎，你做的好事呀。你疼大姐，疼二姐，疼三姐，就是不疼吾呀，你怎么把吾丢到这个黄连罐里来了，一丢就是几十年哇……"

　　丙崽怯怯地看着她，试探着敲了一下小铜锣，想使她高兴。

　　她望着儿子，手心朝上推了两把鼻涕，慈祥地点头："来，坐到娘面前来。"

　　"爸爸。"儿子稳稳地坐下了。

　　"你一定不能死，你一定要活下去。伢呵，你要去找你那个砍脑壳的鬼！"

　　她咬着牙关，两眼像对对眼，黑眸子往鼻梁挤，眸子之外有一圈宽宽的眼白，让丙崽有些惊慌。

　　"×吗吗。"他轻声试了一句。

"你要去找你爸爸,他叫德龙,淡眉毛,细脑壳,会唱些瘟歌。"

"×吗吗。"

"你记住,他兴许在辰州,兴许在岳州,有人视过他的。"

"×吗吗。"

"你要告诉那个畜生,他害得吾娘崽好苦呵。你天天被人打,吾天天被人欺,人家哪个愿意正眼朝我们看一眼?要不是祠堂里一份猫粮,吾娘崽早就死了。要不是你娘不要脸,把一张脸皮任人踩,吾娘崽也早就死了。你要一五一十都告诉那个畜生——"

"×吗吗。"

"你要杀了他!"

丙崽不吭声了,上嘴唇跳了跳。

"吾晓得,你听懂了,听懂了的。你是娘的好崽。"丙崽娘笑了,眼中溢出一滴泪。

她轻轻拍着丙崽,把对方哄睡了,然后挽着个菜篮,一顿一顿地上山去,大概是去采野菜。但她再也没有回来。后来有各种传说,有的说她被蛇咬死了,有的说她被鸡尾寨的人裁了,还有的说她碰上岔路鬼,迷了路,丢了魂,最后摔到山崖下……据说有人看见过她的一只鞋子挂在树上。

这些都无关紧要。寨子里已经减少很多人,再减少一个,不是什么大不了的事。只是丙崽在一直等母亲归来。太阳下山,石蛙呱呱地叫,门前小道上的脚步声渐稀,他还没有见到那张熟悉的面孔。好像有很多蚊子,咬得他全身麻麻地直炸。小老头使劲地挠着,挠出了血,愤怒起来。他要报复蚊子,便把椅子推倒,把茶水泼在床上,把柴灰灌到吊壶里。一块石头砸过去,铁锅也叽的一声裂开。他颠覆了一个世界。

一切都沉入暗夜中,门外还是没有熟悉的脚步声。只有寨子里的隐隐哭声，有邻居木楼里麻子脸裁缝断断续续的呻吟。

小老头在蚊虫的包围下睡了一觉，醒来后觉得肚子饿，跟跟跄跄地走出寨子。月亮很圆、很白，浓浓的光雾照得遍地如白昼，连对面山上每棵树和每棵草，似乎也能看得一清二楚。溪那边，哗哗响处有一片银光灼灼的流水，大片银光中有几团黑影，像捅出了几个洞，其实是雄踞水中的巨石。石蛙已经沉寂，大概它们也睡了。但远处不知何处传来的密集狗吠，像传说着什么夜里发生的大事。

丙崽咬着指头继续走。妈妈曾带着他出外接生孩子。也许妈妈现在就在那些地方，他要去找。他在月光下走着，在笼罩大地的云雾之中走着，上身微微前倾，膝盖悠悠地一晃一晃，像随时可能折断。不知过了多久，不知走了多远，他踢到了一个斗笠，又踢到了一个藤编的盾牌，空落落地响。他咕噜了几声，撒了一泡尿，把盾牌狠踩了一脚。他发现前面躺着一个人，是女的，有散乱的长发，但丙崽从来没有见过。他摇了摇她的手，打她的耳光，扯她的头发，见她总是不能醒来。他手摸女人的乳房，知道这肥大的东西可以吃，便捧着它吸了几口，不过没吸到什么滋味，只好扫兴地撒手。他发现这个女人的腹部很柔软，有弹性，便骑上去，又是后仰又是上跳，感觉自己瘦尖尖的屁股十分舒服。

"爸爸。"小老头累了，靠着肥大乳房，靠着这个很像妈妈的女人睡了。两人的脸都被月光照得如同白纸。还有耳环一闪。

八

"爸爸。"

丙崽指着祠堂的檐角傻笑。

檐角确实没有什么奇怪，像伤痕累累的一只欲飞老凤。瓦是窑匠们烧制的，用山里的树，用山里的泥，烧出这只老凤的全身羽毛。也许一片片羽毛太沉重，它就飞不起来了，只能静听山里的斑鸠、鹧鸪、画眉以及乌鸦，静听一个个早晨和夜晚，于是听出了苍苍老态。但它还是昂着头，盯住一颗星星或一朵云。它肯定还想拖起整个屋顶腾空而去，像当年引导鸡头寨的祖先们一样，飞向一个美好的地方。

两个后生从祠堂里抬着大铁锅出来，见到丙崽不禁有些奇怪。

"那不是丙崽吗？"

"渠的娘都死了，渠还没死？"

"八字贱得好，死不到渠的头上。"

"怕是阎王老子忘记了。"

"听说渠从崖上跌下来，硬是跌不死。我就不信。"

"再让他跌一次，如何？"

"这个小杂种，上次还吃粽粑。"说话者是指丙崽曾经荣任大仙，享受过特殊优待，因此气不打一处来。

"就是，我们都吞糠咽菜，渠当了官呵？还可以吃粽粑，只怕还要八道酒席？"

两个后生放下锅，大步闯上前来，先把丙崽的全身搜了一遍，没发现红薯丝也没发现苞谷粒。其中一位本就窝火，见丙崽坐瘪了他的斗笠更是火冒三丈，伸手一抹，根本没用什么气力，丙崽就像一棵草倒下了。另一位抽出尖刀顶住他的鼻尖，唾沫星飞到丙崽脸上："快，抽自己的嘴巴！你不抽，老子剥了你，煮了你！"

"敢！"

身后冒出冷冰冰的声音，两个后生回头看，是铁青的一张麻脸。

仲裁缝是最讲辈分的，伸出两个指头，剑指两个后生的鼻子："渠是你们叔爹，高了两个辈分，岂能无礼？"

后生立刻想到了自己的地位，想到仲裁缝还是丙崽的伯伯，立刻避开怒目交换了一个眼色，老老实实抬锅去。

仲裁缝向家里走去，想了想，又回转身对侄儿伸出巴掌："手!"

丙崽往后躲，翻了个白眼，不像是看他，只是看他头上的一棵树。他全身紧张得直颤抖，上嘴唇跳了跳，是试图压住恐惧的勉强一笑。

他的手太冷，太瘦，太小，简直是只鸡爪。仲裁缝抓住它，如同抓住一块冰，不觉全身颤了一下。他帮丙崽抹了抹脸，赶走对方头上几只苍蝇，扣好对方两个衣扣。这件衣不知是谁做的——他从来没给亲侄儿做过衣。

"跟吾走。"

"爸爸。"

"听话。"

"爸爸。"

"谁是你爸爸？"

"×吗吗。"

"畜生!"

……

裁缝不再看他，只是牵着他，默默地走下坡。不知为什么，看着空空荡荡的寨子，裁缝突然想起自己做过的很多很多衣，长的，短的，肥的，瘦的，艳的，素的，一件件向他飘来，像一个个无头鬼，在眼前摇来晃去。包括那天他看见鸡尾寨的一具尸体，上面的衣不也是出自他一双手？——他认得那针脚，认得那裁片。想到这里，他把丙崽的小爪子抓得更紧，"不要怕，吾就是你爸。你跟吾走。"

几条狗兴冲冲地跟着他们。

山里有一种草，叫雀芋，味甘，却很毒，传说鸟触即死，兽遇则僵。仲裁缝今天已采来雀芋半篮，熬了半锅汤水。事情看来只能这样了：寨里已多日断粮，几头牛和青壮男女，要留下来做阳春，繁衍子孙，传接香火，老弱病残就不用留了吧，就不要增加负担了吧？族谱上白纸黑字，列祖列宗们不也是这样干过吗？仲裁缝经常念及自己生不逢时，无功无业，愧对先人，今天总算以一锅毒药殉了古道，也算是稍稍有了些安慰。

裁缝先把丙崽带到药锅前，摸了摸对方的头，给他灌了半碗药汤。

"爸爸。"大概觉得味道还不错，丙崽笑了。

仲裁缝拍拍丙崽的肩，也舒心地笑了，带着他走向其他人家。他们沿着一条石阶，弯弯曲曲地升高，走过路旁石块垒成的矮墙，走过路旁厚重的木柱和木梁。矮墙缝中伸出好些杂草和野花，招引着蜻蜓蝴蝶。有些家户还没有盖房，只有路边的屋基，立了些光溜溜的木柱和横梁。大梁上飘动着避邪的红纸。

几条狗还是跟着他们。

裁缝提着木桶，知道药汤应该送往哪些人家。那些人家似乎也早知约定。见到裁缝与丙崽来到门前，老人们都摆上空碗，在大门边静静等待。

"时辰到了？"

"到了。"

"多舀点吧。"

"小半碗就够。"

"我怕不牢靠。"

"你放心，放心。"

元贵老倌扶着拐杖上来请求："仲满，吾还想去铡把牛草。"

裁缝说："你去，不碍事的。"

老人颤颤抖抖地走了，铡完草，搓搓手，又颤颤抖抖地回来。接过大陶碗，喉头滚动了两下，就喝光了药汤。胡须上还挂着几点水珠。

"仲满，你坐。"

"不坐了。今天天气好燥热。"

"嗯啦，好燥热。"

另一位老人抱着一个瞎眼小奶崽，给仲裁缝看了看，眼里旋着一圈泪。"仲满，你视视，兴许要给渠换件褂子？你连的那件，渠还没上过身。"

裁缝眨了一下眼皮，表示赞同。

老人转身回屋，不一会儿，让瞎眼奶崽穿着新崭崭的褂子，还戴着发亮的长命锁。老人枯瘦的手在新布上摸着，划出嚓嚓的响声。"这下就好了，这下就好了。让我孙儿到了阴间，好歹有个体面呵。"

"还是蛮合身的。"裁缝说。

"娃崽就是费衣。"

老人先给瞎眼奶崽灌了药汤，自己接着一饮而尽。

木桶已经很轻了，仲裁缝想了想，记起最后一位——玉堂爹爹，实际上是玉堂婆婆。这位老妇人总是坐在门前晒太阳，日长月久，如一座门神，已经老得莫辨男女。她指甲长长的，用无齿的牙龈艰难地勾留口水，皮肤如一件宽大的衣衫，落在骨架上。她架起的一条瘦腿，居然可以和另一条腿同时着地。任何人上前问话，她都听不见，只是漠然地望你一眼，向你展示白蒙蒙的眸子。

裁缝走到她正前面，她才感觉到身边有了人，混浊的眼里闪耀一丝微弱的光。她明白什么，牙龈勾一勾口水，指指裁缝，又指指自己。

裁缝知道她的意思，先向她跪下，磕了三个头，然后掰开对方的嘴巴，朝无牙的黑洞里灌下药汤。

老门神呛了两下，嘴角边挂着残汤。

在仲裁缝点燃的一挂鞭炮声中，在此起彼伏的狗吠声中，裁缝也喝下了药汤，然后抱着丙崽端坐在家门口。像其他老弱病残一样，他也面对东方。因为祖先是从那边来的，他们此刻要回到那边去了。在那里，一片云海，波涛凝结不动，被太阳光照射的一边晶莹闪亮，镶嵌着阴暗的另一边。几座山头从云海中探出头来，好像太寂寞，互相打打招呼。一只金黄色的大蝴蝶从云海中飘来，像一闪一闪的火花，飘过永远也飞不完的群山，最后飘落到鸡头寨，飘落在一头老黑牛的背上——似乎是世界上最大的一只蝴蝶。

两天之后，鸡尾寨的男人们上来了，还夹着一些女人和儿童。听说这边的人要"过山"，迁往其他地方，他们想来捡点什么有用的东西。官府的什么人也来过了。在官家人主持之下，鸡尾寨作为胜利的一方操办"洗心酒"，带来两只烤羊和两坛谷酒，让胜败两方都喝得脸红红的，互相交清人头，一起折刀为誓，表示永不报冤。

一座座木屋已经烧毁，冒出淡淡的青烟，只留下遍地焦土和一些破瓦坛，还暴露出各家各户无锅的灶台，一个个黑色的洞口。屋基狭窄得难以让人相信——人们原来就活在这样小的圈子里？酸甜苦辣的日子就交给了这样的洞穴？鸡头寨的青壮男女仍然头缠着白布条，目光黯淡，形容憔悴。他们准备上路了。一些外嫁的姑娘在这个时候也抛夫别子，回到娘家，决意跟随兄弟姊妹，今后要死要活都捆在一起。他们把犁耙、斧镰、锅盆、衣被、箱篓，都拴在牛背或马背上，错错落落形成一列长队。一个锈马灯壳子，咣咣地晃在牛屁股上。最后剩下来的十几只羊和几条狗，一声不吭地跟着主人，似乎也知道生活将重新开始。

作为临别仪式，他们在后山脚下的一排新坟前磕头三拜，各自抓一把故土，用一块布包上，揣入自己的襟怀。

在泪水一涌而出之际，他们齐声大喊"嘿哟喂"——开始唱"简"：

……他们的祖先是姜凉。姜凉没有府方生得早。府方没有火牛生得早。火牛没有优耐生得早。优耐没有刑天生得早。他们原来住在东海边，后来子孙渐渐多了，家族渐渐大了，到处住满了人，没有晒席大一块空地。怎么办呢？五家嫂共一个舂房，六家姑共一担水桶。这怎么活得下去呢？没有晒席大一块空地呵，于是大家带上犁耙，在凤凰的引导下，坐上了枫木船和楠木船。

> 奶奶离东方兮队伍长，
> 公公离东方兮队伍长。
> 走走又走走兮高山头，
> 回头看家乡兮白云后。
> 行行又行行兮天坳口，
> 奶奶和公公兮真难受。
> 抬头望西方兮万重山，
> 越走路越远兮哪是头？
> ……

男女都认真地唱着，或者说是卖力地喊着。尤其是外嫁归来的女人们，更是喊得泪流满面。声音不太整齐，很干、很直、很尖利，没有颤音和滑音，一句句粗重无比，喊得歌唱者们闭上眼，引颈塌腰，气绝了才留一个向下的小小转音，落下尾声，再连接下一句。他们喊出了满山回音，喊得巨石绝壁和茂密竹木都发出嗡嗡嗡声响,连鸡尾寨的人也在声浪中不无惊愕,只能一动不动。

一行白鹭被这种呐喊惊吓,飞出了树林,朝天边掠去。

抬头望西方兮万重山,
越走路越远兮哪是头?

还加花音,还加"嘿哟嘿"。仍然是一首描写金水河、银水河以及稻米江的歌,毫无对战争和灾害的记叙,一丝血腥气也没有。

一丝也没有。

远行人影微缩成黑点,折入青青的山谷,向更深远的深山里去了。但牛铃声和马铃声,还有关于稻米江的幸福歌唱,还从无边的绿色中淡淡透出,轻轻地飘来,在冷冽的溪流上跳荡。溪水边有很多石头,其中有几块特别平整和光滑,简直晶莹如镜,显然是女人们长期捣衣的结果。这几面深色大镜摄入山间万象却永远不再吐露。也许,当草木把这一片废墟覆盖之后,野猪会常来这里号叫,野鸡会常来这里结窝。路经这里的猎手或客商,会发现这个山谷与其他山谷没什么不同,只是溪边那几块深色石块有点奇异,似有些来历,藏着什么秘密。

丙崽不知从什么地方冒出来了——他居然没有死,而且头上的脓疮也褪了红,净了脓,结了壳,葫芦脑袋在脖子上摇得特别灵活。他赤条条地坐在一条墙基上,用树枝搅着半个瓦坛子里的水,搅起了一道道旋转的太阳光流。他听着远方的歌声,方位不准地拍了一下巴掌,用很轻很轻的声音,咕哝着他从来不知道是什么模样的那个人:

"爸爸。"

他虽然瘦小和苍老,但脐眼足有铜钱大,令旁边几个小娃崽十分惊奇和崇拜。他们争相观看那个伟大的脐眼,友好地送给他几块石头，学着他的样，拍拍巴掌，纷纷喊起来：

"爸爸爸爸爸——"

一位妇女走过来，对另一位妇女说："这个装得滞水吗？"于是，把丙崽面前那半坛子旋转的光流拿走了。

一九八五年一月

○ 最初发表于一九八五年《人民文学》杂志，后收入小说集《诱惑》，已译成英文、德文、法文、意文、西文、荷文、日文、韩文、越文等。

诱　惑

　　走下坡，一片水中倒影越见阔大了。白云在那里沉没和翻涌，浮托着曲曲的山脊。偶有一片黑影飘滑而逝，根本不露出水面——是水鸟还是岩鹰？

　　它银光闪烁，在完全翻倒的群峰中，在密密的水草中，像一条隐约可见的白饵诱惑着鱼群。鱼群轰然一散，掠过一道道山涧，迅速没入了天空，是再次被它神秘的出现所惊吓吗？

　　总是在雨后，这一钩银光就出现于苍翠远景。雨越大，它越显眼的晶莹灿烂，然后一天天黯淡下去。

　　那时候，我们在马子溪洗尽身上一层汗盐，哆哆嗦嗦爬上岸，甩去耳朵里暖和的水珠，常常远望着这道大瀑布，猜测大概不曾有人到那上面去过。

　　当夜色落下来，它自然熄灭了。而白日里远近相叠的峰岭，此时拼连融合成一个平面的黑暗，一个仰卧女子的巨大剪影。这女子一动不动，想必是累了，想必是睡了，想必是在梦想往事。她的头发太长太多，波浪形地向北舒摆开去，每夜都让星光来晒着，让山风来抚着——等待朝霞来再一次把她肢解。

那时候，我们的自由部落就建立在这里。大家常去山下的寨子里挑粮，听农民说些话。他们说马子溪是从这羞女峰的什么地方流出的，女子们喝了，会长得标致，而且将来多子多福。他们是瑶民，或者苗民，自己也说不大清楚。他们黑洞洞的门槛里，地面坑坑洼洼，有嗡嗡的蚊蝇和朽木的酸味。

那时候，那时候……有多少事。记不清了，大概也不必要记了。

因为学校停课，新凯没事可干，步行几百公里来看我们，走得昏天黑地，才找到了山上的草棚。其实，这里没什么好看，自由部落已经解体，很多床只剩下铺草，是回城去的朋友们留下的。油瓶也空空的无法再点灯。我们就坐在星光之下，谁也看不清谁，听着背后满山松林发出尖厉的号泣，看满谷的蓝雾和那边黑压压的山峰。我感到我们已经滑到了地球的边沿，山峰那边一定有沉睡着的世纪。

新凯不时打着蚊子，说好大一个，他妈的良种。而我却悠悠地在腿上的这里那里摸一下，搓下几根湿滑的蚊尸，自以为有一种老练。

我们想款待一下新凯，可实在拿不出什么好吃的东西。背上山的那些酸菜、干椒、虾壳，都没有了。这鬼地方，又太阴湿，我背上山的那头小猪，老是长不大。十多天前，刘安为一点小事与光头大吵了一架，没吵赢，恶狠狠地杀猪出气。他手握菜刀，追得猪到处嚎嚎地疯窜，最后用长长的钎担把它活活戳死在茅坑那边。惨不忍睹，我们大骂他，却都吃了肉，吃的时候才觉得刘安杀得也不错。

刘安说他想到国界那边去，带一张领袖照片，拿一杆枪，就可以干世界革命，说不定还可以捞个政委当当。光头则主张回城，说回去挣几个钱再说，没有钱实在寸步难行，一分钱也难倒英雄汉。最后，新凯则说起他父母，说起我妹妹，说着说着就呜呜地哭了。

我吼起来，闭嘴吧！明天我们去看看瀑布，兴许还有点意思。

于是就出发了。

我们照例起床很迟，避开山民们说的瘴气。据说那是一种带状的白雾，每天早上在老林子里缭绕，不但可以毒翻牛马，人一旦遇上也会染病。不久前妹妹早上去寻猪草，就染上了一身黄脓疮，腿上鲜艳十多天。

我们脚下有疏疏落叶，发出细微的声响。渐渐地感到有凉气袭来，是来自嘀嘀的溪水。抬起头，除了树冠里点点滴滴的光亮，看不见什么天。青苔也越来越多，简直是天降一场绿雪，把万物都盖绿了。有的深苔铺展在地，又匀又密，厚厚的一层地毯，使人生出要上去躺躺的念头。树枝上还多见苔毛，稀稀拉拉挂着，随风荡来荡去，竟如一匹匹翠纱。

一条铁线虫，又长又细确如铁线，从容不迫地往杂树丛中游去，把昭玲吓得脸色惨白发出惊叫——据说这种虫连树干都可以箍断，要是箍在她的腰上或腿上，还不把她切成一片片的香肠？

原始森林里的树，倒不像我们猜想的那么粗大。它们多是细长，只是奇形怪状，而且披挂纷繁——杂有很多枯藤和气根，交错纠缠，扭手扭足的。大概是山里无比寂寞，这些树木都被憋得疯狂了，才会痉挛出这些奇怪模样？

溪流已经瘦弱，时急时缓，时薄时厚，时宽时窄，偷偷摸摸地窜着。于是溯流而上的我们便不时由寂静走进喧哗，从喧哗走进寂静，再由寂静走进喧哗，一双耳朵忙闲不定。我们常常会遇到巨石，小山一样大小，一块块赫然横堵溪道，看得出是从山壁上垮落下来的。但抬头看去，可见山壁断裂处已复生土层和草木，似伤口已经结疤，长出了新肉，让路人难辨那次惨痛的断裂究竟是如何的久远。而峡谷里遍地的金色野花,想必是当年的轰隆声散溅开去,又从土地里生长出来了。

巨石浸在水里的部分都有褐色的水釉,摸一摸,很滑。当然是石头的阻挡,使水流到了这里不得不旋起水涡,不大容易看清,一个接一个远去,在水底留下一串串黑色的圈影,无声地绽开,又无声地熄灭。

沿着溪道每上升一个高度,就会遇到一个深潭,遇到潭那边的瀑布,还有水帘激起的浪花。我们已经明白了,有深潭的地方必有瀑布,深潭就是瀑布的居室和刀鞘。马子溪就是从山上成梯形一级一级地坠下来的,由一次次粉身碎骨连接成生命。

我们找不到路,只能下潭游过去。见男人们都脱得只剩一条短裤,昭玲似乎有些为难,东张西望,大概还想找一条路,能绕过水潭。

我告诉她,不会有路的,来了,就下水吧。

新凯疑惑地问,衣物怎么办?如何带过水潭去?

光头告诉他,放心好了,山里没有人,别说你几件破衣服,就是有金子也可以丢在这里,回头下山来找就是。

新凯说,这倒也是。

深潭里的水冷得侵骨,让人有掉进冰窖之感,不由自主地打冷噤。要不了多久,入水者就憋得喘不过气来,不光是全身肌骨麻木,连生殖器也紧缩得极痛。有意思的是,水太清了,人简直是在透明的空中飞舞。潭底的卵石历历在目,似乎伸手可触,但真是一脚踩下去,或一手捞下去,才发现下面空空荡荡,身体与卵石还无比遥远。

阳光射入深潭,在水底的石滩上布下龟纹状的金网,颤动着,飘摇着;又被水面反射到石壁上,蓬蓬勃勃的金光如同升起连绵不绝的火焰。这当然只是浅水区的情形,如果再向潭中游去,水下就只有一片绿色了，绿得越来越浓，是一种油腻的绿、凝重的绿、轰隆隆的绿。你也许会觉得，一定是千万座山峰的绿色全部倾注在这个深潭，经过长年的郁积和沉埋，才会凝结出这样一片碧透的恐怖，一片深不可测的幽暗。从这里游过去，我们的腹部显得又嫩又软，毫不设防，有一种从魔鬼嘴边滑过去的感觉。

我发出了尖叫，看见了头上一线天空，还有一只飘忽的岩鹰，突然感到空空的一声水响中，自己已穿越了千年万载。

新凯惊呼起来，原来他正被一群鱼穷追不舍地叮咬。

光头告诉他，山里的鱼不怕人，这并不奇怪。又说山里的鱼肉紧，最好吃。

新凯说，我们在这里抓鱼吃吧。

光头说，没有火，也没有盐，拿什么吃？

连昭玲也游到了彼岸。但潭那边全是陡壁，登岸十分艰难。我们只能先远远地看好地势，在水帘的旁边选定一道石棱或一截枯根，以便援手和立足，再窥测下一步踏向何处。人一出水，身上光溜溜，身体重，腿软，不易站稳，至少要几分钟以后，才觉得身子轻去一些。幸好光头是队长出身，常入山倒树伐竹什么的，显出灵活敏捷，总是先爬上去。他的臀部闪入上方的某块大石头之后，哗哗捣腾一阵，掀下一两根长藤，以便我们攀缘。有时他还在上方我们看不见的地方叫喊，报告我们周围的地形细节，指示我们该如何一步步行动。他的叫声在峡谷里显得特别洪亮，也特别悠长和清晰，如同人声也被绿色洗涤了尘垢，展露出自身的光泽。

大家就这样爬过一级又一级小瀑布，最后都累得不太想说话，走走停停，等着后面的昭玲，看她从乱石中钻出来。好在过了第五级瀑布以后，地势平了些，再通过一个豁口，天空突然扩展，一个平坦的谷地拥了过来。这里到处是密密的野麦，还有高过人肩的棕叶林和茅草，构成了色彩斑斓的山坡，构成了山峰与平地柔软的联结，是我想象中最有趣的地方。马！——光头大声宣告。顺着他的手指看去，果然看见山脚下有些东西会动，黑色的，棕色的，黄色的，不是一团团，而是一片片，闪闪烁烁向山谷飘去。一声确凿无疑的马嘶，锯裂了谷地的静穆。这真是奇了，这山里居然也有马？这些野马是从哪里来的？

新凯去小便，又有了新的惊讶，说他发现了路。光头说这根本不可能。新凯一边搜索裤带一边要我们上去看看。待我们爬上去，果然见到一条真真切切的路，有几块明显经过打凿的条石隐在茅草中，还组成了梯形台阶，只是有的条石已经折断，另有几块已经坍塌。我们顺着这条路上坡，拨开树枝，避开刺藤，在林子里钻了好一阵，最后还发现一块空坪，疑似一个废弃的屋基。想想看，如果这一片平地是屋基，那么当年的房舍就有足够的宏伟，至少能容下一个繁荣的大家族！

我们没有找到多少人的痕迹，只找到一具大朽木，简直是个空空纸筒，貌似雄壮，内质溃烂，成了蜂窝状，踢一脚只有喳喳声响。朽木旁还有个半埋在土里的瓦罐，圆溜溜的，鬼鬼祟祟，恰似一只硕大的眼球。

这里无疑曾经有一个故事，曾经有炊烟和鸡鸣狗吠，曾经有白发苍苍的老太婆，在夕阳中等待儿子的归来。但眼下这里只剩下苦蕨，一种极低等极古老的植物，以超凡的生命力穿越千万年，蔓延得遍地皆是。

新凯说，人真是怪，什么地方都有人。可他们到哪里去了？

光头说，可能是因为瘟疫，可能是因为战争，还可能……他们根本不是人，不过是天外来客或者野人。

我们都笑了。

我们想抽烟，想吃点什么，但发现身上光光的，衣物都留在山下了，只得咽咽口水空坐一阵。

一只蜘蛛高傲地迈步而来，赤眼绿身，细长腿，有拳头般大小，吓得我们心里发毛。说来也怪，深山像是一个特殊的放大器，很多东西一进山都骇然壮大。就像这只巨大的蜘蛛，刚才一路上我们见到的蚯蚓竟有尺多长，见到的蝌蚪竟有核桃大，见到的杜鹃和葵花都由草本变成了木本，由一年生植物变成了多年生植物，以参天大木的形状逼你仰视。那么，我们再走下去，会不会还遇到水桶大的野辣椒或者桌面大的野南瓜？……也许，这老山深处已没有生与死的界限，一切生命都吸聚了漫漫岁月，才会变得如此的硕大？

动物与植物也极难区分。有些花草也可以张牙舞爪，把飞虫捕入花囊叶袋里瞬间化食，而有些虫豸也青翠得如枝如叶，时常阴险地装出死相。那么，我们再走下去，会不会还遇到长叶子的石头，或者能咬人一口的石头？会不会被某棵大树冷不防一掌拍倒在地或者一脚踢向深谷？

我们快累垮了，更重要的是被自己的恐惧累垮了，已经怀疑今天能否找到大瀑布。回去吧？颇有点不甘。往前走吧？又有点心虚腿软。无意识地迈出步子，我们又游过几级水潭，爬过几级石壁，只是一级更比一级难。有时候我们几近绝望，认为前面这堵石壁是绝对攀不上去了。尤其是攀到第九级，我们侧身通过一条天然"栈道"，人皆背靠石壁，脚下仅有几寸来宽的一轮石棱，滑溜溜的，且向下倾斜。顺着鼻梁，我们可看到悬岩下的乱石沟随着我们的横移而晃晃荡荡。一块石头慢慢滚下去，半天才听到闷闷的撞击声。一阵风吹来，整个石壁好像都在摇晃。人已经不敢呼吸了，担心呼吸的气息都会动摇重心，轻易地把我们推离石壁，再也贴不上去。在那一刻，我感到命运已不在自己手中，而被狰狞的石沟掌握着，但我不知它在刹那间会做出何种判决。一步,两步,三步……当我不顾一切跃到一块平稳的石头上之后,身体就颓然倒下,好半天还觉得小腿在痉挛,在颤抖。我当然更记不住同伴们是如何过来的,记忆中有一段永远也弥补不了的空白。

新凯发狂似的骂娘,咆哮,跳跃,抽自己的耳光,抓起石头一个个往深谷里乱砸。他的神经已经承受不了这样残忍的后怕。

昭玲去安抚他,拍拍他的背,摸摸他的头发,像一位哄着孩子的母亲。她的全身都湿透了,浑圆的肢身在布片下突显出来。

你们听!光头大叫一声。

我们终于听到了什么。

寂静中,终于有轰轰轰的声音从地下升起,又像来自四面八方,而且越来越近切,使地面都有微微的震颤。

光头又大叫了一声:雨!大家也随之感觉到了,发现了手上和脸上的雾珠。我们初以为是变天了,但很快就悟出,一定是大瀑布溅起的水雾!我们顿时兴奋起来,连爬带滚向前快跑,转过一个山坳,果然眼前一亮,一束银光悬挂在巍巍石壁上,大团大团的雨雾确实是从那里涌来,只是没想到它能飘洒得这么远,竟飘到了千米开外。新凯转怒为笑,高举起双臂,嘴巴大大地张合,但我们已听不到他的声音。其实我们已经听不到轰轰轰之外的任何声音,大家都在无声地奔跑,摔倒,摇手,攀爬,叫嚣……

我们总算找到了!来自上天的银色飞流呵,你翻腾着,扑跃着,奔跑着,越来越壮大,也越来越清晰,连颗颗水珠也可被我们看得真切。你被一块石头劈成两匹,又被再下面两块石头割成三股,然后缓悠悠地飞坠,大把大把地砸在石头上,撕咬和拥抱,挣扎和舞蹈,遍体鳞伤却依然扑向锋刃,头颅落地却突然拔地而起。你的骨头在嘎嘎裂响,血的泡沫在一次次腾飞,但仍然一往无前前赴后继投入战场,金戈铁马鼓角震耳昏天黑地。这场战争也许持续了百年？千年？万年？永远的水雾升起来，扬上去，飞向远方，使方圆数里内的树林全是湿漉漉的，叶子晶晶闪亮，不时抖动着，似乎也受到了惊吓。一轮轮巨大的彩虹在这里升起，成了一座座凯旋门，永远纪念着你七彩的信念。

我们互相拍肩、捶胸，还有拥抱。

我们大唱《要奋斗就会有牺牲》，唱《红军不怕远征难》，唱《我们走在大路上》和《马赛曲》……尽管我们几乎听不清自己的歌声。

新凯想去瀑布下冲个澡，小心翼翼探步向前，还隔飞浪老远就惊恐地回逃，显然是被飞流打击得太痛。

又有几个人去试，还是大笑着回逃。

昭玲则发现石头上冒出的一注喷泉，跪着用嘴接了几口，弄得满脸都水涟涟的。

光头又发现了另一处喷泉，但还是不满足，说为什么没见鱼被冲下来呢？这么高的落差，鱼一定会被砸昏吧？

我大喊，应该去骗骗今天没来的刘安，就说这里叫臭鱼岩，被砸死的鱼堆成山，烂了，臭了。

光头大喊，刘安那家伙呆，说不定真会相信的。

大家都笑了。

新凯还想起了一件事，说应该在这里留几个字，作个纪念。我们都赞成，但留什么字呢？有的说应该刻红军不怕远征难，有的说应该刻自由部落万岁，还有的则说应该刻一首诗……争议了好一阵，我们才觉出自己的可笑，原来手头根本没有刻石的工具。

昭玲这才偷偷一笑，从衣袋里掏出一口铁钉。她没带吃的没带喝的，居然就带了一口铁钉，早就猜到了我们的需要。这真是神奇。女人如何能够这样伟大？不但比男人还能承受困苦，还总能在要命的一刻制造惊喜？

我们的目光投向一块石壁，但刚走过去，突然不约而同地怔住了。原来我们发现石壁的右下方，已有明显的一排刻字，部分字迹有些模糊：

沿溪再上五级台阶，有此山第一大瀑布，高二百八十米。三一五地质队秦克俭记。一九五四年七月十五日。

这是一道闪电，把我们都击倒了。这是一条冷冷的真理，而我们也许是迟到了十多年的第一批听众，是这一真理绝无仅有的听众。

秦克俭是谁？

我们根本不认识他，但他在这里等了我们十多年。当然也只有我们，是世界上最熟悉他的人。

字迹如此真切，好像就是昨天，或者就是刚才刻下来的，还留着人的气息和余温。而这个刻字者眼下也许还在附近，在某一块石头后闲坐，在某一棵大树下入睡，在某一顶帐篷里清点帆布包里的标本，在某一堆篝火前搜集枯枝准备做饭……我甚至已经看见了他黑黑脸庞上似曾相识的笑纹。

"秦克俭——"我们大喊起来。

"秦克俭——"到处都是回声。

我们终于没有找到他，只是感到蒙蒙雨雾更凉了，更浓密了。

一九八五年八月

> 最初发表于一九八五年《湘江文艺》杂志，后收入小说集《诱惑》，已译成法文、英文。

鼻　血

　　马坪寨，错错落落的一片木楼房，夹着一座青砖楼，老远就能看见。砖楼的梯形封火墙檐角高翘，一角叠着一角，一级落下一级。檐草居然已粗大如树，当然是吸吮了漫长岁月的结果，若出现在夜里，将冷不防给路人一种黑森森的狰狞感。苔藓从墙基蔓延开来，蓬蓬勃勃泼染于墙，眼看就要把砖楼完全包藏。

　　老屋空了多年，囤积着一屋发霉的气味。但不时有人跨进门槛，把一角角黑暗认真地盯上几眼，似乎努力地要看出个什么究竟。他们是过路歇脚的农夫，叽叽喳喳的少女，或一些坐汽车远道而来的读书人。读书人喜欢负手闲步，把门口两尊石头狮子拍拍打打，把蛀眼密集的大木柱抚摸抚摸，更喜欢在厅堂里一张女士玉照前整顿神色，交头接耳一番。

　　女子的大照片陈旧灰黄了。年龄说不准。衣着在今天看来不算十分洋式：一件短袖旗袍把胸脯小心裹住，却把颈脖大面积裸露出来，交给公共目光去七叮八咬。

　　本寨人都知道，这里原住着一个大户，姓杨，是个大药商，家有两位千金。姐姐在九州外国行医，照片中的这位则是妹妹，曾是著名演员，用本地人的话来说，在上海"唱电影戏"唱得大红大紫，想必在大码头上赚了不少银洋。如此而已。本寨人不知城里的读书人为何这样惦记一位戏子，一趟趟来察看老屋。有什么可看呢？有曹跛子耍蛇那样好看吗？有湖北班子的大变活人那样好看吗？

他们把外地统称"开边"，似乎唯马坪寨才是中央，只有身处中央的人才活得最有道理。而"开边"人总是有些古怪的。

待外地人走了，本寨人进去捡个烟盒子，捡个汽水瓶子，看能不能废物利用。有时他们也把招引远客的大照片评议一番。

"乖致得婊子样的。"

"乖致什么？嘴巴好大，丑死了。"

"奶子砣砣的，养五个娃崽不碍事。"

"色是祸呢，没听说过吗？红颜薄命。"

"莫搞下的。人家是人民代表，毛主席都请她到北京去坐皮椅子。我舅舅说过，那皮椅子一坐下去就塌两尺，你窝心都到了口里。"

"死猪子，你坐了我的斗笠。"

众人意见各别，有一点共识却坚定不移，即这号洋式女子担不得粪桶，铡不得猪草，只能摆看，切切不可做娘子的。至于电影戏，他们也觉得不以为然。县里的班子来挂白布放过两次电影戏，既无锣鼓也无唱腔，不论生旦净末丑，只是讲讲白话，才端上碗就吃完了，才上床睡觉就天亮了，快得实在没有道理。当时村长看见银幕上又打仗又开荒硬有几百号人，忙煮了两锅面条办招待，后来电灯一黑，千军万马不知去了哪里，场上只剩下两个放片子的伙计——他娘的电影电影，就是这样骗人的呵？

杨家二小姐不过是唱唱这种没腔没板的骗人戏，一没当上县长太太，二没在城里开铺子，马坪寨乡亲觉得这事并不怎么光彩——尽管她还算仁义，给乡政府捐过一台水泵。

乡长严禁马坪寨人破坏老屋，也不许用它来囤粮谷或关牛羊。有一次，三老倌拆了一根檩子去修水车，乡长知道后立刻瞪眼开骂："胡闹！你晓得人家是什么人？毁了人家的家产你有几个脑袋去赔？就要打第三次世界大战了，你搞破坏呵？"

众人想到第三次世界大战，觉得乡长的眼瞪得极有道理。

这一年，坡上的竹子全开了花；挖山时又挖断一条碗口粗的冬眠蛇，各户都剁去一截煮着吃了；有人还更下作，在水井边上屙下一堆臭粪，沤出了一窝蛆。总之，这世道有些不正经了。城里的一些青年学生跑到马坪寨来贴大字报，喊口号，舞红旗，砸烂石头狮子，召开批判大会，撕下杨家二小姐的大照片，四下里瞪眼睛恶狠狠一番。据他们说，"文化大革命"开始了，这臭妖婆也被都市里的革命人民揪出来了。哪是什么革命艺术家呢？她不过是个臭妖婆罢了，大破鞋罢了，美国女特务罢了，不但大搞反革命活动，还同好多男人不干不净——妖婆子有勾魂术哇，勾的都是大人物。你看看，你想想，有这样的祸水，中国还能不亡党亡国吗？有朝一日美国和日本的飞机还能不来丢炸弹吗？……这些话，说得马坪寨人面色惨白。

到岁末时分，马坪寨的返销救济粮没有发下来，大概是杨家妖精婆反了革命，乡亲们也跟着受连累。众人便气愤，尤其是男人们，纷纷诅咒那勾魂的淫妇。

某位妇女被柴烟呛了一口，不免火冒三丈："勾魂也是本事，你曹跛子要你家妹子去勾勾看，勾猴！"

几位女子立即附和："勾猴！"

妇女又说："哪个叫你们男人浑身骨头轻？勾了魂，活该！"

几位女子再次附和："活该！"

旁人便默然。

关于杨家二小姐的消息从此绝迹。她或许死了，或许坐了大

109

牢,大家对此都吞吞吐吐。马坪寨青砖老屋的阶基已被荒草淹没,再无什么人来探访。

不知什么时候,邻居开始悄悄议论,说半夜时分常听到空楼里有人咳嗽,还有清清楚楚的脚步声和泼水声,想必是老宅子不干净,闹鬼。这一说,男人们胆子再大,也不敢用老屋来码柴和囤石灰,白天也躲它远远的。有时候母鸡跑到那里去了,或许生了野蛋,男人们也不敢去寻找清查。

这一年,公社机关的干部又多了一两桌人,加上有几个单身汉要结婚,房间显得十分紧缺。公社干部看中了马坪寨这栋砖楼,又觉得有责任打破闹鬼的迷信。黄秘书来看过几次,说根本没听到什么脚步声和泼水声么,只有几只老鼠么,看把你们吓成了这样。乡亲们不相信黄秘书,说你们吃国家粮的福气大,八字硬,阳气足,火焰高,自然是看不到鬼的,哪能与我们农夫子比?

兵马未动,粮草先行。第一个奉命搬进空楼的是伙夫,一个叫熊知仁的后生,众人都叫他知知。他挑着铺盖卷来到老屋前,被前面一团黑影吓了一跳。他挺长脖子,眯缝眼睛,透过又破又旧的两块小眼镜片,把前面的黑影警觉地辨认了一番,发现是棵普普通通的樟树,方定下心来。

他的小眯眼自然是被灶火柴烟熏坏的,很多东西看不真切,以至他迈进大门时,差点又被门槛绊了一跤。他晃晃地站稳脚跟,收收鼻孔。

"香!"

天井里只有鸟粪和腐草的酸臭,左边厢房里有两个木匠忙着破木下料,松木味也不能说是香。

黄秘书说:"你放下东西,去下湾村喊四个泥匠来。"

"香!"他依然专注地收缩鼻孔。

"什么香?"

"牙膏香。"

"哪来的牙膏？"

"真真是香。"

"鬼打慒了，快去喊泥匠吧。"

"贼养的，我鼻子明明……"知知觉得自己的鼻子是有点不堪信任，咕咕哝哝去下湾村请泥匠。

下午，他清扫老屋，扫走几堆落叶和鸟粪，又嗅到了那股似有似无莫可名状的香味，不觉有些奇怪。那香味到底从哪里流出来的？或者——到底有没有那股香味？他四处查找，挺长脖子，对楼宅的各个局部投去警觉目光。一砖一石都放大了，清晰了，凸现了，柱子在移动，墙壁在旋转，头顶的大瓦盖也波动翻涌起来，似乎有了某种活气，暴露出某些意思。他在天井一角捡了个破灯盏座子，觉得分明有个人，曾经在这盏灯下等人，想起了什么伤心事，默默地流泪。他看到后院荒草掩盖着的一条石板小径，觉得分明有个人，曾经在这里跑来跑去捉蝴蝶，笑声碎碎地装满一院子，还有汗津津的肩胛在枣树干上倚靠。他又发现一口废荷塘，积满干泥，长满茅草，有个癞蛤蟆跳了一下就不动了，胸有成竹地盯着他。他猜想当年这里定有一湾碧水，半池莲荷，映着蓝的天白的云，映出塘边一件红衣衫，跳动得像一团火。塘边有块石板特别平滑，差不多是一面墨色大镜，那当然是一双柔嫩的赤脚，曾经反复在这里踩踏，才有今天细腻柔软的石面。

他像一条狗，继续找着，嗅着。他来到楼上，看见许多碎瓦片。他还在板壁上发现了一个墨写的"羊"字，在一道壁缝中发现了丝线球和钢笔帽，在一个窗台上发现两道刀砍的痕迹，一个缺了腿的铸铁香炉。这一切过于琐屑零散，没有什么含义，但似乎也能串起来，串出一个关于某人的故事。知知是一条能嗅出故事的狗，甚至明白了这个故事的许多细节，连很久以前的一个眼波,一声病中的呻吟,他也能用鼻子在尘封的砖瓦梁桷中细细挑剔和挖掘出来。

他很有信心地走进一间杂屋,与蛛网和蚊虫大战,在成堆的松子里果然又有新收获。有一个玻璃镜片,不知曾照过什么样的容颜。还有一根泥垢包裹的银簪子,在掌心里一擦,便闪出一道诱惑的银光。

"乱丢乱丢,不就在这里吗?"

他自言自语,带着一种埋怨的口气。话一落音自己也奇怪,他埋怨谁?为什么事埋怨?其实他至今什么也不知道,只知道这个楼宅曾经住有一个大户,家中有男有女,如此而已。但他又很有把握,似乎认定曾有一个女子经常在这里敲核桃壳,经常在这里绣花和画画,经常与母亲斗嘴抬杠。她的牙齿还老出血,尤其是刷牙的时候,一吐便是一口红水,这是不会错的——他这种把握简直无根无由,一冒出来后却顽固透顶赶也赶不走。

伙房里有人叫他。他挑着一担草往柴房走去。他走过曾经有人走过的楼梯,穿过曾经有人穿过的厅堂,跨过曾经有人跨过的门槛,听到长长一声娇滴滴的嗯——啦,不觉吓了一跳。仔细一听,发现刚才不是人声,只是一扇木门旋出的声音。

接下来,他听到柴房内有人泼水,进门一看,却未见到人影,但地上和柴捆上真真切切有些水渍,还透出女人的发香,好像刚才确实有人在这里洗过头发。怪了,今天这里只来了泥匠和木匠,绝不可能有女人。而且谁也不会如此混蛋,往柴房里泼水吧?

回头想想,刚才的嗯——啦,到底是人声还是关门的声音?

"鬼——"

一担草丢在地上,他须发倒竖,扭头就跑,一口气跑出半里地,钻进路边一户人家,在桌子下蹲了好半天。"有鬼呵——"

乡下闹鬼的事很多。供上豆腐、雄鸡、糍粑,请法师来偷偷念一通咒语，就算驱鬼辟邪了。熊知仁瞒着黄秘书，请寨子里的四伯爷做了一场法事，又睡了一天一晚，出了身透汗，自觉是好些了。收收鼻孔，至少是不再有香气。

这一段时间，公社干部陆续入住空楼，食堂里越来越忙。不过知知不用去砍柴，也不用买柴。村村寨寨都在闹"文化大革命"，打烂了很多泥木菩萨，清剿了很多报刊图书，包括物理化学小说散文什么的，乱七八糟堆在灶口，都可以当柴烧，用来煮人食也熬猪食。知知有点怕菩萨，不知烧菩萨会不会遭到报应，但想到自己只是奉令行事，干部要他下毒手，神灵未必怪罪到他的头上吧？劈着烧着，他胆子越来越大，甚至还有点兴高采烈，一刀劈下菩萨的大耳朵，又一刀剁掉菩萨的肥脚板，对各路神仙大开杀戒。

他在废纸堆中发现一张大纸，不知是什么纸，反正纸面很光滑，很坚硬，指头一弹便有嘣嘣脆响。他凑上前一瞅，发现是张大照片，上面有一个女人，似有几分眼熟。他突然想到，这不是小杨子吗？不就是老杨家的二姑娘吗？以前他也听说过小杨子的故事，只是他想象中的大小姐，嘴巴没这般宽大，头发没这般卷曲。

美人，美人呵。可惜，好端端的照片已经撕破，截掉了大小姐的一只胳膊。他在纸堆中翻来找去，好容易才找到那条断臂。

他想了想，把照片带回自己的住房，贴在米桶上方的墙上。那里已经贴了两张治虫防虫的宣传图，还贴了张表现五谷丰登的新年画，现在再加一个女人，屋里显得更加明亮。他眨眨眼，觉得照片上的人也冲着他眨眨眼。他转过身去，觉得照片上的人也乘机爱东张西望，只是你再看到她的时候，她也迅速恢复原态，直愣愣地盯着你。这妖精，好勾人的眼睛，看人怎么看得这样深呢？看得这样呆呢？无论你躲在哪个角落，不论你在干什么，她都死死地盯住你，像有什么话要说。怪了，她对知知有什么可说？他虽说是她的同乡，但从不认识她，成天只知道劈柴、烧火、刷锅、挑水,那两个大水桶,压得他腿杆子上青筋直暴,一球球地扭成了结。伙房里还老是丢失东西,昨天留给公社书记的一碗豆腐,不知被谁偷去吃了,害得他被书记臭骂了一通。

他发现杨家小姐眼里有亮晶晶的东西,吓了一跳,忙取下镜片擦了擦,戴上鼻梁再去瞅,发现那双漂亮眼睛里又没有什么了。

但他坚信,杨家小姐刚才的的确确哭了,这是绝对不会错的。

想到这里,他慌慌出门在伙房、厕所、菜地乱窜了一阵,返身来到照片前,声音直哆嗦:"你哭什么?"

杨家小姐依然一动不动。

"你到底是人还是鬼?"

对方仍然沉默。他现在似乎看得更清楚,那眼里确实有泪光。想必是痛?是有病?是有什么伤心事吧?知知把她的脸蛋摸了摸,找来几颗饭粒,把照片的另一块黏接上去,算是把胳膊还给了女人。借着窗外一抹霞光看去,杨家小姐脸上似乎泛起一抹红润,嘴角也有一丝感激的微笑。

天色渐晚,窗纸被风吹得叭叭响。知知怕杨家小姐受寒,便在照片上方钉两口竹钉,挂上一件棉衣,这样可给照片增加一些温暖。到后半夜,他索性把照片从墙上揭下来,压到了自己的枕头之下。

这以后,旁人都觉得这个眯子有些异样。他干活特别卖力,还特别高兴,挑着一大担水上路,有时还扯开鸭公嗓,把不成调的山歌吼上两三句。他开始变得勤于洗衣、洗澡、洗手,手背上那张黑膜不知何时已经揭走,衣上的补丁也整整齐齐。到他房里去看看,床下不再有那些乱糟糟的草须了,摆放大小腌鳢的屋角也不再有蛛网。他的桌上还出现过肥皂盒和小圆镜,甚至还出现过鲜花。"熊大相公也摩登了,恐怕也想收亲呵?哈哈哈!"黄秘书觉得这件事很可笑。

知知似乎没听见，仍然捉针捉线地补衣，赤裸的背脊弯曲如弓，脊骨一节节清楚地挺突可见。

"是四妹子唱歌？"黄秘书竖起双耳，好像听到了什么，在老宅子里里外外转了一圈，最后又回到伙房。"奇怪，明明听到有人唱歌，怎么听着听着又没有了？喂，死聋子，你没听见吗？"

知知还是不抬头，不理他。

黄秘书常到伙房里来转悠，有时要炖牛肉，有时要煮面条，有时要取点酱油。他来一次，油罐里的猪油或茶油就要浅去一截。知知很讨厌这只油老鼠，找公社会计和公社书记嘀咕过两次，黄秘书就对他脸色很不好看，总是支使他去打扫厕所或者下井清污。这一天，他又支使对方为刘会计去洗鞋袜，然后在伙房里大找橱柜的钥匙，大概对酱油或猪油有所图谋。不料在桌上床上翻找了一阵，竟翻出了草席下的大照片。嘿，这不是那只大破鞋吗？不是那个美国女特务吗？

黄秘书当时就大叫起来。

正巧碰上春耕在即，公社照例要召开大会，以阶级斗争促进农业生产。一批地主富农被押到台上低头认罪，知知也被挂上了木牌，与地主富农为伍了。小杨子照片成了他抗拒革命思想堕落的铁证，被涂上红叉，倒贴在木牌上。

"熊知仁，你那天蒸饭不记得放水，蒸出几十斤锅巴没法吃，是不是贼养的故意浪费人民的粮食？"

"熊知仁，你炒的白菜里有蛆，把我们革命干部当猪婆喂呵？"

"你三天两头就剃头洗澡，一个癞蛤蟆还想当相公，是不是忘了本？"

"你房里没有毛主席的像，只有女特务的像，什么意思？"

"你还流氓，把那妖精片子藏在被窝里！"

……

干部们展开了揭发批判，没顾得上几个小后生躲在人群里嗤嗤暗笑，还有一些女人很不自在地你揿我一把，我捶你一拳。

知知勾着脑袋一直没吭声，呆了一般。忽然，一注红血从他鼻孔里流了出来，吧嗒吧嗒，一滴滴落在地上。他用手抓了一把，手掌顷刻间就血淋淋了。用袖子揩了一把，整个袖口也立刻血糊糊了。有位干部愣了一下，端来半碗冷水，往他脑门和后颈拍了几把，但他的鼻血还是一股股往外涌，染红了胸襟，染红了鞋袜。干部推他下台去，他硬着颈根不肯走，一摆头，鼻孔里一个血泡爆炸，在身旁一位老地主的脸上溅下几颗血星。他的血开始很浓，是黑红色，流着流着变淡，掺了水一样，成了浅红色。不知是谁递来一团棉花，塞住他的鼻孔，但红血很快浸透棉花，继续向外奔涌，弄得批斗台上的桌子、板凳、茶杯、话筒、标语牌全都血迹斑斑。随着会场秩序的混乱，他的鼻血越流越快，简直是向外喷射。一条老狗从他肋下窜过去，不小心被喷出一个红艳艳的狗头，汪地惨叫一声，向台下窜去。一只白母鸡也被喷成了红母鸡，扑打着翅膀飞到树上，于是树叶也被染红了大片。地上的血水积厚了，涨高了，开始蠕动，裹着沙粒和落叶向低处扭摆而去。不知被谁踩了一脚，立刻又带出几个血脚印，让人不能不想到杀人现场。

知知自己也被这景象惊呆了，吓慌了，开始捂着鼻子哇哇大叫地乱跑，血雨就随着他四处飞洒，满地狂溅，简直是一台指向哪里就红到哪里的高压喷漆枪——在场人谁都不敢相信，这个瘦精精的孤儿，竟有那么多血来染红马坪寨。

这一天的批判会只得草草收场。据人们说，自这一天以后，公社机关所在的杨家老宅不再传出女人的歌声，但有时会飘出女人的哭声，时有时无，似近似远，而且不是所有人都能听到的——看来还是有鬼呵。

多年以后，据说"文化大革命"结束了，杨家二小姐也获得平反,仍然是著名演员和革命艺术家,还上了电视和画报。那天乡政府周会计脸上像抹了一层油光,夹一册画报从县里开会回来,干部们都尾随而去争相观看。熊知仁搓搓手,想起了什么,也跟了上去。周会计正眉开眼笑,回头看见他便挥挥手:"开干部会,你来干什么?去去去!"

知知怏怏地回到家里继续磨豆腐,看白色的豆汁一汪汪流下来,不觉发了呆。

此时他已经早离开了政府机关的食堂,回到寨子里,开了个路边小饭店。饭店生意还不错,尤其是馒头卖得好,猪血豆腐更有名气。知知不记仇,当年的公社干部来了,他给老熟人的碗里多抓点葱花姜末,汤勺子往鼎锅里舀猪血豆腐,也总是搅得深一些。听说乡政府要黄秘书退休回乡,退休费却只有每月两百元,他还推了推那架断了腿的眼镜,肃然正色地说:"只两百块钱就打发了?这样对待老同志,不平民愤的!"

有一天,从乡政府方向来了两个"开边人",说的京腔不容易听懂。一位老妇人身着无袖旗袍,有细嫩白净的脸皮,但下眼皮松弛垂落,叠出了肥厚的两个眼袋。大概腿不灵便了,她坐在轮椅上,但还是描眉画眼,香气扑扑,抹了淡淡的口红,戴一圈金光闪闪的项链,显得很有些身份。推着轮椅的另一位女人约摸五十来岁,挎一个小皮包,对老妇一口一声"阿姨"。

两人看了杨家老屋,看了水电站和学校,回头把知知的小饭店也很有兴趣地打量。老妇人似乎是在说,她小时候最爱吃这种猪血豆腐。

知知眯缝着眼辨认来客,"来两碗?"

老妇人望了他一眼,眼中透出惊异,是一种看见熟人时的表情。"这位乡亲,是不是姓彭呵?"

"不是,我姓熊。"

"我们见过面吗？我们好像在哪里见过的。"

"肯定见过的。这几年我经常到县里去进货……"

"对不起，我们不住在县里，住在老远老远的地方。"老妇又低头自语，"哎哟，你看我这个脑子。"

不知是谁在旁边插了一嘴："知仁大哥，她就是马坪寨的小杨子呢。"

小饭店里的几张面孔都转了过来，熊知仁更是吃了一惊。他没料到当年照片中的女人，竟躺在轮椅里，浓妆艳抹，皮泡眼肿，像一条香喷喷的五彩大金鱼。这就是小杨子吗？就是以前大照片上的女子？不会吧？他搓搓手，有点手足无措。

周围人头攒动，议论着轮椅和项链。大概被那张老脸弄得有点扫兴，也没看到人们预料中的小轿车，几位后生子立刻大不以为然。不知是谁对谁在说："县酒厂的酒糟好得很，你要的话就赶早去。"

"来两碗吧，不要钱的，你们尝尝。"知知终于想了可以做的事情。

他注意到小杨子伸过来的手臂，又肥又白，靠肩胛的地方，有一条两寸多长的疤痕——正是当年照片撕裂的地方。他胸口一紧，感到吐不过气来。

"大婶，你……这只手受过伤？"

"唉，也记不清了。"对方笑了笑，眉梢优雅地向上一挑，"那些年，受林彪和'四人帮'的迫害，身上的伤哪止这一处呵？腰上和背上还有内伤哩。"

"阿姨，你要不要一点？"陪着她的中年妇人似乎吃不下，把猪血块往她碗里转让。

"兰兰，我够了。"老妇人嚼了一小片，嘴唇舔了舔汤，也把碗放下。"同志，味道还可以，只是有点不卫生，你这些碗都没有蒸过吧？没用过洗涤剂吧？我一看你这锅灶，这碗筷，哎哎，想吃也吃不下。"

知知慌慌地不知该如何回答。她又说："你们农民同志，现在可以劳动致富了，形势很好呵。不过，还要注意提高社会主义觉悟，要讲究心灵美呵。没有美，就没有生活，对不对？劳动光荣，但要按照党的方针政策办，是吧？现在这个物价，乱啦。社会风气，乱啦。我就真纳闷，怎么也没人来管一管？兰兰，上次报上也说了，有些人赚黑心钱，我看还是心灵美的问题没解决好……"

"阿姨……"中年妇人看了知知一眼，似乎觉得老人把话题拉扯得太远。

这时候，知知才发觉，杨家小姐虽头发花白了，但声音还脆亮如童。大户人家的女人就是养得娇些。

老妇人取出香水纸餐巾，擦了擦手。两人道过谢，一高一低往大路而去，只留下淡淡的香水味，还有地上那朵皱皱的纸餐巾。

知知一直没有说话，看面前两碗几乎没怎么吃动的猪血豆腐，腾腾冒着热气。

他肯定不适应香水味，感到头有点晕，鼻腔深处也热热的，有液体在涌动。他知道那不会是什么好东西，赶紧捂住鼻孔，进屋去找棉花。屋里乱糟糟的，没有洗晒的衣服四处堆放着。两只老鼠从谷箩里惊慌地逃窜出来夺路而去。他眯缝眼睛四下瞅去，也没找到那件破棉袄，没找到可以塞住鼻孔的东西。看来，是得有个人管管家了，他该下决心娶个女人了。

一九八八年二月

最初发表于一九八八年《青年文学》杂志，后收入小说集《北门口预言》，已译成法文。

史遗三录

　　本人曾下放湖南省汨罗县务农时逾六载。汨罗为春秋时罗国属地，至今仍自成一小小方言区，其语音与四邻各县大异，略显古罗域轮廓。据史载，罗人源于今湖北宜城，有"罗家蛮"之称，为弱小部落。后楚兵渡河南侵，罗地男女老幼英勇抗击，终不能敌，遂迁往今枝江县，数年后又遭楚文王强兵相逼，远徙洞庭湖以南。有乡间野叟言，古罗城即今长乐镇。当地方言中罗乐谐音，故此说虽可存疑，却无妨聊备一格。

　　本人当初即居长乐镇以西，尝随农夫开荒，掘出地下大批铜矛铜镞，轻捏于掌，立成粉末，因之怵然察觉脚下荒岭原为铜器时代惨烈战场，禁不住惶惶四顾，心空良久。

　　罗地奇事异物不胜枚举。地名人姓大多两分，张家坊住李姓，杨家桥住康氏，此类情形比比皆是，殊可奇怪。又有闹茶古俗，新婚之夜老少男宾均可嬉戏新娘，搂抱狎昵，邪辞浪语，所谓三日无大小。故百姓娶亲多在冬季，既取农闲之便，新娘亦可多穿厚裹，如披挂重甲以护身。此类奇异，方志恐早有述录，无由我赘墨。

然有三两凡人小事，难入正史，于我则耿耿胸臆，经年难忘，遗之可惜。今稍作整理，汇为三题如下。

猎户

猎户杨某，罗圈腿，麻色浅发，常暴几许错杂黄牙于嘴中，似黄牙已将嘴穴胀破，唇圈永难围合。此人年过六旬，却身骨强健，入冬不着棉袄，薄裤参差悬吊，赤足蹬套鞋，叭叭行于村路。

杨某有绝技。上山见虎粪，即可辨出虎之大小，虎之雌雄，虎之肥瘦，言过山虎必依特定路线往返，人只消算定虎归时日，于虎行路线安装套夹即可。众人皆称，杨某上山从不空手归，在家亦可神算山中动静。有时陪客闲坐喝茶，忽然眼生光辉，一跃而起，挥挥手，差小儿速去某坡收取套夹，取回野兔或黄麂，以免被闲人窃得。小儿半信半疑，无奈应差前往，片刻后果有毛茸茸野物在手，一路兴冲冲回家。

众人又言，杨某的铁铳亦有灵。若山上不远处有野物出没，墙上铁铳必扑扑自跳，躁动不宁。

杨某通医道，无论遇何种蛇伤，赶至伤者前连呼三声对方姓名，倘对方尚能应答，则必定救活无虑。农业大跃进年间，公路进山，汽车咆哮，阳气浩荡，致山上野物渐稀，杨某遂转事农业，扶犁掌耙之余靠蛇药秘方换钱米贴补家用。

杨某寡言，然常有奇论。邻人有小儿，三岁能算，五岁善书画，村人誉之为神童，百般喜爱。杨某目其果能背诵花鼓词如流，不觉惊惧失色，目瞪口呆，倒退两步，称盖世聪明如何了得？将来必坐班房。然小儿父母闻其言不怒，一笑了之。

工作组进队清查财务，查出会计贪污款十四笔，又召集隆重大会，民主改选会计。选票为草梗，逐一分发。村民捏之在手，面面相觑，计欲投票一青皮后生名下。正纷纷起身，杨某于墙角举掌高声：不可！须臾又言：原会计新屋落成，两房儿媳已娶，三儿亦戴手表穿洋服往县城为官，算下来，全家衣食无忧，已吃得八成饱，若换一个饿的从头吃起，我等百姓如何负担得了？

众大悟，纷纷投梗以邀原会计留任，令工作组大感而去。

秘书

公社秘书何某，矮胖身材，白净皮肉，手背脂软如膏，年过四十却具童音，其尖细脆亮乡间女子莫能与之比。远远交誉之下，何某常喜滋滋问客：我嗓子如何？

公社奉令推广革命样板戏，何某受众后生嘻嘻怂恿，于戏台后为幕前角色配声，生旦净丑一人包唱，采茶调、劝夫调，见词即唱，唱则风生水起。全本唱毕毫无倦色，一条嗓子似铜打铁铸，当当脆亮如初。满场惊羡更令秘书自得，满面笑纹一路加唱回寝。

夜晚乐甚，白日方感精力不支，开会时抄袖垂头，缩避墙角昏昏瞌睡。有同事踢其脚猛喝。何某惊醒，紧张眨眼左右环顾言：有人要杀毛主席否？对曰：否。何某释然，吐一腔长气，薄吸半口茶水，称既如此，睡睡无妨，睡睡无妨。

满座乃生笑。

何某白日入梦却不误公差，传达文件精神仍轻车熟路，滔滔不绝，甲乙丙丁，一二三四，声震众人耳鼓，并无多少差池。唯自叹文运不济，写新闻报道稿绝少成功，公社诸多伟绩鲜见于报刊，上司脸色难免生愠。

何某苦思良久，疑县内诸位同行上稿率高，全仗手脚迅捷报道及时，遂决计以快制胜，凡事取提前量。适逢妇女节将至，公社动员群众移风易俗，新人行集体婚礼。何某以此为题，提前五日详述新式婚礼盛况，青年争表决心云云，妇女兴高采烈云云，老农深有感慨云云，一致拥护一致要求云云。报道一式五件，逐一加盖公章，快邮分寄报社电台，同时呈报县府首长。

县府某部长阅罢文稿，目注日历，大惑不解，终疾首正色称，婚庆日期未至，为何有声有色报道于前？此报道乎？预报乎？胡闹乎？遂驰笔批复，重申干部深入实际，主观主义官僚主义非打不可，又责令何某亲往现场调查，据实再写一稿，将来两稿比较，可作新闻整风教材。

何某得令，冷汗大冒，自觉虚构非新闻正道，旋即抱改过之心，驱动福体，一路方步摇下村来。然细细核实婚庆大会详情，事实竟与原稿大体吻合。"晚婚学大寨结扎赶昔阳"一类标语皆恰如预测。承党支部团支部妇委会有力领导，争表决心云云，兴高采烈云云，深有感慨云云，一致拥护一致要求云云，各种套话亦似曾相识，一如秘书手中蓝本。何某将原稿翻阅再三，觉原稿字字珠玑，实无可增删。

终使某部长有口难言，何某为此得意多年。日后索性分门别类提前数日或数月制作报道，一沓沓有备无患，省得临时忙乱。

棋霸

公社建茶场，近日有百余省城知青来此落户，诗画琴棋各有高手，日夜热闹非凡。本地少年李某，观得目瞪口呆，摩拳擦掌，不时生一无端傻笑，自告奋勇欲与知青比试摔跤。

对手略知擒拿，施新疆式背包之术，伸手暗探李某裤带。岂料李某着土布抄头裤，无结实裤带，仅有细长裤绳，顷刻间绳断裤颓，露一方白肉光亮触目。李某不知此等异招，愤然甩手道：

摔就摔，何必如此下流！遂提鞋拾衣愤愤而去。

李某数日冷面横眉，知青亦无可奈何。忽一日，李某观棋战心痒，终复露笑脸，自称久爱弈技，原为此地棋霸，今日喜逢良师益友，愿再与诸位于棋场比试高低。

棋子叭叭就位，战云浓密，杀机四伏。然李某不待马头卒挺出，径直策出屏风马，活活踩杀对方巡河车，令满座愕然。知青笑得五官皆乱，言何来此等棋法，阁下拐脚马莫非坐了直升机不成？李某眨眼不解，问何为拐脚马，缘何远近四乡从无此律。于是众人捧腹喷饭更甚，有狂笑者险些翻下桌来。

越数月，李某看熟棋规，知马拐脚不能跳，卒过河不能退，又零星听得橘谱梅谱诸多名师棋法，弈技日有长进，连知青高手也莫能匹敌。每局下来，满座赞誉鹊起，李某搔头挠耳，脸微红而喜不自禁。

知青陆续招工回城而去，场里棋坛仅留李某茕茕孑立，清冷难耐。李某夹棋盒回乡访友寻乐。岂料悉数旧友仍行拐脚马，且哄笑李氏新规荒唐，可笑亦可恶。李某百般辩说，老幼竟无一信服，均摇头以拒。李某一时心乱，随之棋乱，连败数局，郁闷不乐。

李某自恃清高，从此戒棋。数年后有旧时知青结伴远游，途经此地，叙话间闻此地棋霸早易新主，又闻李某蛰居偏僻山村，郁闷成疾，体瘦如影，至今未婚。

一九八六年八月

○
最初发表于一九八六年《青年文学》杂志，后收入小说集《诱惑》，获全国优秀小小说奖。

老　梦

伙房里的饭钵一天比一天少，不知是什么原因。这个悬案不早点查实，意味着头头们还要多开好些会，意味着伙房里可能停工或半停工，大米就不能及时转化为米饭，更不能转化为汗水、粪尿以及皱纹白发等值得尊敬的东西。这个问题实在令人面面相觑。照场长的分析，不是严而不重，不是重而不严，而是万分严重——说得大家都惧怕起来。

首先值得猜疑的当然是后生们。他们被迫天天晚上开会，在场长的神威之下装得乖头乖脑，搔挠着腿上那些鲜血淋漓虫咬疤痕。其实，别看他们这个熊样，谁能担保他们在怨气冲冲的时候，不会摔几个钵子以暗中报复领导？不会砸几个钵子以发泄他们对咸菜汤和老丝瓜的不满？这样的事情以前就发生过。每次水塘放干水以后，塘泥中露出的一些钵子就是证明。不过，最近场长派员暗暗调查，暂时还没有大不了的发现。

钵子还是一天天少去了，蒸箱里那一角空缺还在逐日扩大，以致这天完全空去了一层蒸箱，有几个迟到者就没吃上饭。食堂管理员说，前不久刚买来一百个钵子，怎么就被你们吃到肚子里去了？照这样下去，保不准门窗桌椅也会被吃光吧？于是，场长一发脾气，我们又对各个寝室给予搜查。待人们出工下地之后，我们踢开那些破门，在床板下、墙角里、楼板上、蚊帐后这样一些隐秘的地方，搜出了队长私藏的花生种，小会计私藏的铁丝和扳手，如此等等。我们还发现平时特立独行的某个家伙，也写了讨好领导的告密信；花容月貌的某位婆娘，居然也有臭烘烘的被褥……我们直搜得世间万象都令人惊心的复杂之后，还是没找到要命的钵子。

"干脆，找几筒树来，挖一些洞洞，让他们拿筷子去戳。"我这样说，并不是无视人类的尊严，只是有次确实看见某农家开饭，只是摆出一张条凳，上面有剜出来的一排凹陷窝窝，权当是碗，让孩子们围在那里争汤抢菜。

勤保说："鬼话，那不像喂猪？"

在他看来，喂猪与喂人还是有区别的。其实，我在猪场干过，现在又在食堂里干，都是在大木盆里哒哒哒地剁菜，剁得盆底浮起一层白白的木渣。有多大的区别？

我也有些教养了，"不能让场里再买批钵子来吗？"

"根痞子得了肺结核。"他说。

"我是说钵子。明日还要添一桌木匠，还有干部来开现场会。我拿什么蒸饭？"

"我说了，不行的，根痞子得了肺结核。"

他答得毫不迟疑。我费力地思索了一阵，还是没弄清根痞子的肺结核与我们买钵子有什么确定无疑的条件关系。

当然，我自觉无知，不便再吭声。我得记住，勤保是我们的民兵排长，每天早上出操时有雄威凛凛的目光和口令，一声"立正——向右看齐"，嘴唇把鼻子一挤，就挤出他痛苦的模样，这足使我现在闭嘴。

勤保又在工区里里外外巡视了一遍，瞄瞄门闩，瞅瞅木梁，看看柴堆，把灶台锅铲略加研究，不时掏出笔记本记下几个字，若有所思而又高深莫测地点点头。他这种沉着冷静以及那个笔记本，使我寄予了莫大的希望。

"是一天少一个吗？"他核对笔记。

"嗯啦。"

"好，依靠群众，抓住本质，这个问题总会解决的。"

他结束了调查，似乎觉得后面这句话太公文化，突然眼珠一转，羞涩地笑了笑，上身别别扭扭地倾过来，与我拉拉手告别——其实他的腿如果不绷得那么僵，随便跨前半步，就不会弄得气氛如此紧张。再说就几个熟人，一握手，握得我酸酸的，真想大笑一番。

四天过去了。所谓四天，意味着我四次在床上磨牙，四次蹲厕所细看眼前的尿渍和蛆虫，十二次蹲在灶台下狼吞虎咽地吃饭，几十次隔着小窗口与进餐者为菜的多少和油的多少愤愤争吵，如此而已。时间对我来说，没有什么神秘，只是匀匀地带来一些劳累和休息，饮食和排泄，可以毫不费心地预测和安排。我从不把时光流逝看得意义重大。

总之，被叫做四天的这一堆事情过去了，场里的窃钵之谜仍未解开。场长有些心烦，到我们伙房里骂了几次娘，还说要请高人"照油碗"——这是一种小法术。谁家失窃，无需告官报警，只需请来龙家滩的三阿婆，酬谢她一碗米，请她抽两筒水烟，她就可以口中念念有词，对一碗清油仔细观察，然后明察秋毫地道出窃犯所在的方向和大致模样。去年罗家坊有人偷谷，据说就是被一个油碗照得真相大白。

三阿婆被接来了，关在场长房里约个把时辰，又扛着一包米颠颠地走了，还粗鲁地捏下了一把鼻涕。从场长阴阴的脸色看来，成效不是十分显著。

勤保对此事有些不满，到我房里呆坐了好一阵，坐得我心神不安。"这不是迷信吗？"

我知道他是指照油碗的事。

我说当然，不过乡下人就是这样子。

"还是城里人觉悟高。我在天津的时候，工人天天都要政治学习的。他们送给我的毛主席像章，这么大一个。"他两手比画出碗口大的圆圈。

"部队里更不是这个鬼样子。我们那时候背毛主席著作，每天背一页，一年下来就背一本，理论水平好高呵。宿舍里的脸盆和口杯都整整齐齐，放成一条线。走正步，腿绷得要抽筋，手要甩到第二粒扣子。"他又给我示范，让我明白什么是正步，如何才谓之半握拳。

勤保最喜欢谈部队，当然是由于他当过两年兵，到过青岛和天津这样的大地方。大地方离我们这儿很远。大地方的人是不是天天走正步？是不是成天都戴着碗口大的像章然后背诵领袖著作？是不是就不偷食堂里的饭钵？……这都是颇费猜测和研究的。反正到过大地方的勤保，平常走路目不斜视，习惯把手甩起来，让旁人无不愕然和肃然。好在我们见惯了，也就觉得日子本来可以这样过下去。

他不似常人的地方还多，比方爱好文件，为了一个民兵早操，就弄出了很多规划、通知、决定，用小铁夹咬住，挂在他蚊帐边的土墙上，外加一份红头的"病虫战报"和过时的"林业通讯"——尽管纸片已经枯黄，却还是使客人进门时都怯怯地瞥上一眼，觉得这里很现代，很文明。他还十分爱好文具，再缺钱花，红铅笔、黑铅笔、红墨水、蓝墨水、一个锈迹斑斑的订书机，外加直的弯的各种针，一应俱全，琳琅满目，充满着办公室的气息，也不知他是从哪里弄来的。有次我向他借一根大头针来挑刺，他嘟嘟哝哝再三叮嘱，要我用完后一定归还，说得我挑刺时心神不定，竟把那根竹刺越挑越深。

有了这么多珍奇的文具，自然要做出些不凡的事情。每天夜里，女职工都在紧闭的房门后笑闹，男职工的寝室里也浪笑滚滚，咸味十足，一听就知道没什么正经。这时候的勤保必定羞得走投无路，只是躲在自己的房间，油灯下埋头写着什么。我瞥过一眼，发现他只是抄抄报纸标题。另一次则发现他在写自己的姓名，不断地描来描去，在黑烟滚滚的柴油灯下，把自己描得姿态万千，百般潇洒、厚重、高雅。他说，他打算半年学好艺术字，半年学会打算盘，半年学会吹口琴——为此他真的买来一个闪亮的铁匣子，塞入那个念惯了社论和嚼惯了酸菜的血红色大嘴巴，把上下两片皮肉搓扯得一下歪到这边，一下歪到那边。

我发现他老了，脑门上竟有了几道抬头纹。

"喂，睡吧。"

"你睡得这么早？"他瞪大眼，"你也应该加强学习，不学习哪能有进步？不学习哪能跟得上时代的步伐？"

"你的字已经够好的啦。"

"不行，还不行。曹会计那手钢笔字写得好，一勾，勾得特有劲。"

我的联想似有些可耻："听说曹会计的满妹子对你有些意思？"

他脸发红，扑哧一笑，像被谁搔了什么痒处，一身都骚动跳跃："你这个鬼……"

"怕什么，写封信给她。你有的是纸。"

他尽力咬紧牙关，吞下闷闷的笑声，又良家妇女般地忸怩不安和羞态可掬，谴责着我的丑恶思想："没想到，咯咯，没想到你这样，咯咯咯——痞！"

说完转过脸去望墙，半天没回头。

我自然无话可说，以后再也不敢开此类玩笑。我怕他咯咯咯地望墙，咯咯呼地腰身旋来旋去，也会把我启发得忸怩起来。

我还是只能同他谈谈钵子一类的公事。这天，破案的事总算有了些眉目。因为伙房里有了一大堆白萝卜，又因为白萝卜是利尿的食品，大家吃了白萝卜以后晚上都频频上厕所，所以破案的事有了眉目。有个人半夜里哆哆嗦嗦丢完尿，正准备回到房间去，忽然发现场部门前的老樟树下有个鬼鬼祟祟的黑影，不觉一惊，决计看个究竟。他只见那黑影在树干上抹了一掌，走向伙房，熟练地把一扇门端了下来，进去忙碌片刻，取出一个饭钵，又将那扇门恢复原状，再提一把钯头，从容不迫上了山坡。那黑影一路上咕咕哝哝地自语，到了坡上，掘出一坑，把钵子埋了，叹一口长气，踉踉跄跄地回房间睡觉。尾随者看得自己毛发倒竖，总算从那黑影的步态，认出了对方是何人。

第二天，场长听到了这个重要汇报，却不相信，带人到山坡上，按照举报人指定的位置，七手八脚开挖，竟真的挖出大堆饭钵，数了数，足有一百八十一。场长这才骂了一声娘，没话说了。

勤保被召到场长房里去了。这消息使众人十分惊讶。我们来到场长紧闭的房门前，憋住鼻息，放轻脚步，假意在那里修整粪桶，假意在那里看黑板报，想听听门内的动静。不料那里一点声音也没有。到最后，门终于开了，勤保咳了一声，侧着身子从门里轻轻闪出，小心翼翼地把门带关。他神情如常地整整衣领，如同刚参加了一个干部会，说了声："建国，我的灰篼呢？"他寻来自己的工具，叭叭几下敲落篼底的泥块，一肩挑起四包化肥，腮帮的肉棱子一隆一隆，就上地出工去了。他毫无惊慌呀、悲屈呀、忏悔呀一类能引人兴趣的东西，居心让大家的日子过得较为逊色。

我觉得他有点可怜，百思不解地问："勤保，你晚上埋钵子干什么?"

"我有神经病。"

我吓了一跳,差点一菜刀切破指头。

"我确实有神经病。"

"我怎么没看出来?"

他的神色显得有些悲壮,抿住嘴唇,一会儿望望屋梁,一会儿又望望我,坚强地微微一笑,好像示意我不必为他忧愁。停停,又挺胸缩腹地深呼吸两次,两手互相折扭,吞吞吐吐地说:"其实都是我爹……造下的孽。"

"与你父亲有什么关系?"

"我爹原来在窑场学徒,也埋过钵子……"

我后来才听明白,他是说他家以前太穷,父亲在窑场打工,靠偷钵子多卖几个钱,后来被窑老板当贼打死了。那么他现在的梦游,不过是父亲的魂魄附体,不是他的本愿。

"你……能借给我钱吗?"停了停,他又说。

"干什么?"

"我要吃药,还要安我爹的魂,都需要钱。"

我表示可以为他想想办法,但话没说完,发现他脸红了,一个劲递眼色,示意我赶快住嘴,最后竟惊慌万分不顾一切地逃走。我后来才恍然大悟,原来这时有几条汉子正吆吆喝喝送萝卜到伙房里来,如此大庭广众之下,借钱的事不宜张扬。

他越是面子薄,大家倒越愿意拿他说事。有个叫四老倌的农民,发现自己的一个斗笠不翼而飞,认定是他偷去埋了,追问他埋在何处。勤保不吭声,只是怒目相向,然后啃他那一份红薯。还有些人发现自己丢失了的套鞋、弯刀、餐票、短裤,也都疑惑是不是勤保所为,都去山坡上挖呀挖,挖得满场不宁。有个后生嘴里无味,又编排出一个故事,说有一天晚上他看见勤保手提菜刀,摸进一间间寝室，把一颗颗熟睡的脑袋摸来摸去，口里还自言自语："这个没熟。""这个也没熟。"……嘿，那不把众人的脑袋当西瓜了吗？要是他觉得哪个西瓜熟了，岂不会挥手一刀？……这一说，听者都面如土色，赶紧加固自己的门。据说曹会计的妹子更是整夜失眠，心里悬悬地不敢熄灯。

在众人警觉目光的包围中，勤保的五短身材还是常闪进伙房来。他小心地捧着一个小搪瓷罐，内装一只麻雀，或是一块猪脑髓，将其悄悄塞于蒸箱的一角——据说这是遵医嘱吃了补脑的。他依然有庄重自强之态，腰板挺得很直，双肩微微向上耸，常在你不留意的一瞬间朝两边扫一眼，观察着世间动静。他的嘴皮起泡，有干干的一层白花，双唇总是紧紧收抿，似乎有句足以使万民震慑的伟大宣言随时可能脱口而出，他只是暂时不屑松动双唇罢了。

又过去了好些天。所谓好些天，意味着我好多次在床上磨牙，好多次蹲厕所仔细看眼前的尿渍和蛆虫，好多次蹲在灶台下狼吞虎咽地吃饭，好多次隔着小窗口与进餐者为菜的多少和油的多少愤愤争吵，如此而已。我说过，时间对于我来说绝没有什么神秘。总之，被叫做好些天的这一堆事情过去了，我清理饭票回笼，发现勤保赊欠得太多，便去催他想个法子。他再拿军鞋或军帽来抵账，我也不能同意了。

我在猪场后的水塘边找到他，发现他衣着齐整，呆呆地望着远方一片月色。我感到他的神情有点异样，顺着他的目光看去，那边是一片刚刚翻过的荒坡，隐隐散发出热热的土腥味。每一颗土砾，每一截草根，都被镀上了银光。月亮变得又小又白，溶溶地浸在蓝色的雾里。天地间突然一黑，是一只大鸟在月与我之间掠过，巨大鸟影把塘基、跳板、柳树、荒地一路抹了过去。那边的荒坡太空阔了，太宁静了，使我突生一种暗暗的惶恐。

勤保朝我咧开嘴，像是笑。"你说，上次解放军拉练，为什么要拉到我们这里？"

"什么意思？"

"我的问题是：上次解放军拉练，为什么要拉到我们这里？为什么？"

"你说是为什么呢？"

"我还要问你：为什么他们要在这里放电影？"

"我……不晓得。"

他冷笑了一声，突然激动起来："这还不晓得吗？这是有战略意图的。不是不报，时候未到。时候一到，一切都报。你看吧，解放军都来了，坦克大炮已经打过长江了，一切反动派还能顽抗多久？你同意不同意我这个看法？"

完了，他已经不是勤保。前不久确有军队拉练经过我们这里，披着伪装网的军车曾挤满土坪，还闯到茶地上。可这与我们有什么关系？怎么需要我来同意或不同意？我已经发现他眼光里的呆滞——那里太白、太枯，太散，如同已是一片沙漠，不再有光泽和鲜润。大概他梦游时一次次盯着饭钵，就是这种目光吧？

我吓得扭头就跑。

后来听人说，他确实是疯了。那天大家四处寻找，到半夜才把他找回来。场长对他劈头淋了半盆牛血，打了他两个大耳光，没见效，只好把他送医院。

一晃好些年没有再见到他，甚至都差点把他忘了。前不久，我偶得机会返回旧地一游，刚下公共汽车，就听见有人大声叫我。回头一看，不见熟人，只见人群中有一胖大妇人闯过来，盯住我哈哈大笑："不认识了吧？我爹就是曹会计呵。"

我哦了一声，实在无法把胖妇人同以前那个瘦丫头联系起来。

她抓住我的双手，拥来一股奶香，弄得我有点不好意思。又

133

拉着我一起去买红糖，买猪肉，买粉丝，不管旁人如何打量和议论，不由分说要我去她家玩玩，并夺过我的行包，交给旁边一位教师模样的汉子——当然是她的男人。

她家里果然值得来看看。虽是土屋，却一律西式家具，并有洋的或古的各种明星女伶画片张贴于墙。电扇也啪的一下给打开了，虽然实在没有必要——她似乎执意把我吹得非羡慕起来不可。她刚让我喝下了姜盐茶和糖茶，又压着我大喝蛋花茶，似乎执意要让我吃得非拉肚子不可。

"你眼下干些什么？"我问。

"堂客们没文化，二百五，能干些什么呵？还不是在窑厂里玩泥巴坨？"

"你娃崽还小，何不留在家照看照看？"

"我老黄也这样讲，说不靠这几个钱。不过在家里有什么味？在厂里热闹，堂客们在一起，嘻嘻哈哈，什么痞话都敢说，最快活了。"

她哈哈大笑，脸上放射出红光，用滴着水的手擦擦嘴角，有点不好意思。

我从她嘴里知道了一些旧友的情况，最后终于想起了勤保。

"你是说勤跛子？"

"勤跛子？"

"他摔伤了一条腿，你不晓得呵？"

"不晓得。"

她正在洗一大盆衣服，胖手一伸直，手背上就挤出一排小肉窝，两条手臂被冷水浸得白里透红。勤保当年也许就是想念这双手的，但这双手终于在洗刷另一个男人的袜子了。而且她谈起勤保的口气，大大方方，毫不忸怩和躲闪，如同谈起一个陌生人。我不由得感到，时光确实流逝很多了。

她告诉我：勤跛子的几丘田还做得蛮好，疯病也治好了，只是间或还有点神游——他虽然不再偷钵子和埋钵子，但经常夜里下床出门，潜入镇上那个窑厂，把客户订购的骨灰坛子一个个竖起来，列成整齐的行列，逐个摸一摸，拍一拍，然后大呼口令："立正——向右看——齐！齐步——走——"如此等等。有时，他还冲着那一排排鬼头鬼脑的坛子，背着手大作政治报告，大概内容是同志们辛苦了，现在形势大好，不是小好，越来越好，将来会更好。但全世界还有三分之二的人民处在水深火热之中，我们必须加强战备，刻苦练兵，站在家门口，放眼全世界，随时准备为共产主义事业而献身。

每次作完这样的报告，他溜回家睡觉，而且第二天一切如常，一跛一跛地去挑粪或犁田，根本不记得夜里发生过的事。他的邻居们说，他只是要过一过嘴里的瘾，那就随他去，只要夜里不提着菜刀出门就行。

我想起勤保当年是经常给民兵作这种报告的，不过那时是白天作，而现在轮到他晚上来作了，在梦中来作了。

我也渐渐入梦。一床新被子散发着棉纱的清香，又大又沉，门板一样压得我冒汗。我踢打被子，翻了个身，清醒地感到睡意在我体内生长起来。我看见树影摇动，明月出山，只是怯怯地想：这不会是梦境吧？

一九八五年十二月

最初发表于一九八七年《天津文学》杂志，
后收入小说集《诱惑》。

女女女

一

因为她，我们几乎大叫大喊了一辈子。昨天楼下的阿婆来探头，警告我，说我家厨房的下水道又堵住了，脏水正往她那里渗哩。我大叫一声对不起，惊得她黑眼珠双双对挤。我似乎觉得有点什么不对劲，却无法控制自己，又声震耳鼓地请她坐下来喝茶什么的……结果她终于慌忙把头缩回门外，差不多是逃走。

唉，我总是叫喊，总是叫喊，总是吓着了别人。在餐桌边，在电话筒前，甚至在街头向妻子低语的时候——尤其当着面皮多皱头发枯白的妇人，我一走神，喉头就嘎的一下憋足了劲，总把日子弄得有点紧张，总以为她们都是幺伯，需要我叫叫喊喊地尊敬或不满。

其实，她们几乎都不是幺伯。不是。

幺伯就是幺姑，就是小姑。这是家乡的一种叫法。家乡的女人用男人的称谓，我不知道这究竟是出于尊重还是轻蔑，不知道这是否会弄出些问题。正如我不知道幺姑现在不在我身边这件事，对我将有什么意义。已经有无边无际的两年,世界该平静了,不需要我叫喊。我怀疑眼下我的听力是不是早已衰退,任何声音已经被我岩层般的耳膜滤得微弱,滤得躲躲闪闪。幺姑莫非也是这样聋的?据说她爹的耳朵也不管用,而祖爹五个兄弟中,也有两个聋子……这真是一个叫叫喊喊得极为辛苦的家族。

听不见,才叫喊?还是因为叫喊,才听不见呢?

两年了,世界上还有她遗留下的那双竹筷,用麻线拴着两个头,蒙有一层灰垢,在门后悬挂着,晃荡着,随着门的旋转,不时发出懒洋洋的嗒嗒数声。这就是幺姑永不消逝的声音。记得那一天,我最后一次寻寻常常地冲着她大吼:"你切了手吗?"我赶进厨房,看见她山峰一样弯曲凸出的背脊,软和的耳垂,干枯的白发,还有菜刀下的姜片小金币似的排列——什么事也没有发生。

就是说,没有发现地下有手指头。但刚才我总觉得她喳的一声切了手指。当时我正在隔壁房里读着哲学。

她惊了一下:"水就快开了。"

"我是来看看你的手……"

"嗯,就烧热水,洗手的。"

聋子会圆话。她敏捷而镇定地猜译我的声音,试探着接上话头,存心要让人觉得这世界还是安排得很有逻辑和条理。我无意纠正她,已经这样习惯了,装得若无其事地回到自己房间里去。

那声音还在怯怯地继续。已经不是纯粹的喳喳——喳,细听下去,又像有嘎嘎嘎和嘶嘶嘶的声音混在其中。分明不像是切姜片,分明是刀刃把手指头一片片切下来了——有软骨的碎断,有皮肉的撕裂,然后是刀在骨节处被死死地卡住。是的,这只可能是切断手指的声音。她怎么没有痛苦地叫出来呢?突然,那边又大大方方地爆发出咔咔震响,震得门窗都哆哆嗦嗦。我断定她刚才切得顺手,便鼓起了信心,摆开了架势,抡圆了膀子开刹。她正在用菜刀剁着自己的胳膊？剁完了胳膊又开始劈自己的大腿？劈完了大腿又开始猛砍自己的腰身和头颅？……骨屑在飞溅，鲜血在流泻，那热烘烘酽糊糊的血浆一定悠悠然顺着桌腿流到地上，偷偷摸摸爬入走道，被那个塑料桶挡住，转了个弯，然后折向我的房门……

我绝望地再次猛冲过去，发现——仍然什么事也没有。她不过是弓着背脊，埋头砍着一块老干笋，决心要把那块笋壳子也切到锅里去。

我也许是有毛病了。

她瞥见我，慌慌忙忙眨一下眼睛："开水吗？刚灌了瓶，几多好的开水。"

我刚才根本没有问话，与开水毫不相干。在她的心目中，也许我的很多沉默并不真实。她以为我说过这些或那些话，一直把我幻觉着。不过，她是否幻觉过我也有这种漫不经心的自我屠杀呢？

曾经给她买过一个助听器。那时候还很不好买，价钱也贵。我拉着她的手钻过好几辆公共汽车，穿过好几条繁忙的街道，去找这种小匣子。她上街特别紧张，干瘦的手总是不自主地要从我的手里挣脱。要是在车上，没有找到空座位，她在乘客中东倒西歪，一到车子起动就会吓得蹲下去，大叫我的乳名，弄得我很不好意思。她没命地伸开双臂四处抓拉，搜寻着椅子、地板、墙壁等任何可以抓拉的东西。有时胡乱揪住旁边一条挺括的西裤，自然会招来裤子上方的咒骂和白眼。横过街道时，她也不顺从我的牵引，朝两头一张望，就会显出毫不必要的慌乱，拉扯着我往前冲或者往后冲，气力大得足使我偏偏欲倒。有时我稍不留神，她就拿出罕见的奔跑姿态，轻巧快捷如青年，朝突如其来的一辆汽车叭叭叭地迎头撞去，像要同它拼个你死我活——那种聋子的自信和固执常使司机们吓得半死。我曾经怯怯地寻思：哪一天她真会丧命于车轮之下的。可怜的幺姑。

买回了那种小匣子，她却时常扭着眉头埋怨："毛佗，没得用的。人都老了，还有几年活？空花这些钱做什么？没得用的。"我说怎么会没有用呢，我测试过的，效果不错。然后过去检查那小匣子。果然，不是她没有打开开关，就是音量被她扭在最小的刻度上。"开那么大，费电油（池）呢。"她极不情愿地接受着指导，而且只要我一离开，保准又机灵狡诈地把音量恢复到原状。等到下一次，再来理由十足地重复她的埋怨："毛佗，没得用的，我说了没得用的。人都老了，还空花些钱做什么呢？你去把它退了，一对电油（池），买得几多豆腐。"

在她那里，有了豆腐就有了世界的美好，我们全家都是靠豆腐养大的，一个个长得门长树大。

于是，助听器没有再用，放在她缝制的小小布袋里，深藏于一个当作衣箱的烘箱里。耳塞上有一圈浅浅的污垢，好像还带着一位聋子的耳温。

而我们继续辛苦地叫喊着。

不知道她是怎么聋的，她没有说过。我问父亲，父亲说她小时候大病了一场，一发烧就这样了……什么病呢？病就是病，记不清了。

前辈们总是把往事说得很含糊，好像这就显示了教导孩子和维护社会的责任感，就能使我们规规矩矩地吃完红萝卜和阿司匹林。直到那年我第一次回到老家，在渡船上，在山水间，我才发现往事并非迷雾，而是一个个伸手可触的真切细节。

在一片肥厚的山脉里，有很古老的深绿色河流，有很古老的各色卵石。据说以前河边都是翳暗的林木，常有土匪出没打劫商船。不知什么时候，官府派人伐倒沿江的林木，铰掉土匪的屏障，才有了一条谨慎躲闪的官道和车马的通行。又不知什么时候,官府派人在这里建起了一道边墙,分隔苗汉两区,图谋阻截匪乱。这道南方的小长城眼下当然已经荒废,只留下几截废墟,一些披着赭色枯苔的砖石,像几件锈物遗落在茅草丛中。还有几条土墩被风雨磨得浑浑圆圆,看上去像牙齿脱落的牙龈。

同船的有一位阿婆,脸色黝黑,布满蛛网般的皱纹,身体又薄又矮,似乎一口气也能把她吹倒,一个背篓可以装上三四个这样的体积。她的眼睛和嘴巴只是几条裂缝,是一块老木薯上随意砍出的几道刀口——其中有两道红鲜鲜的艳丽,含着混浊的一汪泪水,当然就是眼睛了。

她似鹰又似人,操着极地道的家乡话,谈了些似乎与幺姑有关的旧事。在这一瞬间,我强烈地感受到家乡是真实的,命运是真实的,我与这块陌生土地的联系是真实的——这有阿婆与幺姑的面容相似为证,有幺姑与我的面容相似为证,有我一走入家乡就发现很多熟悉的鼻子、眼睛、嘴巴、脸型等为证。现在我回来了,身上带着从这里流出的血与脸型。

阿婆身边立着一个高大后生,满脸酒刺,大概是她的儿子。真难相信她可以生出一个体积比自己大两三倍的生物出来。

"幺伯吗?吾识的,吾识的。"阿婆两道红鲜鲜的缝把我打量了一下,"先前几多灵秀的女崽呵。那年莫家老二死了,有人就说她是蛊婆,开祠堂,动家法,逼着你爹爹去点火烧死她。唉,好造孽呵。"

"阿婆,您记糟了,我姑姑不是你说的……"

"哦,是尹家峒的幺姐吗?"

"尹家峒。"

"淑婴吗?"

"是淑婴。"

140

"吾也识的,也识的。这团转百十里的姊妹,哪个不识哟。难怪你还与她有点挂相哩。她是庚申年的吧,比吾只小月份。她男人不就是那个李胡子吗?那个砍脑壳的,又嫖又赌,还骑马,还喜欢喝这个——"她跷起拇指和小指,大概表示鸦片。"上半年他兄弟回来了,说是从九州外国来,来找一找老屋。吾在街上视了的。"

我看着她红红的裂缝,那里面根本无所谓眼珠,是泪囊炎,是结膜炎,是日照烟熏……抑或是来自太多往事的辐射,灼得眼球腐烂了?

"她也是没得法子。生你大表哥的时候,生不出呵。那时候又没郎中,没医院,就请满贵拿菜刀来破肚子,杀猪一样。可惜,奶崽还是没留下来。她哭呵,哭得黑天黑地,耳朵就背了……"

"是这样?"

"她还在长沙吗?"

"还在。"

"享福了。可惜,听说她就是没有后人。"

"她退休了,想回来住一段。"

"老屋没有了,回来做什么?又没有一男两女,回不来的,回不来啰。"她轻轻叹了口气,擦了擦眼睛。

我后来才知道,本地人把生育看得十分重要,没有后人的妇女就是死了也不能葬回故土,以免愧对先人和败坏风水。为此,她们生前经常裸体野卧,据说南风可使她们受孕。又经常吃蜂窝与苍蝇,大概是把繁殖力最强的昆虫当成了助孕的神药。如果这些法子还是不奏效,耻辱的女人们要么自杀,要么远走他乡。幺姑当年进城去当保姆,大概就是迫于这种无后的舆论压力?在我的想象中,她当然也是坐过这样的船远行,看到过船下的波纹、水草、倒影,还有晃晃荡荡的卵石——这条河流几千年来艰难生育的蛋卵。

小船已经摇进了一片树荫。船身偏斜,锚声叮当,船客脚步声已叭叭离船上岸。一群背着竹篓的女子突然你挤我靠地发出一阵亮笑,不知道她们在笑什么。

二

老黑也没有后人,她是否会自杀或远走他乡?当然不。她能生,这是她自己宣布的。生他一窝一窝的不在话下,生出白的黑的也不在话下。为了向她婆婆证明这一点,她去年就一举怀上一个,然后去医院一个手术"拿掉啦",说起来同玩玩似的。

她婆婆气得要吐血。

她丈夫气得同她又打架,又离婚。

她也得玩玩离婚。用她的话来说,不离上三五次婚,那还算个女人吗?不是白活了老娘一辈子?她以前玩过革命和旧军装,眼下赶上好时代,开始玩录像带和迪斯科,玩化妆品和老烟老酒。身上全洋玩意儿,没有国货。上面用乳罩一托,下面用牛仔裤一兜,身体的重心好像就提高不少,两条长腿笃笃笃地朝前冲去,如踏在云端腾腾欲飞。这样的女人,当然可以伸出女巫那种干瘦的手,下巴得意地一摆,"拿掉啦"。

她当然要拿掉那血糊糊的玩意儿。不然,她可以一气跳上四十个小时的迪斯科然后大睡三天吗?她可以喝得头昏脑涨然后半夜随意叫上一个男人陪她出去散步吗?她可以骑着摩托撞倒警察然后扬长而去吗?可以叼着一支烟不管与男士们辩论什么问题都非得占个上风吗?她可以把腼腆少年或昏聩老头都调戏得神魂颠倒,然后从他们那里要来钞票,在高楼上或峭壁上细细撕碎,看碎片向苍茫大地飘去,自己兴奋得母驴般地号叫起来吗?

幺姑当保姆,十几年带出了这样一个干女儿,实在有点奇怪。而且我觉得,幺姑终于去洗澡肯定与老黑的甜甜一笑极有关系。那天幺姑炒了一碗焦焦的火焙鱼,定要给干女儿送去,说黑丫头最爱这一口。其实老黑早就没有这个嗜好了,我向幺姑说过多次。每次她都诺诺地表示明白,可一炒上火焙鱼,又顺理成章地坚定起来:黑丫头爱吃的。

不知她什么时候出门,什么时候又回来了。回来后她一直心神惶惶,问我知不知道一个姓宫的大个子,问那人品质如何,家里有些什么人。

我知道幺姑有了误会。老黑即使再结一百次婚,大概也不会看上姓宫的。她同我说过,姓宫的远远慕名而来,她让他哭,让他跪,让他脱衣,让他舔鞋子和卫生巾,总之戏弄和蹂躏够了,再喝令他滚出去。"男人真是死绝啦,怎么一个个都是这样的草货?"可她周围又不能没有草货。她半是厌烦又半是喜好草货们的恭维,以及草货们的互相嫉妒。没有男人为她互相嫉妒的日子终究不能容忍。

幺姑听了我吼吼叫叫的担保,哦了一声,似乎相信了。可是她后来闲散没事的时候,总是闷闷的,抑制不住对那个大个子的疑惑和愤恨,自言自语地咕哝:"那个人,一看就晓得不是正派人……"

"那个人,说是三十六,我看起码有五十大几了……"

"那个人,肯定没个正经的工作……"

那个人那个人。

她从容复习了一遍对那个人毫无根由和想象丰富的恶意揣测,便洗澡去了。我早就该料到,洗澡是最容易出事的。楼东头住的李师傅,还有附四栋的凤姑娘,都是在洗澡时中风或煤气中毒。大概人赤条条地来,也想赤条条地去。澡盆张开大嘴,诱人脱下衣服，看上去实在不怀好意。

幺姑前一天才洗了澡，这天说身上痒，又一个劲地烧热水。好像还忙碌了些什么，我没在意，也不会在意的。天知道她哪有那么多事可忙。除了做饭菜，补衣袜，嘀咕一下什么人，还有收捡小东西的嗜好。比方说瓶子，哪怕一个墨水瓶她也舍不得丢出去，那么酒瓶、油瓶、酱菜瓶和罐头瓶就更不在话下，全收集到她的床下和床后，披戴尘垢，参差不齐，组成了一个瓶子的森林，瓶子的百年家族。她还特别喜欢纸片。每当我把一个小纸团扔进撮箕，她准会乘我不备，机警地把它捡起来，抹平纸片的皱折，偷偷地加以收藏。一些报纸、包装纸、废旧信封纸，一旦积累到一定的程度，就会被她集中起来，折成一个个四四方方的纸包，压在她的枕下。她的枕下已经膨胀了，于是新的收获就塞到床尾，以至平平的床垫已经两头隆起，升起好些突出的丘峦，使她的生活充实了不少。实在没事的时候，她就忙着对钟点，发现电视屏幕一角有了闪闪的数字，马上去瞅她那架旧闹钟：或是差十分，或是差五分，情况十分严重。她赶忙把旧闹钟扭几下，直到自己的生活与公共社会准确统一，才稳稳地把旧闹钟供回宝座——一个用胶布条复杂维系着的玻璃盒。

如果发现她的钟走得很准，便会惊喜一番："毛佗，对的，钟蛮准呢。"

"是的，很准。"

"一分都不差。"

"是的，不差。"

我甚至也被她感染了，也有了这种追求准确时间的爱好。有时听到广播里的嘟嘟报时声，也会情不自禁地大喊："十点了，你的钟准不准？"

"对的，蛮准的。"

于是我也觉得很安心。

今天,好像她没有来对钟点。我本应该有所警觉,可我陪着来访的朋友,照例吞吐香烟,照例开开玩笑,照例第一百次地谈谈社会小道消息,再不就对某个熟人的劣行进行一百零一次的嘲讽——好像这样度日就十分有模有样,就与身后的书橱和壁画十分协调,与幺姑收藏纸片和闹钟对时的勤奋也有了什么区别。

朋友留下一堆烟头,走了。我准备睡觉,但觉得还有什么事没做。想一想,原来是屋里太安静了——要是平时,我总能听到幺姑熟睡时轻轻的鼾声。

"幺姑!"

我四下里看看,没有找到她。待我奋力挤开浴室的门,才从窄缝里看到里面满是白腾腾的雾气,凶猛而狰狞地涌出来。

完了,我看见了雾气中的一只手。

医生说她中风,十分危险,催我们大把大把地往医院里砸钱。接下来的中医和西医,大医院和小医院,对这种中风偏瘫都只是摇头,都只说"试一试"。也许我还得去看电线杆上的招贴,找找江湖神医;或者还得去火车站查查车次,准备把她送大城市的医院。那就需要更多的钱。但我翻遍了幺姑的枕下和那只烘箱,没发现存折和现金,只发现一对不知何时留下来的废电池,已经发霉了。还有不知哪位女子抛弃不用的小半瓶雪花膏。除此之外就是纸片和纸包,是一捆捆旧棉絮和一些旧衣服,包括我给她添置的围巾和棉鞋,散发出霉味以及某种老妇人身上特有的枯萎气息。我像是翻遍了她整整神秘的一生,才找到了一只值点钱的金耳环。

记得她厂里那个会计曾对我很有信心地盯过一眼,"是的,她是老工人,也确实当过劳模,我们会补助的,不过——她这些年会没有点积蓄吗?"当时我也被对方盯得有些心虚,似乎自己隐瞒了万贯家财,一时竟不知说什么好。我真傻,为什么不同那个戴黑呢帽的婆娘大吵呢？我嘴笨，不会吵，更不擅长要钱，要是换上老黑就好了。那次她陪着幺姑去厂里报销药费，为了两瓶脉通能不能报的问题，唇枪舌剑无人敢挡，吵得厂里天翻地覆。明明是她摔坏了人家的算盘，但她硬说算盘扎伤了她的手，还要找人家赔医疗费。

幺姑曾偷偷向我嘀咕，说同事们借过她的钱，几块或几十块，乃至上百块，借走就没有了，连个说法也没有。我说应该去催一催，问一问。她惊吓得如同要杀她的头，下巴往里缩，嘴唇抽搐，长长地咦了一声："去不得，去不得。"

又笑了："丑呵。"

"欠债还钱。天经地义。"

"怎么能自私呢？要学焦裕禄呵。"

那是很久以前。是我父亲鼓励她学习焦裕禄的。我还给她读过报上有关焦裕禄以及其他模范人物的报道——在我努力显示自己能够读报的年纪。那时，我只知道幺姑是一个工人，为一个当工人的姑姑骄傲。我不知道她那个工厂那样黑暗，那样狭窄，与想象中的工厂完全不一样，只在湿漉漉的小巷里占用一个旧公馆，有闪闪黄铜门环的黑森森大门，一旦吱吱扭扭张开，就一口把我吞了下去。走廊里垒着一个个横蛮的大货包，随时都有可能垮下来似的，只给昏暗中的男女留下侧身钻挤的空间。被叫做食堂的那间破旧棚子，缩在天井后头的一角，水泥层已经龟裂和剥落，露出了油腻腻的黑土。窗子是用锈铁条钉起来的。案板上有潮乎乎的生肉和生菜味，还有两钵黑黑的东西。我走近才听得嗡的一声，黑色散碎成苍蝇，显露出黑色曾经盖住的两钵米饭。这种钵饭出自蒸笼，因此每一钵饭的硬壳表面还有凹形圆圈，是另外一个钵底压出的，像盖上了一个公事公办的印章。

有几位女工围观这两钵饭，这个端来嗅一嗅，那个凑上去看一看,都收缩着五官,摇头走开。她们痛快淋漓地打嗝和揉鼻子。

"馊了吗?"

"臭了。"

"泼远点,老子在这里吃饭。"

"可惜了。一角五分钱呵。"

"快些去喊覃聋子来。"

"你以为她会买?"

"三分钱卖了它,她肯定要。"

"你肯定?"

"嘿嘿,我打赌。只要便宜,狗屎她都会要。"

"那她要发大财了。"

"发财留给哪个?带着票子进火葬场?"

"留给王师傅呵,老王不是对她蛮不错吗?"

"哈哈,要死了,你这个鬼!"

有人狠狠地拍大腿,发出了叭叭声。

她们不认识我,即算认识我也不会在乎我,都在快活地议论着幺姑,为大口咀嚼的饭菜增添一点味道,一点兴致。有一张大嘴里闪着一颗铜牙,已经磨穿了薄薄铜皮,露出里面白铅的层面——我一看见它就永远忘不掉了。我觉得那是一颗子弹,打中了我的全部惊讶和耻辱。

也许她们从来都是这样痛快淋漓地打嗝和揉鼻子,找幺姑借钱的时候,借了钱又赖账的时候,支派她去扫地的时候,唤她去倒马桶而她没听见于是对方大为恼火的时候。后来我把这一切告诉老黑,老黑哭了。我不相信她还有如此明净的泪水。她还恨恨地说:真他妈想抢一挺机关枪,给她们一人掏几个洞。

我对幺姑怒火冲天。在那间地板条子此起彼伏的女工集体寝室里,她要我坐她的床,我偏坐对面的那一张。她塞给我饼干,我偏把它们捏得一块块纷纷落地。她给我积攒了很多好玩的木线轴,可以做小车的,也可以把它们竖起来,想象成国王、士兵、强盗什么的,让它们展开大战,我却偏偏把它们弄得乱乱的,滚到床下或屋角去横尸遍地。看见幺姑惊得脸色发白,双手直哆嗦,我还觉得委屈,还觉得不解恨。我太想把她床头那面小圆镜远远地扔到大街上去。

我不知道我这是为什么。

她不无茫然地苦笑,弓着背去洗碗筷,没忘记把一点凉凉的剩菜,小心拨进一个褐色的小瓶子,稳稳地旋好胶木盖,放在床头柜的黑色烘箱上,虔诚地保留着。

她常常用这个小瓶子装着菜,下班后来看望我们,带给我们吃的——比方工厂食堂里打"牙祭"时,有了点猪肉或者咸鱼。

尤其在我父亲死去之后的日子里。

三

父亲终于还是走了。这个在履历表上永远与我有着联系的人,总爱东张西望和嘀嘀咕咕。碰上同事来了,朋友来了,老乡来了,包括幺姑来了,他就打发我们出去玩,然后关上大门,在门那边一个劲地嘀嘀咕咕。我怏怏地看着这张门,看着铁门扣以及曾经带有门扣的扣座以及连扣座也没有了的几个锈钉子眼,不知道这间房子换过多少主人,而那些主人是谁。从此我就觉得合上的门都十分神秘——是它们将父辈们关锁得衰老下去的。

后来我才慢慢知道一点父亲嘀咕过的事。他逼幺姑与那个男人离婚,教导她一个受压迫的妇女应该如何决裂如何觉悟如何与反动阶级划清界限。当幺姑颈皮松弛鬓丝染白之后,父亲又认真地发现我们与她之间也有着什么界限。比方,他不让我们作文

《记一个熟悉的人》一类时再写到幺姑,叮嘱妈妈不让我们再去幺姑那里玩耍。甚至有一年的除夕,幺姑带着一大篮子年货高高兴兴来我们家团圆,父亲硬是让妈妈送她回工厂宿舍去了。那一天我耳朵特别灵,听见了妈妈的哭泣,听见了爸爸对妈妈说的一些古怪字眼,什么"革命",什么"阶级",什么"立场"……因为有这些古怪字眼,姑姑就没法在我们家过年了,就只能孤零零地回工厂里去。

但他对我们说:"幺姑今天还要去值班。明天,你们上街可以顺便去看看她。"然后他走出门去,碰上一个什么同事,谈起天气什么的,努力地哈哈大笑。

那个年真是过得让我害怕。而且从那以后,我一见到大人们嘀嘀咕咕,就知道决不会有什么好事。因此我夜里极怕被尿憋醒,极怕起床。因为每次醒来我都在黑暗中听见父母在大床那边低声嘀嘀咕咕什么,并不像我临睡时所见的那样各自忙碌庄重寡言。这非让我做噩梦不可。

但父亲终于还是走了。我本来以为他活得像排比句一样规规矩矩,像大字典一样稳稳妥妥,像教科书那样恭恭敬敬。我以为每个周末之夜他都可以拧开温暖的台灯,抚摸着我依偎在他胸前的脑袋,悠悠然唱上一首《蜀道难》或《长恨歌》——他说是吟,我说是唱。然而他终于去了,留下了家里空空的床位。

我后悔,后悔在那个夏天远行。我居然不知道机关里也有了大字报,居然还邀同学们一起下乡,去那个小山村车水抗旱。我也许早该认真地想一想,为什么近日来父亲晚上总是给我搔背,让我舒舒服服地入睡?为什么父亲突然变得细心,把我的每一本书都包上封皮?为什么父亲会突然关心家里的食品安全,总爱去戳那个老鼠洞?——家里老鼠确实多,常常吱吱地在门边柜下探头探脑,或在屋顶哗啦啦列队奔驰,把什么棉絮、豆腐干、十九世纪史、曹雪芹和语法修辞，吃得津津有味，咬得粉渣渣的，揉挤成一个鼠窝。

这些老鼠早被我们用夹子打死了，家里早已平安无事，但父亲为什么还要去戳那个干枯的鼠洞？为什么还不时叹气，说："时候不早了。"——什么意思？

我终于没有去细想，以至我背着行李兴冲冲从乡下回家时，一推门，只见抱成一团的幺姑和母亲突然分开，泪痕亮亮地都冲着我瞪大眼："你爸爸没有去找你？"

"找我？"

"他没有到你那儿去？"

"什么意思？他到我那里去干什么？"

"那他到哪里去了？到哪里去了呢？"

妈妈哭了，幺姑也哭了。不一刻，两三位邻居来了。有人另作猜测，说他或许是去了一个姓李的人那里，或许去了一个姓万的人那里……我马上意识到这几天之内发生了什么大事，而这间房子里空去了许多许多。

"他什么时候走的？"

"四天，四天前！他说去理发，就没有回来了。他只从我手里拿走了四角钱！"这是妈妈的话。

我们徒劳地找了七八天。每天晚上，我入睡时都缩在床尾，很懂事地伸开双臂，把妈妈和姑姑的脚抱紧，让她们感到我的温暖和我的存在。我觉得她们的脚都很冷，都干缩了，像一块块冬笋壳子。

父亲终于被找到，是机关里两个中年人从派出所回来，让我们辨认一张照片。上面有一颗模模糊糊的人头，放出光亮，赫然胀大，把每一条肉纹都绷得平整，像吹足了气的一只大皮球。照片上的表情很古怪，是一种要打喷嚏又打不出来时不耐烦的那种表情。

　　我心惊肉跳地瞥上一眼，再也没有去看他。那就是他吗？就是我的父亲吗？不知为什么，我永远记不清他的面目了，大概是最后一眼看得太匆忙，太慌乱，太简约，太有一种敷衍应付的性质。印象模糊到极处的时候，我甚至怀疑——他是否存在过。当然这也没什么。叫祖父的那个人，我甚至见也没见过哩。那么祖父的父亲，祖父的父亲的父亲……他们是些什么人？与我有什么关系？他们的面容以及嘀嘀咕咕，同我现在牵着小孩去买泡泡糖，同现在笼罩着我的阳光，同我将要踢到的那块小卵石，有什么关系吗？老黑就从不想这些问题，所以她衣袋里总有那么多零食，嘴里总有那么多脏话，她还可以很得意地把下巴一挺，说："拿掉啦。"

　　后来，幺姑常到我们家里来，总是在傍晚，总是在节假日的前夜，总是沉沉地提着那个草编提篮。提篮是通向市场的一张大嘴，源源不断地吐出一些鸡蛋、蔬菜、水果、布料、鞋袜、刚领到的工资，等等，吐出一切即将转化为我们身体和好梦的东西，吐出了我们一家人整整几年的日子。那真是一个取之不尽的聚宝篮，直到最后丢在我家厨房的门后，装着一些引火的炭屑，蓬头垢面，破烂不堪。

　　她从篮子里还总是取出一份小小的晚报。她一直遵守着父亲关于订报的严格家训，甚至在很多党团组织也退订的时候。

　　于是，有时她就放下报纸，从眼镜片上方投来目光，满腹心事地感叹一两句："毛佗，越南人民真是苦呵。"

　　或者说："非洲人民真是苦呵。"

　　"毛佗，哲学真是个好东西，哪么会有这么好呢？学了人就明白，事事都明白呵！"有时她也这样说。

　　停了停还说："私心要不得呢。你看看，焦裕禄的椅子都烂了,他还革命到底。要是人人都没得私心,这个世界就几多好。毛佗,你说是不是?"

我自然大声吼出我的附和。

我没有太多工夫去理会她。倒是老黑细心一些,以干女儿的身份依偎在她膝边,大声向她讲解高尔基的《母亲》和雨果的《九三年》,有时也说说知青点的趣事,还说未来一定是美好的,只要革命胜利了,就会有洗衣机、电视机、机器人,人人都享清福,家务也无须幺姑干了。

幺姑大惊失色,半响才讷讷地嘟哝一句:"什么事都不干?那人只有死路一条?"

我们都笑起来,不觉得这句话里有什么警世深意。

幺姑无事的时候,就呆坐,不愿上街,不愿去公园,不愿看电影看戏,也不愿与邻居串门交道,甚至六月炎天屋内火气烘烘,她也极不情愿抽张椅子出门歇凉,宁可闭门呆坐,警觉地守护这一房破旧家具和几坛酸菜,守护自己的某种本本分分的恐惧。门一关,她的毛巾也就很安全了,那是不知从哪条旧裤子拆下来的一块蓝布,用粗针粗线绞成。她的茶杯也很安全了,那上面覆盖一个用针线绞了边的硬纸壳权当杯盖,杯里有厚厚一层泡得又肥又淡的茶叶,可能是哪位客人走后,幺姑偷偷从客人杯中捞到自己杯中去的。她的伞也很安全了,那把黑布伞永远撑不满也永远收不拢,上面补丁叠补丁,光麻线也许就不下二两——而我给她买的不锈钢折叠伞,照例又无影无踪。

她坐着坐着,许久没有了声响。我看一眼,她正抄着袖筒瞌睡。脑袋缓缓地偏移,偏移到一定的角度,就化为越来越快地往下栽。她猛然收住,抹去鼻尖一滴清清的鼻涕,嘴舌一磨一挪,咽下一点什么,又重新开始闭眼和偏移……

我碰碰她,催她去睡。

"嗯，嗯。"她力图表示清醒地回应两声，不知是表示同意还是不同意，抑或表示一下应答也就够了。

"你——去——睡——吧——"

"哦哦，火没有熄吧？"

"睡——觉——听见没有？"

"对对，我看看报。"

她又打开手边的报纸，硬撑着眼皮看上两段。不知什么时候，报纸已经从她手中滑落，她又开始闭眼和偏移，鼻尖上照例挂有一滴冰凉的鼻涕，晃晃荡荡地眼看就要落下。我的再一次催促显然有点不耐烦，使她不好意思地揪一把鼻涕，抹在鞋跟上。"毛佗，你不晓得，睡早了，就睡不着的。"

可她刚才明明白白是在睡。

也许在她看来，过早地躺到那个硬硬的窄床上，实实是一种罪该万死的奢侈，以至她必须客气地推让再三，才能于心安稳地去睡上一盘。

她买回几个臭蛋，喜滋滋地说今天买得便宜，还特意把这些蛋留给我吃。我哭笑不得，筷子根本没有去碰它。这倒没什么，但事情坏就坏在我开始说话，而且说得如此恶毒。我说这些蛋根本不能吃，根本不该买，买了也只能丢掉。我一开口就明白事情坏了，但已经来不及，幺姑如我所料地迅速洞察形势和调整布局。她愣了一下，立刻把臭蛋端到她面前，说她能吃，说臭蛋其实好吃。事情还坏在我居然执迷不悟，竟敢对她流露出体贴和担忧，不由自主地说出第二句："你会吃出病的。"

她的客气由此而得到迅速强化，笑了笑："则是，则是。"

"怎么则是呢？"

"费了好多油盐的，哪么不能吃？"

"你这不是花钱买病？"

"吃蛋也吃出病来？诳讲！"

为了证实这一点，她满满夹起一箸，夹进柔软而阔大的口腔，吃得我头皮直发炸。

我终于把那只碗夺过来，把剩下的倒进了厕所，动作粗鲁野蛮。她气得脸色红红，撅起嘴巴，在厨房里叮当吧嗒摔东打西——锅盆碗碟都是重拿重放。她把家务都做了，甚至没忘记为我烧上洗脚水，但她冷眉冷眼，大声数落："哪有这样的人，哪有这样的人？看我不顺眼，拿把刀来把我杀了算了。我也不想活了，活了有什么意思？有什么用呵？白白消耗粮食……我早就想钻个土眼，一了百了，安静，就是没得土眼给我钻呵……不光是人家看不上眼，自己也看不上眼。是没得用呢，连个蚱蜢都不如，连个苍蝇都不如……这老骨头死又不死，我自己恨得没法，没法呵……"

一连几天，都是这样诅咒自己。为了弥补某种损失，她大张旗鼓地吃尽各种残汤剩菜，连掉在地上的菜叶也捡来往嘴里塞，只吃得自己头发烧，步子软，眼皮撑不起来，像烈日烧枯了的茅草。这当然又牵带出一连串我与她之间的激烈对抗，关于她吃不吃药，关于她喝不喝开水，关于她坐在床上时背后塞不塞枕头，关于她背后应该塞枕头还是应该塞旧棉裤……我惊讶地发现，她对利与害的判断十分准确，然后本能地作出有害选择。为了保证这种自我伤害步步到位，这位软弱妇人依靠她刀枪不入无比顽强的客气稳操胜券。不用说，这种昏天黑地的客气大战，经常把事情弄得莫名其妙，双方的初衷不知去向。

我的胡须更多了。

四

我看见了蒸气中的一只手。

然后我看见了软软的手臂，其实只是裹着一圈老皮的两节瘦骨。老皮并不很粗糙，倒是有一层粉粉的细鳞，如同冬蛇的一层蜕皮。然后我又看见了散乱头发，太阳穴和眼窝都深深下陷的脑袋。这种下陷，连同偌大一个突出的口腔，使整个脑袋离未来的骷髅形态并不太远。她的头发湿淋淋地结成片，还带着肥皂沫，向一边拥去，发根处暴露出白白头发，使人突然觉出女人的神秘全在于长发，而她们的头皮同样平常以至粗陋，与光头莽汉们并无多大差别。然后，我又看见了一个平瘪的胸脯，肋骨根根块块地挺突，大概用不了多久，就能把薄薄的胸皮磨破。两颗深色乳头马马虎虎地挂在骨壳子上，大概是一种长期等待孩子吸吮的希望，使它们伸展得如此瘦长，而现在终于绝望地低垂。顺着骨壳边沿塌下去的，是裤带勒出的深浅肉纹，是空瘪的腹腔，还有两轮陡峭山峰般的盆骨。倒是小腹圆鼓鼓的，拖累得整个腹囊下垂，挤压出一轮轮很深的皱折。我当然还看见她腰间几处伤疤，看见了她尖削臀部的一个锐角侧面，还有稀稀的阴毛，从大腿缝中钻出来，痉挛着向四处张扬。令人奇怪的是，她的两腿仍然算得上丰满，有舒展的曲线，有大理石的雪白晶莹，几乎与少女的腿无异，似乎还够格去超短裙下摆弄摆弄。

我突然发现她少一只手，定神细看，那只手却还在。我使劲地挥赶着蒸气，让自己看得更清楚。

这是我第一次见到幺姑的身体。这条白色的身影让我感到陌生、惧怕、慌乱，简直不敢上去碰触。好像从未做过母亲的这位女人，还有一种处女的贞洁不容我亵渎。一瞬间，我脑子里掠过幺姑年轻时的模样。我看过她的一张照片，黄斑交叠的那种，上面隐隐约约有几位妖娆女子，抹了口红，穿着旗袍，踏着皮鞋。我很难辨认出谁是她，很难知道那口红和旗袍联系着另一个怎样神秘的世界。她们不也有过青春吗？是不是也有过爱情乃至风情万种?

老黑也有两条很好看的腿,还曾逼着我评点这样的腿,追问我为何面对这样的宝贝居然不犯错误。你不会有什么问题吧?她甚至在我裤裆摸了一把,检查我的生理,显得特无耻。

她哈哈浪笑的时候肯定没有想过,她就不会老去?在暗香袭来的全身洋货里,她的身体是否也将要长出皱纹和粉鳞?

老黑说过:"幺姑吗?——must die!"她冲我挺了挺下巴:"她这样活得太受罪。让她结束,绝对人道。"

"你这话是什么意思?"

"我们弄出个自杀的现场,根本不成问题。"

我的心差点变成了一个空洞,每个细胞几乎都砰然爆炸,"你在说什么?"

"你明明听懂了,装什么孙子?"她冷笑一声,"你也明明知道,她这样活一天就是受罪一天,但你就是要让她受罪。为什么?因为你要博一个好名声,你要别人说你孝顺、善良、有情义、思想觉悟高。是不是?你要把你的善名建立在她痛苦的基础上。你不觉得自己太自私了?做人做到这一步,累不累呵?"

我不知道该如何回答。"你是说我伪善?好吧,伪善就伪善……"

"但一个伪善者总比杀人犯好吧?"她倒替我说了。

"对,是这个意思。"

"那不叫杀人,叫安乐死。"她耸耸肩,"你爱听不听。这事反正与我没有关系。你不要指靠我帮你什么。对不起,我根本不会帮你。看在青梅竹马的分上,我这是为你好。"

她冷笑一声,瘦肩一耸一耸,笃笃笃地冲走了,从此再也没来过病房。我知道,她这几天大汗淋淋地帮着幺姑擦身喂饭塞尿盆,甚至对邻床的陌生病人也有求必应,是真的。但她不会再来了，也将是真的。她什么时候想起幺姑来大哭一场，同样会是真的。动情和无情，在她那里都很真实。可真实地杀人也值得把下巴一挺一挺吗？幺姑是她的奶妈和保姆且不去说，她以前的手表，以前的毛衣，还有当知青时往返城乡的路费，也全是幺姑给的，但现在她居然视感恩报德为庸俗可笑，甚至还可以说出大篇深奥哲学来证明自己无懈可击，就像平时谈起气功，谈起声乐，谈起性，总要居高临下地灌来几句"你不懂"。然而现在根本不是一个理论问题，不是。把这件事打扮成一个理论问题，就不那么真实了。她不必自居侠女地把香烟抽得那么老练。

她以前不是这样的。那次她从城里返回乡下知青点去，说是要磨炼革命意志，故意不坐车，准备花十天时间独身长征。这个消息真把我们吓坏了。我们接到电报后上路接了三次。最后一次，从村里跌跌撞撞迎出去五十多里地，才在一片白雪茫茫的大山里，发现公路尽头一个隐约闪动的黑点——她身穿破棉袄，几乎挪不动脚了。她当时扑到我的怀里放声大哭。

现在她根本不愿谈起这些陈谷子烂芝麻的事，包括她的父母，那两个吊死在一根绳子上的老干部。没意思啦，别烦我好不好？她眼下只愿意谈谈钱，谈谈男人和女人。她可以旁若无人地闯进客厅，不管在座的有什么人，单刀直入各种咸味话题。她评论起女士的眼睛、鼻梁、脖子、胸腰、手足、屁股，无微不至，常有独特心得，先领男人的神会，于是有时搔搔头自嘲："真好笑，你们看我这眼光——我简直要成个男人啦。"接着她又可以大谈男人，一直谈到男人也无法谈到的水平，再洋洋自得地取笑诸位面红耳赤的听众："不行，不行，你们男人的神经太脆弱啦。受不了吧？好，换个频道，谈别的。"

幸亏幺姑耳聋，不知她嘴里喷吐出一些什么，否则根本不用等到进浴室，脑血管早就啪啪啪爆裂千万次无疑。

不过她不会在乎幺姑的好恶。正如她从不在乎什么领导,说不上班就不上班,说不开会就不开会,连请假条都没有。她也不在乎公园告示牌,带着她那个班上的中学生偷朵花,偷橘子,偷小卖店的饮料,乐得一派天真眉飞色舞,而且一次游玩如果没有这类冒险,就简直他妈的味同嚼蜡。她满口粗话却让孩子们觉得很开心,很崇拜,很迷恋,一个个不叫她"老师"而叫她"老黑"或者"黑姐姐",把她当成了黑社会的巾帼老大。她几乎同所有的同事吵过架但又交友众多,交际圈覆盖到作家、画家、导演、歌星、高官及其子弟,外国的白人或者黑人。这就是她不会在乎幺姑也不会在乎上述所有人的资本——她经常宣布社会太肮脏,号称她每天回家都洗澡,于是湿淋淋的头上支着许多夹子,像一根狼牙棒。

她果然再没有来病房。我去学校找过她,想问一问她是否听说过一个叫珍嫛的人,因为幺姑近来经常叨念着这个名字。

她的门上钉着很多留言条,落款者有姓张的、姓马的、姓M的,等等。一个提着大旅行皮箱的大胡子守在门边直瞪我,似乎我根本没有权利在这里搓手和皱眉头。我只好知趣地离开。

我找到她时,电话有故障,她的声音微弱得像来自月球。

"……珍嫛?是发粮票查电费的黄婆婆吧?"

"好像不是。"

"那我就不知道了。你还有事?"

"你也不问问幺姑?"

"她还活着?"

"活着。"我回答得居然不怎么理直气壮。

"没钱到姐儿们这里来拿。在抽屉里。门钥匙在老地方。"她补上这一句就把话筒挂了。

我知道她用钱倒是不算小气,至少在很多时候是这样。可我不需要钱。

我需要什么呢？我也不知道。幺姑躺在家里，又咚咚地开始捶打着床边的小桌了。我赶紧找尿盆，还有小孩们常用的那种尿片，刚被烤得暖烘烘的。

"不是。我饿了，饿呀。"

她又在催饭，可我看看手表，其实还不到十一点。

"想吃什么菜？"我征求她的意见，努力保持自己的镇定，不去思索她口角的白沫。

"肉！"

她又随手一捶，捶得桌面咚的一声如惊雷劈顶，留下余音嗡嗡嗡嗡，搅得我脑袋里乱糟糟的，各种部件都裂缝和错位了。

她近来很能吃，一餐三碗米饭，还要大块大块地吃肉，尤其对肥肉，可以像吞豆腐一样顺顺溜溜。这使我很奇怪。她以前从不吃猪肉，还说当年小镇上常挂着几颗示众的人头，待绳子腐烂，人头就跌落在地，被猪猡啃得滴溜溜地转，四下里滚去，不时滚到幺姑门前的水沟里。她说从那时起，她一见到猪肉就胸闷欲吐。

而现在她爱上猪肉了。热腾腾的猪肉端上来，她立即精神大振，贪婪地大口咀嚼，油水从嘴角挤出来，落在衣襟上却不自知。她还老埋怨我们不给她吃肉，舍不得花钱，对她太小气，又反复声明她一个老家伙是吃不下多少的。更令人难堪的是，她住医院那一段，她总是控诉保姆偷吃了她的猪肉，我们送去的猪肉她全没吃到——其实连邻床的病友也笑着证明，她确实是吃了的。不用说，保姆气得整日拉长着脸，有时还偷偷抹眼泪，说从未见过这样难侍候的刁老婆子。

不管我们怎样解释幺姑的从前，保姆总是不相信。

不管我们怎样说好话和增加酬金，保姆也气冲冲地要走。

幺姑一连气走了四个保姆。她似乎已经变了，从那团团蒸气中出来以后就只是形似幺姑的另外一个人，连目光也常常透出一种陌生的凶狠。我对此不寒而栗,怀疑这不过是造物主的险恶阴谋,蓄意让她激起一切人的厌恶,把人们对她的同情统统消灭掉,非如此不离开人间。我感到这个阴谋笼罩天地,正在把我死死地纠缠,使我无法动弹,只能一步步顺着阴谋行动下去,却不知将走向何方。一只乌鸦总在窗外叫,一只蝴蝶总是飞入窗口,一个卖冰的老汉常常朝门里探一下头,这一切隐含着什么意义?上天的神秘启示,我无法猜破。

也许,幺姑在蒸气中那个反倒好了。我一想到这点就怵然心惊,就想去洗菜或扫地。其实老黑在一个月零三天前就说过类似的话——一个月零三天,就是我与老黑的区别吗?

幺姑打了个嗝,扭着眉头,说猪肉一点味道也没有,最好是弄点火焙鱼来吃。

我估计她又会这样,决计装作没听见。

"要加饭吗?"

"火焙鱼。"

"要不要点白菜?"

"火焙鱼呵,寸把长的。"

妻子坚持不下去了,接上她的话头,把嘴凑到她耳边:"火焙鱼,没有卖——"

"有买?那就好,那就好。"

"没——有——卖——"

"没得卖?诳讲。太平街有,我去买过的,你们去看看,就在那个太平街呵。"

"那是老——皇——历——"

"你们多跑几趟呀。毛佗,你莫舍不得钱。幺姑人老了,吃不了好多的。你莫舍不得钱。你们要帮助我呵,你们要学焦裕禄呵。呵?"她好像看透了我的什么心思,诡秘地笑了笑,看我们将如何无地自容。

然后，她斜靠在床上，闭了眼，昏昏睡去，不一会就发出轻轻的鼾声，吹得嘴皮蜂翼般地震颤。她脸上有鲜鲜红润，几乎要斑斑点点地渗出皮层。

我还是买来了火焙鱼，蹬得自行车的踏脚螺丝都掉了，在街上又撞倒一个人，还同他大吵了一架。但不出我所料，这还是不会令幺姑满意。她先是说鱼里没放豆豉；待妻子加上豆豉，她又说少了大蒜；待妻子加上大蒜，她又说少了盐；待妻子加上盐，她仍然只是随意戳几筷子，就放下了，照例眉头打结，闷不吭声。问她为什么，她嘟哝着还是先前的火焙鱼好吃，哪像今天这些木渣渣？这一定不是在太平街买的，一点味道也没有。

那时候她确实常去太平街，有时为了买到我最爱吃的臭腐乳，为了买到老黑最爱吃的火焙鱼，她撑着破雨伞，一去就是半天，哪怕走得自己头昏眼花偏偏欲倒——为的是省下八分钱的公共汽车票。她对太平街的好感刻骨铭心。

她对火焙鱼的猜疑转化为极度不满，尤其是对妻子的警觉。妻子去帮助她大小便，她绷着一张脸，手脚都僵硬，暗中运力，决计不从，直到一不留神把屎尿大大方方拉在床上，弄得家里的烘架又丰富厚重一次，妻子手忙脚乱大口喘气。如果换上我去，情形还好一点，她脸色较为开朗，有时还笑一笑，只是接受大便前复杂的按摩程序时有点撒娇，一个劲地哼哼。妻子偷偷说，是不是因为她过早守寡，对男性还有一种撒娇的欲望？

当然无法知道。

我不在家的时候，或者我忙得顾不上她的时候，她就时常烦闷地敲打桌子。日长月久，大概敲得很顺手、很熟练、很惬意，大概感觉到自己能制造出可爱的动静，她就越敲越频繁，越敲越粗重。小桌原有一层黑漆，居然被她敲溶了一块，露出桌面白生生的本色,像鼓面由鼓脐向四周辐射出鼓芒,形成一个多角状的闪光体。到后来,连闪光体都被她敲得微微塌陷,眼看就要变成一个木色混沌的扁盆。我十分惊异,她那只瘦硬的手,一根竹节般的骨头,竟有如此坚强,能把木头都敲得塌陷,而自身却不曾有一丝消融。嘣,嘣,嘣,嘣——我觉得这声音越来越肿大,越来越老辣,带着血腥味充塞于天地。

敲得我们的房门引人注目了。开始还只是有人探探头,或者敲敲我们的窗子,或者在楼下大喊我的名字,表示不能忍耐这种肆无忌惮的噪音。当他们知道这是根本无法阻止的必然存在时,也就只能横眉撇嘴地将就了。他们还是可以过他们的日子,吃饭,浇花,做藕煤,修自行车,搭个油布棚办丧事,或者打扑克麻将——几位老人为了凉爽总是抬着牌桌追随大楼的阴影,一天下来,几乎由西到东骨碌碌转了一个圈。设想某一天,牌桌边少了一位常客,再也见不到了,我就会相信那是旋转的离心力把他甩出去了,甩到那边办丧事的油布棚里去了。

房管所来了人,把这栋老砖楼房里外看了看,判定为危房,开了个什么单子,计划加以整修。我暗自歉疚,总觉得几十户房子的破损全是我家嘣嘣嘣敲出来的。

我开始脱头发,每天早晨醒来,枕上都有稀稀散散的青丝,拢起来足有一小撮。我也开始喜欢戳老鼠洞,围着楼房机警地巡查,竹竿火钳一齐用上,还叫妻子挽起袖子帮忙,热火朝天轰轰烈烈地大干。而且我开始更多地与别人吵架。那天国骏来找我,头发光亮亮的,照例说起他们单位里糟糕的官僚主义。我本来想附和他,这是毫无疑义的。他一定是猜到了这一点才说得口若悬河长驱直入,把瓜子嗑得那么响亮。可我一开口,自己也不相信自己的话。我说民主真他妈的可笑,说民主不就是群氓压制天才吗,说开明的皇帝比浅薄的民主要好上一万倍,不是吗?……我说这些的时候，还恶狠狠地瞪了他一眼，似乎早就看出了他根本考不上研究生，也无法买到他渴望的进口电视机。

国骏脸色发白，惊慌地走了，连伞也忘记带走。妻子瞪了我一眼，收拾着茶杯和烟灰缸，责怪我何苦要同客人这样争吵。

"我同他吵了吗？"

"怎么没吵？你看国骏都气成那样了。"

"国骏？你说国骏？他刚才来过了？"

嘣，嘣，嘣——幺姑又在敲打桌子，还有娇声娇气的呼唤。我立即异常灵活地去拖便盆和扯下烤得暖烘烘的尿片。

一阵忙乱终于过去，家里沉静下来。妻子悄悄把头靠在我肩头，想说什么。

"去看看炉子吧。"

"这是没有法子的事。"

"你先睡。"

她轻轻叹了口气："幺姑这是在讨账。"

"讨账？"

"铭三爹说的，她先前给了别人多少恩，现在就要给别人多少难。一笔笔都要讨回去的。这叫讨账瘫，是治不好的病。"

"还有香烟吗？"

"铭三爹说，没讨完账，她不会死的。"

"你去睡吧。"

我再次拿起那份报纸，却记不起刚才看到哪里来了。那份报纸在我眼前一片黑，发出轰轰轰的呼啸。

五

凭着门后那个草编提篮，我不应憎恶幺姑。这不公平，太不公平。可一切都无法挽回,当团团蒸气把隐匿多年的另一个幺姑擦拭干净,推到我的面前,一切就再也无法挽回。

依然名叫幺姑的这位妇人——我只能这样说——已经丧失了仁爱、自尊、诚实以及基本的明智,无异于一个暴君,对任何同情者和帮助者都施以摧残。她的残酷在于,她以幺姑的名义展开这一切,使我们只能俯首帖耳和逆来顺受。她的残酷更在于,有关幺姑的记忆因此消失殆尽,一个往日的幺姑正遭受遗忘的谋杀。我能怎么办?

这位妇人总是恶狠狠地看我一眼,控诉保姆偷吃了她的猪肉,控诉我们不给她买猪肉,控诉我们串通一气,存心要饿死她。我买回五个闹钟,也无法保证每天晚上准时帮她排尿。我们家里满屋子蓬蓬勃勃的尿臊味,总是使保姆们惊慌辞工。现在请保姆太难了,家政服务介绍所门前那黑压压一片女人,都在打听哪个商店在招工,打听八小时之外加班有多少奖金。我一走进那叽叽喳喳的声浪,就觉得自己是个乞丐,无耻算计着她们的钱包。

不知为什么,我一大清早就敲开了老黑的房门。她探出脸来眨眨眼:"就天黑了?我还没吃晚饭哩。"

门里同时涌出狂乱的打击乐声响。

我一听到这别致的早安问候,就觉得说不出话来。看着墙上一把日军指挥刀和一个旧钢盔,只能沉默。

"你要的民歌磁带,我借来了,但忘在家里。"我没话找话。

她把半只冷馒头往桌上一摔:"乔眼镜有什么了不起,老娘与他势不两立!"

我说:"你要民歌磁带做什么?"

她说:"真怪,床下老是嘣嘣地响。"

"你这个房子,该装修一下了。"

"你会不会修洗衣机?我的洗衣机总不进水。"

我朝那床下瞥了一眼，那里除了几个油画框子和一双男人的臭袜子以外，空空的什么都没有。

我们说了一些话，但没一句可以对接，没有一句自己事后能明白意思。我只能快快地回家。

我只得另想办法。我终于从一位远亲那里打听到，珍嬰是幺姑几十年前结拜的一个妹妹，眼下还在老家乡下。我对妻子说，可以考虑把幺姑送到珍姑那里去。当然，这个，就是说，可以这样理解，换句话说，没有什么不好。落叶归根，不正是老人们的心愿吗？乡下新鲜的空气和水不更有利于治病康复吗？乡下的住房不是更宽敞而且人手不是更多吗？……我们可以找出足足一打理由来说服自己，证明这种念头的高尚实质。

我把苹果削好，给路过我房门前的邻家小孩吃了。我不知道他们父母的眼中为什么会透出诧异，是不是我热情慷慨得有点突兀？

我当然从未见过珍姑，甚至从未见过老家乡下来的人，以至在我的想象中，老家在一个比月球还要遥远的地方，不知那里的太阳是否逼真得有点可疑，是否就是我们共有的这个太阳。

乡下回信了，也来人了，是珍姑的两个儿子，用绑在两根竹杠中间的躺椅，拉拉扯扯地把幺姑抬走。幺姑竟一把鼻涕一把眼泪地不肯走，骂我没有良心，骂我们将她卖给人贩子。幸亏这一骂，我酸楚的心情突然变得冷漠和强硬。

是你有意这样开骂的吗？是你存心要让我变得冷漠和强硬从而不再对你有所牵挂？幺姑，你为何要把我最后一线牵挂也强行剥夺？

我躲在厕所里大哭了一场。

后来，听说她在乡下还过得不错。

后来，我们谈到她的时候越来越少。

我感激珍姑，这个天上掉下来的阿婆。我不知道幺姑与她是在什么时候结拜，又出于什么因缘而结拜为手足？这里面是否藏着平淡无奇或惊心动魄的故事？正如我不知道为什么家乡人总是说祖先是一只蜘蛛，不知道那里的女人名字里为什么大多带有"娿"字，不知道家乡人为什么常常对一切女性统称为"娿"而不区分伦常——有学者说这是原始制度在语言中的遗痕，令我暗暗吃惊与疑惑。

　　因为幺姑，我才知道有一个珍姑，曾经能舞马弄枪，参加过抗日游击队，当过妇联会长。因为有这个珍姑，我才有机会回到家乡，看到我身上血液的源头。这是一个坐落在小河边的村寨。一幢幢苍黑的木楼两厢突出，正堂后缩，形成口袋形的门庭，据说可以吞吃和威慑妖怪。家家大门上都悬有一块镜片，据说那代表海，代表远祖的发源地，也可镇服阴邪之气。跨入大门时，眼睛好半晌才能适应黑暗，发现神龛赫然耸立在面前，上面供奉着列祖列宗及一些不见于经传的神鬼。

　　很多木楼都左偏右斜，不似砖房那样挺直端正。似乎木材从山里砍伐来以后，还有生命，还能生长，在一段时间的挣扎之后，已让楼房生长出各自不一的形态，生长出五花八门的表情。这些木楼前常有美丽花朵，红艳艳的牡丹或芍药，砰然击穿了绿色的宁静，却不大被山民们注意。

　　沿着小河一路下来，两岸经常可以看见山上错错落落的寨子，如停息山头的三两黑蝇，一动也不动。丰沛的河水漫江横涌，下行的篷船飞滑如梭。突然，船两旁的水声变得激烈，水面开了锅一般暴出狂乱水花。不用说，船正在"飙滩"了。船家十分紧张，瞪圆两眼选择水路，把艄的和掌篙的都手脚暴出青筋，互相吼着一些船客不易听懂的行话。水面形成了陡峻坡面，木船简直是在向下俯冲，任大片大片的浪帘扑进船舱，溅湿船客的衣服。但在船家大声呵斥之下,船客暂时不得乱动,也怯怯地不敢叫唤,因为船头正向一个池塘般大小的旋涡撞去。哗的一声,小船居然没有倾覆,而且把旋涡甩到了身后。待耳边水声逐渐敛息,船客们回头一看,不知何时船已过滩,刹那间把苔迹斑斑的孤塔甩下了好几里。

遇到水势更猛的险滩,船老板就必定放空船下滩,请船客们上岸步行一段,这样比较安全。顺着残堤一路走去,船客们可闻采石建桥的叮当声,大概公路不久就要伸入这片群山了。船客们可闻伐木扎排的笃笃声,山民们正准备将黄柏木和楠木一类解成木板放出山去。有时,还可在沙哑的唢呐声中撞见一队少年,各捧一个木盘,盘中有红纸,红纸上或是玉米,或是稻谷,或是一张张铺排齐整的纸钞,却不知是什么意思,在进行何种仪式。

船进入碧透长潭,则水平似镜。前面的两岸青山缓缓拉开,撕出一道越来越宽的天空。而后面的数座屏峰正交相穿插,悄悄把天空剪合。这就叫山门吧。船至门开,船离门合。一座座不动声色的山门,把人引向深深的远方,引向一片绿洲或一片石滩,似乎有一个人曾经在那里久久等待的地方。

船家请船客们抽烟和喝茶。要是你愿意,还可爬进篷舱,钻入船家黑油油的被子里睡上一觉。船家说起同行们捞沙的好收入,说起自己少年时的种种奇遇,还指着右边山头,让我们看边墙。他说他祖爹当年曾经被招募去修墙,当时筑墙一丈可得银一钱二分哩。他说那时候营哨林立,兵丁不论晴雨日夜都要接替传签,沿墙巡视。有一年又闹土匪,游兵每人揣一颗熏烤干制的人心,用以壮胆。

船身摇晃,船客都争着探头去看小长城,欢呼看见了看见了。

但我颈脖扭得酸酸的,眼睛盯得干干的,却什么也没看见。真是怪事。眼前明明只有一片青翠山林,一些黄色的蝴蝶明明灭灭于草浪当中。不仅没有边墙，甚至不像有任何大事曾经在这里发生。

看见了——他们看见什么了？他们的眼睛莫非和我的不一样？

我登上岸，拾级而上，看见前面几个伙棚，两个白光闪闪的银匠挑子，还有老墙上的一些布告。有熙熙攘攘的家乡人，三两聚集低声言语。其中伙棚里几位老人，又瘦又黑，言语腔调都酷似我父亲，不由得我心头一震。他们或吮着竹烟管，或端着小酒盅，胸有成竹地盯了我一眼，又嘀咕他们自己的事去了。从他们的神色来看，他们是在嘀咕多年前游兵们巡墙的事？

我总觉得身后有人叫我，回头看，是一个黑脸汉子喊他的丫头。一位店老板笑了笑，问我是哪里来的，要办什么差事。听过我的自我介绍，他眼光发直地呵了一声，立刻猜出我是谁家的公子，并熟练道出我父亲的姓名——看来乡下人对我的家族了如指掌。几位老人也立刻冲着我露出黄牙，点点头，向座中一位外乡人，慢条斯理介绍我父亲是谁，介绍我幺姑是谁——据他们说，幺姑曾是这里有名的美人。

在小店的对面，在一条干枯水沟的那边，是一个大操坪和低垂欲跪的篮球架，还有一栋青砖平楼以及砖墙上的石灰标语。孩子们正玩得很快活，叫叫嚷嚷，跑得热灰扬起来，使墙根都糊上一层黄乎乎的尘垢。店老板告诉我：这里原来就是我家的大宅，三进三出，跑马楼，后花园，老照壁，画栋雕梁，十分威风。老房子是建学校时推倒的，只留了旁边几间杂屋。以前佃户送租谷，上了岸以后都走后门进仓，现在右边杂屋旁边那条光滑滑的小径，就是由佃户们踩踏出来的。

我确实看见了那光滑的小径，很凉，很轻，很薄，镶有青草与绿苔，让我有一种奇怪的熟悉感。我当然从未见过这条小径，但这条小径曾吸走河里一船船的稻谷，养活了我的家族，包括一直活到现在的我。我明白了,父亲以前一直不让我回老家,一定是害怕我看见它。

店老板接着谈起我的五叔爹。我知道,那个玩枪玩马玩麻将的老手,确实是一枪被起义农民给崩掉的。跪着陪斩的还有好几位,祖父就是在一声枪响之下吓聋了。而这种聋,后来竟传给了么姑。当然,也许聋史还可以追溯到更早的时候,上一代,上两代,上三代……那时候发生过什么事?

"你跟我父亲熟吗?"我突然问。

老板笑了笑:"哪能不熟?不是乱说,他上省里念书,还是坐吾的船,船上几天都是吃吾的饭。那时候,你家里败啰,成天只能喝粥了。你么伯不是还被李胡子一索子抢去了吗?不就是当了人家的小妾吗?你家父还是八字硬,有次去打老鼠洞,在夹墙里三戳两戳,嘿,戳出了两筒光洋……"

"戳老鼠洞?"

"是戳老鼠洞。他喜癫了,抱着就跑。你大伯二伯也不晓得是哪么回事,赶也赶不上。"

"后来呢?"

"后来,不就是搭伴那两筒光洋,他哪么能念上书?哎哎,还是你家祖坟位置好。修路迁坟时,挖开坟一看,里面尽是蛇,尺把长一条,足足装得半箩。"

"他后来回来过没有?"

"回来过的。吾只听说。"他转向屋里的那一圈人:"覃六爹的老三后来回来过吧?"

一位光头老汉咳了一声,毫无表情地咕哝:"回来过的。那年他好革命呵,把六爹亲自押回来,交给农民协会。"

现在我的瞳孔已经适应阴暗,把几位长者看得更清楚了。他们全身油光光的黝黑,而这种黝黑一直深入到指缝、耳背以及头

169

发根的深处。他们如同刚出大油锅，坚硬，精粹，滑腻，紧实，小疙小瘩，沉甸甸地打手。他们审视着我，目光在我脸上刻着，剔着，划着，要掘出一个他们熟悉的人影。这种目光太尖锐，差点掘得我的皮肤喳喳响，差点要把我的脑盖骨掘得粉碎，一直掘进脑髓那糊糊涂涂的深处。我想，只有看惯了枭首、剥皮、活埋、寸割、枪毙的人，他们和他们的后代才会有这种你不堪久遇的目光吧。

我悄悄地为他们祝福，为这里所有陌生的人祝福。我是来看望家乡，看望幺姑的。可怜的幺姑，曾经身为小妾和劳模的幺姑，已经死了。我前天刚刚收到电报，这次可是真的，不像前一次，珍姑的大媳妇没弄清楚便误传噩耗。也许有过了那一次荒唐的悲痛，这一次我心里平平实实，没有预期中的号啕，似乎号啕不合适进入预期，而悲痛也是定量物品，付出一份就会少一份。收到电报以后，我只是马上请了几天事假，马上去借钱。想到乡下那种丧事的繁文缛节，我不能不多准备一点钱。

我离开杂货小店，走进一片柳树林。路边杂草摇着尖尖的叶片。

小路这样寂静，仿佛有个人刚从这里离去。

六

幺姑的味觉很灵敏也很精细。她想吃兔肉，珍姑的老大一早就摸黑骑着自行车往镇上赶，蹦蹦跳跳十几里，看能不能碰上一两个卖兔的猎手。她想吃黄鳝，珍姑的老二就扎脚勒手，提着木桶下田，踩得泥浆呱嗒呱嗒，有时踩倒了人家的禾，免不了还要挨骂。兄弟俩弄回了美食，全家人都不吃，只是熏的熏，腌的腌，留给幺姑匀匀地吃。可她吃不了多少，戳几筷子就沉下脸，头扭到一边去哎哟哎哟。

她还有什么不满意呢？是不是闷得慌？兄弟俩又商量了一下，一个去找竹床，一个来搓麻绳，在竹床两头各扎一个绳圈，权当简易担架。他们抬着老姨子出门去散心，看禾场，看河水，看鸭群和蝴蝶，看寨子里某一户养的长毛兔。

天天收工之后，都得陪老人这样玩上一趟。竹床吱吱呀呀地响，麻绳往肩头的皮肉里扣。兄弟俩总是玩得背上汗湿一大块，汗湿的衣又沉又凉，在背脊上扑打扑打。他们弯曲的食指连连刮去脸上的混浊汗珠。

"呜呜——"幺姑终于高兴了。

她尤其喜爱货郎挑子，见了就要凑上去，脸盘被琳琅百货所反射的日光抹得飞光流彩。她冲着一个彩纸风车轮眯眯笑，又撮起尖尖的嘴唇呜呜。"大毛，买一个咧，莫舍不得钱，我有钱，买咧。"

于是就买了。

她确实有钱，除了退休工资和我们寄给珍姑的辛苦费，还有一百元，压在她的箱底。她对此记得十分清楚，有时把钱摸出来，要兄弟俩给她一个接一个地买风车轮。有一次，珍姑从那笔钱里借走了几十，买粪桶和猪崽。她发现后很不高兴，成天咕咕哝哝，见到谁都横眉怒目，说有人偷了她的钱。一赌气，她把屎尿狠狠地拉在床上，还按部就班地捶打床沿，直捶得床板一翘一翘，嘣嘣声把猪栏里的畜生都惊得大呼小叫。

珍姑气得脸盘都大了。"你捶命呵？捶命呵？哪个偷你的钱？不是说借几天用用吗？你怎么就不记得了？"

珍姑只得另外去借钱，把钞票塞回烘箱，眼里泪水汪汪。"吾前世没欠你，没亏你，你哪么要这样来磨人呵？菊花姐也来磨吾，四姐也来磨吾，幺姐幺姐，眼下吾也只有你这一个姐姐了，你要磨死了吾,有哪样好哇……"

幺姑也流泪,好像还懂点什么事。

想必她能听懂这些话。

珍姑常说,好几个姊妹都是由她来送终,幺姐的后事也肯定落在她头上。她现在不能扛枪打仗了,也不能下河打鱼和下田种粮了,侍候人的气力还是有的。她就是想受些磨呵。想起以前的患难交情,她不被姊妹们磨一磨,往后的心里如何好受?这些话是她对邻居们说的。她爱串门,爱说笑,口又无遮拦,甚至自己老倌少年时偷女人的丑事,甚至自己当年在游击队里的相好,都曾在她嘴里四下里广播。她说到恨处就骂,说到乐处就笑,走到哪里都是惊天动地。不过,现在她不能常去串门了,她收养了三个孤儿、一个残疾,一点老革命战士的生活津贴全贴补在这里。尤其是把幺姑接下乡来以后,几乎每天都有满满一脚盆沾屎带尿的衣裤需要她洗刷,几乎每天需要她来帮幺姑翻身,擦身,喂食,喂药,包括抹滑石粉以防肉疮。她累得眼睛都黄了,牙痛得更加厉害,常捂着半边嘴骂老倌。

两个亲儿子着急,只得暗中策划,这一天联系好一条船,突然要把幺姑送走。珍姑得知后脸一沉,把半瓶农药揣在怀里说:"走也则是,吾横直也不想活了。要送就把我也送走,把我们俩姐妹都送到火葬场去。"

老二气得直揪头发,拔腿冲走,住在朋友家好几个月没有回来。

老大两口子斗不过亲娘,但他们爱动心思,便设法让她省些气力。他们终于想起一个办法:在幺姑的床板中部挖一个洞,对垫褥也依样改造。洞上加一活盖,洞下接一尿盆。这样,只要床上的人能及时扯去活盖,将尖尖臀部挪入位置,就能顺利地排便了。

幺姑似乎对那个洞颇为不满，一到内急之时，总是眼珠朝四下一轮，毫不犹豫地照样拉在床上，宣告阴谋对她无效。

老大两口子继续改进工艺，把床榻索性改造成栏垫。这样做的好处，一是通风透气，免得病人生肉疮，二是容易清扫，不论病人如何乱拉，屎尿大多滑下栏垫，落入床下的草木灰，侍者事后只消将草木灰清扫出去便是。至于被褥，当然也得相应改造，变得比较厚实一些的开裆裤。

这样做像是养猪，对病人不大恭敬，不过细想之下又有什么别的办法？

改进还在继续。比方说，把病人头发全部剃光，是怕头发里生虱子。用木槽代替瓷碗，是怕病人打破碗以后用瓷片割伤身体。这些新办法都颇为有效，不仅减少了屋里的臭味，而且幺姑的肉疮渐渐结痂，生出粉红色的新肉。接下来，她饭量增加了，身体也胖了些。但随之而来的问题是：她精力也更充沛。为了满足一个聋子的耳朵，她经常更加猛烈地捶击床沿，更加响亮地叫喊："毛佗——"她盯着屋梁呼唤，"毛佗，你来呵——我看见你了，你想躲我是不行的——"

她把乡政府的一个干部总是当作了城里的我。那后生下户来检查外来人口，来慰问当年的革命老战士，曾穿过她的房，被她一眼看见，就确认是毛佗不疑。还责怪珍姑存心把毛佗藏起来，不让她知道。

她显出一种兴奋，发出一种不无娇气的哼哼，渐渐又转为咬牙切齿的辱骂和控诉："……你们这些没天良的，去找毛佗来呵。他躲在外面做什么？你们告诉他，我要吃药，要吃药呢。他去想点办法呀。他读了书的人，是个会想办法的人呀。你们要他到上海去，到北京去，去找呀。我要吃药，人有病就要吃药，不然就会有矛盾呵。我头晕呵，要吃药呀，你们怎么不给我药呢？你们去找他来，要他不要舍不得钱，不要太小气，去帮我找药呵……"

一直叫到到重新呼呼地睡去，大嘴硬硬地张开着。

珍姑知道，碰到这种情形，决不能去理睬她。否则她会更加激动和震怒，双目发直，脑门上青筋暴出来像一条条蚯蚓，一只手因仇恨而变得灵活异常，尽力叉开和痉挛的五指不由自主地如蛇信子突伸突收。

寨子里已有了很多议论。有人说幺姑患下如此恶疾，莫非是因为前世造孽必得恶报？他们碍于珍姑的权威，不敢把这个无后的女人逐出村寨。但他们谈得心惊肉跳以后，还是忍不住想看看一个疯子的景况。珍姑对此非常气愤，常常守在门口，决不让那些贼溜溜的目光扫进门槛，也不让幺姑撑着小椅子拐出门去。眼角边有了什么动静，她顺手抄起一根竹竿，眼明手快地扑打过去，啪——幺姑必定缩回地上一条炭画的黑线那边——她曾经命令过，幺姑的身子任何一部分都不得越线。

她惩罚了姊姊之后，又朝自己的赤脚扑一竹竿，表示对姊妹的罪过已得到了赎还。

幺姑渐渐体会出竹竿的权威。头几次，她还尖尖地哎哟一声喊痛；到后来，哼哼两下就算完事。最后的结果是完全驯服，见有竹竿在，便规规矩矩不再乱动，蜷缩在黑线的那边，缓缓舔一舔嘴唇。

"回去，上床去！"

"呜呜。"

"穿起开裆裤，蛮装相是吧？"

"呜呜。"

"你那毛佗没有来。你明白吗？他公事多，哪么有时间来睬你这个疯子？他不会来，不会来的！"

"呜呜呜。"

她像个自知有错的孩子，讨好地笑一笑。

珍姑也渐渐体会出竹竿的作用，碰上幺姑不愿拉屎拉尿，不愿吃饭，只要把竹竿扬一扬，对方就立即规规矩矩。

不过她得照顾其他残疾人和孤儿，也不能老捏着竹竿条子，全天候守着幺姑这一个。这一天她寻思半晌，冲着老大吆喝："大毛，还给老娘做件事，打个笼子来。"

我后来见过竹竿，就丢在墙角，竿头一端已碎裂。我也见过笼子，或者叫笼床吧，除了滑滑的栏垫，都是一根根粗大的杉木，在人们不常触摸的地方，积有黑黑的泥垢，显得笼子更加沉重。木头接榫之处，楔背被锤得开了花，给人一种牢不可破的稳固感。这个足以制服豹子和老虎的笼子，眼下关锁着无比实在的一团空寂。

幺姑竟然可以在这里面生存下去，实实使我惊讶。是不是因为她几乎从未生育，才有如此强旺的精血和生命？听珍姑的老大说，她后来简直神了，不怕饿，不怕冷，冬天可以不着棉袄，光着身体在笼子里爬来爬去，但巴掌比后生们的还更暖和。在她生命最后的一段时光，一些奇事更是连郎中们都无法解释——她越长越小，越长越多毛，皮肤开始变硬和变粗，龟裂成一块块，带有细密的沟纹。鼻孔向外扩张开来，人中拉得长长的。有一天人们突然觉得，她有点像猴。

她继续小下去，手足开始萎缩，肚子倒是一直膨胀。如果随意看一眼，只见她一个光溜溜的身子，还有呆呆的两个大眼泡。人们又有新的发现，觉得她像鱼。

这条鱼成天扑腾扑腾的，喜欢吃生菜，吃生肉，甚至吃笼床边的草须和泥土。吃饱了，便常常咻咻咻地冷笑，却不知道她笑什么。如果不让她这样生吃，她就不高兴，就用貌似手臂的那只肉槌一个劲地捶打，制造出嘣嘣嘣的生命乐音。不过，人们已经

175

熟悉这种乐音,熟悉到不再注意这种乐音。成人们来珍姑家串门,从不在乎这种乐音的强大存在,比方说并不会伸头探脑地朝里屋看看。只有娃崽们还记得她。他们几次好奇地想潜入发出乐音的那个房间,都被珍姑骂得四下逃散。后来的一次,待珍姑和两个儿子下田去了,他们又偷偷摸摸聚在一起,互相鼓励和怂恿,来探寻乐音的秘密。他们搭成人梯,爬到窗台上,朝墨墨黑的屋里张望,终于看清了笼子,还有笼子里一个活物。

"那是什么东西?"

"兴怕……是鱼人吧?"

"它咬不咬人?"

"娃娃鱼咬人,鱼人不咬人的。"

"你敢摸它吗?"

"有什么不敢?"

"我还敢摸它的鼻子。"

"它在叫哩。"

"它是肚子痛起来了吧?"

"它是要出来玩吗?"

……

娃崽们觉得那小个头活物理应是自己的朋友。他们顺着墙根,溜到后窗,从那里跳进屋去,打开笼门,打开大门,甚至毫无必要地打开所有的门,开出了一个四下通畅无碍令人舒放痛快的自由天地。然后,他们把活物连抬带拖地弄出大门,情不自禁地充当父亲或母亲。他们先打来一盆水,帮活物洗了个澡,特别注意洗净屁股。又用一根红布条子,将活物头上几根稀稀拉拉的白发,扎成一个冲天小辫。大概扎辫子时没留心,扯得对方的发根头皮很痛,活物哎哎哟哟地哭了。娃崽们愣了愣,纷纷想法子止哭,让活物高兴。一个女崽威胁:"不准哭,白虎鬼来了,谁哭就会把谁装进篓子拖走。"

一个男伢又想出更妙的办法，率先去搔活物的胳肢窝。

咯咯咯，娃崽们先笑，接着活物也嘀嘀嘀呵呵呵笑了。显著的效果使娃崽们信心大增，兴致大发，都争先恐后地去露一手，搔腿搔腰搔颈搔脑袋，一头头黑发聚在一起，此起彼落地拱动……活物终于发出一声大叫，眼里充盈着浊泪。

据说她还嘟哝了一句什么，但无人听清了。

我又听说，有人还是听清了，说她嘟哝着一碗芋头。另一个版本稍有不同：有人说她嘟哝着自己的头晕。

我不知道幺姑是不是就在那一天死了。反正我从乡亲们嘴里听来的就是这些，以后的事无人提及。她是怎么死的，比方是不是乐死的？是不是死于全身脏器衰竭？我也不知道。我坐在珍姑家的火塘边，听着山乡寂静的黑夜，捧着晚饭前必有的糖茶。桌上有四个小碟，分别装有玉米、南瓜子、红薯片、米糖杆。小碟被珍姑收走以后，她又端上大钵的肉块，都是出自瓦坛的腌制品，有鱼酸、牛肉酸、猪肉酸、麂肉酸，此外还有酸辣子、酸蒜苗、酸胡葱、酸萝卜、酸蕨菜，琳琅满目。看到一串串黄溜溜的东西，我初以为是酸藤豆，后来才知是酸蚯蚓，而蚯蚓下面的一颗颗硬物，则是酸蜗牛。老家人爱吃酸，我早有所知，但今天还是大开眼界。

我看了珍姑一眼。这位老游击队员年近七旬，仍然腰板挺直，头发熨帖，声音响亮，大脸盘子被柴火映得金光闪闪。她大手大脚，大声大气，大襟衣、大奶子、大鼻头，全然一种爽爽朗朗的大，一下就能笼罩你和感染你。她不由分说地给我夹菜，老是问我一声"苦不苦"——我知道这就是问菜咸不咸——家乡话里咸苦不分。

她又夹起两块猪肉，眼圈红了，说这只猪是幺伯看着捉进来的，看着长的，幺伯还帮忙斩过猪草哩。可惜幺伯命苦，没赶上吃肉。她把猪肉送入我旁边那只空碗，含含混混地说："幺姐，你尝尝。"

177

碗边，是一个空虚着的位子，是整个黑夜的边沿。

幺姐，苦不苦？你尝尝。

位子还是空虚着。

她撩起衣角按按眼角，声音碎碎瘪瘪地从喉头挤出："你幺伯，想苦了，把肠子都想绿了，想黑了，想枯了，就想你来……你幺姑命苦呵。她以前是这里最标致的。一上街，后生就追着看。来提亲的人，把门槛都踩烂。"

我点点头，觉得听懂了她的话以及她没有说出来的话。我大口喝下苞谷酒，觉得全身热起来，头重脚轻，动作有些飘忽。我看着火塘升起的闪闪火星，急匆匆向黑色屋顶扶摇而上，一颗颗在那里熄灭。我觉得它们熄灭在宇宙的深处。

更要命的是，在这最需要眼泪的时候，我仍是两眼干干。

七

我起得太早了，伸手不见五指，掩门时珍姑还在熟睡。

其实赶场用不着去这么早，杀猪的和炸饼的一定还没有去，可我总觉得应该早一点，去走走月光泼湿的山路，第一个看到太阳。

我深一脚浅一脚走进墟场，暗中被什么东西撞了一下，大概是树干，或是伙棚的柱子。我瞪大眼睛仔细搜寻，终于看清了残月，还有月下一道黑森森的陡岸——那当然是小镇的连绵屋脊。

不知为什么还不见灯火，不闻鸡鸣与狗吠，以及人们开门时的吱吱呀呀，莫非现在还是深夜？是我的手表欺骗了我？我摇摇表，喘喘气，继续向前摸去。忽然，一脚踩着了个软乎乎的东西。在迅速缩脚的一瞬间，我感到它是个肉溜溜的活物，忽的一下窜走了，想必是一条蛇。我退了一步，可另一只脚又同样踩到了软乎乎的东西，那东西大概出于惊慌，一扑腾，从鞋底下挣脱，竟顺着我的裤腿往上蹿，小爪子细细碎碎地一路扎上来直至腰间，幸亏我手忙脚乱地扑打，它才通的一声回到黑暗中。我冷汗大冒，背脊发凉，两腿软软的再也不敢移步。

憋住呼吸细细听去，似地面发出隐隐约约的潮涌之声。我低头一看，发现一团团黑影飞掠而过。天哪，老鼠！这么多老鼠！这么多老鼠在列队飞奔！

我记起来了，这些天上面来了一些人，抄着三脚架水平仪一类，寨前村后地一个劲忙碌，又召集群众大会，问大家是否发现了鸡飞树丫、井水升涨等异兆，同时嘱咐乡民们统一警号，轮流放哨守夜，住砖房的尽可能搬进木房，等等，于是人们便纷纷议论地震这件事。那么眼下莫不是要地震了？不然为什么有这么多老鼠跑出洞穴？它们是不是已经预感到地表以下一场轰轰烈烈的战争正迫在眉睫？

很久以后，我才想到幺姑曾预言过这场地震。她生前常常觉得头晕，还一再说到"地动山摇"这个词——那当然是暗指地震了。她眼下已经消失。那天的葬礼上鞭炮叭叭炸响，在空中绽开一簇簇瞬时生灭的金色花朵，把白日炸得千疮百孔，炸出一股股焦煳味。唢呐沉沉地起调，又沉沉地落下去，飘滑于身前身后不可触摸的空处，缓缓地锯着颤抖的阳光。吹唢呐的是几位汉子，有的驼背，有的眼瞎，有的瘸腿，脸上都毫无表情，或望着眼皮下一块石头，或盯着路边一棵小草，埋头互不搭理，甚至目光也从不交遇。只是听到锣鼓默契的启导，便悠悠然各自舔一下嘴唇，腮帮鼓成半球形状，抱起唢呐锯将起来。他们随着前面摇摇晃晃的棺木，随着扑扑翻卷的招魂旐幡，缩头缩脑登山而去，在一片油菜地里踩出凹凹凸凸的脚印。更有意味的是，幺姑的棺下垫了一层密密的鼠尸，就像我后来在镇街上看到的那种，不知是出于什么习俗。

地震？地震啦——我终于发现，自己的喉管根本没有发出声音。我把自己的手捏了一下,看是否在梦中。我还发现,小镇到处都是房门紧闭,对我的叫喊毫无反应。只有很远的一栋楼房迟迟亮起了一星灯光。不知那是学校还是镇公所。我着急万分,听出窸窸窣窣的声浪越来越大,看见一串串老鼠从门缝里、树洞里、小巷里以及菜园里蹿出来,汇成巨流,盖满一街,漫向墙基和水沟,此起彼伏你蹦我跳,形成遍地的朵朵黑浪。我想提脚让开它们已经没有可能。一路走去,脚脚都踩着老鼠,软塌塌的,滑溜溜的,人就像踩在棉垫上摇摇晃晃,又像踩在一片散木滑滑溜溜。无论我怎么跳跃和怎么选择,也踏不到一个稳定落点。更奇怪的是,被踩的老鼠既不叫唤,也不反击,只是从鞋底扑腾挣扎而出,继续它们慌乱的奔跑。它们顶多是被踩晕了头,在你的腰间或者肩头盲目地窜上一圈,又跳下去追随自己的队伍。它们比肩接踵,一往无前,庄重地信守着一个你无法知道的计划。

　　就这样,我一直在鼠河上踏浪而行,在鼠群的包围中左冲右突,在鼠群的腥臊味中差点晕了过去。我东偏西倒地跑一阵,又走一阵,又跑一阵。我捶打着每一张门:地震啦——

　　前面是一段石阶。鼠流到了这里以后就形成鼠瀑,顺着石阶滚下去,滚成一个个鼠球和一个个鼠筒,直到滚落阶底才溃散开来,露出一些灰白色的小肚皮。鼠瀑的力量是如此之大,已经把前面一伙棚冲倒,一块门板,几根木头,还有木桶和稻草什么的,都在鼠河上旋转一圈,漂荡而去。遇到前面街口的狭窄小巷,鼠流便陡然增厚,淹至居室的窗口。有几只黑鼠甚至跳上屋顶,继续朝预定的目标奔行。我已经看见了码头与河流,看见河面反射着残月的薄光,透出潮润的寒意,扬起丝丝缕缕的白雾。但鼠流没有在河岸停止,也没有折回,竟沙沙沙地一直向河里倾泻而去。整个鼠流如一匹长卷地毯,一直铺下码头,被河水毫不费力地收束,溅起浪花声如同广场上的欢呼。前面的老鼠沉没了,后面的老鼠还是踏着沉没者向前。后面的老鼠又没顶了，再后面的老鼠踩着没顶者继续向前。从水里翻出来的黑鼠湿津津的、水淋淋的，乱抓乱跳，拼命挣扎，以至不少黑鼠递相咬尾，五六只连成一串，在水中浮动翻腾如一条黑鞭。遇到木船的黑鼠则争相攀高，顷刻间船篷、船杆、船舷、船桨上都立刻驻满黑鼠，宛若一座河中的鼠岛。

但那不是鼠岛。我看清了，它是一只盛满炭屑的草编提篮，幺姑的提篮。

> 大岭本分兮盘古骨，
> 小岭本分兮盘古身。
> 两眼变兮日和月，
> 牙齿变兮金和银。
> 头发变兮草和木，
> 才有鸟兽出山林。
> ……

招魂师唱起来了，你们也跟着唱起来了。我感谢你们眼中的泪水以及义重如山的一程相送，更感谢你们原谅我的两眼干干。我给你们下跪。你们将一把把白米抛撒，让它们纷纷落向墓坑，跳动一下就不再动弹。在你们的歌声中，远山变得模糊而柔软，倾斜的岩层在缓缓起伏蠕动，如凝固了的汹涌浪涛又开始了汹涌，要重演洪水滔天的神话。一切音响都被太阳晒得透明，晒成静静的盐，在浩荡的波涛上闪耀。

> 气化风兮汗成雨，
> 血成江河万年春。

在你们的歌声中，有大地震晃，山岩崩塌，远古突然逼至眼前。地震啦——天书已翻展，弓弦已张开，血淋淋的牛头高悬于部落的战旗之下，你将向哪里去？苦蕨似的传说遍布整个世界，惊醒每一个时间黑洞之梦，在大漠，在密林，在月色清秀斑驳的宫廷，我究竟在哪里？远古一次划出天地界限的临盆惨叫，使炎黄之血浸入墙基和暗无天日的煤层，浸入阴谋般纠结撕咬并嗡嗡而来的象形文字，你将向哪里去？呵呵，洪水滔天洪水滔天，一个人死了，地震了，墙垮了，谁也不能救她。太阳终是遥远，流星落入彩釉，以眼还眼悄声碎语终是须臾，唯时间在年年的谷穗上昭示永恒和太极之圆满那究竟是为了什么？一次次死亡结成人类的永生，指向玉树琼宫，香花芳草，粮山棉海，鸾凤和鸣，善男子善女人携手联袂人面桃花欢歌如潮，那无比实在的辉煌你将向哪里去？从来就有高原，从来就有星座和洞穴，从来就有剑戟相拔和野渡空舟，从来就有枯涩的儿童之眼和不孕妇女的老镜而蝼蚁般的人流你将向哪里去？墙垮了，地震了，纵使每一页日历都是千万人的忌日，纵使每一条道路都没有终点，纵使禁锢和放纵都行将变质，但难道不因此而觉得岩层中渗出的回答甘之如饴？善男子善女人在残碑上历历在目以沉默宣喻万世之箴言：一切播种都是收获不是收获，一切开始都是重复不是重复，金木水火土那长出了青苔的隆隆人类之声你将向哪里？

  小岭本兮盘古身，
  两眼变兮日和月。

  人们还在唱着和唱着。
  终于地震了，后来人们说连山上的边墙都震得全无，最后一点残迹也被扫荡干净。我去看过，是真的。

八

老黑刚从派出所回来,没落个刑事拘留已是万幸。为了帮一个姐儿们出气,她用酒瓶把一个男人砸得头破血流,是英雄还是暴徒,没人能说得清楚。我见到她的时候,她刚出浴室,头发湿乎乎的,全身鲜润热气从衣领里溢散出来,乖态可掬地蜷缩在沙发里。随着一转头,她脖子上一根什么管子挺突得很厉害。"哥们儿,刚才你递鞋子进来,没想到要把门推得更开一些吗?"

我笑了,"你要调戏我,也得用点新招吧?"

"臭王八蛋!"她两眼一瞪,"别他妈假正经。哪天我叫上一两姐儿们把你强奸了,废了你的假牌坊。"

"那你多有面子?不是更加惨透了?"我笑得更厉害。

她这次没有笑出来,肯定被我说着了,说痛了,只是朝我背上一拳狠捶。她已经有了灼灼白发,脸也像干裂土地正分布皱纹——想象她还经常向别人表演气功,昏昏灯光下一定很有巫婆风采吧。她为什么还要那么颠来颠去地逛时装店?为什么还那么喜欢在男人面前作痴作矫作高深作刻薄同时不失时机地媚笑?笑一经过设计,就会有问题,过早绽出皱纹是自然的。何况谁都知道,她那张薄唇小嘴通向一套被烟草熏得焦黑的肺叶,还有过多杂食散发出恶臭的肠胃。

这确实有点惨。人总会老的,很难无往不胜。而且胜了又怎么样?有一次她自言自语地溜出一句:"真没意思,男人一关门都说同样的话,怪不怪?"

当时她正在擦皮鞋,望着鞋尖凄婉一笑。

于是她打电话把我请来,大概想让我填补她周围的空白。她一定是看准了我正被单位上的改革弄得灰头土脸疲惫不堪,相信我已虚弱得不堪一击。如果是这样，那就更惨了，我竟然用手抹了一把脸，轻轻拍了拍沙发的扶手，"该走了，我还有事去。"

大概男人们溜走时也说着同样的话，借口有同样的可疑。

"走吧，你们都滚，滚远点！"她气概非凡地一甩下巴，但停了停又嘀咕着该去买点方便面。其实她不这样嘀咕，我不会认为她送我一程是如何卑微。她该怎样做就怎样做，不必太花心思研究自己的理由。

"今天的天气真好。"我说。

"他妈的，我要买安眠药。"她说。

"你晚上多梦？"

"床下老是嘣嘣地响。"

"没查出什么原因？"

"有什么原因？肯定是干妈找上门来了。"

"你也信这一套？教师同志。"

"什么信不信？这是事实呵。我欠了她的，她不磨我还磨谁？我都花钱给她做了超度，她还是不满意……"她说起和尚与道士的超度，还有昂贵的法事费用。

"你也许该去外地散散心，或者换个工作，你比较感兴趣的工作。"

"算了，我早把一切都看透了。"

"包括把看透也看透？"

"不要对我上哲学课。你不觉得可笑？"

"你一直在享受着很多人的好心，这并不可笑。"

户外的阳光如此强烈，使我微微眯眼。一回头，看到她夸张蓬松的发型，我突然觉得她头重脚轻，再加上两只大眼泡——她居然也像一条鱼。

我没敢说出来，匆匆告辞走了。摩托车的后视镜里，闪过一辆辆卡车和繁忙的大街。一栋栋大楼正待竣工，好像要从脚手架和安全网的蛹壳中挣脱出来，伸展美丽的翅膀腾飞而去。一座大桥仍然紧张地拉开弓弦，使我驶向桥顶蓝天时不无担心，担心顷刻间弦响弓颤，大桥会把我弹入太空。万吨万吨的金光，此时正从太阳那一孔捅开的炉门中涌出来，咣当咣当地浇泼给城市。

一个小伙子不知为什么又叫又笑，蹬着一车水果以及一位少女，被我甩在后面。他上身那铜浇铁铸般的肌肉，鼓起一轮轮一块块的，令我忍不住羡慕地回头，盯一眼他的脸。我觉得这一身生气勃勃的肌肉是个好兆头，也许能使我在前面的路口遇见什么人——我从不相识但一直等待着的一个人。

我正逼近那个平凡的路口。

我将要看见什么？曾经等待过什么？

我终于避开那个路口，朝另一条街道驶去。

时间已经不早，回去首先是吃饭，吃了饭就洗碗。生活就是这样。生活就应该这样过。记得幺姑临死前咕哝过一碗什么芋头，似乎在探究人生的某种疑难。这句话在我胸中梗塞多时，而现在我总算豁然彻悟，可以回答她了：

吃了饭，就去洗碗。

就这样。

嫛。

一九八六年一月

最初发表于一九八六年《上海文学》杂志，后收入小说集《诱惑》，已译成英文、法文、西文、韩文、荷文等。

故　人

　　余先生去国二十年后重返故乡,是小城一件新鲜事。事先省里有关部门来过电话,称余先生是爱国侨胞,在香港及美洲有数千万资产,这次回乡观光,地方上务必热情接待,以利招商引资和改革开放。

　　县委县政府已开会专题研究过此事。县招待所五号小楼立刻重新装修,换地毯,换窗帘,灭老鼠,喷香水,摆设盆花和雀巢牌咖啡,显示着县里最高消费水准。派出所警察在小楼外设岗派哨,整顿治安秩序,阻止好事者前去拥挤喧哗。据说有位后生以为那里又在抢购紧俏商品,满头油汗地投入了人群,被身后的人一挤,竟冲过了画在地上的警戒线,迫使警察小试电棒。呵的一声尖叫,后生当场倒地全身抽搐不已,脸上有一团僵硬的灰白。县城里有两个疯子,平时总是一身尿臭,喜欢一边唱戏文一边向汽车投掷石块,司机们早已无可奈何并且习以为常。为了防止他们袭击侨胞,警察奉命将疯子临时拘押。一些小娃崽因此失去了欢乐和恐惧,只得退而求其次,将将就就地去看屠夫杀猪,或者蚂蚁搬家,几天来有点怅然若失落落寡欢。

余先生是乘高档进口轿车沙沙沙抵达的。车身史无前例的长，史无前例的黑亮，如一条巨大黑鳗，静静地滑过街市，潜入招待所的深院，使小城人有一种莫名的心惊。从黑鳗腹内钻出来的人，肤色暗淡，身材瘦削，看似中年却早已谢顶，太阳穴深深下塌的颅骨给人一种很紧实很坚硬的感觉。他着一件米黄色的宽大夹克，蹬一双平底布鞋，倒显得特别朴素。引人注目的是他左衣袖空空，瘪瘪的，荡来荡去，藏一袖阴阴冷气，成了毫无表情毫无动作的赘物。在他走进招待所餐厅的一刻，一位服务员当的一声失手打碎了瓷盘，门外一部卡车倒车时不慎撞碎了尾灯，而招待所商店的一位怀孕女子当天不幸流产。这一切是否与那条空瘪瘪的袖子有关，不得而知。

县委和县政府几个头头都去见了他，照例有握手寒暄，有合影留念，有豪华宴请。水里的白鳝，山里的白面（狸），再加上烤乳猪烧羊蹄一类，都很有家乡风味，可望增进赴宴者的乡情。一号首长介绍了全县的大好形势和引资优惠政策。二号首长陪客人看了两场地方戏曲。主陪是四号首长，即王副县长。他陪着客人参观了化肥厂、木材加工厂以及大理石厂，似乎一切都顺利。只是走进大理石厂的时候，附近工棚里突然发出咣当一声震天动地的巨响，吓得人们惊慌张望，警察立刻拔枪警戒，只是余先生眼都没有眨一下，头也没有回一下，继续细看手里的石材样品。

王副县长冒出了一头冷汗，不光是为了刚才咣当一声的巨响，也为客人临危不乱之际出奇的冷静。

据王副县长所知，客人既没当过将军，也没当过大盗，为何有如此镇定自若的本领，实是一件怪事。王副县长更不明白，余先生身为巨富，为何却活得极为简单。除了抽两支烟卷，他不喝酒，不喝茶，不吃水果，对歌舞厅夜总会一类更无兴趣。据保卫人员说，在招待所这几天的日子里，他没事的时候就关着房门，在门后一点动静都没有,不知道在干什么。即算走出门,他只是去河边的后街走一走,用照相机把一些普普通通的墙基、石头、老树都咔嚓咔嚓拍摄下来,不知作何用途。在本地人看来,那不过是一条狭窄的麻石街,那些青砖破墙和墙基的片片青苔,没有多少稀奇,他怎么一遍遍走得那么起劲?

他总是在后街从打米厂到河码头这一段来回行走,在小西门一位老阿婆那里买豆腐,一买就是十几片,买来也不吃,叫服务员拿去处理。卖豆腐的阿婆几乎是个瞎子,仅左眼还有白花花一线光亮。据查,她是位孤老,原是国民党某军官的小老婆,在丈夫死后一直靠自己的双手谋生,卖豆腐已有三十余年。有意思的是,余先生为何总是买她的豆腐?与她有什么特殊关系吗?既有特殊关系,他为何只买对方的豆腐而不赠个十万百万的红包大礼?……这其中的缘故,外人无从得知。

副县长几次想侧面打听,觉得又不合适,只好跳开话题。其实,余先生没什么话题,甚至从不爱说话。人家说得热热闹闹的时候,他只是听,眼球十分明亮,亮得有些灼灼逼人,探照灯一样从这边缓缓地扫到那边,又从那边缓缓移到这边,有时甚至把说话者们看得心里发毛,说着说着就说乱了。偶有一笑的时候,他也笑得极淡、极浅、极缓,似笑非笑,至少比在场人少笑七成。实在没有什么可看了,他就将目光稳稳停留在前方空中的某一点,所有表情都渗漏到脸皮下面去,筛出一脸茫茫虚空。

他喜欢夹着一支肥大雪茄,但很少点燃。尽管如此,他并不特别冷漠,甚至还很好说话。比如说他抽出一支签字笔,已经签署了向大理石厂投资的意向书,对本县的猕猴桃资源也表示了兴趣。

王副县长高兴了,一心要让对方玩得痛快:"余先生不会跳舞,少见,少见。那么愿不愿意到白公渡去看看?那也算个省级保护文物遗址。"

富翁摇摇头。

副县长揣摩对方的嗜好:"那是不是想看点录像?别看我们县城小,这里什么片子都有,香港的,台湾的,美国的,日本的,都有。"

富翁淡淡一笑,还是摇头。

"那……你有什么事,有什么要求,只管说。我们这个小县,虽然条件有限,但变化还是很大的,不比你在这里的时候啦。南河铁矿你去过没有?现在都成一个大矿啦,一年产值上亿!这几年竹木、水果、油茶、养殖也都发展很快,你要办点什么土特产,只管说。回一趟家乡不容易嘛。"

余先生深深地盯了副县长一眼,"长官这么客气,那我就真说了?"

"好呵,不要客气,家乡人嘛。"副县长几乎喜出望外。

"那好,"余先生盯着雪茄若有所思,停了好一阵,"我想见一个人。"

"谁?"

"彭细保。"

"是你亲戚?"

"不是。"

"是你同学或者朋友?"

"也不是。"

副县长有点困惑。在余先生到来之前,有关部门已经核查过,这里似乎没有什么余先生的亲友了。而且副县长在这里从政三十多年,对有头有脑的人大多认识,十八个乡镇中年以上的农民也差不多熟了三四成,但从未听说过彭细保这个名字。

"你……和他有什么关系吗?"

富翁摇摇头,"从未谋面。"

副县长这下就不明白了,但也不好深问。"那好,一切由我们来安排。你如果想安排一个宴会,或者安排你们一起住上几天,好好地叙谈叙谈,这都好说。"

"不不不,"富翁摆了摆下巴,"就见一面,不需要任何安排。"

王副县长更觉蹊跷,回头交代县府办公室,赶快查找一下彭细保这个人。办公室很快汇报了,溪口乡确有个彭细保,眼下家境贫寒,欠债累累,加上身患肺气肿和风湿症,身为共产党员却有多年未缴党费,乡村干部也拿他头痛。至于余先生为什么要见他,当地人都觉得奇怪,因为他们两人之间完全没有关系。后来靠两位老人回忆,人们才依稀得知:硬要说有关系的话,那就是余先生的父亲当年作为恶霸地主遭到镇压,法场上是由彭细保操的刀——当时他是民兵。人家都不敢杀,只有他争着杀。

得到这一重要情况,王副县长对安排见面颇感为难。点名要面见仇人,莫非是要报仇?莫非是要算账?不会闹出什么事吧?头头们再一次开会研究。一位部长气呼呼地大拍桌子:"呸,姓余的也莫太毒了!他父亲也平反了,房产也发还了,还要怎么样?共产党如今请他住宾馆,吃宴席,对得起他了。他还想当他娘的还乡团,对贫下中农搞阶级报复呵?"另一位部长叹了口气说:"话不能那样讲,当年阶级斗争扩大化,有乱打错杀的现象,不对就是不对么。人家有情绪,也可以理解的。"县委书记只好从中调和:"我们欢迎余先生这样的爱国华侨来投资。不过见面的事最好还是免了。好了的疤子再去揭,刺激情绪,何必呢?"王副县长惦记着有关筹建果品罐头厂的谈判,忧心忡忡地说:"不见当然也可以。不过会不会闹得余先生不快?会不会影响他对政府的看法?"……这样说来说去,会一直开到深夜,最后议定:一方面由县统战部就当年的错杀向余先生正式道歉,另一方面不安排仇人见面,最好是把彭细保临时抓起来,理由是他打麻将赌博,违犯治安条例，拘留期间不能见外人。

打麻将几乎已是全民性活动，所以这个罪名对谁都用得上，是个制造临时人间蒸发的万能借口。

拍桌子的部长对这种处置还是不满，散会时扬起巴掌喊："道他娘的歉？现在共产党讨好国民党，早革命不如晚革命，你们看吧，以后有戏唱的！"

其他头头只当没听见。

王副县长依计行事，把有关建议转达给余先生，不料余先生断然拒绝。他对其他的事情都好说话，比如县里希望他投资果品罐头厂，这没问题；某部长托他安排自己的子弟到海外留学，那也容易。至于谁想来讨个打火机或讨双尼龙袜，更是小菜一碟，谁要谁就拿去。只有这次会见彭细保，他既已提出，就九头牛也拉不回。他夹着大雪茄的手指已经微微颤抖，只说了一句：

"他什么时候出来，我就等到什么时候。"

王副县长暗暗叫苦。

"他就算死了，我也要挖开坟来看一眼。"

这话说得更决绝。

没办法，县里头头们苦着脸又议了两次，只得狠狠心，同意他的要求。安排这次见面之前，副县长把彭细保接到县城，与他谈了一次话。不过后来副县长发现这次谈话完全多余。彭细保根本不记得自己杀人之事，也忘了余家少爷是谁，只说领导要他见谁他就见谁，甚至有一种兴冲冲的劲头，觉得自己的进城特别体面。他大热天呱嗒呱嗒蹬一双套鞋，肩头开了花，头发结成块，浑身有股猪溺味，讲几句话就抹一把呼呼噜噜的鼻涕，东张西望，心不在焉。

副县长觉得这样也好，免了一点紧张。他让对方洗了个澡，还递给对方一支香烟，不知为何心生一丝酸酸的怜悯，似乎眼下不是带他去见客，差不多是狠心将他推出午门斩首。

副县长拍拍老民兵的肩，领着他来到招待所小楼门前。彭细保突然倒抽了一口冷气，额头上冒出密密汗珠，眼中透出莫名的恐惧。副县长再仔细看，发现他如同蒸熟以后又在冰箱里冷冻多时的肉制品，脸上聚一团青光。

"县长，我，我突然肚子痛……"

"只见一下就完了。"副县长知道眼下并非去刑场。

"痛得当不住了，我实在走不动……"

"活见鬼，到了门口又不去，你要让我失信？你怕我吃了饭没事做，陪着你好耍吗？这是政治任务，你去也得去，不去也得去！"

"我给你作揖。实在对不起，我现在就要回去……"

副县长见他跑，气不打一处来，叫人冲上前去，不由分说地扭住他，简直是把他架进楼门，交给屋内的陌生眼光去发落。有一浪空调机的冷气迎面扑来，使彭细保打了个寒战。前面有几张横蛮的真皮大沙发，因为式样古怪和庞大，吓得彭细保两腿哆嗦。一片猩红色的大地毯在窗外泼进来的强烈日照下，迸射出耀眼的反光，给屋内所有墙壁和天花板都染上了红光。翻腾的红潮甚至注入了室内所有人的瞳孔，个个都成了红眼。

根据副县长的安排，今天多了几个陪同人员，包括扮成服务员的便衣警察，以防意外事故。这阵仗也吓坏了彭细保，他看看这边的大个子，看看那边的大个子，双脚已在地上生了根，怎么也没法往前走。

"这就是余先生，彭细保，你也坐下……"副县长力图制造出缓和的气氛。

余先生眼睛一亮，表现出从未有过的兴奋，呼地一下从沙发里站起来，走上前来把来人端详，平时总是熄灭的雪茄已反常地点燃。

彭细保似乎被提醒了，嘿嘿一笑，缩了缩鼻子："是余同志吧？好久不见了。你老人家还在农业局……"

显然是认错了人。副县长用手捅一捅他:"余先生这次从香港来……"

彭细保瞪大眼,领悟了这种纠正。"哎呀,到香港去了呀?我晓得,哪有不晓得之理?余同志是在香港农业局工作是不?上次村里要买尿素,我就说要他们去找余同志。余同志是最肯帮忙的人呵……"说着抹了一把鼻涕。

"你说什么呢!余先生是有名的爱国华侨和实业家,这次是回家乡来考察经济发展的。"副县长有点不耐烦,"你看清楚了再说,好不好?"

在他们说话之际,在其他陪同人员在倒茶和递毛巾之际,余先生一直没有搭腔,但呼吸越来越急促,脸色越来越红亮,额上的青筋明显地暴突和蠕动,眼中两个锐利的光点发出刀尖在太阳下的那种闪光,差一点就要发出吱吱吱的声音。他盯着自己朝思暮想的人,把对方缓缓地从头看到脚,缓缓地又从脚看到头,吱吱吱的目光最后在对方喉结处驻留下来。这当然使副县长一惊:余先生父亲的脑袋,当年想必也是在那个部位与身躯分离的?当年的一件什么利器,也许就是在那里进入的?

余先生满意地点点头,干笑了一声,突然收笑,又再干笑了一声,有点神智错乱的疯傻模样。他快步移动,甚至有点手忙脚乱,换了一个角度,再换了一个角度,全神贯注打量着对方的颈根,目光突然变得柔软,变得幽静而清澈,波动着一种优美的节奏。似乎他眼下盯着的已不是一条颈根,而是一件心爱的古玩,一朵嫩弱的鲜花,如果目光不慎有失,投注得粗重一点,古玩就会破损,鲜花就会枯萎——而这样的罪过断断乎不可。

这条颈根是如此珍贵,他得让自己多年的思慕从目光中从容泻出,将目标小心翼翼地触抚,一分分地探索。

这种柔软的目光让王副县长不寒而栗。

"余先生,你坐下谈,坐下谈……"副县长有点不知所措。

富翁好像根本没听见。

"余先生,都是过去的事情了。那时候都是形势,形势呀。很多事情是说不清的。我在'文化大革命'中不也坐过牢吗?我们好多共产党员的家里,不也是妻离子散吗?哎哎,眼下都向前看吧。来,喝茶喝茶。"

余先生似乎从梦中被唤醒,定定神,抹了一下脸,丢掉了雪茄,回到了平时那种持重的神态。他对副县长点点头:"好了,谢谢长官。你守信,我也会守信的。罐头厂的项目我一定参与,但水源品质是件大事,今天我们去河里取个水样吧。"

不待副县长回答,他领先朝门外走去,只是在将要出门的那一瞬,又猛然回头朝彭细保的脸上甩去狠狠的一瞥。

这一瞥刺得彭细保浑身一震。他总算记起眼前是谁了,发出异样的大叫:"余二,你长得如何这样像你爹呵……"

余先生的脚步声已在门外远去,愣住了的陪同人员这才反应过来,也跟着一拥而出,把彭细保一个人丢在房间里。

"余二,当年……当年我也是没办法呀……"

十多天后,这位富翁从香港汇来巨款,派来专家,果品罐头厂立即破土动工。小城显得比往日更热闹了,有更多的汽车来来往往,扬起车后的尘浪,供两名疯子一边唱戏文一边投射石头或粪块。有人说,这些疯子现在也能唱香港流行歌了。

一九八七年五月

最初发表于一九八七年《钟山》杂志,后收入小说集《北门口预言》。

人　迹

　　山民们把一种直立动物叫毛公，也叫熊罴——"罴"是"黑"的误读吧？或者是字典上错了，"黑"是"罴"的讹传？

　　听他们这样说的时候，我心里难免疑惑。

　　照山民们的描述，熊罴不是狗熊，不是马熊，走起路来像人，门长树大，手臂很长，常常用爪尖抓破树皮，取出树膏涂满自己一身，日长月久，结成硬壳，大概可用来防寒。这种野物不知有什么乐事，喜欢哈哈大笑，尤其是遇到人的时候，两只前爪紧紧掐住人的双臂，然后伸出红鲜鲜的舌头仰天长笑，高兴够了，才从容腾出一只爪子，向你的面孔遮天盖地而来——攫取你的眼珠。

　　山里多熊罴，自然也多出许多戮杀熊罴的技艺。人们说，熊罴有时撞进寨子，坐在门槛上玩耍。根据他这一爱好，你可以打制一个木头夹套，用木杈撑开，装在门槛上。熊罴来了见此奇怪家伙必然生气，必然好奇，常常会去捏拿捉弄。一旦杈倒，粗大的夹木忽然紧合，正夹手足或生殖器，悲号处必有鲜血淋漓。只是你去收熊罴时须记得用米潲水洗地，免得它的同伙循着气味来报复。有一次庆老倌就是忘记了这一点，结果十几只熊罴嗅到了血迹，悲愤欲绝，号啕不已，把庆老倌一家三口满门抄斩，连他的灶台也被捣毁了，水缸也被打破了，晒在门口的衣服全被撕成碎片。

自然，还有一种更见心机的灭熊之法。人们挑上两桶掺有烈酒的糟酒，起风时顺风挑进山去，让酒香飘入山林。熊罴最嗜糟酒，见人不多，便会出来打劫。它照例会抓住人的双臂仰天大笑。只是猎人的双臂早已套上竹筒，乘对方仰天极乐的当口，双手从竹筒中抽出，取出钩刀，猛刺对方胸脯。这种钩刀无须刺得很深，因为钩刀的两刃都有齿形倒刺，刺进皮肉以后，易进不易退。熊罴抓住刀顶越拔越痛，只得反退为进，最后越摇越深，直扎得自己血浆喷溅，差不多是以全身气力和全部愤怒把自己扎死……多少年来，人们借用这种狠毒伎俩，目睹了一头头笑如人貌的野物，如何焦躁和凶猛地自绝。

如果搏杀中发生意外，没把熊罴刺死，那也不打紧。人们只需记得逃跑时要就低不就高，顺着坡势往下跑就会比较安全。其中的原因，是熊罴上山快而下山慢，头上的毛发太长，老是在眼前荡来荡去，遮挡了它的视线。它下行时不得不用前爪撩拨头发，拨到三五下，七八下，白白浪费时间，只能听凭狡猾的猎手逃之夭夭。

这些年来，熊罴已经少见了。这次我们野生动物考察组没有带糟酒，却带上了照相机和从派出所借来的高压电棒，跑了好几片林子，未见到熊罴的踪影。在一片苞谷地里，发现了一些吃剩的苞谷棒子，还有三两个模糊不清的脚印窝子，似乎是山猪的。但山猪蹄子没那么长，那么大，所以也可能是熊罴的，或者是人的。

我们循着一条小径进了寨子。这里多吊脚楼，多腌鳟和多狗吠。山民表面上并不热乎，见远客来了，不太说话，而且砌墙的砌墙，犁地的犁地，一张张黄脸转瞬即逝，甚至无人上来递烟和请坐。但到吃饭的时候，要是家中没什么好菜，当家汉子二话不说就去了屋后。一声号叫传来，必是放倒了一只羊。

吃完了酒肉，更多的铜色的面孔围拢来，遮去了门外那块天空。他们好奇地打量我们的眼镜、照相机以及高压电棒，还有某位同伴的大胡子，问山外的竹木是什么价，问供销社到了柴油没有——似乎凡进山的人都悉知供销社的行情。他们又问我们收不收购猴子——据说他们前不久捉了一只猴，那畜生在笼里哀哀地哭了好几天，只是一见女人就活蹦乱跳，胯下还溅出一些不知羞耻的东西。

我有些困倦了，为了用不停的谈话来撑住眼皮，无意中问起对门岭上的一个山洞，问洞里为何有几块熏黑的石头。

"那是大脑壳。"

"大脑壳是谁？"

他们笑了。不知是谁又说了句什么，他们笑得更厉害，声浪使一位母亲怀里的孩子受惊，松开奶头开始大哭。

"大脑壳是你们寨子的？"

"莫是，下边的。"

"他住在山上干什么？"

他们又笑了。

看来他们有些事不愿意说。

直到夜里，在我一再追问之下，一位老阿公才说出了事情原委。这位老人瘦精精，悬吊吊的裤脚下，脚踝有些红亮粗肿，脚杆与脚板构成了僵硬直角。松弛的面皮往下滑落，被瘪瘪的嘴腔接住了，顶住了，只是嘴唇顶得太吃力，便弯曲如弓，紧密地抿着。

据他说，大脑壳是一个后生，娘死得早，只有个爹，成天跟着爹在山上打岩头——也就是石匠打石头。他脑壳长得大,形如倒立葫芦,人家就经常叫他大脑壳,反而不大记得他的尊姓大名。他不怎么讲话,也热心给人帮忙,哪家要砌屋,哪家要杀猪,都喜欢叫他当下手。他忙完了来吃饭,不要鱼不要肉,只是喜欢吃辣椒,常常半碗辣椒半碗饭,吃得嘴巴红红的,全身冒大汗。日子一久,人们又叫他辣椒娃。

他爹是个很要面子的人。有一次做上门功夫,给一个富人打磨子,已经差不多打好了,忽听得主人说丢了一个手电筒,还怀疑是大脑壳拿走的。他爹大怒,说他家上下十二代人,在这里做人从来都是当当响,从不乱拿人家一根草,今天怎么碰上一条疯狗子咬人?他把主人大骂一通,一锤子砸碎石磨,扬长而去。

这家院门前的石狮子,还有石门框,都出自他爹的手。因此临走之前,他爹还觉得不顺眼,咣咣咣咣,把这些石头统统砸碎,情愿退还多年前的工钱和料钱。

回到家里,他爹也不问大脑壳,只是到第二天早晨,发现竹篓子里关着十几只蛤蟆,才脸上渐生疑色。他叫来儿子,问大脑壳夜里如何叉得蛤蟆,问对方是否拿了别人的手电筒。

大脑壳脸色转白,没吭气,居然点了点头。

爹爹气得差点当场晕倒,被儿子扶起来,睁开眼,一巴掌,打得大脑壳猫样地叫了一声,轻飘飘飞出了门槛。

你去死!岩匠这样骂道。

你不要再让我看见!这话也说得恩断义绝。

大脑壳没吭声,摸着脸,走了。

寨子里的人好几天不见大脑壳,便四处找他。以为他去了舅舅家,以为他跳了河,以为他上了吊,但找来找去还是活不见人死不见尸。大概半年之后,有人在山上看见他了。开始以为是看见了熊罴,后来发现他身上虽然多毛,但还挂一块破布,脑壳有倒立葫芦的形状，这才觉得有点不对劲：那不是大脑壳吧？

　　人们向他喊话，他有点吃惊，拔腿就跑，一溜烟就不见了。这以后，打猎的，砍柴的，寻草药的，看见他的人就更多。有时候还发现他的脚印和粪便，与山猪和熊罴留下的不大一样。他们回来说，大脑壳在山上搭了个窝棚，有时也在岩洞里睡，浑身披着长毛，而且毛色渐渐转红，活脱脱一个传说中的红毛野人。他头发长得齐胸，已经不会讲话了，只会哇哇哇乱叫，见人靠近他的窝棚或岩洞就射石块，做出龇牙咧嘴的凶恶样子。很奇怪的是，他与树根树枝很是过不去，走路时看见暴出地面的树根，一定要拔出来，再继续走。爬到树上去摘杨梅板栗什么的，也总要把手边的树枝都折光，落在地上厚厚的一层。你只要看见路上有杂乱的树枝树根，就知道他到过这里了。

　　他有时下到靠山田来抓泥鳅或捉鱼虾。薅禾的妇女们远远看见他，笑他赤身裸体。他似乎也懂，会扯两片芭蕉叶在腰间一缠，遮住自己的下体。

　　大家去劝他爹，要他上山去把大脑壳劝回来。他爹闷声闷气，任人家说天说地，只有一句话："我没有这个儿！"

　　说得他烦了，他还会操起竹扫把，把说客们统统赶出门去。"我给狗当爹，给猪当爹，给老鼠臭虫当爹，也不给他当爹！"

　　大家再也不敢上他的门。

　　冬天来了，大概山上野食少了，大脑壳也偶然出现在墟场上，一身红毛吓得人们大喊大叫，撂下担子忘命逃跑，以为来了熊罴或者山鬼。知道他不是熊罴，更不是鬼，是远近有名大岩匠的儿子，一些好事之徒去捉他，拿绳索去绚他。但一个个哪里是他的敌手？他不知在山上吃了些什么，手臂粗若大木，皮肤糙过牛皮，一声号叫之下，后生被他左一个右一个统统放倒在地上——有的还哎哎哟哟回去熬草药治伤。从那以后，没有人敢惹他，一见他

199

就如见阎王爷,远远地四散躲开。只有些小娃崽不怕,围着他像看猴戏,跟在后面偷偷摸他的毛,摸他的光屁股。

他一般来说不理睬娃崽,任他们摸来摸去,只是埋头找他的盐巴、辣椒和肉。他走到哪里,哪里的人就跑光了。因此挑子上的猪肉他想取哪一挂就是哪一挂,摊子上的干辣椒他想抓多少就是多少,一边走就一边吃起来,哪怕生肉也嚼得吱吱响。不过他并不白要,更不是打劫,在哪里取了货,就把事先挑来的柴捆放在哪里,那意思很明白,算是给钱。

他当然不大会算价,更不知道行市变化,只是以物易物,有个人情的意思。比如说盐巴以前是很金贵的,现在已经大为便宜,但他似乎还是老规矩,一担柴只换一小撮盐巴,每次不会多取。

好些人可怜他,远远地叫他多取一点,或者打手势告诉他这一点,但他眨眨眼,咕噜咕噜不知说些什么,还是只抠一小撮,走了。

如果他没挑来柴捆,也必会带来草药或者兽角——据说他从小就懂得几味药,是跟他爹学的。

看到大脑壳这样子,远近四乡的人都常常叹息,说锤子生钉子,有什么样的爹就有什么样的儿,一家人都这样硬,真是吃铜饭屙铁屎呵。俩父子本来好好的,怎么一辈子就顶在个什么手电筒上呢?不值吧?大家也常拿他来打比方。碰到买卖奸猾的人,就会有人说:"这家伙,还不如大脑壳。"碰到脾气倔犟的人,就会有人说:"这家伙硬是个大脑壳。"或者说:"你打算当大脑壳吧?"

后来,有一个干部来到寨子里蹲点,听说了大脑壳的事,说只有旧社会把人变成鬼,哪有新社会把人变成兽呢?社会主义是个大家庭,不能让任何人站在外面。在他的安排下,民兵上山去找他,好几次差一点把他抓住,最终还是让他逃脱。到最后,民兵们只好剥了一担棕,织了一张大绳网,在他经常出现的路线上设伏,蹲守了三天三夜,才算是把他网住了。那一次还算及时,因为大脑壳的右脚杆上破了一圈皮,血糊糊的,正在发炎化脓,大概是前不久逃跑时被什么割伤的。要是再晚一步,他得不到及时治疗,一只脚可能就要废了。

他被民兵们严密看守了一个多月。人们给他治了伤,洗了澡,剪了头发,还他一个稍显人形的眉目。人们还给他新衣新鞋袜,只是他毛深皮厚,已经穿不惯衣服,棉布一上身就烙了他似的,痛得他缩鼻子缩嘴巴大喊大叫,好像要逼他下地狱。直到十多天以后,他才勉强接受了棉布,不再把扣子统统揪掉,不再把布片撕破。靠干部用糖果引诱,靠两个大个子民兵强力压制,他还开始参加劳动,跟着男人们去挑土、抬石头、下粪肥,甚至到镇上送粮谷,只是一见到蚂蚁和蚱蜢就捉,捉了就往嘴里塞,嚼得吧唧吧唧的,让旁人看着要呕。他的一张长毛脸还是吓人,走到墟场的货摊前还是情不自禁地东取一团生肉,西抓一把辣椒,一边走一边咬着吃。行人要是冲着他笑,他也会傻笑。旁人要是同他说话,他只能嗷嗷嗷地乱叫,说不出自己的意思。

他只是喜欢看写字,对镇上的一张旧标语也可以看上好半天。他也不知道钞票有什么用。他舅妈给了他一点钱,叮嘱他去镇上时不要白吃人家的东西,但他一转背就把两张纸钞撕了,在墙上这里贴一块,那里贴一块。

更重要的是,他已经没有大小便避人的习惯。往镇上送粮谷的那一天,他扯开裤头就在街上拉屎,吓得女人们尖叫着逃跑。

蹲点干部说,要让他变成人,还得下工夫。

教他说话识字的民师已经安排好了,让他重新文明起来的毛巾、牙刷、椅子、桌子、帽子、镜子、书本等也陆续到位。但这一天夜里,天墨墨黑,寨子里的人都睡着了,大脑壳住的那间公屋里突然发出一声大叫,差一点把天震塌。有人惊醒了,把干部和民兵也叫醒,跑到公屋开门一看,只见大脑壳无影无踪。他的衣裤鞋袜倒一件没少,都乱糟糟地丢在地上,摸一摸,还有点体温。他的门被民兵反锁,倒是没有怎么动,但窗栅已经散了架,被砸得稀里哗啦。

嘿!这家伙,又上山啦?

人们打着手电筒或举着松明子,上山去找他,但找遍了他以前住过的窝棚或岩洞,也没发现他的人影。到后来,上山的人也不见他的脚印和粪便,更不见他折断的树根树枝。有人说,他可能死了,可能去了别的山区。但不管怎么样,看来他是铁了心不当人了,要他回到寨子里来是很困难了。

他爹对此事一直没有态度,即算大脑壳被捉回寨子里那两个月,他爹也没去看过他,从不提到他,只是一直做他的岩匠。他年近七旬,还参加修路,架桥,砌屋,建水库。他当劳模得了好多奖状,攒下点钱舍不得用,最后全捐了出来,给中心小学做了几间教室,给镇上建了一座石板桥。

直到他被野猪咬去了一只脚,成了个残疾,才住到敬老院去养老。人们去帮他搬家的时候,发现他家楼上满是干辣椒,大部分当然已经霉坏,成了黑枯枯的渣粉,一经搅动,就飞出很多飞蛾。大家想起他每年都种一园辣椒,在大脑壳在的时候是这样,在大脑壳不在的时候也是这样,不由得心里都有些不好受。

但大家在他面前不会说起那个人。

一九八七年五月

最初发表于一九八七年《钟山》杂志,后收入小说集《北门口预言》,已译成法文。

谋　杀

很奇怪的事，她到公墓来了。似乎是为一个人送葬，但那个人是谁？她看见好些同事都在这里，皱皱眉头，又不皱了，又皱皱眉头。经理勾着脑袋，把下巴挤得一轮轮的肉打叠，眼珠间或一轮地看下属是否悲痛。这么说，死者该是他们单位的人，是他们都熟悉的张三李四。但她竟然不知道，这实在令人不自在。哀乐又一次职业化地从喇叭里呕吐出来，她手心里捏着冷汗。

她想了想昨天晚上听的一张唱片，把曲名和作者都记起来了。

到底是谁呢？她再想这几天的日子，公司里似乎没有漏去哪一张面孔，工资表上也没有空去谁的名字——她是会计，任何人的薪水都噼里啪啦过她的手，生老病死这类大事她噼里啪啦不可能不知道。

她用臂肘捅了捅小潘——她们是要好的邻居，平时互相鼓着劲骂男人，互相拜托买点紧俏的苦瓜或者平价鸡蛋。

对方睁大了眼睛："你也不知道？"

"真的不知道。"

对方大大地松了一口气："刚才我还想问你哩。"

"总经理没给大家说说?"

"昨天他跟老婆吵架,说什么鬼呵。"

"那要我们来做什么?"

她想骂人,发现小潘看任何人,都是看平价鸡蛋的眼光,便打住了话头。她看看旁边的人,那些人皱皱眉头,又不皱了,很像知道死者是谁似的正在默哀。

哀乐停歇了,鞭炮很狡猾地突然作响,硫黄味浓浓地笼罩过来。队伍缓缓移动走向墓地。她看见殡仪馆前挂着大大小小的花圈,当然是租来的,开放着经久耐用的悼念之情。临近七月半鬼门开了,几个老婆子老头子在树荫下摆一线小摊,摊上有纸钱、红烛、鞭炮,还飘动着一串串五彩的丧球,花眼得很,活泼得很,同逗引孩子们的花篮和风轮一样——也许亡灵都成了孩子?降价啦,降价啦,随便给几个钱吧。他们朝路人投来希望的目光。有一老头拦在路口,企图拦截其他小贩的生意,老谋深算地盯了她一眼:"你迟早总要买的!"

她憎恶这晦气十足的赠言,白了对方一眼。

墓地显得荒芜清冷。有一些红鞭炮碎尸遍地,路边几片小柏树东倒西歪。有些旧墓很寂寞,白瓷碑面已经破损残缺,或者干脆没有碑面只有无名无姓的水泥墩,对着蓝天昂起茫然的面孔。她不知道那些小柏树为什么总长不高——七年前她来此地就看见是这个样子。也许是泪水太咸了,已经把山坡都盐碱化了?

她觉得这些寂寞的墓地有些可怜,把自己一朵白花,留在一个无名无姓的水泥墩前。

她又看着那些碑面上的名字,看得入了神,尤其是女人的名字,什么妮什么娟什么丹,每个名字都是奥秘,似乎是一个长长故事最后的一个词,遗落在草丛里。她想猜出那些词前面的语句,猜出那些女人与自己的命运会有几分相似。

她终于与同事们走散了,在公墓入口处左等右等,又返回墓园去寻找,还是没有看见熟悉的面孔。回到大门口时,四围已经空空荡荡。一位妇人吱吱推动大铁门。

"请问,回城的最后一班车是什么时候?"

"汽车?六点三十分,走啦!"

"走了?还有别的车吗?"

"没有。"

"这怎么办?"

"附近有旅店。"

"不,我得回去。"

她一生最怕误车,可偏偏总是误车。记得那一次去探望父亲,她太忙了,临上车还在填那些鬼报表。她给那么多家伙帮过忙可那一刻就没有人给她帮忙或者根本帮不上忙,一些臭男人把她全身盯够了,就摆摆手回到老婆孩子那儿去了。她拎着大包小包气喘吁吁冲进火车站,看到了不祥的冷清。好大的候车厅!居然没有人,栅栏门已经关锁。她捶着栅栏大喊大叫,但没有人答应,大概进站时间已经过去了。她眼睁睁看着那一串绿色车厢停在站台上,两三分钟后,从容不迫地徐徐移动。当时她哇地哭了起来。

眼下她又被汽车狠心地遗弃了。她得回家,上天入地也得回家。虽然是一个没有男人也没有孩子的家,但毕竟是一份轻松,一份可以藏在四壁之内的自由。她可以哼着小调洗洗头——那个办公室的部件。她的手指暂不属于算盘,眼睛暂不属于报表,耳朵暂不属于桌对面出纳员关于丈夫赌博的没完没了的咒骂,鼻子暂不属于总经理的浊浊酒气。她可以想一想父亲——这个世界上真正爱她的人。如果有一个人的死可以给她换来幸福的话,她相信,只有她父亲而不是别人会毫不犹豫地去死,这对她来说实在有点残酷。

她走出公墓,下了一个坡,前面是一个小小的远郊集市。有一些错错落落的摊棚店铺，卖着牛肉米粉或时装。已经没什么顾客了，冷落得像秋后的田野，或是早上起床时空空的脑袋。她自信能拦住一部货车，偏偏这一阵什么车也没看见。转过头来，她瞥见自己的影子更长了，腰胯的影子搁在交通栏杆上，乳峰的影子正撞着一个汉子满是胡楂的嘴巴，头颈的影子落在一个百货摊上，与香水袜子以及收录机混在一起被出卖。

"要住宿吗？"

这是一家旅店了。一个女孩子，懒懒地在桌面上倒敲着圆珠笔头，眨巴着眼睛。"我们这里有热水，有电视，有卫生间，还代买火车票船票。"

"多少钱一个晚上？"

"单间七块。"

她感到有些不自在，感到有人在看着自己。当然不是对面的小女孩。左边呢，没有人。右边呢，也没看见什么人。但是不对，一定有人在看着自己的！她转身回头，果然，是两个男人窝在墙角里抽烟。有什么好看呢？她感到事情还没有完。因为墙角里有一双眼睛太可怕，是那种随便一瞥就要哆嗦的可怕。那人大块头，头皮刮得光光，泛出青色的光辉，凸凸凹凹像柚子皮。脸说不准，没什么特征，似乎是一张很抽象很空白的脸。拳头很粗大，仿佛顺理成章地就要抡起来朝什么打过去，比方说，把她揍得牙齿出血揍翻在地。她又瞥了一眼，那人仍然盯着她，目光是侵略性的，眼锋比一般人的长得多。触到你的眼睛，就已经看到了你的大脑；触到你的胸脯，就已经穿透了你的背脊。一瞬间，她觉得自己一身已被那该死的臭目光戳得像筛眼了。那家伙显然要干什么。

她全身暗暗紧了一下。

"我们这里有热水，有电视，有卫生间，还代买火车票船票。"

"七块……"

"七块还贵？你到别处问问！"

"我们出差报销有标准的。"她慌慌地随口应付，感觉到身后那家伙吹起了口哨，哨声响亮地挤压过来，烫在她脸上，还是很有侵略性。

"那好，就六块吧，六块。五块五，五块五算了。"小妹妹让步了。

"我先到别处看看。"

"就五块五嘛。"

"再说，我的钱……还在同伴的身上。"

她装着在小挎包里翻找，装出焦急和失望。她得找个理由离开这里，又不让那柚子皮脑袋看出自己的提防和慌乱。但该死的手绢居然暗暗钩住了钞票，她一抽手绢，几张大钞票居然从挎包里蹦了出来，她感到五雷劈顶。

"有三百多呵？……"小妹妹撇撇嘴笑了。很多财不露白的乡下佬，大概都被她这样撇过嘴，领教过她看钱一眼准的本领。

"就算住，也得等我的同伴来了再说！"

她红着脸生了气，手忙脚乱地离去。

她偷偷回看几眼，还算好，身后没有什么人跟着。她走进商店假装看了一阵裙子，又努力制造出对化妆品红红绿绿的兴趣，其实她早就同这些商品疏远了。从一块试衣镜中看到的自己，除了窄肩长发，太像一件叫会计的什么东西，颧骨又隐隐突出了一些。

她闪入另一家旅店。这家大一些，大概是国营的，房价也确实便宜些。一位老太婆挽着几条洗过的枕巾，送她"这位大婶"去开房间。她被"大婶"二字气得几乎晕过去，恨不得转身就走。看到对方老眼昏花，才忍住了。对方没注意到她的脸色，问她是不是出公差，说若是，餐费可算在宿费里，反正公家人的宿费是可以报销的。不是吗？眼下经济搞活大家都是这样干的啦。"三伢子,脚盆!"老太婆不知朝这栋楼的哪个部位喊了一声,将门咔嗒一声开了。满房子旧被褥旧枕头的气息涌了出来,还有很多生石灰和煤油的气味。她惊愕的是房子竟然这么大!完全是一间大教室!就像她读初中时的那一间。天花板也太高了,而且有两张门——她从来就觉得陌生的门可怕。她怎么能睡在这样的房间?她独自一人拿什么来对付这样大的虚空这两张陌生的门?

紧接着,她差点叫起来,因为她又看见阴暗中浮现出一个柚子皮脑袋。没错,正是他!那家伙坐在斜对面墙角的一张椅子上,一对牛眼盯着她。她完全感到那热辣辣的目光正在拨动她的下巴,捏着她的颈脖和胯骨,又哗的一下撕开她的衣领。就在她要叫出来的一刻,那男人站了起来拍拍衣襟,提着一个帆布袋子,打开另一张门,毫无声响地走出去了。

他为什么又到了这里?假如他不是一个歹人,为什么要跟着她?

她怀疑自己是不是做梦。咬咬指头,还真痛。

服务员!

"服务员!"她急得跺脚,"骇死我了,骇死我了,这房子里怎么有个男的?"

"男人?没有啊。"老太婆东张西望,"你看花了眼吧?"

"刚才就在这里,我看得清清楚楚,我还没老到眼睛花的程度!"

"这就怪了,前天两个地质队的妇女,戴眼镜子的,住在这里好好的。"

"不行,我要换房间。我不是河马,你给这么大的房间干什么?"

老太婆疑惑地盯了她一眼,总算摸出了另一串叮叮当当的锁匙。

是另一间了,狭窄得刚容下一张床和一张桌子。但床很宽,不知此前在这里睡过什么人。她嫌恶地把床单翻了个边,又仔细拂净。好在她背后不再有那么多不可捉摸的空间,随便退一下,背就顶着床，或者顶着墙，顶着硬硬实实的安全感。她又仔细检查床下和门后，一切都没有危险的迹象，这才让臀部轻轻沾着床沿，长长出了一口气。她觉得背脊湿冷，想洗个澡，但又不敢去浴室。天知道这旅店的浴室是什么样！一想到刚才那双盯着自己的眼睛，她根本不敢解开衣扣。

可能该去找一找派出所。但她向警察说什么呢？就凭一个陌生人盯过她两眼？那自己不成了个神经病？不久前，她写信揭发公司一个头头受贿赂的事，结果她的脚踏车被扎穿了，煤灰球丢进了她的窗子，她的门锁孔里被塞了泥沙，夜晚回家她还被陌生人拦路砸了一个砖块。她气得要吐血，但她什么也干不了，也不能使警察比记录一下做更多的事。她给那么多人帮过忙可那一刻没有人给她帮忙或者根本帮不上忙。她能说什么？她一没断腿二没断胳膊，还能叫警察荷枪实弹跟着她下班？事情的结果，是她把水果刀时刻揣在身上。

嘣——门撞开了。进来的是一个青年清洁工，公事公办地抄着大扫把在地上划了几个大字，然后出门去了，却忘记把门顺手带关。

她掩上门，刚定下心来想脱掉汗湿了的背心，又是一声嘣，惊得她魂不守舍。这回不打招呼撞进来的是一张大圆脸，眯眯笑，问广东来的彭师傅是不是住这里。

她没好气地大声说："这里只是张大奶奶，要睡觉了！"

大圆脸点头哈腰地退出去了。

她再次掩了门，顶上门栓。

走廊里又有了嘈杂的脚步声和说话声，片刻之后，有指头敲在她的门上。

"干什么？"

"开门开门！"

"不开，睡了！"

"治安联防队的，叫你开你就开！"

拥进来的果然是几条大汉，为首的一个，脸上有几颗凶蛮的酒刺，冲着她晃了晃一个红袖标，又塞到衣袋里去了。大概恼火于她刚才的傲慢顶撞，他们一进门来就没有好脸色。验过她的证件以后，又要检查她的挎包。有酒刺的那位反复盘问她的职业和来此地的原因，问她为什么一个人乱跑，问她结婚没有，问她为什么不结婚……她气得没词了，恨不得大喊一声："我是一流氓，今天就等你老爹来侍候！"但她总算忍住了。

对方没问出什么，不太甘心地出了门。

她觉得肚子有些空。

她嚼着一块巧克力，走进旅馆旁边一家小店，要了一碗米粉，打量了一下四周。墙上贴着一张交通安全宣传广告，有很多车祸现场照片。就在这些遍地横尸的图景下面，两个戴着大学校徽的青年在喝啤酒，发出肥厚的笑声。几只将要获得文凭的白手捻着香烟，给这个小店注射下一颗颗烟灰。他们谈一些外国人的名字，又谈足球和女歌星，把一沓钞票推来推去，皮鞋尖摇出一种与别人活得不一般的劲头。在另一桌，两个老头没要菜，只是去厨房取来一大碗白酒，每次薄薄地呷下一口，嘴皮就紧密地收抿片刻。一位哼一声，另一位隔半天也会意地哼一声。他们从不言语也不看对方，只是不时看看挂钟。靠门的一桌，则有几条汉子在谈关于化肥的什么事，谈一个叫五相公的人为什么还没来。其中一位就是刚才治安联防队的，少了一截食指，她记得很清楚。

这个汉子叫叫嚷嚷站起来，不小心撞着脚边的麻袋，麻袋里发出咣当一声机器的巨响，把店里的客人都吓了一跳。

她有些不自在，再次感到有人注视着自己，当然，连自己掏手绢的动作，也被那人看着，但她不知道那眼光到底在哪里。

她起了身。

"借问师傅——"

"明天最早进城的汽车,什么时候开?"

她吃了一惊,发现刚才这不是她的声音,却正是她要说的话。顺着声音看去,见鬼,竟然又是那颗柚子皮脑袋出现在她身后。

"你为什么总是跟着我?"她叫起来。

"不是……"

"这里没什么便宜可占!"

她相信自己眼下一定像个泼妇。也许她还应该打响指,吐唾液,拍掌叉腰,拿一点雌威给那家伙看看。果然,那家伙的眼光骤然暗去了一些,嗓音混浊又有些结巴:"你……丢了一把伞吧?"

"什么伞?"

"一把红伞,折叠的。"

"我没有。"

"是你,我记得清楚。那天你在河码头,伞都忘记带走了。"

"你认错人了。"

"是你丢了一把伞。"

"我没有。"

"你丢了,一定是你丢的。"

"你胡说八道!"

她冲出了店门。也许是气昏了,她走了好一阵还没有看见旅店,才知走错了道。她转回来时,发现小街上已经很冷清。一条黑狗在街上跑来跑去。一个电子游戏室里,游戏机荧屏上还闪着红红绿绿,但没有人。一个杂货摊上还亮着电灯,黑白电视机正播送着天气预报,同样没有人。连刚才那家餐馆,桌上杯盘狼藉,还有几杯茶冒出腾腾热气,显然刚才有好些人在这里的,可现在也不知到哪里去了。几乎所有的商店都灯火明亮,大门敞开,但就是空空荡荡。人呢?她汗毛倒竖,打了一个冷噤——就在刚才这一刻,有什么大事在小镇上发生了吗?

她断定这个小镇隐藏什么怪事,连刚才她见到的那些人,也消失得十分可疑。细想想,他们到底是干什么的?那两个大学生,年纪轻轻,怎么会有那么一大沓钞票?如果钱来路正当,怎么会有推来推去的问题?老头们装着在喝酒,眼睛老是看墙上的挂钟,显然在等待一个预定的时刻,在那个预定的时刻将会发生什么?再想想,还有那一群红着脖子吵吵闹闹的汉子,更显得蹊跷了。他们老在谈论一个叫五相公的人为什么还没有来,不仅五相公这个名字很邪气,而且他们谈论时为什么那样诡秘?他们说是来买化肥的,可根本没看见他们运化肥的工具。对了,只有摆在旁边的一个麻袋,但那个麻袋一撞就发出铁器的巨响。假如袋里装着什么好东西,为什么咣当一响他们就那样惊吓?

她还想起了旅店里的那些事。是的,那个清洁工是真是假?明明房间很干净,他装模作样地扫什么地?而且清扫客房的时间哪有安排在傍晚的?接着撞进来的那张大圆脸,明明听清了她回答姓彭的不住在这里,为什么还要一问再问?他不也是找个借口来观察什么吗?至于什么治安联防队,他们的袖标为什么塞在口袋里而不敢挂出来?查房的权利顶多是验验证件而已,为什么他们定要查看挎包?她拒绝回答问题时,有人说要把她带到队部去,但为什么又没有去?他们是否真有队部?更可疑的是,那个食指短去一截的家伙后来怎么与餐馆里的汉子混在一起?他们本就是熟人吗?……

她现在恍然大悟。她总觉得自己被什么人窥视着,其实这种无形的眼光,来自刚才周围所有的人,来自这所有的门缝里,树丛中,窗帘后,墙角的那一侧。

他们显然都有秘密,显然都要干什么。她竟然现在才知道!

他们可能都是串通一伙的,只是装着互相不认识。这一切她竟然现在才知道!

　　她不知道自己是怎样一口气跑回旅店,紧紧顶上了房门。手一点劲也没有,怎么也捏不成拳。这个房间还是太大,也太冷。她需要一个什么人在身边,比方说,需要一个能打翻七八个歹徒的丈夫,至少也得有个能拿拿主意的丈夫。她为什么没有丈夫?她至今不明白。似乎是有的,有过的,会有的,但决不是那位喜欢照镜子并且喜欢买下许多书专门借给女人看的臭记者,她已经把他的书统统甩出门去了。

　　她把劳什子书统统甩出门去了,拉下电灯开关,让黑暗涌进窗来。

　　她没有脱衣,也不打算睡觉,静听着门外暗夜中每一声响动。走廊那头有脚步声、咳嗽声,又有老太婆在大喊:"三伢子,脚盆!"好像更远的什么地方,有女人"哎呀"一声尖叫,不像是什么好事。在另一个方向,围墙那边又爆出"咔嗒"一声巨响,是什么树折断了,或是门板倒了。窗外没什么风,不会是风吹倒了门,猫和狗也不会有那样大的气力。一定是有人来了!

　　她取出水果刀,感到刀尖老在哆哆嗦嗦。她千万不能慌,不能怕,不能手软呵!那家伙可能破窗而入,颈窝子必定有强烈的汗臭,胡子必定像钢针一样扎人,胸脯必定厚重得像粮包,猛敲猛打它也丝毫不动,只会发出沉闷的咚咚声。他呼出来的气必定又粗又多,热烘烘像风箱鼓出来的炉火,烘得她的脸和颈窝子冒热汗。他压下来必定排山倒海,她怎么挣扎也拗不过那粗大如树的臂膀,无法阻止那一道道坚硬的肌肉,造山运动一般地隆起和扭动。

　　你不能这样,不能这样!你这条公狗!

　　那人可能会揪着她的头发,一耳光把她打到墙角里。可能会用大手钳住她的手腕,捏碎她的腕骨,轻松地缴走那把水果刀,冷笑着把它甩到黑暗的哪个角落去。那人的手指可能像一根根铁棍,可以随意地扭断门闩,扭开窗栅,把她扭出任何一种他愿意看到的姿态。

她该怎么办?应该借其力分开他的双臂,猛提右膝撞击他的裆部——女子防身术小册子就是这样说的。或者,该把水果刀预先藏在枕下,让他没有防备。然后,当他压下来时,腾出手来取刀猛刺。对,心脏正是那个部位,她一定得猛扎,拿出屠夫杀猪的劲头,一次性成功。她试了试,估测自己的臂长,想象着那仇恨的一击:冰冷的刀尖在陌生的身体内突然阻滞,然后是突破后顺溜溜的长驱直入。她上方那个绷得紧紧的身体会突然抽搐。

她朝床沿猛扎了一刀,看自己的气力够不够。刀尖拔不出来了。她用力摇了摇,听到了骨头碎断的喳喳声。再用力一拔,一股热烘烘的液体跟着刀尖喷注出来,溅了她一手。她摸了摸,满手滑腻腻的。

窗外有当的一声。

她抱着胸脯发出尖叫。

她无法知道自己究竟发出了多大的声音,只是感到整个黑暗向自己呼啸着崩塌而来。窗外又没有什么动静了。她等着,等着,一直等到自己口渴。手向桌面摸去,只摸到细细的粉尘,才记起桌上根本没有热水瓶。也许走廊里有茶桶,但暗夜实在太浓密。门在哪里?怎么能出门?

要是有两只梨就好了,就是街口摊子上那种黄鸭梨,皮薄得几乎透明,特别能解渴。

她终于等到了鸡叫声,等到了窗口那块四方的天空由黑转蓝,衬托出一把老树光秃秃的枝丫。谢天谢地,天亮了。

她放倒软酥酥的身子,回想起昨晚餐馆里说红雨伞的事。她没有丢过什么伞,真的没有。除了在乡下那一次,她在猪场后面的岭上放牛，踩着湿漉漉的绿草，听牛嘴拔着草根的喳喳碎响，看坡下梦境般辽阔的大田野。有一条牛脱逃了，她赶去把它牵回来，却发现自己一把伞不见了。但那把伞不是红色的，也不能折叠，只是一把黄色油纸伞。

她又想起昨夜那些人，怀疑自己是不是一场虚惊，庸人自扰疑神疑鬼。比方那两个娃娃大学生，不可能是利用假日来帮助什么乡镇企业技术攻关的吗？一沓推来推去的钞票，就不可能是他们的酬金？

她觉得自己好笑，匆匆梳好头发，前往汽车站寻找早班车。街心跑来跑去的黑狗，又很熟悉很知心地看了她一眼。大树下几个老婆子老头子，又冲着来来往往的活人及时摆开了鞭炮红烛纸钱和五彩丧球。街口那头，围着一群人交头接耳，拥在一部大货车前面。

她挤进去看了看，人圈里有一摊血迹，有一辆倒地的脚踏车。歪扭的车轮旁，伏着一个车祸的遇害者，块头很大，头皮刮得光光，泛出青色的光辉。从侧面看去，居然是那张说不准的脸！怎么是他？她突然抓住自己胸口，因为她看见受害者左背有一个伤口，血浆在蠕动——天啦，正是她昨晚想象中用水果刀捅入的那个部位！

一个警察来了，扯开皮尺在货车前量来量去，在小本子上记着什么，又蹲下去翻死者的衣袋。警察翻出一个红皮工作证，还翻出锁匙和香烟，最后，警察居然还翻出两个鸭梨，灿灿金黄，皮薄得几乎透明——同她昨晚渴望的那种一模一样。这是怎么回事？

她一定是在做梦。

"让开，让开点！"警察喝退围观者。她退了一步，看见了汽车前站着可怜的司机，手足无措，脸上聚着一团惨白，清涕一线线从鼻尖落下去。她觉得司机很冤枉。司机的妻子也很冤枉。不,这事情不对,死者决不是被什么货车撞死的,一定是被什么人用一把水果刀谋杀的……

她突然哭了起来。旁人都很奇怪,好像她没有权利这样大哭。她也不知道自己在哭什么,似乎是哭向往中的鸭梨,哭自己在乡下丢失的那把伞。山坡上她踩过湿漉漉的绿草,身旁有牛嘴拔草根的喳喳碎响。那时雨刚停,她一个人站在山顶,咬一片草叶,读田野上金色的黄昏。

她向汽车站走去。

她记得,警察刚才看了她一眼,她便呕吐起来,捂住嘴,向人群外挤。她记得自己扳开一颗肩,又挤开一颗肩,前面人太多,她怎么也挤不出去了,挤不出去了。她逃不掉了。

这位大姐,你是他的家属吗?

人已经死了,哭也活不转来了。

是不是病了?我陪你去医院吧?

你到底怎么啦?

她咬着下唇一个劲地摇头,终于来到了汽车站。这一次她不会误车的。但车站旁边正好是公安派出所,是谋杀者该去投案自首的地方。她犹豫了一下,在派出所空空的大门前停下步来。

她捂住嘴,压住那里的任何声音。

一九八七年二月

○

最初发表于一九八八年《作家》杂志以及一九九〇年台湾《联合报》,获台湾《联合报》年度文学奖,已译成日文、法文等,后收入小说集《北门口预言》。

暗　香

　　已经很久没听过这种声音,听上去有些耳生。他开始以为是老鼠啃木箱,工地上打桩,或者是楼上人捣腾什么,后来才发觉这声音与自己有关,就发生在自家门上——是敲门呵?

　　老伴从不敲门,因为她有钥匙,回家时只要戳得门上咯啦一响,篮里的蔬菜以及一天的日子就回来了。儿子也从不敲门,因为他去南边打工多年,连信都写得越来越稀,越来越短,后来干脆不写,充其量打个电话来,让老爹老娘颠颠地去巷子口,接听那个米粉铺里的公用电话,接听遥远的一声"喂"。

　　邻居更不会来敲门。他很少同他们交道,有时还会把张三叫做李四,把李四叫做王五,惹得对方不高兴。那么谁会来敲这张门呢?也许是敲错了门。他懒得理睬,但咚咚咚的声音锁定这一家,一次次再度炸开,更加气势汹汹惊天动地,让他不知所措也无路可逃。他偏偏一个人在家,如果老伴这时没有去菜市场,事态也许不会如此严重。

　　他从床上爬下来,总算找到了拖鞋,哆嗦着两腿来到门前,突然想到这副模样颇为不雅,又回身寻找棉袄,遮挡自己的内裤,包括补丁成团以致沉沉垂到膝头的裤裆。

"你……是找谁?"门外是一个逆光的黑影,他看不清楚。

"老魏!"

"对不起,你是……"

"你认不出我了?"

"我没戴眼镜,耳朵也不大管用……"

"我就是竹青呵,你连我都不认识了?"

对方已经报出了名字,主人应该恍然大悟才对,应该呵呵呵地及时亲热起来才对。老魏并没认出对方,但已经这样做了。

"师母还好吧?"

"好呵好呵。"

"令郎还好吧?"

"好呵好呵。"

"二哥和二嫂还好吧?"

"好呵好呵。"

"三哥……"

直到三哥三嫂、舅舅舅妈、姨妈姨父都好过了,全问候了一遍,老魏还没有看清来人。门廊里没有窗光,加上厨房的窗子已破了两块玻璃,用马粪纸凑合着挡风,整个门廊就如同暗夜。老魏接待着一种暗夜里的声音,努力地鞠躬和微笑。

对方显然听到了他急促的呼吸。"你病了?"

"老病,老病,就是心肌炎,支气管炎,还有点风湿。"

"哎哎,这穿堂风好冷,你赶快上床去。"

来者把老魏护送回床,用余温尚在的被子严密捂住他。到这时,老魏才拉亮电灯,总算看清了一脸大胡子,一脸有些僵硬的笑,还有一顶软塌塌贴在头上的蓝色呢子帽。这就是叫竹青的来人。这个叫竹青的人他应该认识,他毫无理由不认识。

"好久没见了呵。"他试探着搭腔,心里却寻思客用的茶杯在哪里,还有烟灰缸和火柴,因为久不用,不知被老伴收藏何处。

"你不要动。"对方的屁股刚沾座位又跳起来,"你不要泡茶,小心着了凉。"

"既然进了屋,茶总是要喝一杯的。"

"天冷,我不喝。"

"对不起,没有准备烟。"

"我不抽烟,你躺下。"

"你今天怎么来了?"

"一晃就十多年了,想看看你。"

"你现在……府上何处?"

"回家了。在广西平果县,你知道这个地方?等到冤案平反,我身子骨也不行了,没干几年就退休了。乡下过日子省钱,空气也好。我还喂得几只鸡,捡些鸡蛋。"

"从广西来?好远呵。"老魏继续含糊和试探,"现在路上又不大安全,昨天报上还说有人在火车上明火执仗地打劫。"

"不晓得你情况如何,不看看你不得心安,就下决心跑一趟。哦,你躺下,不要凉了肩。"

"不敢当不敢当。你今天就住在这里。我家老秦去练气功,就要回来了。她做菜也还不错,刚好屋里有排骨,酒也有。可惜我不能陪你。我现在只喝点稀饭。"

"不要麻烦,我不吃饭,等下就要走。"

"就走?哪有这样的道理?"

"我坐几分钟就走。"

"你还有急事?"

"倒没有什么事。不就是看看你吗?看见了,放心了,就可以了。饭在哪里不能吃?我这个人不会讲礼性。你看我,也是空着手进门,没给你带什么东西,也没带东西给玉姐,没带东西给小波。"

他是指老魏的妻子和儿子,看来对老魏家十分熟悉。这使老魏感到更加惭愧和窘迫:他也得问候一下对方的家人吧?可是直到现在,他装模作样地把药瓶子放到桌上又取回来,装模作样地把药瓶盖打开又给合上,还是没有记起眼前这个人是谁。他毫无意义地咳嗽,自觉咳得很空洞。

已经这时候了,老秦的气功还没完?他有点烦恼,认定女人是过河去买豆瓣酱了。她总是迷信河那边的豆瓣酱、河那边的肉肠、河那边的肥皂、卫生纸、扫把以及一切流言蜚语。其实哪里的不都一样?她迟迟没有回来,不能帮着老魏回忆一下,从往事中找出这个竹青。她至少应该招待一下客人吧?应该把炉火升旺一点,把旧棉絮和氧气包挪开,把尿盆塞到厕所里去,让客人有个像样的坐处。

客人扶着老魏坐了一次尿盆,倒了尿,洗了盆,又扶着老魏吃了一次药,量了一次体温,洗了个热水脸,没等到主妇回来,便搓搓手起身告辞。他不管老魏如何瞪大眼睛,如何拉住他的衣袖不放,如何叫叫喊喊像对付一个将要逃窜的入门大盗,只是一个劲地笑笑,说看到人就好了,看到人就够了。

等到主妇回家,椅子上只有一点余温。

"是个女的?"刚刚练完气功的老伴缩缩鼻孔,觉得屋里似乎还有点香气,嗅一嗅,又没有了。

"怎么会是女的?他一脸胡子,张飞一样。"

"哪里来的一股香味?"老伴狐疑地四下看看,"你从没说过竹青这个名字。"

"我刚才想过了,出版社从没有这个人。"

"下放认识的?"

"也不是。那些人你也都见过。"

"那不一定，我又没特务样的成天跟着你。"

"他刚才说，他遭难的时候我关照过他，他一直记在心里。你说怪不怪？那时候我关照过谁？我还能关照谁？"

"你还有不记得的事情？三皇五帝那些陈谷子烂芝麻你都记得，湘剧名旦姓甚名谁你也都记得嘛。"

老魏听出老伴的语气不对劲，便笑："你以为我要瞒你？你以为我还想瞒下什么作风问题？"

"放屁，这是你自己说的。"

"你也不看看这几个脚印，女同志有这么大的脚？"

主妇这才注意到，卫生间有两个泥水脚印，大概是洗尿盆时留下的。她操起拖把擦洗脚印，哼了一声："真是小脚印我倒也服了。也不看看你这吊颈鬼的样子，有什么值得看？莫说是同事，就是亲兄弟又如何？还记得你是老几呵？"

老魏知道妻子话里有怨气，怨他的三哥。很多年前，三哥被打成右派，遭返原籍劳动改造，挑塘泥时还闪了腰，一家日子十分困难。老魏便从每月三十多元的工资中省下十元，寄到乡下去。大侄女后来进城读中学，也一直住在他家，光是补习功课，光是生病请医生，就没让老魏少操心。不料"文化大革命"结束以后，三哥平反复职，又顺风顺水当上什么处长，甚至局长，还换了个年轻美貌的老婆……这就有点牛头马面了。前不久，老魏六十岁大寿，三哥据说要去北戴河避暑，不能来吃饭。这也就算了，可怎么连一个电话都没有？北戴河就不通电话吗？大侄女倒是来了一下，坐了不到十分钟就走，丢下一盒瓷茶具和两把折叠雨伞，一看就是单位派发的福利用品，自己用不着，拿来打发叫花子……算了，这些屁事一说就血压高，不说也罢。

厨房里开始传来捶打煤块的声音，叭叭叭叭，捶得天地间有些震荡，人的思绪更有些破碎。老魏还想起了一些人，也都是与他有过交情的人。如果他没有记错的话，那些人以前的笑脸是多么热情，多么甜蜜呵。可是不久前他住医院，病危通知单都下了，病床前却冷清无比，连个鬼影子都没有。同房有一位病友，看看床头的苹果香蕉麦乳精蜂王浆等等不胜烦恼，让家属一袋袋往家里搬运，简直是搬走了一个食品店，搬得老魏大为心寒。这叫人比人得死，货比货得扔。老魏呀老魏，你怎么活得这么惨？这是老伴当时说的。到最后，谢天谢地，他儿子以前的一位同学在医院里当电工，发现了他，送来一些苹果，在他床前违规抽烟，说了些不堪入耳的粗话，总共不过待了三分钟。但这已经足够，这些粗话也足以使他热泪盈眶，激动了整整一天，总是想找人说说。

他老魏不是个想不开的人。至少，他还是相信自己的人缘，相信老熟人们没来医院，不过是不知道他住院的消息罢了，不会有别的原因，不会。眼下竹青不就来了吗？不就远道而来探望吗？谁敢说他没人缘？

但他以年龄为线索，以姓名为线索，以自己的履历为线索，以表情特征为线索，一步步开掘自己茫茫的记忆，但最终还是没有找到一脸大胡子。这有些怪。

竹青到底是谁？

他怀疑自己脑子里叽叽叽叽全是煤渣。

又有十多年过去了。老伴病逝，老魏也更加年迈，买个米买个煤都十分不便，就应邀搬到女儿家。有一天，他去街口买了份晚报，吐匀了气，稳稳地朝垃圾站后面的大槐树走来。这里有一处空坪，成了一些老人经常聚集之处。有人在这里拍掌，有人在这里号叫，有人在这里退行或横行，大瞪眼睛或者猛伸舌头，总之形状无奇不有，几如牛鬼蛇神出笼，而且越奇越让人们信服，觉得必是强身健体的好门道。牌桌也必然会有的。围成一圈的玩家当中，必有一个耳朵上挂夹子或头上顶布鞋，忍受着输牌以后的惩罚。鸟笼也必然会有的。主人们交头接耳，交流着养鸟和驯鸟的经验，听群鸟啁啁啾啾啄走自己的晚年。

老魏不玩牌，不养鸟，只是在树下的水泥墩上坐一坐。他结识了一位老妇人，以前的湘剧名旦，老魏年轻时远远地看过她演戏，还记得她当年的倾城之貌，倒也不在乎她现在身肥如桶，一见到老魏就总是说："今天还好，打了两个屁。"或者说："不知如何搞的，一整天都没打屁了。"或者说："见鬼，今天的屁要打不打的。"她每日扑上脂粉描好眉眼以后便为这件要事欢喜或焦急，向旁人咨询这种动静对于腹部手术以后的意义。老魏还在这里结识了一位中学的老同学，也是死了老伴的，也喜欢谈古论今。但自从老魏有一次把对方的母狗踢了一脚，对方就有些赌气，脸上不再有笑容。无论老魏如何热情搭腔，对方总是不大聚神，顶多只是敷衍两句天气："今天天气很好。"或者是："今天天气不大好。"他们的交谈似乎在一声狗叫之后就由气象局管着，永远不再有其他内容。

老魏正在看报的时候，听到有人叫他的名字，直到那个声音越来越大，吸引了在场所有其他人的目光，他才抬起头来，朝垃圾站张望。

一双手捉住了他的手。

"你是……"

"你看我是谁？你看我是谁？"

"竹青吧？呵呵呵，认识的，我认识的……"老魏睁大眼，看清了眼前的大胡子，还有风尘仆仆的呢子帽。

"那一年你病在床的时候，我来看过你。"

"对对对，那是八三年，八三年吧？"

"又是十年了，你到底又老多了。"

"一年是一年嘛，你也都是两鬓见白了。"

"一餐还吃得两碗饭，就是有点哮喘。"对方掏出一个喷药器，朝喉管里熟练地咝咝喷了两下。

"你怎么找到这里来了？"

"问来的。"对方吐匀了气，"问了我一上午。"

"到屋里说话去。"

"不不，在这里看看你就蛮好。这里太阳好。"

"哪有这种道理？到了门口不进屋的？"

"我就是看看你呵。看见人就好了，就放心了。"

"上次茶都没喝，这次说什么也要多住两天。"

"茶哪里不能喝呢？饭哪里不能吃呢？再说人老了，啰嗦，我又哮喘，不方便的。"

"你到别人家不也是要住？"

"我不住了。今天还有一班车回广西。"

"你就要赶这班车？"

"人情累人，你礼性来，我就得礼性去。是不是？我们都老了，不讲这个了。"他笑笑，又朝喉管里咝了两下，"只图个心安。见了面就好。"

　　四只手紧紧地抓着和揪着。他们以一种年轻人中少见的别扭姿态，带有一种疑似摔跤过招的意味，两体交缠相连，朝街口摇摆而去。巷子很窄很长，与热情奔放的大街相比，小巷最适合老人缓行，也最适合他们暗淡的唠叨和回忆。他们哎哎呀呀唏嘘了一阵，说了些有关死亡的事。老魏的妻子死了。竹青的长子也不幸病逝。君良呢，去年居然被汽车撞死，惨。余耀德呢，更惨，刚分上一套新房，还没住进去，就在一条棉毛裤里蹬岔了气，蹬出一个中风，去了太平间。还有老金，就是金大姐呵，最喜欢吃零食的金大姐呵，据说在床上瘫了四年多，磨得儿子女儿都没有个好脸色，摔东打西的。这样还不如死了的好。是的是的，自己连屎尿都管不住了，在后人面前如何做人？这刀子、煤气、安眠药不家家都有吗？哎哎哎……

老魏闻到了来客身上一种香味："你身上怎么好香？"

"是栀子花香吧？这一段我家里那些栀子花开得正好，什么人去坐一坐，都要染上一身香。"

"对，你这一说就对了，是栀子花的香。"

"我同花木打了大半辈子交道，退了休也闲不住。我不抽烟，不喝酒，连茶都不爱，也就是有这小小的一好。"

"有点雅兴好呵，花草可以养心。"

"说不上雅兴。闲着也是闲着。我那位养女下岗待业，我教她一点老手艺，卖卖花，还赚得几个钱，可以贴补一下。"

这么说，他该是一个花工，而且是一个没有亲生儿女的花工。老魏感到疑惑的是，自己一生曾供职于学校、教育局、扫盲委员会以及出版社，但那里从来没有花工，也没有什么花。他什么时候认识了一个花工？这位花工又怎么可能熟悉老魏这么多同事？还熟悉老魏的全家？

老魏正想用一种合适的方式打探究竟，刚清清嗓子，巷子已经走到头，暗淡的往事已经终结于喧嚣大街，对方开始告辞。他说哎哎时间不早了，他要去赶车了。他希望老魏老师以后多保重，多多保重。

"你慢些走，不要喘着了。"

"起风了，你自己回去加衣。呵？"

"现在挤汽车的人多，你等人家上完了，再上。"

"好的好的，我等人家上完了，再上。你留步，留步。呵？"

客人连连欠身，转身融入了上车的人流。他被挤得偏偏倒倒，最后一个登上公共汽车，一只套鞋还被车门夹住。

老魏看不见他了，只能对那只夹在门外的鞋后跟挥手。他久久地发呆，遭到一次友情的突袭后不知所措。他突然想起自己还应该说点什么，比方交代对方在车上要注意小偷，要抓紧扶杆，要注意站名，以后穿长裤时也不要硬蹬，要注意慢慢地穿稳稳地穿，如此等等。但他已经来不及说了。他甚至有点生气：你怎么这么匆忙呢？怎么来去得鬼鬼怪怪偷偷摸摸？当然，更重要的问题是：你到底是谁？

老魏一直走到邮局的门口才发现自己走错了，自己买的晚报也不知在哪里。他猛回头，没有大胡子在身后。这就是说，竹青确实走了，从记忆的空白中走来，一晃，又回到记忆的空白里去。也许，他永远没法知道这个叫竹青的人是谁。

后来有一天，他准备刷鞋，却打开了一只木箱。他老了以后总是这样，想要喝茶，却走到了阳台上。想要看看电视，却到处找自己的假牙。想要说点让女儿高兴的话，一开口却埋怨她把饭煮硬了或者把菜做淡了。他不知道自己为什么会这样，不知道什么人总是通过他做出他十分意外的事，包括打开了眼下这口木箱。箱子里有以前一些书、笔记本以及手稿，是他当编辑时留下的。其中还有两件小说手稿，是他偷偷写下来的，从来没有发表过。

一件大事就在这个时候发生了。他发出了一声大叫——原来他在一篇小说手稿里看到了竹青，蒋竹青，千真万确就是这个名字，而且还长着大胡子！是不是就是前不久那个来看望他的广西老汉？

小说是这样写的：竹青是个归国华侨，因为有一台照相机，被怀疑从事反革命活动，开除出教师队伍，当上了一名花工。在一次校园火灾事故中，他再次蒙受冤屈，被当作纵火嫌疑犯，由革命师生愤怒地扭送公安局。但他事实上是一个好人，多年来帮助一位素不相识的邻家哑女，得知哑女喜爱鲜花，每逢节日就在哑女窗前献上一束，以鼓舞对方自学和自强的勇气，直到哑女多年后成为一位名声大振的画家……那年头的小说，当然多是这一类浅白的故事。老魏现在记得更清楚了，他当时自以为写得还不错,尤其得意于自己对各种花卉的描写,真是写得五彩缤纷,芳香四溢,出神入化。

如果说有什么不满意的地方,他只是后悔自己没把故事线索展得更开,没把男主人公写得更加多姿多彩。竹青去了公安局以后会怎么样?他不会成为囚犯中的英雄吗?不会因为在地震或洪灾中救死扶伤,把警察们感动得一愣一愣的吗?他原来还有过什么经历?不可能是一个飞行员?一个实业家?一个教授?一个演员?在回国之前不可能有一段感天动地的恋情或者出生入死的历险?……

他越看越觉得恼,很不喜欢自己的旧作,尤其后悔当初没给竹青添上几个儿女,让他的晚景有点孤单。为此他吃不下饭,好几天郁郁寡欢,甚至赌气不吃药,同自己过不去。当然,女儿和女婿知道事情原委以后,都大不以为然。女婿买来几瓶钙片,说报上早就警告过,老年人一缺钙就容易患痴呆症。女儿的看法不大一样,说不是什么钙不钙的问题,主要是要多动脑子,要用劲地想,想不出来的时候更要想。她还对父亲说:"你一定要学会玩麻将。麻将活动手,也活动脑子。"

老魏笑了笑,"我天天活动脑子,明白得很。"

"你明白什么呵?把去年记成今年,把长沙当作武汉,还明白?明白个鬼。电视里一下雨,你就要我们出门打伞。"

老魏瞪大眼,"你说谁?你是说我?"

"怎么不是你?还成天念叨什么竹青不竹青的,我都怀疑你是白日做梦。未必真有这个人?你说他来过,怎么没见他到家里来?我们怎么没看见?"

老魏生气了:"你们这是什么意思?说我骗人?"

"没什么意思,你吃饭,饭都冷了。"

"你们是嫌我吗?我不一定要住在这里,我明天就走,我有自己的房子。我早就说过我要回去。"

"哪个嫌你了？你不要动不动就拿这话来吓人。我只是要你少一点胡思乱想，这也是为了你好。你住在这里，没饿过你，没冻过你，我们当晚辈的也对得起你了不是？"女儿也生气。

"我给了钱的，我有退休工资！"

"我们是为钱吗？是为钱吗？"女儿更委屈，眼一红，跑到厨房里去了。

一餐饭不欢而散。老魏本来就无心吃饭，现在连汤都不喝了，偏不喝，留下那么一碗，看他们怎么办。他本来也可以不开窗子的，但他偏要打开，让冷风吹得自己浑身哆嗦，看他们怎么办。他从来说到做到，何况有退休工资他怕什么怕？

他不再与他们念叨竹青，只是窝在自己的房里，决心改写旧稿，重写过去的日子，弥补自己的歉疚，追补自己的一番情义。可恶的风湿，使他手上的每个骨节都痛，胀大如竹节，整个手抽搐起来形同鸡爪。他揉揉骨节再写，写得很慢，甚至字都写不成形，写着写着就全身汗湿，大口喘气，心跳得厉害。他写到春天来了，写到竹青在那个春天落入情网，忍不住咻咻咻傻笑。写到秋天来了，写到竹青在那个秋天无辜受辱，忍不住老泪纵横，哭湿了衣袖。他后来完全进入了纸上的情境，比如写到苦雨，便已经换上了胶鞋；写到打雷，先用棉花团塞住了耳朵；写到饥饿，就赶快去厨房啃个冷馒头。他写到当年全国的武斗风潮和城里的停电断水，禁不住脸色惨白，急忙用脸盆水桶屯水，又买来一些蜡烛。

下一步就要写到竹青和他的花木了，就要写到蜜蜂嗡嗡嗡了。他关了窗子，也要女儿把所有门窗关起来。他们开始还不相信，说也奇怪，不一会儿，果真有蜜蜂撞得窗户玻璃叮叮响，这才惊讶老父亲的先见之明，才手忙脚乱地用碎布或废纸去塞住门缝墙缝，怕蜜蜂钻进屋来。他们发现屋里越来越暗了，原来是窗子渐渐被蜂群遮盖，黑压压的一片，眼看就要封住最后一孔日光。他们听到门外轰轰轰的声响,开始还以为是附近的汽车行驶,后来才知道是蜂群旋起一浪又一浪的轰鸣。女儿百思不得其解,是什么把这些讨厌的小虫子引来?

她根本不相信,它们是前来寻找父亲笔下的花香。她收收鼻孔,冲着父亲冷笑:"屋里哪有香味?明明只有咸鱼味。"

她是指丈夫买来的咸鱼——那种海鱼气味太重,一进门就要腥了整个屋子。

父亲哈哈大笑:"你那个橡皮鼻子,还算个鼻子呵?"

父亲没有办法。没有人能证明花香,没有人能证明他的鼻子是对的。竹青也不在身边,不在他的房间里也不在客厅里也不在厨房里。他转了一圈后记起来了,竹青已经退休,已经回了广西的平果县。下一次来看他还不知是何时。他只能等着,一心一意地等着,等着他再次出现在面前。

他想好了,那个家伙肯定是见一面就要跑的,他没法挽留他,让他喝口水或者吃口饭。但老魏至少应该多送送他,一路上也可以多说说话。他有好多话要说呵。他已经多次了解和确证去火车站的路线,只是担心自己两腿无力,到时候登不上公共汽车的那个门阶,要急坏自己也急坏后面的人,要被后面的人白眼或埋怨。想到这一个要害问题,他找到一张木椅,把它当作汽车的门阶,每天偷偷地练习往上登。开始的时候,他憋得满脸通红,憋得尿湿了裤裆,怎么也登不上去。一个月,两个多月,三个月过去了,工夫不负有心人,他居然可以靠一只手攀住窗台,颤颤抖抖登上去了。再过了三个月,他更有长进,一声嘿,就可以无需攀扶地稳稳跨上木椅,志得意满,无限风光。他站在上面从容四顾,看到整个世界在他面前突然怯怯地矮了一截。

每一天的日子都过得很实在,让人放心。

他后来是在一个秋雨天去世的。他的手痛得只能停笔,看着远处电视天线上停落的一只鸟，突然感到肩背酸痛，胸内轻轻一颤，大概是撕开了一道裂纹，几分钟以后就撒手西归。太平间的护士给他换衣时，只是稍有些奇怪：这个老人身上骨瘦如柴，胸膛只剩下一包壳，两条腿倒是饱满强健，肌肉还略有弹性，是很青春的腿嘛。

女儿清理他的房间，发现一张木椅的椅面已经磨去一块油漆，磨出了黄澄澄的木纹，右边沿还磨去了棱角。这张椅子没法补救，拿给客人坐，肯定有失体面。她想了想，便拿去厨房里垫米桶。她还发现了一大堆纸，是七八个练习册，上面有些字大，有些字小，乱七八糟混在一起，完全看不清楚，如同天书。她想了想，把它们塞进火炉子烧了。

不久，她收到一封来自广西的电报：

家父×月×日不幸死于意外火灾，丧葬已毕，专此哀告。

落款是三个眼生的名字，大概是死者的后人。但老魏的女儿既不认识死者，也不认识拍电报的后人，还发现发报人没有留下地址，觉得这封电报没头没脑，可能是邮局出了错，便把它退给邮递员。邮递员说，这种死电报以前也有过，因地址不详没法投递又无法退还，只能在邮局里积压，真是毫无办法。

邮递员临走时打了一个哈欠。

一九九五年二月

○
最初发表于一九九五年《作家》杂志，后收入小说集《北门口预言》，已译成法文、日文。

真要出事

　　副科长一直在研究街头的中巴。他看见有些个体户的中巴司机，为了与其他中巴抢客，竟驾着汽车横冲直撞，大把大把地抡着方向盘，一次次让中巴窜向危险万分的步行道甚至逆行道，甩出女乘客们高潮迭起的尖啸。以后再也不能坐这种活动棺材，他想。即使是被敌军追剿，即便是逃离原子弹，非坐不可的话，也只能坐在最后排。他设想过各种撞车的景象，将景象一幕幕定格解析，每次的解析能证实，最后排的安全系数无论如何大一些。坐在那里，至少要比其他人多留下一只眼睛，或多留下一个胃什么的。

　　他把这一研究心得传授给熟人。熟人们都如梦初醒地点头，有道理！

　　副科长的研究心得还包括：坐出租车，最好选择年长女司机。女人细致，年长者稳重，反正你坐车图的是安全而且从来作风检点，是不是？

　　熟人们也点头，有道理！

　　根据同样的原则，副科长拿到火车票时，特别注意票上的车厢序号，总是要求坐在最后一节车厢。有时一号厢在头，有时一号厢在尾。副科长对这种复杂现象仔细调查，才知道四十八次大体上是单日顺序双日逆序。这一点必须特别注意。火车当然比汽车安全得多，但也不能盲目乐观，尤其是一座座铁路桥很值得提防。扳道工酗酒，火车轮出轨，桥梁年久失修然后突然断裂，这一类事故都是可能的。苏联解体了，海湾打仗了，恐怖分子就不能在桥上安放一个炸弹？因此，每逢咣当咣当的车轮声突然膨大，钢铁桥梁的黑影张牙舞爪劈进窗来，副科长就缩腹提肛，进入准烈士心态。他暗暗遥感地面与自己之间愈来愈拉开的距离，体会着列车愈来愈大的落差势能，身不由己地向绝望前进。他偷偷看准车窗。一旦列车坠下，车窗外出现倒转的青山或滚滚的浓烟，他万万慌不得，慌不得呵。他一定要紧紧抓住窗沿，从那里挣扎着爬出去。

幸好，咣当声突然变得柔和稀薄，最后一个桥墩已被他熬过来了。列车劫后余生地落在土地啊母亲的怀里。副科长这才吐一口长气，把仍然属于他的脚挪动几分。

在我们看来，副科长只有待在家里才有最大的安全保障。不过，家里就没有暗藏着的灾难和恐怖？热水瓶就不会爆炸？电视机就不会爆炸？煤气管道就不会爆炸？……这一类传闻他听得太多了。尤其是那个高压锅，在他家里潜伏多时，在他眼里越来越像颗炸弹，标准而典型的炸弹。想想吧，疲劳性机械裂纹正在它体内生长，气阀门喷出的扑扑气流简直是引线燃烧，是杀气腾腾的凶相毕露。好几次，他情愿饭只煮个半熟，就迫不及待地去灭火排险。先是躲在厨房门外窥一眼，防止他探头的那一瞬锅盖轰然四溅，掀掉天花板，轰倒水泥墙，把自己的脑袋削去半块。做好各种准备动作之际，气流声叫得更急、更猛烈，一次爆炸已迫在眉睫，不容他再犹豫和苟且。他一咬牙，软软的双腿终于迈出，脑袋不由自主往后仰,一只肩头高耸起来挡在前面,准备招架说来就来的危险。咔嗒,他总算旋闭了炉键,高压气流顿时委顿和衰弱。好啦,好啦好啦,一次流血惨案终于被他奋不顾身地制止——他心里偷偷这样认为。

副科长并不是贪生怕死的人,比方刚才接近高压锅这种危险活,他总是挺身而出,让孩子远远地待在安全区。

他只是对这个日出日落的世界关心得很深入,对未来预想得周到完备一些。他看见公园角落就想到这里可以出没流氓,看见深深荒草就想到这里可以掩盖女尸,看见雨伞的杆尖就想到这东西可以戳瞎眼睛,看见起重机就想到钢索随时可能拉断——因为这种想象力,他上下班路过即将封顶的海通大厦时,总是频频抬头,警视那上面的安全网和脚手架,不把任何微小的动静轻易放过。他的脚步离楼体越来越远,不自觉地向街中心偏去。

"找死呵?"一辆摩托在他面前戛然煞住,整个车身打横。

"呵,对不起。"副科长退了两步,向隐在头盔里的面孔欠身赔笑。

"天上掉钱吗?"

副科长定定神,发现自己已身处街心了。街上车确实多,每辆汽车都杀机勃勃地驶来,令他冷汗大冒。

他跑到街对面,回头望望大楼,发现那冷冷的巨影遮去一大块天空,压迫着他的头顶,压迫着他的鼻窦。会要出事的!他目光搜寻着脚手架上的人影,认定那些人的危险动作实在太多。机器齿轮在嘎嘎作响,肯定是有了故障。有几个人在抬模板,又像是在抬钢管,走得歪歪斜斜,眼看就要摔倒。脚手架上突然有沙石哗啦啦洒下来的声音……他几乎要跳起来大喊救命呵——

这时,他看见了天气预报。天气预报是一个人。我们之所以如此命名,是因为副科长不知道其名,也没合适机会来打听她的名字。他只知道对方总是关心副科长手里的报纸，常向他打听天气预报，就记住了这一特征。她个子高挑，长发披肩，模样儿不错，但不知为何没去当秘书或者空姐，只是在这里摆个烟摊子，顺便管着一台电动充气机。单车充气五分钱，摩托充气一角钱，比别的摊点便宜。

副科长常来买烟，渐渐与她熟了，提供预知天气方面的服务就顺理成章。"明天阴转晴，南风四到五级。"

"我看不会准。"

"预报嘛，只能说个大概的。"

"我知道，"姑娘有点兴高采烈，"天气预报都是报当天的天气。"

"那怎么可能？那还叫预报？"

"就是，就是。我注意过好多次了，你看吧，昨天雷雨，气象台就预报雷雨。"

"要是这样预报，那也太容易了，这样的气象台长三岁娃娃也能当。不可能。"

"你不相信，好，你下次看吧。"

他们经常像这样讨论天气，讨论的结果，是姑娘坚持认为副科长根本不明白预报的含义，不懂得气象台的规矩。但她每天还是盼望获悉预报，碰到副科长偶然忘了带报纸，她还有些焦急，东张西望，坐立不安，看别人是否带了报纸。副科长不明白她为何这样关注天气。关注了又有什么用？难道雨天卖烟与晴天卖烟有什么不一样？

副科长觉得对方卖给他的烟便宜一些——其实也不一定。但副科长愿意有这种想象，愿意思索贱卖后面的某种意味，再联系姑娘腼腆羞涩的眼风，让自己心里舒服一些。他深知烟焦油和尼古丁的危害，早该戒烟了，还是一次次光顾烟摊。老婆对家里的烟制品积压怒不可遏，说你老说戒烟戒烟，还买烟干什么？一包烟就是一双袜子，一条烟就是一件毛衣，你知道不？副科长怀疑老婆的话里有话，拿起烟嗅一嗅，没嗅出什么气味，比方说没有女人的香水味和其他味，但还是不放心，陪着老婆上街的时候，总是引导老婆远远绕过这个烟摊——虽然毫无必要。

这一刻，副科长已经准备抢救天气预报了，准备扑向炸弹或堵住枪眼了。"你不要命呵？怎么还在这里？"他几乎怒吼。

天气预报吓了一跳："怎么啦？"

"你有几条小命？还不快快搬走？"

"为什么？城管队又要来整顿市容呵？"

副科长指指天上，"这是什么地方？你看看，安全网残缺不全，建筑队野蛮施工，只要有一个砖头瓦块砸下来，不就开了西瓜？你哪里不能待，偏要待在这里？"

姑娘挺出下巴看看天，释然转笑。"没见什么东西掉下来呵。再说，我离楼房不远着吗？"

"你就只考虑一般情况，危险性恰恰就在这里。莫说一块砖，整栋楼房因为质量事故而突然倒塌的事，都发生过的。"

"你吓我。"

"完全可能！"副科长斩钉截铁，"不光是可能，是几乎一定！"

"好吧，走就走吧。"天气预报笑了，"我本来以为这里的来往客人多些。"

她开始收拾货摊，但动作恼人地慢，让副科长再出一身冷汗。他一直仰头向上警戒着，随时准备用手臂或胸膛挡住飞落下来的凶器，随时准备挺身而出舍己救人，直到姑娘撤退到大酒楼那边，一颗心才放下来。

这一天，副科长还拨打市长热线电话紧急报告险情。想到自己因此救下了天气预报，救下了更多无辜群众，心里既高兴又有几分得意，走进办公室以后，忍不住对每个人都笑脸相迎，忍不住把一杯酽酽的茶水喝得特别响亮。他今天的工作是起草一份总结材料，由于心情舒畅，他把小宋的一份材料也抢过来写，而且下笔更为认真，光是那一手字，就有争夺钢笔书法大奖的劲头，一行行渐渐呈现出汉隶神韵和魏碑风采。

办公室里还有小宋、小陆以及小任，正在讨论昨晚的国标舞。副科长从不参与这一类无谓闲聊，对这些鸡毛蒜皮毫无兴趣，目光总是在文件的字里行间生根。他当然也得说话，但他的谈话范围内只有一些大案要案，话头总是从一把撬开的铁锁或一摊血迹开始。他是法制动态的专营户，是胸怀治安全局的权威发言人，最关心各种报纸的社会新闻版。当然，他并不完全相信传媒，常常掌握着更多的材料，及时补充或纠正报刊上的说法，使听众们对生存环境有更为实事求是的了解。比方说，小宋听他说完了可能的楼房垮塌事故，便联想到有名的五一五杀人案——昨天报上已有报道。副科长冷笑一声，立即指出传媒至少有两大错误：第一，制伏凶犯时有两位而不是四位市民被误伤；第二，警察抓捕凶犯时，凶犯正买了一台绞肉机回家。为什么他要买绞肉机？答案是：他想消灭罪证，打算用绞肉机将尸体粉碎，再分别装入小袋，化整为零运出门——传媒把这些重要细节都遗漏了，实属严重失职。

小宋很不理解："绞肉机多大呵？要绞完一个人，很慢的。"

小陆说："那个家伙的智商肯定不高，是不是饮食行业出身？"

小任沉思："骨头怎么办？骨头也能绞？"

"当然要先把骨头剔出来才能绞，就像包饺子那样。"小宋说。

小任说："肉冻硬了，砍也砍不动。"

小宋进行指导："尸体当然要先化冻，肉软了，才好剔骨头去皮。皮也是绞不动的。"

小陆感叹:"太费时间了。"

他们接着议论硬骨和软骨的区别,手摇绞肉机和电动绞肉机的区别,猪肉和牛肉的区别,渐渐离题远了,不在副科长的责任范围之内了。副科长便埋下头继续办公。

接下来,小宋接了三五个电话,又接待一位来访女友,两人又是拉手又是拥抱,"死鬼"来"死鬼"去地友情了一番。刚从香港来的这位女友送她一盒鲜草莓。小宋打开盒盖尝了一颗,慷慨地让大家都来分享。

"你们要当心,要当心呵……"副科长把果品盒上的商标之类仔细审核。

"你又要说农药和防腐剂吧?"小任正吃得兴起,"这可是洋货,外资公司的。人家老外就是高科技,不像我们的贫下中农,一打农药就打得邪乎,什么一○五九,什么六六六,种出来的瓜菜都可以当耗子药。"

"你以为外国就太平无事?"副科长从来反对崇洋媚外,"越是高科技,就越会出大事。印度孟买的核泄漏,还记不记得?苏联切尔诺贝利核电站的爆炸,还记不记得?……比起这些来,吃点六六六,也就算运气了。"他已经看清了纸盒上的文字,"这不是俄文,我的俄文虽然丢光了,但字母还记得几个。小任,你说这是不是英文?"

小陆笑了,"他只懂古典贵族英文,现代英文不行。"

小任接过纸盒看了看,很有信心地结论:"意大利文。"

副科长狐疑:"你还懂意大利文?"

"没错。我这皮鞋就是意大利的,也是印着这种字。要不,我脱鞋子给你们看看?"

小宋赶紧捂住鼻子:"要死呵?"

副科长说:"如果真是意大利的,那就最危险!"见听者都停止了口腔运动,又说:"意大利、瑞典、芬兰,都是老毛子那次核泄漏最严重的污染区,放射性污染三十年内不会消除,专门导致癌症。相当于三十颗广岛原子弹的污染量,你们懂不懂?这些草莓,肯定是意大利奸商输出污染,就像当年向我们卖鸦片,非常恶毒。"

他又打开抽屉,翻找出一张剪报,"你们看,受了这次核污染的苏联青蛙,不,前苏联青蛙,都长到三十公斤一只,大得可以踩死小孩。"

小任脸色转暗:"是呀,我也觉得这些草莓味道有点涩。"

小陆吐了一口,"是有些涩。"

"怪了,我怎么没觉得涩呢?"小宋觉得自己的好心没得好报,一腔怒火朝小任发泄过去。"你们真以为他懂意大利文?任矮子,算了吧,你什么时候真穿过意大利皮鞋?保不准是哪个乡镇企业的冒牌货吧?"

小任不堪侮辱:"我没穿过意大利皮鞋?笑话,我连鞋垫都是进口货!"

"既然是名牌鞋,你的脚怎么还那么臭?"

"我的脚爱出汗嘛。"

"现在的洋商标也能伪造。"

"看质量,看质量吧。什么皮子,行家一眼就看得出来。"

小宋惊叫一声:"你不要脱鞋!"

正在这时,他们突然安静了。副科长觉出一点异样,抬头一看,发现是处长出现在门口。天呵,早不来,迟不来,处长大人怎么这个时候来?副科长大写汉隶魏碑的时候他不来,上班提前下班延后的时候他也不来,手里捏着一颗草莓的时候,怎么他偏偏就……

处长咳了一声,看看满桌的草莓,更是暗皱眉头脸生愠色,拉长着脸问:"那个批文办了没有?"

副科长欠欠身子:"我昨天去晚了,物价局已经下班。"

处长问:"你去得那么早,怎么晚了?"

"我是走路去的,公共车太挤。"副科长没敢说坐中巴太危险。

"这么火急的事,你走什么路?是趁机逛街购物吧?耽误一天,就要损失四五万。你要对此负责!"处长大为震怒。

"不要紧的,没那么严重……"副科长不想在下属面前太丢面子,但很快觉得自己的笑不合时宜,想刹住,但脸上隆起的肌肉已经撤不下来。

"你说什么?"

"对不起,我刚才没说清楚,我的意思是……"

"不,你说得很清楚,很明确。这件事对你来说当然是不要紧的。公家的事嘛,有什么关系?你们来上班,不就是来喝开水喷口水领薪水的吗?"处长刺人的目光移向草莓。

副科长怕上司误解,忙介绍:"这、这些草莓可能有毒……"

处长冷笑一声:"放心,我尝也不会尝的,我不会穷到没吃过草莓的程度吧?"

"处长,我不是这个意思……"

"你不是这个意思,我当然知道你不是这个意思。"

处长一甩手走了。

下午,副科长被叫到人事部主任那里,听到了自己被解除职务的决定。他呆得半晌没说话,本来应该大拍桌子,应该大声骂娘,应该跳起来抓到什么砸什么,但他竟然一个劲点头,只有悲愤泪水在眼窝子里旋动。这不公平,太不公平了吧?他儿子都当硕士了,他老婆也公差出过国了,他倒连个副科长也不是了,只能去管资料或者当传达。他呕心沥血地尽忠职守,没迟到过,没早退过,没贪污受贿,没乱搞女人,更没攻击过国家领袖的长相,只是没向处长说清楚草莓的问题，就遭到这种惨绝人寰的迫害？

他终于冲着人事部主任大吼一声："狗屎！"然后大义凛然地朝卫生间走去，吐了一口痰。他横下一条心，不再惧怕长官们宽大无比的写字台，不再惧怕长官们笨重无比的真皮沙发和光可鉴人的地板，眼下他要直接去找局长，如果局长不主持公道，他就去找市长乃至省长，哪怕到北京天安门去喊冤，请愿，绝食！

他走到局长办公室门前，看见门上贴有一张"最清洁"的红标签，举起手来，迟迟没有敲下去。

对门的办公室开着门，门里似乎有人影，注意到他对"最清洁"的兴趣。

再不敲，也许要被别人误会为偷听首长机密。他咬咬牙，眼一闭，挺胸缩腹，豁出去了——嘣。

门内没有动静。他再敲了两下，门还是没有开。这就是说，局长没在这里。这也就是说，他是说到做到，真的来找过局长了，只是局长逃之夭夭。他放下心来，而且及时地开始生气："周局长不在？怎么又出去了？不像话嘛！"他走进对面开着门的秘书处，打听局长的去向。那里只有三位小青年，怯怯地说不知道，当然使副科长更长脾气："文山会海！文山会海！官僚主义就是这么产生的！他躲得了初一，躲得了十五吗？这件事他非负责任不可！"

小青年吓得忙给他让座，不知他是何方神圣，手里持有何种尚方宝剑和朝廷密旨，竟敢对局长开骂。"请你不要生气……"有一位女秘书这样说。

"我能不生气吗？"副科长一见对方唯唯诺诺的熊样，心里更上火，"说是去开会，哪有那么多会？说不定是去泡温泉吧？打网球吧？搞什么不可告人的拉拉扯扯吧？领导作风都是这个样，一个机关的工作能好到哪里去？"

秘书们已经脸色惨白。

"你们为什么不说话？我知道，你们也不是没意见。可你们怎么敢说呢？不想提拔啦？不想提薪水啦？不想跟着领导出国啦？你们溜须拍马还来不及，怎么敢把心里的真话说出来？口口声声是社会主义，我看呐，你们这里是彻头彻尾的奴隶主义……"

他把三位秘书都吓得如鸟兽散，不知跑到哪个房间去了。

但他觉得很痛快。一旦不把乌纱帽放在心上，他就有了见官大一级的威风，简直可以遇谁骂谁，逮谁灭谁，如入无人之境，哪怕就是周局长眼下站在面前，他也有胆量把对方骂个狗血喷头。大不了就是丢个副科长吧？正如他对小宋姑娘说过的：副科，有什么了不起？听起来像妇科，其实是很难听的。当了这个芝麻官就得多操心，多出差，多陪吃喝。但多操心不会闹出冠心病和高血压？多出差不会撞上车祸、空难以及流行传染病？多陪吃喝不会遭遇假酒、毒米、潲水油、问题纸巾、黑心味精、污染瓜菜？因公殉职的可能性成倍增加，算来算去有哪一点强？

因此，当他回到自己的办公室，小宋完全误解了他的心态。又是冲水泡茶，又是开电扇送风，都是些安慰性的动作。可惜台式电扇有些毛病，小宋猛拍机头，还把指头伸进保护罩里推拨扇叶，反正殷勤了好一阵，才使风扇转动起来。

前副科长倒是很有雅兴，摆出文房四宝，主动向同事们赠送墨迹。他给小宋、小任、小陆各送一张，都写上愤世嫉俗的一些话，比如给小宋的一张就是：

人恶人怕天不怕，人善人欺天不欺

字字均有萧然出尘之姿。

同事们都夸他的字好，要了一张还要一张，使他的情绪更为高昂，以至下班时远远看见处长钻进小轿车，不无鄙夷地哼了一

241

声,立刻幸灾乐祸地想起前不久一辆小轿车自燃爆炸的消息——虽然消息与处长暂时没有关系。

他一路回家,既当公安局,又当卫生局、工商局、交通局以及教育局,反正今天长脾气了,见不顺眼的事情就开训,吓得随地吐痰的赶快认错,不走斑马线的赶快道歉,乱摆摊点的赶快挪地方,没戴正帽子的警察赶快整顿风纪……人们都不知道这位爷是哪来的,不知道这位爷今天如何这样凶狠。好汉不吃眼前亏,他们都对他让几分,不敢还嘴,嘿嘿赔笑,夹着尾巴走人。

后来的事情就是这样发生了。他当时在大酒楼旁的巷子口遇到天气预报,本想同对方谈谈自己的愉快心情和新的人生,没想到对方像不认识他似的:"你不是病了吗?"

"我病什么病?"

"我怎么看见你在街上呕吐,还有个警察架着你。"

"胡说八道,你肯定看错了。"

"是吗?"天气预报有点拿不准了,"未必是我做梦……"

前副科长想转入正题,不料对方正接待一个顾客,只好暂时耐心地等一等。他当然得找到一个等待的理由,于是朝旁边一个瓜摊放去眼光,热情帮一位顾客挑瓜。"你那个不行。下面那个好。不是那个。是下面,再下面。对,再下面那个。"

顾客有点犹疑,付钱之前定要用刀在瓜上剜出个小孔,朝孔里瞅一瞅。

"红瓤吗?没错吧?"

"确实是红瓤。谢谢你。"

可惜,买到瓜的顾客走了,但没有新的顾客到来,而且他持续地指导人家买瓜算怎么回事?他左右看看,终于一眼看见了对面的海通大厦,还听到那边的轰隆一声闷响,立刻找到了新的教训目标。嘿!他不是打过市长热线电话了吗?那里怎么还不停工整改呢？怎么还在野蛮施工？你们好大的狗胆！

他把提包交给天气预报暂管，冲过大街，冲向工地。不出所料，他发现的事故隐患一个接一个，简直到了令人发指的程度。一溜临时搭起来的简陋木房，挂着"工地指挥部"的招牌，但人影也没一个。几张东偏西倒的办公桌上，除了一个印油盒子，全都布满厚厚的灰尘，哪有一点有效管理的迹象？墙边堆放一扎扎草绳捆扎的瓷砖，有几扎散了，碎砖片七零八落。还有一辆没有轮盘的残疾摩托，机油在地上浸染出一大片。如此乱七八糟，就像个荒货场废品店，能不出事故吗？排椅上还有个什么东西，他走近一看，才知是一个小男孩，蜷缩在一件大雨衣里睡觉，身子一动也不动。

他努力相信那孩子不是一个死婴，努力相信附近的房间里没有凶手。又等了一阵，他仍不见领导出面来接待，只好怒冲冲自己拾一个安全帽戴上，直接去施工现场兴师问罪。一路上仍然是湿漉漉的，水从脚手架上哗啦啦飘洒下来。"闲人勿近"的警示牌倒有几块，但一直没有人盘查和阻拦。他已进入楼体内的阴暗，踏着还只是水泥坯子的楼道，一层层往上攀登。当他来到第十八层，他已经被自己的巡查结果震惊了。看看吧，胡乱连接的电线到处都是，没有遮拦的空洞到处都是，这不都是可以要命的定时炸弹？水泥、砖块、钢筋、模板、钢窗框架、油漆桶，随意堆放着，阴险地潜伏着，随时可能对大楼下的人头构成致命打击！只要谁不小心撞一下，或者来一阵强风，这些凶器完全可能乘机发动，大展身手地向楼下呼啸而去！

他紧紧抓住水泥墙坯里冒出的一个钢筋头，虚虚向前探了几步，靠近楼板边缘，目光飘飘摇摇坠向人间。他看见很多低矮的屋顶上，有杂乱的沥青块、废砖堆以及电视天线，构成让人失望的俯瞰景观。他还看见街道像悬崖下的河道，涌流着密密的脑袋和脑袋。他这才发现,这些肉质脑袋何等脆弱,忙碌得何等侥幸,连高空坠下的一颗小石子也难以承受吧?

高空风大。一阵强风鼓来,他连忙蹲下,感到楼体在风中摇晃。

他大喊:"你们的负责人呢?"

几位民工看看他,其中一个摇了摇头。

"乱弹琴!草菅人命,该当何罪!停下来,你们都停下来!"

"你说了算呵?"

"人民说了算!法律说了算!"

他发现了几个空汽水瓶,举步探向前去,把它们一个个捉住,移到远离楼体边缘的安全区来。就在这个时候,一摊水渍让他差一点滑倒。他听到哗啦一响(事后估计是他踩到了一块竹跳板,使跳板那一端突然翘起),还没弄清是怎么回事,又听到当的一声(事后估计是竹跳板将两个钢管弯头弹射出去)。人们回头一看,有一个弯头碰到脚手架,落下来了。但另一个弯头优雅地翻了个跟头,飞出脚手架,曼舞长天,奋翅升腾,升得越来越慢,最后似乎在空中停了一瞬,悬浮在西边的晚霞之上,爆出一颗灿烂的金光。然后,它开始缓缓下沉,下沉,下沉,沉得越来越快。人们眼睁睁地看着它穿过晚霞,穿过远山,穿过高楼公寓千家万户的窗口,落下去了。

没听到它落地之声。

它种入了寂静。

前副科长走出楼体时,被一些吵吵嚷嚷的人围住。经查证,确实是他肇事,高空坠物砸伤了一位市民。还有人怀疑这是谋杀。

"这家伙鬼鬼祟祟,在工地转悠好久了。"一位民工揭发。

"这家伙来历不明,肯定不是什么好人。"另一个民工作证。

"你还是书法家?"警察搜出一个证件,"哪里偷来的?"

……

他在警察面前有口难辩，双眼发黑，胸口堵得慌，一弯腰，一注酸水从口中喷射而出。天旋地转之时，他注意到这里依稀是邮局门口，身旁有一位警察扶着他。他觉得这影像有些熟悉，有点来由，细想又想不起什么。

愤怒的人们扭送他去派出所。他觉得自己应该体面些，可恨一个陌生人死死扯着他的衣袖，崩掉了他胸前的一颗扣子。他的衣襟也歪歪地吊起来，肚皮一侧有些凉。他的另一只手也被什么人揪扯着，完全不能动弹，没法抬上来抹去嘴角的酸水。他只好把头扭向另一边，看着路边的电线杆。

电线杆都是一个样。电线杆总是一个样。

一九九三年一月

最初发表于一九九三年《作家》杂志，后收入小说集《北门口预言》。

北门口预言

北门口是杀人的地方。

城楼靠河，乌鸦总是栖在城墙上，凝视河水里涌荡着的夕阳或晨星。船到了，船客们钻出船篷，忽觉世界明亮耀目，脸上红红的兴奋，便开放在满河的捣衣声及其回声之中。外地人东张西望，鼻梁几乎承受不住凌空欲下的楼影，还有斑驳的青苔、蓬生的蒿草以及城门上"古道雄关"几个汉隶大字。他们顾盼之间不免暗生一丝惊愕，觉得这里一定发生过什么大事，只是无从打听。

船客们的竹背篓里，多背着穷人的营生。他们有时付不起船资，就用劳力作为抵偿。从辰州到这里溯水上行，一路上三十六滩。每遇到河道狭窄处，哗哗白浪一排排自天而下，船靠岸略停，不用吩咐，这时候自有一些船客挽起裤脚下船，依次搭上一条纤索，拉着船体逆水而上，就算是给船家交钱。纤索悠悠弯弯地悬垂，似乎并未吃上力，却不知纤夫们何以拉得一个个都四肢伏地，一颗颗屁股高高翘起被太阳烧烤。他们涨得脸红脖子粗，额上青筋暴出，大口喘气的嘴巴几乎就要啃着地，啃着河岸上粉红色的野花，啃着岩鹰偶尔投撒过来的影子。本地人把行船叫做爬船，我开始以为是对划船的误读,后来才觉得叫爬船也很确切——纤夫们一路上确实就像狗一样爬着。

他们沿着河爬进山来,是为了这里的桐油、竹木、沙金、兽皮,还有鸦片和枪。揣度外乡人的目光,首先来自北门口的一些老妪。她们端坐街面上,守着面前小摊上的粽粑、甜酒和醋萝卜,脸上布满如网皱纹,面色油黑光亮,酷似一件件烟熏火燎过的根雕。如果不是逢集,街面人少,她们便少有买卖,但她们仍然天天守在这里,似乎不是为了买卖,只是要列阵迎接暮色,静观岁月在小城里的流逝。

过了街口,有臭粪和飞蝇,有汉子们抽着烟三两相聚,便是牛马场了。这里买牛不论老少,用一根竹条箍量牛的前肋,再以拳宽比量竹条,依长短定出价格。水牛至十六拳为大,黄牛至十三拳为大,此为"拳牛"。买马则须论老少,看牙口,看毛色,还用木棒从地面比至鞍脊,高至十三拳为大,此为"比马"。至于木柴买卖,人们从不用秤,只是把劈柴码成四方垛,用脚比量柴垛的长短,就算估出价格。他们对脚的大小从不注意和计较。

北门口以前是杀人的地方。

买卖若谈成了,汉子们一高兴,大多会去饭店喝酒。店堂里支着几口铁锅,锅下炭火不熄,锅里浑汤长留,周围有窜来窜去的狗,还有杂乱的板凳或矮椅,留住客人们在木板上的余温。新来的客人一进门,对认识和不认识的人都点头笑笑,叫一碟牛肉或猪脚,选一口锅倒入,从容烫热下酒。若是客人多了,锅不够用,店家会取来铁质隔网插入汤锅,将一锅隔成两区或三区,让两三拨客人各得其所。这样一来,锅中食料虽有分隔,但油汤隔网相串,故名"百家汤";因常年不绝,浅了便加水,加水又见浅,再得名"万年汤"。这种老汤熬煮各种肉骨和菜蔬,翻滚着热辣辣的红油,不知被多少双筷子搅和过,黏糊糊聚天地百味之精华与千家万户之和气，最让客人们欢喜。

酒到三分，他们脸上放出红光，忍不住一手托腮，开始相邀对歌。与拉山歌不一样，这种近距离对歌不在乎声高，只在乎辞巧，因此托腮几成歌手的标准动作，有点像以手遮嘴讲点悄悄话。他们上一板，下一板，一接上头便要比个输赢，常常唱得凉凉暮色流进店来，注入他们的衣袖和他们空空的酒碗，还迟迟不肯散去。在这时候，听歌人其实比唱歌人还忙碌，目光齐刷刷地随着歌声在对歌者之间来回转移，待歌声一落，便评议歌词的优劣。这句好。这句杀得有劲。张老板肚子里文章好多呵。诸如此类。他们精确地审度形势，及时地表彰优胜，巧妙地挑唆情绪，促成一场场诗歌的拼杀。歌手不斗气他们不开心，真斗气了他们又急急劝解，甚至掏钱买酒给歌手们一些安抚。

唱到斗气时，歌手们常有的诅咒之辞是"你烂嘴烂舌讲鬼话，北门口去啃泥巴"。北门口是杀人的地方。"北门口去啃泥巴"一语自然恶毒。这里的人都知道，以前只要铜号声一响，北门口就特别热闹。不用士兵吆喝，摊贩们纷纷闪避，让出城门下那一块地坪空空荡荡，任蝴蝶在那里翻飞嬉舞。因为人们已有经验，有些死囚性子烈，死到临头还要发点脾气，把士兵的手咬去一块皮肉，或者一路上把货摊哗啦啦踢个遍。有一次，一口炸油饼的油锅被死囚踢翻，扬起一匹金浪，烫着了一条狗。这条狗的屁股头至今还红鲜鲜地溃烂了一块，难以摆脱苍蝇的追绕。出于同样的理由，娃崽们此时最让人悬心。他们闻号而动，焦急万分地迅跑，小小赤脚在麻石街上几乎不发出什么声音，接下来在大人们腰边或胯下钻挤，一心把杀人场面看个真切。母亲们免不了到处寻找自己的娃崽，一旦找到便咒骂，便揪耳，便打屁股，把他们鸡一样提回家去。

原来的刽子手姓曾。姓曾的老了以后，又换上了一个姓周的，人称周矮子，周老二。姓周的比姓曾的杀得好，动刀前不用喝酒壮胆，下刀时也不大声念咒，自己身上干干净净，从不曾沾一滴血。他不用板刀，只用拐子刀，每次刀口朝外，贴在自己右臂一侧，听到行刑官下令，便从死囚身后抄上去，横肘一抹，人头落地，动作轻捷利落，旁人还来不及看清刀下奥秘，他的差事就已经完成。人们说，他还可以双刀斩双头，动作一次性完成，叫左右开弓，叫阴差阳错，此绝技不轻易示人。

要是他事先得了死者亲属的银钱，自然会在刀下做点手脚，横肘一抹时看似威猛，刀却极有分寸地暗暗带住，留下一两寸未断的颈皮，连接死者的头颅和身躯，这叫留一个全尸。至于没有亲属来事先打点的，或是獐头鼠目面相刁恶的，痛哭流涕贪生怕死的，周老二一声冷笑，嚓——人头便扬起黑发滴溜溜地旋转，旋得飞快，旋出老远，一直旋到街边的粪水沟里，五官被粪水污得一塌糊涂。脑袋受了这等折磨，身躯还必定扑通一声向前扑倒，算是最后服罪一拜，尊严荡然无存。

这种死法，自然让各位看客目光僵直，倒抽一口冷气，很长一段时间内还精神恍惚。据说有一奸夫，虽然奸情并未败露，但自从在北门口看过一次杀人，已吓得魂不附体，疯疯癫癫几日以后，一根绳子上了吊。

周老二杀人杀得名气大了，便杀出了新规矩。每次完成差事，他提着拐子刀从北门口大摇大摆回家，见到肉案，不用问是谁的，不用看是什么肉，随心所欲砍上一刀，三斤就是三斤，五斤就是五斤，挂在刀尖上，扬长而去，无须说话更无须付钱。这叫做吃"揩刀肉"，谁也奈何他不得。以至后来一听到北门口号响，街上的肉贩子都神色慌张，赶紧收拾摊子躲避，怕被周老二撞见。

周老二没碰上肉案，气不打一处来，便用刀尖戳几个馍，戳一串饼，也算聊作退而求其次的补偿。他的拐子刀泻一道寒光，是他这一天白吃白喝的特权,指向哪里,哪里就得有贡献,哪里就有人赔笑脸。有些人也许是想早早与他拉好关系,见他来了总是尊称"四爷",又是搬椅子,又是泡茶水或切瓜剥果,阿谀奉承之辞不绝于嘴,似乎只有把这位爷侍候好了,自己日后才有全尸的可能。

"刘麻子他胆敢躲老子!"周老二咬牙切齿,指的是一个肉贩子。

讨好者跟着愤愤:躲什么躲?四爷不是看得起你,会到你的案子上揩刀吗?

或者说:这家伙不仁义,将来总要落在我们四爷手里。

只是此语的意思稍嫌含混,不知"落在周爷手里"一语,是指到时候砍下猪肉还是砍下人肉?

不过,周老二也有碰到对头威风扫地的时候。这一次,县衙发布文告,处决一个土匪头。此人是个黑大汉,魁伟身材,从监房一直骂到北门口,又大喊:"姓彭的你在云家湾等呵——"不知话里隐有什么故事。他临刑前拒不低头,更不求全尸。挨过第一刀以后,扬着血脖子差一点站起来。挨过第二刀以后,脑袋虽已栽倒,但骂声仍在继续。最后,他挨了第三刀,第四刀,第五刀……让周老二颇费一番手脚,拖泥带水的很没面子。更重要的是,他估计周老二在身后靠近,很有心计地突然改变姿势,由双膝跪地改为盘腿而坐,双腿朝前顶着,暗暗用力,确保自己倒下时是坐死而不是跪死,是仰死而不是俯死。颈腔向后一翻,鲜血还喷溅过来,喷红周老二衣襟,使他狼狈不堪,少见地污了身子。见此情景,看客们都暗暗敬佩,有位后生情不自禁大喊一声:"好——"兴冲冲地一个劲卷衣袖,似乎受到什么启发,就要上场去比试比试什么。

土匪头身坯肥大。要抬他去游乡示众,四个人还抬不动他,只好把他拦腰锯断，分开负担。锯到骨头的时候，发现骨头太硬，怪不得周老二大费周折，于是嘎嘎锯骨声从北门口一直顺着石阶滚下，蹦跳到河滩上，惊动了河边的船客——大家不知道是什么声音。恰逢天气很热，为了防止尸体速腐，保证四乡百姓都受到警示，兵丁们给他全身抹上消毒去虫的石灰。他们没有料到的是，石灰沤过的人肉慢慢变成了绿色，兵丁们只好抬着这绿手绿脚绿脑袋，如抬着一个地府阴曹的厉鬼，走进稻草垛子散发出来的炎炎初秋。

像以前某些土匪头一样，黑大汉在伏法前已被从头到脚搜过多次，未搜出什么珍奇，以至众人疑心他腰缠万贯的传说恐是虚名。不过，他的小老婆最后赶到北门口，号哭一阵以后，从容脱去亡人的鞋子，套在脚指头的八个金戒指一亮，跳入围观者的眼中。有人立即捶胸顿足，娘哎娘哎地悔恨自己刚才粗心，诅咒自己的命运。

这都是一些传说。

在很长一段时间里，此地官匪难分。有些官军脱了制服便成了土匪，有些土匪穿上制服又成了官军。但不管是哪些人穿制服，坐衙门，贴文告，周老二照旧一把拐子刀干他的差事。曾经有一次，一位新来的长官倡导新制，用枪毙代替斩首，差点端了周老二的饭碗。不过这位长官很快便被更新的长官当土匪给斩了，一切又回复旧规矩。人们也觉得还是旧规矩让人放心。用周老二的话来说，放枪嘣一下就了事，放个屁一样，杀没有杀威，死没有死相，还费铁子，成何体统？

这位倡导新制的长官是外来人，号召富人减租，要求穷人读书，令众人颇感新奇。他不抽鸦片，不纳妾，不嫖娼，不赌钱，不收礼，还不坐轿子，也不准手下人这般逍遥。一位强奸民女的结拜兄弟，被他割耳朵下了大牢，令百姓拍手叫好深为敬佩。但跟着他长久了，他手下人便渐渐觉得清苦乏味，没有多少好处。连钱都不能赌，连女人都不能嫖，那不等于跟着他坐牢吗？百姓们开始还觉得他仁义，但后来发现这家伙自己走路，自己扫地和擦灯罩，哪像个官呢？发现这家伙不常杀人，那还有谁怕呢？再想想，不像个官的人，大家都不怕的人，能把衙门坐得长久？

他们开始叫他"王圣人"，后来叫他"王癫子"，见他和善如常并不气恼这一绰号，更认定他确确实实癫了，去北门口啃泥巴，恐怕是迟早的事。

又一支军队来了，把王癫子一伙赶到霸王岭，连攻十六日没攻上去。最后传下命令，凡下岭投降的，只要办一桌谢罪酒饭，洗心革面，三年之间欠租的减租，欠捐的免捐，祖坟一律受到保护。其中献上王癫子的更可得重赏。这一招果然灵，不到两天，王癫子便由他们的几名卫士五花大绑押下岭来。

北门口的号又吹响了。人们拥挤着争看墨迹未干的文告。听文告上说，匪首王犯文彬，江西某州某县人氏，惯以伪善欺世，实为衣冠禽兽，曾奸宿其姊其嫂其媳，每天还食人肉若干……众人看此文告都大吃一惊：还有这样的事？还有这样丧尽天良的畜生？一些曾经在王癫子管束下很少逍遥的人，一看文告更加上火：他娘的只准州官放火，不准百姓点灯呵？他原来也是一肠子屎，为何倒压着我们当菩萨？

正当人们交头接耳之际，一位女子哭天喊地冲到北门口，头发散乱、泪流满面，一只鞋子脱落。她冲着汉子们抢地磕头，央求道：彭家大叔，罗家大叔，石家大叔，你们讲句公道话吧。我家文彬没有吃过人肉，没有吃过人肉哇——

汉子们沉默，低下头往别人身后躲。也许他们并非胆怯，只是说话得有凭据，得给他们慢慢查实的时间。他们躲过女子的目光，皱着眉头，抹抹脸皮，深深呼吸，似乎暗示他们正准备这样去做。

冯家大叔，张家大叔，李家大叔，你们大家都讲句公道话哇。我家文彬从不伤风败俗，压根儿就没有嫂嫂和儿媳呵——

没有嫂嫂和儿媳，可婶娘呢？汉子们个个都义道，但仍然无法声援，只能含糊。

女子的声音逐渐嘶哑和稀薄了。她被两名士兵揪住头发，拖到牛马市那边去了。北门口只留下她的一只鞋子。

王癫子就是在这天一命归西。他似乎不怎么好汉，临刑前居然哭了起来，让周老二十分看不起。周老二下手时狠狠用力，让死者的脑袋不但尽旋，而且蹦跳，一路血泪交迸，最后滚到臭粪沟里。只是收刀以后，周老二觉得背上扭得有点阴痛。开始还没在意，回家后觉得越来越痛，最后摸到蚕豆大小的一肉团，硬得让人心疑。他请郎中看，郎中说是毒疔，来者不善，一定是来收命的。

几天之内，这颗毒疔越来越硬，竟有碗口大小，黄色的脓头密集相聚，如一颗饱满熟透的石榴鲜红而美艳。一到夜里，半个镇子都可以听到刽子手彻夜的号叫，狗吠也随着此起彼伏。再仔细听听，在号叫间歇的寂静里，有麻石街上轻轻的脚步声，时有时无，似远似近，不知是何人还在深夜独步。

有人说，可能是王癫子冤死，周老二才遭此冤死鬼的报应。人们这才想到，王癫子可能确有冤情。比如说他吃人肉，那时候北门口几乎没吹过号，他有什么人肉可吃？难道是去掘坟吃腐肉不成？又比如说他淫乱，但他当时不妾不嫖，有什么理由要打几个黄脸婆的主意？……这一想，人们又议论他的遗书。据说他女人只收存了亡夫一纸遗书，后来一直帮人家打豆腐，确实没有接下什么家产。遗书上写着："既为民生，当为民死。行恶民仇，名善民嫉。仇兮嫉兮，不亦梦兮。"似乎写得有点没头没脑。一位老

253

郎中最通文墨，把这份遗书看了好半天，也支支吾吾没说出个意思。

人们想到王癫子临刑前的仰天痛泣，惴惴的有些不忍，最后在老郎中提议下，凑了点钱，把尸体从乱坟岗挖出，置一口棺材，燃一通爆竹，重新下葬了。

周老二也凑了一份钱。大概是凑得及时，破财消灾，他背上的毒疗竟脓净封疤，好了。他的操刀营生接下去还干了多年，照样杀得很好，照样赚过好些揩刀肉。

我第一次来到北门口的时候，这里早已不是刑场。城楼旁边升起了百货公司的水泥墙，还有邮局、书店、银行以及政府机关，成了守摊老妪们新的背景。有一位伞匠把手中铁板敲得叮当响，走过街市，播一路防雨的警告，又像是敲打出什么暗号。间或有些大城市来的游客，看看残破的城楼，尝尝老妪们兜售的零食，用照相机咔嚓咔嚓地把小城拍来拍去。我就是这样知道了北门口的来历。

至于有名的周老二，据说他还活着，老得牙齿都掉光了，偶尔去酒店喝一盅苞谷酒，在牛马买卖双方之间当中人。他一手拉住买方的手，一手拉住卖方的手，手都伸到对方袖筒里，指头捏一捏，就捏出些暗号，让对方心知肚明。一旦左右两手捏出的价位趋同，就算讨价还价结束，他抽回手一拍，一桩机密的买卖宣告完成。人们说，他年过八旬还精明出众，只是身骨子不太强了，而且看人时还习惯性地往颈根上看，说人还习惯性地往颈根上说。比方说到人的身体，他不大说胖瘦高矮，只说颈根太粗或者太细，说颈根嫌长或者嫌短，让人们有些诧异。说到某人当上了林木站站长，他就说此人干不了大事，颈根与脑袋一样粗，颈后有个扁担坨，活脱脱的贱相，同邮局的彭老三差不多。这里的问题是，说人就说人，为什么又说到颈根？邮电局确有个彭老三，但彭老三从不与他交道,他为何如此熟悉对方的颈根?是什么时候仔细观察并且牢记在心?甚至可随口拿来打比方?

周老二有时还在干部面前吹嘘,说他也有过革命功绩,理应受到政府的福利照顾。按照他的说法,那年革命党号召剪辫子,没有什么人响应,后来不就是全靠他周老二一把板刀?镇守使授权他惩治长发鬼(有时候他说红军是授权方)。他忙得没日没夜,肩上背着一捆长辫,成天提着板刀在墟场上转(有时候他又说自己骑了马)。只要见到长辫子,他一把揪住,拖到某个肉案上,揪得那人引颈于案,手起刀落,银光一闪,嚓,一条辫子就体温犹存地落入他手中。他革命好几个月,容易吗?总共斩下了几百条辫子(有时候说斩下了几千条,包括洋教士们的假辫子),容易吗?当年再强霸的后生也被他斩得抱头鼠窜,乡下人好几个月都不敢上街赶场。一个最先消灭长辫子的模范县就诞生在这里呵。这样的丰功伟绩,怎么就一笔勾销了?

有个后生很崇拜地看着他,说你这样革命,后来怎么还去坐牢?

冤案,冤案嘛!周老二用没有牙齿的嘴巴说,张镇长他公报私仇呵,他占了我家的坟地还硬说我入过洪帮,完全是无中生有……

干部们对以前的坟地和洪帮都不感兴趣,敷衍他几句,就向酒店里其他熟人搭腔。那些人也无意听周老二讲古,假装没看见他,只顾划拳或对歌,闹出一阵阵喧哗。就这样,他没争到福利照顾,只好自斟自饮,久久地呆坐,任三两只苍蝇叮在他的眼角,似乎已无气力去摇头或扬手,把讨厌的苍蝇们赶开。他衰弱的目光依旧颤颤抖抖地浮游出去,停留在人们一棵棵可爱的颈根上,把它们逐一轻柔地抚摸。

我住进这个小城,正碰上这里的一件大事。在县里某基建工地出土了一批西汉时期的石俑，共有八个，除了挖断一条手臂，其余基本上完好。最大的一座石俑有活人般高大，神态生动，堪称绝品。连省文物部门派来的专家都惊叹不已。县政府也立即筹资建文博中心，计划利用这些石俑，再加上本地悬棺、城楼以及溶洞，发展本地的旅游事业。

本地人争相来看稀奇。据说有乡下来的一位老妇人，看到最大的那座男俑时突然大惊失色当场晕倒。后来，她醒来时喃喃，说她看见文彬了，那个石头人就是王文彬！

王文彬是谁？后辈人都不明白。有几个老街坊寻思半响，讨论片刻，才想起王某就是多年前在北门口啃泥巴的王癫子。他们急忙再来石俑面前核对，左看看，右看看，觉得确实有点像，但又不怎么太像。

老妇人因此一病不起，很快咽了气。她留在街心的一只鞋子重新被人们传说，她后来的命运我也慢慢得知一二。她改嫁一位桶匠，生有二男一女，住城东的小村里，门前有荷塘。她的儿女现在都在外地工作。

我曾沿着河岸散步，看月光如水，把对岸的山影洗得模糊，把流水声洗得明净而清晰。这条陌生的河流，闪着月亮的波光，流向哗啦啦的黑暗。在波光熄灭的前面那一片河滩，野渡无人，有一条隐约可见的空船，似乎也将滑向无边黑暗不再回来。我来到石俑前，再一次细细观看它们，发现其中最大的一尊双眼平视远方，嘴唇紧闭，似乎不愿说出往事。我摸到了他的腿，感到一种刺心的冰凉。他真像一个什么人吗？真像一个时隔两千多年以后的某个死囚吗？

我不知道这件古物的制作者是谁，也不知道当年制作时是否参照过什么人的面容。但我摸到了两千年的冰凉。

我还听到了哭泣，左右寻找，才发现不是石俑在哭——哭声来自临江的一座木楼，一户陌生的人家。

  这篇文章将要结束了。也许还可以附带说说另一件事。人们告诉我，十年前曾有一位白发老人路过此地，预言十年后这里将土里出金，河里流血。刚好十年过去了，第一句似乎已经灵验：石俑出土，旷世珍奇，招八方游客，纳滚滚财源，不就是"土里出金"吗？至于第二句，经好事者们机警周密地思索，终于附会给一家化工厂。那化工厂不知生产什么，排出的废水殷红如血，染红了半条江。烟囱里还飘出红色粉尘，红了墙瓦和道路，红了晾晒的衣衫，红了老人的白发，红了鸡鸭和猪狗，甚至连人拉出的粪便也泛红。我曾见到某家的一只老鼠，如全身抹了胭脂，一道红光射入衣柜底下。这就是十年前老人所预言的"河里流血"？

  我走出红色。为了反映群众的强烈要求，我把搬迁化工厂的事记下来，答应回去后向有关政府部门报告。

一九九二年六月

○ 最初发表于一九九三年《红岩》杂志，后收入小说集《北门口预言》，已译成法文。

领袖之死

听说领袖真的那样了,长科一直害怕和悲痛。他是去屠坊砍肉时听到这个消息的,当即就悲痛得说什么也不能砍肉,说什么也不打算接裁缝来家做衣了。当然,他悲痛的资格有点可疑,因为他老爹没有参加过红军或农会,婶子或嫂子也没被日本鬼子糟蹋——人们在忆苦会上常说这样的故事。更要紧的是,他小时候居然去街上读过洋学校,吃红米干饭,鞋子褂子穿得整整齐齐。后来在县城当教师那阵子,去食堂偷过一碗肉,被灰溜溜地开除回乡……他不敢回想这些历史污点,越想越觉得自己对不起领袖,如今凭什么也可以苦着一张脸盯着地上发呆?

他怕被别人看见,也怕不被别人看见——他心里没鬼的话就不必躲藏。他暗暗羡慕女人们。女人们眼窝子浅,能哭。上屋的本善家有位媳妇,死一只鸡仔也可以哭湿两只衣袖。远近四乡无论哪家有了丧事,都会备好红包请她出马,陪主家哭丧。若没有她那气长韵足跌宕有致的说哭就哭,仪礼不成体统,主家还存何脸面?不过她不识字,心里不明亮,有时也哭乱套,把东家哭成西家,把孙子哭成儿子。上次开大会声讨某地主据说是畏罪自杀,她没听清死的是什么人,解开怀襟找着什么,一把鼻涕一把泪就抹起来。大队党支部书记明希听着听着生了疑色,最后给这蠢婆子一耳光。

村里无人唱戏唱歌了,都戚戚然,互相留意,蹑手蹑脚,不知五官该如何表现似的。有个娃崽见别人踩了他的屎,拍手大笑,立刻被大人们惊恐地扑上去捂嘴巴,打屁股。直到国葬日后才可以笑,这是明希爹的宣告。长科便暗暗数日子,小心度着时光,特别怕蚂蚁爬到颈窝子里去,弄不好,忍不住痒,就笑了,就反动了。

他注意很多乡亲确实比他悲痛得多,自己怎么挤眉头,耸鼻头,干干的眼睛眨巴眨巴,还是没排出水来。倒是急出一身汗,被风一吹,外感风寒。他当然没敢去见郎中,领袖都那样了,他怎么可以小病小疾去找郎中和抓药?他努力悲痛,必须悲痛,于是慢腾腾地迈步,沉缓缓地说话,挑着粪桶去地上泼菜的时候还拉长着脸,似乎已被悲痛压得透不过气来。想想吧,满园猪菜都是他哀思所在,每一声鸟啼都令他悲肠寸断。伟人仙逝,日月无光,他真是没勇气活下去了,真是没勇气把粪水泼下去啦。

他算是村里的知识分子,喝墨水最多的文豪,经常为庆祝会一类写写标语。明希来找他去扎灵堂和写挽联。

他悲痛得还没转过弯来,低低地"哎"了一声,声音小得几乎听不见。

"你听见没有?"明希爹耳朵背。

"哎,"他慌慌惊醒,"写什么呢?"

"该写什么就写什么,归你去想。"

"是在老地方开庆祝会?"

话没说完,他已魂飞魄散。娘哎娘,他怎么舌头一溜把"追悼会"说成"庆祝"?在那一瞬间,他已经意识到应该改口,但舌头竟僵硬如脚,转不过弯来,硬是把反动话顺溜溜踹出去了。

"错了错了,我是说开庆祝会,不是开追悼会……"他急忙更正,一边更正一边更为大惊失色,他不仍然说错了吗?他一心狠狠地咬住舌头,但嘴舌完全不听使唤,罪恶滔天地急忙忙直奔最后一个字——"会"。一片静默。他的话说完了。

他两眼一黑。

"你说什么?"明希皱起眉头,深深地盯了他一眼。

他注意到明希注意了他,注意到对方注意了他的注意,注意到对方注意了他注意到对方的注意。他还注意到不远处有两位妇女在塘边捣衣,她们虽没朝这边看,但完全可以听到他说话的。

"喂,有洋火没有?"明希借火抽燃了纸烟,走了,背上的步枪摇来晃去。

自从领袖逝世之后,他一直保持这种备战姿态,对天上偶尔飞过的飞机也很警惕,看会不会丢下第三次世界大战的炸弹。那锈迹斑斑的三八大盖虽然根本没有子弹,但显然是对一切伪作悲痛者的严正警告。

整整一天下来,长科提心吊胆。村头的狗一叫,他就以为是县公安局来捕他了,后来才发现是个荒货贩子进了村。晒谷坪里有人搓草绳,他以为那是准备用来捆他的,看到后来,才知道他们用草绳去绚牛。哐——身后地塌天崩的一声巨响,他吓得差点尿了裤子。接下去没什么动静,他怯怯地回头探看,原来身后没有明希的枪口,没有怒目逼人的革命群众,只有一只猪崽勤奋地拱吃着泥土。一杆锄头大概是被猪拱倒了,砸得面糊盆翻了个底朝天。这一刻,浑身的血呼呼呼地直往他脑门里灌,灌得他头大颈粗,怒不可遏,抄着剪刀朝猪崽猛扎。猪崽愣愣地瞪了他一眼,任屁股上鼓出一串血水泡,不怕死的样子,发出一声尖嚎,居然迎着危险上,湿乎乎的嘴巴撞偏了他的脸,小爪子在他肩上踩踏过去。他更火了，从桌下钻过去，但未能揪住猪尾。他一直追到屋外的水塘边，才在猪腿上再扎了一剪刀。结果可想而知，猪崽的主人与他大吵一架，双方都咒了最狠毒的话、最下流的话，无非是关于祖宗的，或关于祖宗的祖宗等等十分遥远的人。众人不免有些奇怪，觉得长科今天的凶狠十分少见。

明希到上头开会去了，没看见这一幕。

明希回村时，眼睛红红的，嗓子也嘶哑了，显然在公社又哭过一场，这使长科再次惭愧和恐惧。明希在窑棚子前召集群众大会，宣布新消息。还好，他暂时还没揭发长科的反动言语，也没说世界大战打到了边境。只是说，因为领袖闹革命时到过这个村子，所以国葬那天，大家都要来吊香，上头还要派人来照电视——长科知道"吊香"一词用得不妥，"照电视"应该是"拍电视"，但他根本不敢去纠正。

明希又说，乡亲们到了那天要好好地哭，哭出感情来。本善家的婆娘哭得最好，可惜肚子大了，照到电视里丑人，不要她。那么常兰家的、德虎家的、三桂家的，都要作点准备。这些人都是赤贫出身，在伪政府时期没穿过棉裤，不晓得票子是圆的还是方的。她们有得哭的。

长科盯着书记身边黑洞洞的枪口，心跳渐猛，等待明希下一句就点到他。

"完了。"明希看也没看他一眼，宣布散会，"你们莫带走了砖!"他知道有些人常把垫坐的窑砖偷偷带回家去。

这有点奇怪。明希是等长科写完了挽联再收拾他，还是当时没有听清他的失言？

"要你莫拿砖!"明希朝他大喝一声。长科低头看，自己手里确实有一块砖。娘哎娘，他从不敢偷集体的一根草。只是现在他越不想干什么，就越会干什么，脑子里完全装着臭大粪了。他忙不迭把砖送回原处，定定神，眨眨眼，发现自己两手已空，确实已把砖块放回原处了，才稳稳地离开。

村子里的人都矮小，唯长科个头高，做衣费布不说，往人群中一戳，总要出人头地，高出别人一头，颈根凉飕飕地迎八面来风，有莫名的危险感。他知道，到了追悼会那天，他怎么弓着背勾着头也没用，别人不可能看不见他的。倘若到了那关键的关键时刻，可恶的眼窝子里仍挤不出泪他怎么办？他还想不想活？电视可不是好玩的，那是用电的，没有什么东西斗得过电。即便明希爹眼花看不清他，县里的公安局会不会来查他一番？喂喂，人人都哭了，你这家伙为什么不哭？莫不是心里有鬼？你老婆难产的时候你哭过没有？哭过。你侄儿放排淹死在河里的时候你哭过没有？也哭过。哦哦，这就很清楚了嘛。

长科发现自己确实反动。

想到这一点，他的口舌突然干了，一种猛烈的干燥似乎从脚底升上来，迅速蔓延到全身，蒸发了他所有的血液，灼干了他的五脏六腑乃至眼睛。他眼球痛，眨眼时被眼皮枯枯地摩擦，好像发出了喳喳的声音。他感到喉管干得已经裂缝纵横，空气在裂缝中嗖嗖地流泻。这种可怕的干燥感他以前只经历过一次，就是当年听到开除公职通知的时候。他完了，他相信自己到时候还是哭不出来的，何况明希不可能没听见他的失言，两位捣衣的妇女也不可能没听见他的失言，他的罪证充分。

当然，他活过了这些年，也不算短命，前世没积德，完了也就当死条狗。既然哭不出来就该去坐牢或吃枪子，只是可怜他老婆和一堆娃崽。最小的刚断奶，也长着同他一样的长鼻子，经常东张西望，咿呀学语。当爹的一狠心撒手而去，这娃崽……长科就是带着这一些心思来到了追悼会场，看着前面他老婆弯弯的背脊，还有后颈上一颗熟悉的黑痣。老婆背笼里的嫩崽认出了父亲，在背笼里跳跃。

太阳很烈,人的头顶和肩都被烤得发烧,牛蝇也在烈日下惶惶乱飞。长科刚才离家之前已把水缸挑满了水,已把柴弯里的烧柴备足,从邻家借的灯油和红薯丝也一一还清。该了结的都已了结。他现在又赶走儿子头上一只牛蝇,想象这是最后一次为儿子驱赶牛蝇,想象这是最后一次触摸儿子的皮肤,忍不住心里一酸。但儿子似乎很喜欢牛蝇,咬着指头,张开嘴巴,流下长长一注涎水,冲着父亲笑了。

鞭炮乘人不备地爆响,恶狠狠,怒冲冲,不由人分说,炸得人们的骨架都松散,炸得人们都感到自己虚虚的轻了许多。老槐树上的乌鸦突然惊飞,扑啦啦的黑影子砸在人们头上和背上。家犬也一齐狂吠,吠得每一片树叶都在颤抖。长科的小儿子当然受惊,立刻哭歪了一张脸。长科忍不住把他抱出背笼,紧紧抱在怀里。这是最后的时刻吧?这是儿子无法记忆的告别吧?当父子俩肌骨相亲气息相融合为一体命运与共的时候,一泓热热的东西在长科眼里夺眶而出。

他是追悼会上第一个哭出来的成年人,这是很重要的事态,也是电视记者发现的第一个目标。乡下人不大了解电视,因此这一天两个电视记者来到村里,扛来一些奇怪的机器,曾给乡民们增添了莫名的紧张。据说鸡躲进了坩,狗蹿到岭上不敢下来,某位后生硬是没能把八十斤谷子起肩上路。就拿追悼会来说吧,刚才玉槐老倌去燃放鞭炮,划断了十几根火柴也没划燃,最后还是明希用打火机帮助了他。更让人火急的是,面对着摄像机的镜头,不仅本善家的吓得没敢哭,其他几位计划中的主要悲痛者也乱了套,一进会场也好像贼一般,你看我,我看你,惊慌失措,在镜头面前一个个贼眉贼眼,没挤出半点眼泪,只能让记者大为失望。镜头不是枪口,你们怕什么怕呢?记者这样解释。但人们还是在

263

枪口前纷纷躲闪或者后缩。这种枪口用来驱逐好奇的娃崽们倒是很灵。他们乱糟糟地挤乱了队形。大人们的呵斥没有用,明希的铜哨和步枪也没用。实在没办法了,明希就请记者扛上摄像机扫荡一轮,并没开枪开炮,娃崽们就如鸟兽散,逃得远远的。

明希今天也大为沮丧。他率领全家,一人顶着一个麻袋来了。听公社干部说,新社会不兴披麻戴孝,他才怏怏地把麻袋摘下来垫座。这位老书记参加过红军,行军时掉了队,又碰上岔路鬼,才没去参加长征(也有人说他是逃兵)。但他曾经到县城开过会,到省城探过亲,是见过大世面的,因此一直要乡亲们休得紧张,照电视嘛,同照镜子差不多,同医院里照片子差不多,决不会伤皮肉,也摄不走魂魄,没什么了不起。当年我们跟着领袖闹革命,连德国和美国的大炮都不怕,哼,难道现在还怕照一照电视吗?但他无论怎样说,几个妇女的眼里还是没有泪水,连常兰家的婆娘也一脸呆肉,肉纹跳了几跳,还是没有多大希望。

"怎么搞的?"公社干部很不满意,在明希耳边嘀咕。

"对不起,对不起,这些婆娘昨天还哭得好好的,今天是鬼打懵了……"明希觉得自己正蒙受谎报和做假的嫌疑,急出一头老汗。

在浓浓的硫黄味中,他决定继续启发一下大家的感情,先朝领袖遗像三鞠躬,屁股上两块黄泥印子再一次高高撅起。接下来他清清嗓子,大谈领袖对广大贫下中农的恩德。"同志们,同志们呵,我们伟大的领袖过世了,我们哪个不心痛?大家今天都来吊香,打鞭子,搞得乌烟瘴气,嗯啦,乌烟瘴气……"

身旁的记者怔了一下,拉拉他的衣袖:"怎么能说乌烟瘴气?这个词是要不得的。"

明希眨眨眼:"这么好的词也用不得?"

"你疯呵?"

明希只听说过,对领袖的画像和著作不能言"买"只能说"请",倒没听说过"乌烟瘴气"这个词有什么不好。

他暂时压下满腹狐疑继续演讲,从红军当年打土豪分田地,一直讲到抗美援朝和抗美援越,再讲到最近的晚稻积肥和种秋红薯,历数穷苦人民眼下享受的幸福。"就说我一家吧,如今不就是过地主日子吗?(记者又皱眉了)天天吃白米饭不说,光大柜就有两只,雕花床也有两台,椅子呢,十六把,还有缝纫机一部,打火机两部,吾一部,吾庆强一部!"(记者再次皱眉)他环视四周,看谁还不慑服于他和他儿子的打火机,"政治地位也大大提高了嘛。不光是我当书记,我家庆强和媳妇都是国家干部,我家满女是——沙老太婆。"他是指女儿参加业余剧团,光荣扮演《沙家浜》中的婆旦主角。当然,他得总结得周全,不漏掉最后一名家庭成员:"我婆娘是——"他顿了顿,找出了一个既体面又基本上不违事实的新社会用语,"妇女,嗯啦,妇女。"

有人忍不住笑,记者和公社干部更是哭笑不得。

"谁敢笑!"明希瞪大眼,想找出破坏追悼会的奸细。但他眼有点花,找来找去还是一张张肃穆无比的黄面孔,没有可供他发火的目标。但事情到了这一步,气氛显然已被破坏。不论明希如何耐心启发,无论他搬出多少铁的事实,也难启发出乡民们的悲痛。明希也自觉讲乱了些,忍不住暗暗怨恨刚才公社干部不让他顶麻袋。就是那一横炮,打乱了他的心思呵。其实披麻戴孝有什么不妥?他朝讲台上的牛蝇狠狠瞪了一眼。

会场上隐隐有些骚动,似乎发生了什么。明希随着旁人的目光看去,看见了高出众人一头的长科,一张哭歪了的脸。

明希心里一软,颇有几分感动。

哭声是有传染性的。长科一溅泪,他的婆娘和娃崽也跟着哀哀,旁边几位妇女更是跟着掩面而悲,很快就带动周围一片小小的哭潮，连明希的泪水也被牵引出来。记者喜出望外和手忙脚乱自不用说，明希爹也如释重负，终于开始激动地号啕，竟完全忘了追悼会的程序，大声说："长科同志，你来讲讲，你到台上来讲！"又向众人宣布："长科是老实人，好人呵。他大伯卖豆腐从来是足斤足两的，他婆娘在队上出工从来没走过后面。"他这一刻想起了长科家族的种种好处。

　　长科被推着拉着上了讲台。刚才不知是哪些人握过他的手，不知是哪些人拍过他的肩，反正一片温情搞得他鼻子更酸。他哭了，真正地哭了。他现在才最终相信了这一点，真是天不亡我，绝处逢生呵。他不光是暗自惊喜和庆幸，而且真该大大地悲哭一场。不是吗？明希刚才称他为"同志"。这就是说，书记不认为他是坏人。就是说，书记不计较他的失言或者不曾听清他的失言。这也就是说，他以后不会下大牢而且可以安安稳稳地吃饭睡觉喂猪种菜看报纸。所有这一切，都在来不及思索的瞬间已经发生，已经在那里了。他第一次被这么多人仰视，被这么多人握手和拍肩，如何能让他不哭？

　　我们必须说明，长科是完全够格被这么多人握手和拍肩的。他一直忠于伟大领袖，忠于祖国和人民。作为村里的民办教师，他遵照领袖的教导为人民服务，几乎每天翻两个大岭，分别去三个村子给娃崽们上课，包括解开娃崽们打成死结的裤带以便他们排泄，包括给娃崽们洗脸、洗手、洗屁股以及在头发里捉虱子。有一个夜里大风大雨，马灯没油了，熄灭了，他险些滑下山崖粉身碎骨，在墨墨黑的茅草丛里东摸西摸，直到天亮时分才泥水淋淋回了家。他向谁诉过苦没有呢？他看见好些娃崽没钱买课本，就带他们去砍柴换钱。有一次碰上马蜂窝，他让娃崽们先跑，自己被黑压压的蜂子蜇得天旋地转，两天两夜没沾米水，脑袋一直充血，红肿如脸盆，吓得全村的娃崽都躲开他。他向谁诉过苦没有呢？他不但不曾邀功请赏，恰恰相反，就因为他年少无知时偷过食堂的一碗肉，他受到的打击和委屈难道不是罄竹难书？……他终于迸出一个男人怎么也压抑不住的尖锐长号，让尖声直钻人们的鼻窦，剜人们的后脑。会议气氛由此而推向了最高潮。

记得他还哀哀地说了一些话，呼唤领袖不要走，请求领袖给他做主，原本打算秋后带上盘缠去北京看望伟大领袖，等等。

这天的追悼会很成功，很动人。与会者都哭得东倒西歪，连电视记者也抹眼泪揪鼻涕，好几次看不清镜头画面，工作颇受影响。其中一位追悼者还中暑晕倒，由旁人脱光他的上衣，在他背上一把把拔痧，揪出一条条紫黑色的痧痕。乡民们也心灵净化，和顺多了，正直多了，看拔痧的时候谁也不拥挤，谁都很谦让和客气。去给田里下牛栏粪，人们都拣大箢箕上肩，一改平时那种偷奸取巧的恶习。他们一边下粪一边咒骂日本鬼子之类的敌人，咒他们的祖宗。他们继续追怀领袖，痛惜红军当年在这个村子里只吃了红薯，没吃到肉，实在让人过意不去。关于领袖当年在这里是否拔过痧，是骑一匹白马还是骑一匹黑马，他们还争论了很久。

长科觉得周围突然笑脸增多，别人对他多少有些异样。拆台子的时候，各家把自己的门板扛回去，他扛不动，立刻有人来帮他一手。他的斗笠不见了，玉槐老倌立刻帮他寻找，发现自己的娃崽已把斗笠坐瘪，立刻在娃崽头上锄了两丁公，锄得孩子捂头半晌才哭出声来。其实玉槐老倌完全不必这样仗义，只要平时不拖欠娃崽的学费，不来偷长科园子里的辣椒丝瓜，长科已经心满意足。他受宠若惊地对玉槐老倌连连欠身。

不知何时，水塘边已经在传播流言。说是长科照电视照得最多，一照就照到省台和中央台，让各级领导非常满意，可能要重新当国家干部了。当然，当干部就要当粮油站长，那才是好差事，妇女们捣衣时都这样认为。长科嘿嘿直摇手,说诳讲,诳讲,哪有这回事?他哪有什么官相?他只是应邀去县里开过一次会,座谈领袖光辉业绩和学习领袖著作的体会,如此而已。

当然,他心里明镜儿似的。自从他在电视镜头前成功一哭,事情已经发生了很大变化。他渐渐成了一个重要的人物,去县里参加过好几个会,同更多首长握过手。因为参加的会多了,发言的经验多了,他现在讲得越来越丰富,悲痛也越来越出色。比方说,像明希爹一样,他也是从旧社会说起,历数革命人民吃过的苦头(具体是谁吃过什么苦,稍稍说得有点含糊)。发言重点当然是介绍自己对领袖的忠诚,比如,被蜂子蜇得脸肿大如盆,三天三夜没沾米水一类(近来开始把两天两夜记忆成三天三夜)。但他革命信念动摇了没有呢?没有。他是否计较个人安危和个人得失呢?也没有。(他开始采用了这种启发学生们的设问自答方式)。每天深夜,他还在油灯下坚持学习伟大领袖著作。每逢风雨,他还在翻山越岭去给孩子们上课,为此他已经瘦了身体,患上了胃溃疡和水肿病……说到这里,他总是两手冰凉,喉头哽塞,差一点说不下去。

他自己也知道,不必这么激动,不应这么激动,太激动就会影响发言效果,就会引来会议主持者倒开水递毛巾什么的,让人不好意思。但他完全没有办法,自那次国葬以后他不知为什么比本善家的还容易抛眼泪,一提起领袖,一听到国歌,他就情不自禁地眼红鼻酸,完全没法管住自己,没法平息胸中奔涌澎湃的悲壮。他总是望着天,任混浊泪水在眼窝里旋动和蓄聚。他嘴唇嚅动和咬合,尽力忍着,忍着,忍着。

台下自然是鸦雀无声,随之而来便有突然爆发的口号声:向魏长科同志学习!向魏长科同志致敬!……

一排排声浪扑打过来。

口号只能使他哭得更加厉害,让会议主持者更多地来加开水或递毛巾。

长科从此成了大忙人,经常外出,自家的菜园子渐荒。他经常去明希家领取会议通知,甚至身份不明地列席过一两次干部会。他以前很少有机会来明希家,连走过门前也膝头有点发软。他现在才知道这道门槛里其实很平常嘛。他知道明希的床上蚊帐又黑又破,知道他家梁上有破禾桶和燕子窝,知道他家的猪总不上膘而且互相打架闹槽,知道他家冲豆子芝麻姜盐茶的瓦罐已经缺了个口。他对这个曾经神秘的世界渐渐不以为然。明希递水烟筒给他,请他坐。坐,他当然坐,他热爱领袖当然想坐就坐。

明希嫌凉水没有味,令女儿赶快烧吊壶炒豆子以及磨姜。借这个机会,长科发现明希耳背处有一点燕子粪,便说你老人家今天没洗脸吗,怎么耳朵上有内容?他居然伸过手去,把书记光光的脑袋抹了两下。他现在根本不反动因此想抹别人的脑袋就抹别人的脑袋,没有什么可怕的。

他放肆地打了个喷嚏,余音袅袅。

好些年过去,明希死了。本来可以抬他去住医院的,他最不能忍受那些没出嫁的红花姑娘让他脱裤子打针,便坚决不去,便死在家里。咽气前他抓住长科的手,紧紧盯住长科的眼睛,像有什么话要说。"你呵⋯⋯"一口痰堵住喉头,终于没说出来。

他要说什么?成了永远的谜。长科暗自琢磨了很久,因琢磨不出来,自己的头发很快就白多了。

一九九三年十月

> 最初发表于一九九三年《花城》杂志及一九九三年台湾《联合文学》杂志,后收入小说集《北门口预言》,已译成法文。

鞋　癖

一

妈妈说，父亲理发去了。

妈妈说这话的时候是二十多年前。

初秋的一天，天气很热，夏天还晾在金光灼灼的窗户上。我想象那天父亲照例把衣领整理得十分逻辑与理性，十分合乎社会公德，与守门人谈了几句关于修理自来水管的话，然后踏着地上老槐树的白色花瓣，从容地朝着阳光迎面闯过去了。

派出所接到了寻人的申报，但一连数天没给任何消息。妈妈便自己去寻找，搜寻一切不怀好意的地方，比方铁轨或水井。我想象她找到了不少陌生的面孔，有的挂着漂亮的耳环，有的嘴里镶了金牙，有的脸上凝固某种对邻居或亲人的愤愤不已，但他们都很陌生，不是妈妈搜寻的目标。那是一个人口突然减少的季节，不是因为战争，也没有瘟疫，而是一场政治风暴袭来——而这场风暴将来终究会被遗忘或者误忆。

人们兴高采烈地竞相揭发和游行，连我也同样处于激动和亢奋之中，以至我父亲去理发的那一天，我居然不在家，一连数天在外地享受革命学生的免费旅行，到处观看大字报和标语。

看见母亲每天傍晚怏怏地空手归来，父亲单位上好些面孔总浮出一丝胜券在握的微笑。其实，他们在我父亲办公室的抽屉里找到了遗书，遗书说他有罪，是反党反社会主义的罪人，说他希望家属子女都与他决裂，永远忠于革命，等等。他死到临头还那样语词简洁语法严谨标点准确。但那样一张纸，哄得过那些经常做体操又经常吃补药的同事吗？那些我一直称为伯伯阿姨的面孔，都满脸深刻、机警、大智大慧，竞相把每一声咳嗽都制作得底气十足老成练达和意味无穷。他们轮番来启发我们全家：你父亲的哲学课和语法课都讲得很好，这样个聪明人怎么会自杀呢？怎么可能自杀呢？不不不，你们得仔细想一想，再想一想，他不可能到什么朋友那里去了吗？比方说，在美国或者台湾是不是有朋友？……

这样启发的时候，伯伯们和阿姨们总是对我和善地微笑，期待着我热泪盈眶，然后勇敢坦白与父亲的合谋。

妈妈惊恐地叫起来："不会的，他只拿走了四毛钱，他绝不可能叛党叛国……"

"为什么总没找到尸体呢？"

"活要见人死要见尸吧？"

"他难道蒸发了不成？"

他们一针见血。

尸体便成为一个问题。没有它，悬案就没有结论，我们就摆脱不了同案合谋的嫌疑，就得永远被警觉的目光照顾，就一天也少不了听那些令我们心虚气短的咳嗽。从门外那些脸色看来，很多人们在摩拳擦掌地等待，看吧，好戏还在后头，真相总要大白，事实一定胜于雄辩。这使我们突然明白：对于我们来说，父亲活

271

着不会比死去更好。

妈妈整个人瘦了一大圈,急得太阳穴深深地坍塌下去,哭泣时一丝丝晶亮的鼻涕被揪甩出来。"人又不是一根针。一根针也可以找到了。这么大一个人怎么就找不到了呢?你就是上了天入了地也得留个影子吧?"

她诅咒父亲:"你好蠢,好蠢呀。你要死,就干干脆脆去死,明明白白地死呵。儿女都小,你不要糟践他们呀,不要拖累他们呀。这院子里有井,家里有电线,街上有汽车,药店里有安眠药,哪里不能死呢?⋯⋯"

我也在偷偷思忖:父亲可千万别还活着呵——虽然这种闪念使我深深惊恐,自觉大逆不道而且残忍。

妈妈的哭泣没有使门外的面孔们释疑。他们仍然沉着地看报纸和熬药,沉着地扫地和洗衣,乘凉时把蚊虫拍打得叭叭响,且看这妇人如何再表演下去。在我听来,那夜里此起彼落的叭叭叭,似乎是欢呼新生活开始的从容鼓掌。

妈妈开始了一个更为宏大的寻找计划。她拉上姑姑,每天早晨带上干粮和水,带上遮阳的草帽和蒲扇,两人手挽着手坚定出发。我在家里做饭,等待她们回来。在我几乎绝望以后的那一天,妈妈静静地出现在门口,头一昂,眼里闪耀异样的光辉。左邻右舍也闻风拥入我家,挤得椅子吱吱嘎嘎移动。"找到了吗?""找到了吗?"⋯⋯所有的目光都投向我妈。她头一扭,根本不理睬这些家伙。姑姑则小心地说,她们在湘江下游十几公里处的地方,访到了一位农妇。农妇说一个多月前岸边曾漂来一具男尸。妈妈与姑姑随着农妇的引导,找到了河滩上一个临时坟堆。一时找不到工具,两人就用手指去抠。不过几分钟,妈妈就抠到了泥土下一个她所熟悉的衣角,还抠到了一张满是泥巴的嘴——我想象,那个男人曾恨恨地把这个世界咬了一口?

"怎么断定就是他呢？"一位阿姨不甘心没有来自美国或台湾的电报。

母亲神色激动地宣布，断什么定？有他的鞋子，有合得上的时间，有当地派出所拍下的照片，还有他的羊毛背心……还有什么屁放吗？他死了！死了！

妈妈的鞋子糊满黄尘，成了个泥壳，右边一只鞋已前头开花，露出了大趾头。她用胜利者的眼光扫视那些面孔，看他们如何躲躲闪闪地表示信任，表示理解，表示迟到的同情，看他们等候多时之后沮丧而乏味的支支吾吾。妈妈赢了。

大姐哭起来了。

大哥哭起来了。

妈妈也哭了。我们全家有了理直气壮哭泣的权利。我们哭得如释重负安心落意乃至有些兴高采烈——哭声是确证父亲已经死亡的凯旋与庆祝。

但父亲永远不再有了。他消失于一九六六年九月二十七日。这就是说，我们吃早饭的时候，他不再有了。我们吃中饭的时候，他不再有了。我们吃晚饭的时候，他不再有了。我们吃完饭洗碗的时候，他不再有了。我们洗完碗喝茶的时候，他不再有了。我们边喝茶边谈论天气或谈论邻居或谈论政治的时候，他不再有了。我们上厕所或去浴室的时候，他不再有了。在我们的一切时刻，他不再有了。

二

父亲是否真正死了，其实我总是疑惑。

他不再有了，不再在我面前语法严谨地阐述党报社论以及谴责自己的过错，但他就不可能在别的一扇窗子后凝望？或在远方的一条街道上行走吗？不在并不一定是消失。以前他出去讲课，开会，下乡支农，都不在我面前，没有什么奇怪。"不在"为什么就必定是"死去"？一九八八年，我乘船渡海迁居海南岛的时候，一九九一年我乘机飞离国门看窗外大地刷刷刷滑落的时候，还在困惑于这个问题。似乎我在轮船和飞机指向的前方，还可以找到一个熟悉的身影。

如果不是因为害怕和慌乱，当时我应该跟着母亲和姑姑去河滩上迁坟。那样我可以找到更多的根据，证明陌生河滩上的陌生死者，并非我父亲。

派出所提供的照片，只是一个模模糊糊的肉球，光滑闪亮，膨大松泡，除了眼角一条皱纹有点让我眼熟，那肉球与父亲面容并无太多相似，很有假冒之嫌。大姐还告诉我，死者身上的毛线背心也不大像母亲所为。母亲的针线要粗得多，织出的男式背心不应该是那种麻色，应该是一种浅灰色。

是的，我也记得是浅灰色，浅灰色的毛线背心到哪里去了？

我仍能嗅到父亲的气息，是他柔软腹部渗出来的温鲜，是他腋下和胸口汗渍的微酸，还有刮过胡子以后五洲牌药皂的余香——妈妈常要他用这种药皂，防治他的神经性皮炎。这种气息来自那一个晚上，当时我跟着他假期支农后刚刚回家，睡在一张竹床上。我醒了，背上很痒很舒服。我发现他正用蒲扇驱赶蚊子，轻轻抚摸我光溜溜的背脊，小心剔着我背上暴晒后脱落的皮膜，似乎在对妈妈说话又像是在自言自语："毛佗真是长大了，十三岁的人就能挑一百二十斤红薯了。一百二十斤红薯，我看了秤，真是一百二十斤……"

我惊异万分，父亲居然能像其他人的父亲一样，对我有如此亲昵的举动。他平时为什么总是端着一脸严肃，总是离我远远的？

他又说："毛佗也懂礼貌多了。那天吃饭，他在老乡面前还能讲讲客气，说老乡烧菜身手不凡，每一样菜都余味无穷，嘿嘿，余味无穷……"

这是我在农民家吃饭时耍弄初中生的文雅，好容易才憋出来的一句，并无什么幽默和别致。父亲也许觉得儿子的表现未受到旁人的重视，后来转弯抹角一再重提了三次。可惜人们仍没有什么反应，叽叽喳喳说着什么谷子和天气。他大概一直为此事遗憾。

我仍然闭眼装睡，希望时间慢慢走。我装着不经意地翻身希望时间慢慢地走，我装着睡意正浓连嘴都忘记合上希望时间慢慢地走。我害怕他略略粗糙的指头，停止——在我背上的抚摸。

我忍住了鼻酸。

他是个谨小慎微的人，甚至对自己的子女也软弱。有一次他午睡了，我们几个小把戏愤恨他未能带我们去游泳，悄悄偷走了他的眼镜和香烟，在他头上扎了个冲天小辫，在小辫上挂了些草须。他迷迷糊糊醒来，也没照镜子便出门上班去了。他肯定被同事们哄笑，也忍受着没有眼镜和香烟的苦难，但他回来只是咕哝两句"没名堂"，便算事情了结。我们这才一个个从桌子下或柜子后钻出来。

我还记得，有一天他骑车回家时摔了一跤，右脚被一块破瓷片划了道大口子，血涌如注。路上围了一圈闲人观看。他躺在地上，看见我哥哥挎着书包放学回家，也挤进人群看了看。不知为什么，哥哥没有任何表情和举动，又退出人群自个儿走了。父亲被别人搀着回家，后来向妈妈偷偷说起这事，显得十分伤心。"没名堂，这没天良的，他就自己走了。"但他仍对我哥宠爱有加，尤其对大儿子的作文十分得意。与客人谈话，总是处心积虑地要把话题绕到作文这方面来，然后极为谦虚地提到儿子的作文获奖，说这小家伙生性愚鲁承蒙错爱枉担虚名，等等。那时候他满面红光，大呼大唤地要喝酒。

275

全国闹饥荒的那些年，他患水肿病，双脚肿得又白又大，经常气喘吁吁，一坐下去就怎么也站不起来。但他把单位照顾他的一点黄豆和白面，全让给孩子们吃。假期他还抢先报名，去农村参加劳动，然后带着阳光烧烤出来的一身黑皮，带着手上和腿上很多虫咬草割的血痕，疲惫不堪地回家。家里一大堆南瓜和冬瓜，或者红薯和土豆，通常是支农者的收获。在这个时候，他躺在一边喘息，微笑着享受儿女们回家时的欢呼雀跃。

他常常有些头晕，身体不大好。妈妈便给他买了一个很大的牛肉罐头，但他舍不得吃，说过节时大家一起吃。他把它放在柜子上，像供了一座菩萨，让我们充满幻想和兴奋地把它景仰了两个月。其实，这个罐头谁也没吃上。有一个贼来到家里，把罐头拿走了。妈妈气得火冒三丈，骂过了贼就骂他，骂到恼恨处，连他哪次掉了几块钱，哪次让邻居占了我家的便宜，连同他出身地主以至祸及子孙等我们还不太懂的事，也一股脑骂将过去。

他坐在门外，默不吭声。

他没有吃饭，走了。后来那半个月里他一下班就深入街头巷尾，想找回牛肉罐头。也真是巧，他居然找到了贼，是在派出所的办公室里——小偷在另一次作案时被发现，由别人扭送到派出所。

当然，罐头早被吃掉，连罐头盒也无影无踪。父亲不但没有要求赔偿，连骂都没有骂一句，看到盗贼不过是一个无衣无食的穷人，还往对方手里塞了点钱。

他从没在家里说过这件事。我是后来从邻家孩子那里知道的。

三

也许，那个夏夜里的父亲预感到厄运来临，预感到自己将要去理发，将要朝着阳光迎面闯过去，才给我留下了史无前例的抚摸。他照例不会说什么。这已经足够。这短短的一刻的抚摸已足使我记住他的气息，足使我凭借这种气息去寻找浅灰色毛线背心。他知道他的毛佗能挑一百二十斤重的红薯了，他看过秤的。他知道我是他的儿子，如今已经长大成人。即使世界上所有的人都忘却了他，儿子还是能找到他。他对此完全胸有成竹。

我找出各种借口出门去，比方去看游行什么的。我狗一般地四处乱窜，有时在某条街上接连着来回一二十趟，却不知道应该干什么。据实而言，我怕见到同学，怕见到邻居以及任何熟人，只能专走偏僻的小街小巷。有时候从热闹的大街一拐进偏僻小巷，就如笼鸟归山心花怒放，有一种脱离危险地区的放松。因为在这种小巷里，人们不大可能认识我，不大可能辨认出我满脸的耻辱。他们更不会像学校里的那些红卫兵，贴出"老子反动儿混蛋"一类标语，把住教室的大门，只容革命家庭的子弟通过，让我们这些所谓狗崽子跳窗子或钻墙洞，在他们的哄笑中滚他妈的蛋。

我到处寻找，追上每一个形似父亲的背影，看他们的面孔是不是能让我惊喜。我去过父亲经常出入的书店、剧院、图书馆、邮电局以及西餐厅，看熙熙攘攘的人流里，是否有什么奇迹发生。我还去过郊区，想找到父亲说过的一个小屋。他说那小屋依山傍水，门前有两棵高大的梧桐树，还有一个葡萄架，有葡萄架下竹制的桌椅。还记得他说过，小屋的主人姓王，用石头垒墙，用石板铺地，家具都是用粗大的原木随意打成，几橱好书涉及古今中外，一个装酒的葫芦和一个大嘴的陶质猪娃，给他印象特别深刻。他说他走遍大江南北，就发现了那个神仙的去处，真想自己一辈子都住在那里。

他现在是不是隐居在那个石墙石地的小屋？如果是的话，我该去哪里寻找它？半个月下来，我找遍了南郊与北郊，东郊与西郊，几乎一切依山傍水的地方都没放过。有时候我觉得目标已经逼近，觉得自己被一双隐藏着的眼睛盯着，甚至感到父亲的气息就弥漫在某个门口，或某个墙根，或某个小道。就是说，他来过这里，或者说刚才还在这里。只是我猛一回头，他就闪身离开或弯腰躲藏，不让我识破他布下的迷局。

有一天在渡河码头，我发现人海中有一条身影极像他，也是花白的鬓发和宽阔的肩膀。我跑过去，但要命的人影一头扎进了公共汽车。

我应该喊他吗？应该喊他爸爸吗？我稍一犹豫，汽车就慌慌地开走了。

"您看清刚才喝茶的那个人了吗？"我问一个摆茶摊的老汉，"他穿着什么样的鞋？多大的年纪？是不是有点像我……"

老汉缓缓地仰起头来，黑洞洞的嘴巴大张却迟迟未发出声音。他的牙齿稀疏，牙缝宽松，残牙像几根生锈的小铁钉。

"老大爷，您看清刚才喝茶的那个人了吗？"

"河里涨水哩，伢子。"

我不明白他的意思。

"河里涨水啦，晓得吗？"他意味深长地盯了我一眼，缓缓落下宽大的眼皮。

也许这是一句永难测解的谜语。

他是洞悉我父亲一切的，只是冷冷地不愿告诉我。

我后来把这事告诉了妈妈。她惊愕地拉长脸："哪么可能？诳讲。你爸爸只怕已经骨头化水了。他是我一把泥一把沙从河滩上抠出来的，我眼睛瞎了吗？"

"那么，浅灰色的毛线背心呢？"

"背心？"

"是呵，浅灰色的毛线背心，为什么对不上？为什么变成麻色?"我像当初伯伯阿姨们那样稳操胜券,把她一语问住。

河里涨水啦。她不能回答这个问题。问多了,她还对我的固执有些烦恼,直催我赶快去睡觉。她说可能是麻色的,可能是灰色的,可能是草色的,她都被我们弄糊涂了。不过这根本不要紧。要紧的是赶快扎鞋底,我的一只鞋已经掉了跟,得赶快做一双新鞋。

每天睡觉前,她常有的仪式就是把衣袋里所有小硬币都搜索出来,几个一叠几个一叠地排列在桌上,宣布它们明日各自的重任:"这是买豆腐的;这是买小菜的;这是买火柴的……"(但几年后有一次我偶然发现她怀里竟揣着一扎两千多元的钞票!却不知那些钱来自何处。)显然,这里没有买鞋的钱。她从此特别热心做鞋,扎的鞋底也特别硬,做的鞋子也特别多,一双一双我们根本穿不过来。她把细线搓成粗线,常叫我帮忙牵牵线头。她用米汤糊裱鞋面,剪下的黑色鞋面晒在窗台上,像停栖许多乌鸦。

为了省钱,她不光做鞋,还做衣,织帽子和围巾,把乘车改成走路,把买报改成借报,做菜时多放盐少放油,还向机关退掉了一间租房。在更加拥挤的房间里,我取代父亲的位置与母亲同睡一床。我曾经在小说《女女女》中提到过,我当时常常很懂事地把妈妈的脚抱紧,让她感受到儿子的安慰。她的脚干缩、清凉,像两块干冬笋,大趾头被鞋子挤压得向横里长,侧骨便奇特地向外凸突许多。记得在很小的时候,我经常追着这双脚打转转,有一次顺着它仰头朝上看,还看见她裤子上一块暗红色的血迹——后来才知道那是女人的月经。我不知道这种回忆是让我恶心还是让我同情,也不知道为什么儿子不愿意把母亲当着一个普通女人来想象,比方说把她想象成一个有月经的女人,有性爱的女人,有过花前月下眉来眼去的女人。儿子也不愿意把父亲当着一个普通男人甚至一个卑俗的男人来想象,比方想象他拉屎撒尿,想象他偶尔暗生淫念,想象他大祸临头时见死不救只顾自己逃命,想象他为了讨好上司而不惜摧眉折腰,甚至口是心非出卖朋友……而这一切都可能吗?经验总是残酷地告诉我们,这都是可能的。尤其几年来父亲与母亲多了许多鬼鬼祟祟的嘀咕之后,我朦胧感觉他们有许多不可告人的东西。

但他们仍然是我的父母,我没法不爱他们。我没法不爱他们尽管他们曾经拉屎撒尿甚至暗生淫念甚至见死不救甚至摧眉折腰,我没法不爱他们尽管他们卑俗我也卑俗而且我的后代也可能卑俗,但我没法不爱他们,我的亲人。我把妈妈的脚紧紧抱住,让这两块清凉的干笋在我胸口慢慢温暖起来。我还想抱住父亲的脚,但我只能搂来虚空。

我渐渐听到了妈妈的鼾声。我从未听过妈妈打鼾,以为女人都美丽得不会有鼾。没想到母亲的鼾声居然很粗,居然呼噜呼噜地响亮,还有点安心落意的轻松和放肆,不能不使我大失所望。

我睡不着,总是睡不着,一次次被时钟敲打声抛弃在清醒之中。我等待家里那张空空的藤椅发出咯嘎的声响——父亲以前经常坐的藤椅。

藤椅经常无端发声,是什么意思?家里这些天来还有其他异兆,比方说有一天夜里,橱柜里哗啦一声惊天动地,妈妈去看,是父亲以前吃饭的那只蓝花瓷碗无端破裂了。上边的碗未破,下边的碗未破,独独是这只破了。而且破得十分彻底,炸裂成一堆碎片。这又是什么意思?

我还不无恐惧地渴望某种电话铃声。宿舍楼道里有公用电话,昨天我去接过一次电话,话筒里传出一缕一缕沙哑的男声,完全听不清楚,不知电话线那一端是什么人,不知话筒里逼人的寒气是否来自地府阴间。我吓了一跳。事后传达室的阿姨说,可能是电话局出了毛病。但如果是电话局的问题,为什么其他人用这个电话时却完好如常？为什么阿姨说过这话以后神色慌乱地去掩门和东张西望？为什么这个沙哑声一再被我听到？是的，我不会轻易受骗。我相信，沙哑声一定来自一个想同我说话又怕我辨出声音的人，而这个人必定还会再一次来找我。

我又隐隐嗅到了某种气息，是一个人头发里五洲牌药皂的余香。

"还没有睡着？"

妈妈发现我翻身。

我说有点热。

她叫我去洗个脸，或者把被子踢散一些。

我去公共卫生间里洗了个澡，不经意地把半盆剩水朝墙上泼去。突然，在回首的那一刻，似乎是我惊叫了一声，叫得颤抖而尖锐，把我体内的一切都抽空而去。

因为墙上有一片暗色水渍，形状完全是父亲正面的剪影，只是头发长了些。

他来了。终于来了。

他默不作声，似乎在等待我的呼唤。

我却完全呆了，几个月来"爸爸"这个词已完全生疏，僵硬的口舌已经不习惯把它弹送出去或挤压出去。我只是下意识地搂裤子。

水渍被灰墙慢慢地吸干，然后蒸发了，消退了，竟没有一点声音。

墙上重新现出"此处禁止小便"的告示。

四

父亲的剪影失望而去，以至我还来不及跟他说一句话，来不及把他完全看清。我也不知道说什么才好。此处禁止小便我不知道说什么才好。此处禁止小便我曾经害怕他活着我现在害怕他死去我只能空张着嘴。此处禁止小便这条告示消灭了我十三岁那年的一切动心的言语。

后来我下乡,读大学,从湖南到海南,见到了很多很多人,但不知他在哪里。积攒多年但无法说出的话,现在已开始在我心中腐灭。我很惭愧地承认,我已经没有信心寻找了,对他的记忆已开始模糊和空洞。我没法再在墙上的水渍里找到他,没法再在墙上的灯影里找到他,没法再在墙上的裂纹或霉痕里找到他。除了他留下来两张发黄的照片,两张小胶片未能打捞起来的一切正在流失无踪。我努努力,也只能记起他战争年代参加过国民党,也追随过共产党,在共产党的军队里立过战功,后来一直在教室里和讲台上度过余生。我再努努力,能记得他被儿女偷偷扎过一次小辫,在路上被划破过一次脚,等等,如此而已。对一个人来说,这种被忘却不就是真正的死亡吗?这当然没什么。我们不是已经忘却了几十代几百代但仍然在抽烟喝酒或谈情说爱吗?

或许他的身体还努力在人世间留下痕迹,比方说力图把眼睛传给儿子,下巴传给女儿,某条鼻子或某对难看的短腿传给外孙女。但遗传过程把他的身体特征分解,不过两三代,便会使它们完全消融,融进茫茫人海,不会让它们比记忆活得更长久。比方说,随着我侄女突然被巧克力喂胖,她那条我父亲下巴所特有的曲线,顷刻便不知去向。世界上有这么多巧克力工厂,它们每天都埋葬着多少亡人体态的残迹。

但我们家的某些异象总是尾随着我们。从父亲那只蓝花瓷碗开始,我家总是有瓷碗无端炸裂,就像橱柜里一次又一次偷偷摸摸地鲜花绽开,坠下纷纷的花瓣,庆祝母亲的生日,或祝贺我的远行归来。这实在有些奇怪。我迁居海南之后,爆炸力又从橱柜向整个房子辐射,灯泡、镜子、窗户玻璃、热水瓶等都曾无端炸裂,炸出奇妙的裂纹或灿烂的碎片。尤其是灯泡,有时买上十个回来不到两个月就炸完了。有人说是灯泡质量不好,或者是电压不稳定。但这完全不对:为什么邻居家几乎就不买灯泡?而且镜子的菊花状裂纹与电压有什么关系?

日子一长,我们对这场防不胜防和绵延不绝的炸裂,也慢慢适应了、麻木了。有时妈妈扫地时未发现什么碎片,还会很奇怪:

"咦?这个月怎么没什么动静?"

妈妈老了,已经扎不动鞋底了,而且儿女都有了稳定职业和收入,无须母亲动手做鞋了。因为父亲的冤案平反,政府每月还发来抚恤金。但她似乎总不能明白钱是怎么回事。

她穿着软塌塌的破布鞋出门。

我告诉她,柜子里有新的,换哪一双都好。穿成这样像个叫花子,人家还以为我们当晚辈的虐待老人。

她认真地听着,微笑着,深明大义地使劲点头,但乘我们一转身,又十分机灵迅速地把旧鞋穿上,一举获胜地走出门去。

有时,她也公开反抗,噘起嘴尖:"我就是喜欢这一双,你们买的那些鞋,打脚,痛死人。你们不晓得。"其实,那些鞋都是她自己要买的,也都试过的和夸过的。现在她可以全不认账。

她对我们买米买盐之外的任何开销,对我们购置任何新的用具,几乎都怀有不满和挑剔,总是谴责媳妇大手大脚——虽然有时明知是儿子干的。尤其是对一些有很多键钮或外文字母的家用电器,她总是有种偷偷对着干的劲头。买来彩色电视机后,她好几年还经常鄙弃地收缩着鼻子,说它根本不如黑白电视好看,比如屏幕里的鲜血红得太可怕,或者屏幕里的某位女郎实在太难看——她总是把任何女演员,尤其是漂亮女演员的年龄无端夸大二三十岁,对她的"老"来俏的做派"哼哼"一番。

她开过冰箱后总是不掩门,用过燃化气灶具后常常不关气阀,让危险的气体弥漫到客厅里来。她说她只顾上吹熄灶火,忘了关气阀这道程序,或者含含糊糊说那没什么关系,没什么关系的。她当然更不愿意坐车,去我哥哥所在的学校走走,或去大菜场买菜。她出门时就用眼角余光暗暗提防你,一旦发现你想为她叫上三轮车,她知道大势不好,立刻迅速反应,拔腿起跑,似乎儿女叫来的不是司机而是杀手。一个七十来岁的老人,跑起来的步子碎密、紧张、踉踉跄跄,居然有青年人的快捷。

"司机总是骗钱,鬼名堂多!"她为走路而辩护。

其实,有一次我发现本该付一元钱车资,她横蛮地只给司机八角,理由是当天的白菜涨了价。司机对这样的老太婆哭笑不得。

但唯有一样东西,她总是催我们去买——她的鞋。她时而惦记胶鞋,时而想念棉鞋,时而打听一种鞋面是深色平绒布的布鞋。套鞋有两双,她好像忘了,皱着眉头问:"这下雨天穿什么?"我提醒她,让她参观床下或衣柜里那些根本还没穿过的鞋。她哦了一声,斥责自己记忆力的衰退。临到我出差,她又吞吞吐吐地要给我钱:"你到广州,我什么也不要,你只去看看那种面子是平绒,不要系带子的布鞋有没有。人家说只有广州才有这种鞋,也不贵,两块多钱一双。"

她不知道,那种鞋的价格已涨过好几轮了,最重要的是,那种鞋大部分的商店都有,她的箱子里也有。

夏日的一天,她想做点腌酸菜。腌罈照例无端地炸裂,腌大蒜腌萝卜什么的倾翻在地,带着白色浮膜的腌水流了一线,往楼梯下滴。她失足坐倒在地,挫伤了盆骨,不便出门了。我找来一些书刊来给她解闷,其中有一本关于她老家的《澧州史录》。但她只爱读《水浒》,合上书便惊喜赞叹武松或鲁智深的勇武。至于其他的书,她有时也一捧半天,但你若细看,便发现她根本不翻页,或者眼睛已经闭上。

我倒是翻过这本野史,发现卷四中记载了一件奇事:清朝乾嘉年间,澧州洪山嘴发生过一次民变,土民一齐发疯,披头散发,狂奔乱跑,男女裸舞三日,皆自称皇上或皇亲,被称之为"乡癫"。后朝廷令湖广总督率军剿办,统领额勒登保带兵攻占洪山嘴,斩刘四狗等十四人,断癫匪六百余人之双足以示惩戒……我吃了一惊。六百多双脚,血糊糊堆起来也是一座山吧?我在地图上寻找洪山嘴,发现它与我老家相距不过百里。我十分想知道,断足的男人中,是否有一个或几个就是我的祖先?而母亲奇特的鞋癖,是否循着某种遗传,就来自几百年前那些大刀砍下来的人脚?

人足变得稀罕,鞋子是否就成了珍贵与尊荣之物?

我问妈妈听到过这些事没有。她摇摇头:"没有。诳讲。没有的事。"

她回忆起老家,讲得最多的只是发水灾。她说一破了垸子,人都逃到了堤上。堤上到处是被水淹昏了头的蛇,也不咬人,大多盘成一饼动也不动。人与蛇差不多就紧挨着睡觉……

那么,母亲的鞋癖到底从何而来?它与六百多人的断足之刑真的没有任何关系?抑或它只是贫困岁月残留下来的一种主妇习惯?我为此请教过一位心理学家,他当时兴致勃勃正盯着我妻最先端上桌的团鱼汤,只是嗯嗯呵呵了一阵。

人真是最说不清楚的。

五

那时候,我们以为只要搬出了机关宿舍,家里的瓷碗就不会炸裂了。妈妈急着想搬走,还想让我进工厂当学徒,总是去求一

285

位老邻居帮忙。但那时很多工厂停工,而我的年龄也太小……老邻居没有带来多少好消息。

妈妈横下心来,决意带我去一个最贫贱的角落,去农村那遥远的地方。我小姨就在贵州一个国营农场,前几年还说那里很欢迎移民。这使我很高兴。我也想远远地离开同学和学校,去一个完全陌生的地方重新开始一切。

在长沙的家终于要结束了。哥哥请假回来帮忙。他学业成绩极好,但当时只能进一所半农半读的杂牌大学,一脸晒得黑黑的,手掌磨得粗粗的。他帮着母亲卖掉了几乎所有的家具,包括父亲的藤椅。空空的藤椅破旧了,色泽晦暗,骨架变形,扶手处还缠了些旧布条,样子显得有些衰老。它依然顽强地咯嘎响了一声,使旧货行的老板有点吃惊,问是怎么回事。哥哥说大概是藤条受压后的复位所致。老板这才迟迟疑疑地收下了它,把它搬到店堂里边,与那些不知来自何处的旧衣柜旧梳妆台旧书桌旧麻将桌旧挑箱旧马桶旧炭盆架放在一起,把它抛入了一个完全陌生的旧货家族。它形单影只,孤苦无助,而且很快被一座气焰骄横的太师椅骑压着。它咯嘎咯嘎的声音,再也不会有谁倾听了。我最后一次回头把它遥望时心里这样想。

哥哥挑起又笨又大的一口箱子和一个被包,送我们上火车。是夜里,是最廉价的闷罐子车,车上挤满了农民的吵闹和臭烘烘的猪羊。所谓厕所只是车厢角里的一只尿桶。哥哥怕我们挤不过人家,临时又决定送我们去怀化,靠近省界的那个中转站。我们在那里半夜下车,吃了面条,妈妈叫哥哥回去。哥哥看了看漆黑的天空,说再送你们到黔东吧。于是我们又默默坐上火车,听窗外车轮咣当咣当的夜。我与哥哥紧挨着,互相搂抱着,感到离别的时刻正一步步逼近,心里都不太好受。以前我们兄弟俩总是同睡一床。我常常躲在被子里偷吃东西,常常躲在被子里听他说故事,或者我咯咯咯地大笑着被他逗弄小鸡鸡。但那天夜里我们都说着成年人的话。还不算成年的他,嘱咐我高中的数理化是至少也要自学完的,交代我下山干活一定要戴上草帽防晒,下河游泳要防止脚抽筋。

哥,我记住了。

我感到他的肩膀坚实而厚重,而且从背影看去,他特别像我的父亲,是一个小号的父亲,使我有点想哭。

我与妈妈又上了汽车,离家越来越远。这是我第一次出门远行。在很多同学戴着红袖章正在向北京、上海等大城市免费旅行"大串联"的时候,我正在向乡下逃去,另有一种远行的快乐和自豪,不会比同学们少点什么。我用哲学家的眼光看汽车在叠岭重峰间爬行,我用诗人的眼光观赏着大块大块的绿色在车窗外起伏翻腾,我气壮山河地环视越来越荒凉的土地,看我未来大显身手的舞台。有时一片绿浪迎面扑来,车厢里就顿时暗去许多。沿公路还有很多山峰的断面,大多为赭红色,暴露出险峻岩层的曲线,供乘客们心惊肉跳地一瞥。千万年前造山运动的雄壮,被时光滤去了一切声响,只留下这些血色伤口,留下岩层最后挣扎时的姿态以昭神谕。前面一亮,车又出了一个山口。云雾涌进了车厢,在乘客们的头发和胡须挂上小水珠。你可以看见云雾从对面山顶滔滔地漫过来,填注山谷,将山脊慢慢地揉洗。

我逃避了城市真是高兴。我逃避了伯伯阿姨们机警深刻的面孔真是高兴。我逃避了向着高音喇叭一个劲激动欢呼甚至流泪的同学们真是高兴。我逃避了每天早上争着洗马桶而每天晚上一排排晒咸鱼般在街旁卧床乘凉的市民真是高兴。我逃避了街头的讨价还价店里的苍蝇宾馆门前凶狠的守门人医院里刺鼻的福尔马林气味以及我家对面那扇永远没有开过的窗户真是高兴。我高兴我哼起了一首歌,是一首关于大山、篝火、农垦青年们的歌,是小姨教给我唱的。她就是奔这支歌离家而去的。

很少看见人,有时偶尔俯看到车轮旁的悬崖边沿,看到悬崖下远远的一个黑色木楼,看到楼边一个小小红点——也许是一位穿着红衣的女子——那都是可以令乘客精神一振的时刻。就是说,乘客们由此可知又回到了人间,由此可体会出自己的安全。

前窗出现了一只晃动的影子,是麂子。

"碾死它!"

"碾死它!"

乘客们杀机勃勃地大叫起来。这里的乘客越来越多异乡的口音。

当更多旅客中途上车,以至周围的口音越来越异生以至完全难懂的时候,我们就到了目的地——一个靠近贵州边境的农场。一路还算顺利,妈妈在车上只吐了一次,有位警察给了她药片。但她精神还是很好,几乎不要吃也不要喝。

小姨出现了,脸色又黑又黄,眼里闪着泪光。她似乎有一种紧张,一见面就同妈妈出门去谈,又忙着同另外的什么人去谈。总之我很少看见她的身影。我无所事事,找屋檐下一条黑狗玩了一阵,把路上没吃完的干馒头喂了它。然后,遵照小姨的吩咐,我跟着两个陌生的大姐去地上拔萝卜秧。那里也没有人与我说话,两位姑娘心事重重地蹲在地的那一头嘀咕着她们的什么事。透过朦胧雨雾,我只看见两块遮雨的白色化纤膜下,两座圆大的屁股朝这边撅着。在我满怀豪情体会着这第一次劳动的深远意义的时候,两座圆大的屁股朝这边撅着。

我回家时两手泥水,兴冲冲地找肥皂洗手。

妈妈说:"快点洗。趁天色还不太晚,我们这就回去。"

我很吃惊:回哪里去?

回湖南去。

为什么要回去?

妈妈与小姨都没有说话。

我觉得土地冰凉，凉气通过我的赤脚一直升上来，直贯我的头顶天门。

多年以后，小姨才向我回忆她当时的一切。我怎么那样蠢呢？她笑着说：当时农场领导要我与反动营垒决裂，我就相信应该决裂，就觉得不能接纳大姐在这里……说这话的时候是一九八四年，我和她全家回到了这个已荒废多时的农场，重访黄泥小屋。同行还有一位朋友，他边做家具生意边写些极好的诗，但写完就撕掉，从不发表。那天碰巧也在下雨。眼前还是十多年前滴滴答答的屋檐水以及满地坪的泥浆。只是人面不知何处去，燕子仍在雨中飘滑，有位守着空房子的陌生汉子正把一个木箱敲打得叭叭震响，像在对地坪边盛开的一树桃花作愤怒抗议。不知他到底在干什么。

"我们这就回去。"

我猛然回头，身后空空的没有人。是妈妈在十多年前发出的声音："我们这就回去。"

"爸爸说过，我已经能挑一百二十斤重的红薯了，他看过秤的。我还能够挖地，能够插秧和薅禾，能够割草和捡粪……"

"没有办法，你们还是回去吧。"

"小姨，我当一个农民的资格也没有么？是不是我根本就不该生下来？是不是我也成了一个罪犯？"

"阿毛，不要说了。"

小姨咬咬嘴唇已先出了门，看来，再说下去她也会大哭出声了。

雨更大些了，泥路很烂。我回忆那时我总是寻着拖拉机的车辙探步，但一脚滑下去，胶鞋还是成了泥鞋，好几次差点没法从泥泞里拔出。我回忆那时雨水直往我领口里钻，肩上也火辣辣地痛。我想让小姨接一肩，等我脱了鞋袜，挽卷裤脚，再来挑行李。

我转过头去，突然间完全呆了，身后没有人！

她没有来送我们。

几丈开外的屋檐下，有几个人影朝这边张望，大概是她的几个同事，在犹豫着该不该来帮我们一把。我依稀看见小姨低下头，转过身去，朝猪场那边走了。我依稀看见她缀满补丁的肩头在微微颤抖。而余下那些人还在朝这边张望。

我眼前的一切都模糊起来，屋影和树影全被浓浓的雨雾漂洗着，洗出一个乳白色的日子。不，只是半个日子，落在我们千里奔赴的终点。

乳白色的半个日子里出现了一个小黑点，愈来愈大，愈来愈清晰，不断地上下跳跃。我看清了，是我用馒头喂过的那条狗。它停住，对我有凝视的一瞬，眼睛透出老朋友的温柔和信任，摇着一条短得十分难看的尾巴，似乎是向我告别。它猛一蹿，在空中画出一道黑色弧线，越过一条水沟，扑上一个草坡，很快超越了我们，朝前面雨雾中钻去，好像要为我们向导和开路。它的耳朵可怜地耷拉着，皮毛已经湿了，全身像一束闪闪发亮的黑缎。它不时停下来把身子摇一摇，摇落得水花四溅，看我们一眼，再扭头前行。

我毫无理由地大哭起来，似乎是为这条狗，为它义重如山的送行。我哭自己刚才竟舍不得用更多的馒头喂它，哭自己临行前竟忘了向它告别，忘了摸摸它的脑袋，哭它刚才差点被一个陌生小伙子打了一棍，而我没法为它出气和报仇。我哭它在这遥远的边地孤独无依而且尾巴短得那么难看……我的泪水和着雨水往下流。我知道这雨水都是我的泪水，隆隆雷声都是我的号啕。

我哭得毫不知羞耻。

现在，我不知道这条短尾巴黑狗在哪里，是否还活着？如果死了，它被葬在什么地方？我永远怀念着它。如果我今后还有哭泣的话，我得说，我的所有泪水都为它而流，我的所有哭泣才成为哭泣。

六

　　天黑时分我们返回了县城，寻到了早晨我们刚离开的那个小旅店，住了下来。有很多蚊子，又停电。妈妈的一只鞋已被石块扎破了，她在油灯下哀伤地自言自语："鞋呵鞋，你怎么能叫做鞋呢？这么不经事，你只应该叫做一个套子，一个袋子呵……"

　　我想起了什么，"妈妈，明天我们到哪里去？"

　　她也在想，是呵，到哪里去？

　　年纪尚小的大姐与哥哥都是学生。姑姑虽有工作，但住在工厂集体宿舍，没法接纳我们。其他亲戚要不是自己在遭难，要不就是避开麻烦早已不再来信……我们还有什么地方可去？我一个劲地想着。

　　窗外的夜十分宁静。在远方的那个城市里，我们已经没有了户口、房子、学籍以及爸爸的藤椅，几乎一切都没有了，那座城市已与我们没有关系——虽然我们可能还习惯性地往那里投奔。事实上，我们现在是断了锚的船，没有港湾的船，突然自由得不再有任何目标与归途，可以驶向大海的任何一个方向。

　　自由降临得如此之快，新的日子已经在无比的轻松空阔中开始，这是我突然明白了的现实。

　　我还很快醒悟，妈妈是何等的睿智，她偷偷摸摸做了那么多鞋，是因为她早就明察秋毫地预知了今后的一切。她知道父亲的消失，将使我们要走很多很多的路，唯鞋子可以救助我们，可以启示和引导我们。

　　难怪她眼下如此平静，根本不去想明天的事情，只是坐在床边修整和教诲她的鞋："唉，你只应该叫做一个套子，一个袋子呵……"

我悄悄走出了房门。

圆满银月已从云里露出来，显得特别迫近。不知名的群山浸浴在蓝色光雾之中。一条小河抖动着浑身闪闪灭灭的光鳞，从古塔那边流来，似乎被黑苍苍的城墙吓了一跳，慌慌坠入一座水坝之下，匆匆而去。河滩的暗色里似乎有牛影，有妇人捣衣的声音。

河里涨水了。我闯入月光，呼吸着绿草的鲜腥和月光中碎碎的人声，去看看那边的水坝和牛。随着我一步步下行，深浅相叠的山脊线缓缓升起来，越在近前的山峰升得越快，很快就把远处的山峰遮挡。我差不多消融在月光里。我一看到山脊线在蓝色雾海中沉浮不定，一听到牛铃铛将晚风轻轻叩响，就知道父亲不会回来了。这个世界如此美丽他肯定不会回来了。是的，不会回来了。

我回家时走错了路，闯入了一户陌生的人家。我觉得这户人家有些眼熟。比方门前有两棵高大的梧桐树，树下有一个葡萄架和竹制桌椅。我穿过庭院，看见石板铺成的地，石头垒成的墙。借着一盏油灯的光亮，我还看见屋里的书橱，还有装酒的葫芦和大嘴的陶质猪娃……我吃了一惊，发现这正是我曾经寻找的地方。

我走了进去。

请问这里有人吗？

请问这里的主人姓王吗？

七

将来的一天，爸爸说话时老是跳出一个叫马丁的陌生名字，大概以为我对这个人很熟悉，其实我根本不明白。听起来，好像马丁与酒、木船、芭蕉林有什么关系。爸爸说他托付马丁来找过我们，可惜马丁的弟弟碰上了成群的鳄鱼，只剩下了一只脚。

我更不知道什么马丁的弟弟和鳄鱼。

我告诉爸爸,那次腌罐无端炸裂后,妈妈也记起背心应该是浅灰色的,也怀疑自己认错了。她后来不再哭泣,就是相信丈夫总有回来的一天。

爸爸揉了揉眼睛,叹了口气,说他也许回来得太晚了。他一直不能想象国内变化这么大,家里变化这么大。说起来,这些年就像一个梦。

我说,我一直相信这就是一个梦。

我搬出了母亲生前留下的遗产——一大箱各式各样的鞋子,可以丈量千万里道路的鞋子。每一双都很新,都按照她生前的爱好用绳子捆紧,用报纸或塑料布包裹,显得很本分很安全。爸爸用枯瘦的指头把鞋子一一捏摸,点点头,"是她的。"

他一定嗅到了母亲的气息。

他声音有些异样,说你妈的脚很大,家乡妇女的脚都很大。旧时的妇女一般都缠足,但老家的习惯很特别,不管穷家还是富家,从来都不缠足的……

在我想象那一天,他看完鞋又看完几大本相册,忍不住要喝酒。只是让我妻子去温酒时,照例叫错了名字,叫成了我母亲的名字。我们劝他少喝一点,他有点不高兴,装作没听见。

我换了个话题,向他打听清朝乾嘉年间"乡瘝"的事。

他说:"有呵,有这事。"

"妈妈当初说没有这回事。"

"她是不想说吧?"

"有什么不可说?"

"你祖爹就是被官军砍了双脚的……"

我追问下去:妈妈爱鞋成癖,是不是与往事有关?比方说,是不是乡民断足太多,鞋子因稀罕而变得珍贵,人们对鞋子有一种特殊的心理……

"有道理，有点道理。以前家乡人送礼呵，不送酒，不送肉，就喜欢送鞋。可能就有一种祈福的意思在里面吧。你说是不是？"他还回忆起来，那时候到某家去，只要看床下鞋子的多寡，就可得知这一家家底的厚薄。收媳妇嫁女儿，新娘子最要紧的本事就是会做鞋。给死人送葬，很重要的仪式就是多烧些纸鞋让亡灵满意。连咒人也离不开鞋，比如咒一句"你祖宗八代没鞋穿"之类，就是特别恶毒的了。

我去找那本《澧州史录》给他看看，翻遍了书柜和书桌却找不到。一时间地上摊满书，几乎无我立足之隙。我和妻子腰酸背痛忙了一阵，颓然坐地，很奇怪那本小书为何不翼而飞。

"这本有没有用？"妻子递给我另一本。

似乎也是本历史，一本厚厚的《万年历》。封面大红大绿低俗不堪，价钱也很贵。这是若干年前出版的，但一直畅销不衰，连我也忍不住买了一本。我不知道人们为什么去抢购它，为什么关心身后那么多不属于我们的日子，而且那万年的日子只是一些数码，每一页都差不多，冷冰冰的毫无人间烟火。不会有你我他，不会有你们我们他们，只有数码数码以及数码。但那些密密的数码里是否还隐着某只饭碗的无端炸裂？

我想会有的，只是我无法探查出炸裂隐在数码里的何处。我把一万年漫长岁月在手里哗哗翻过去。

白光一闪。

我听到阳台那边，父亲坐的藤椅咯嘎一响。

一九九一年五月

最初发表于一九九一年《上海文学》杂志，获同年上海文学奖，后收入小说集《北门口预言》，已译成法文、日文、荷文等。

余　烬

当时政府禁山育林，设了很多卡子拦截竹木。福庄和其他买客们只能偷运，白天空着手进山去，寻到某个寨子，与卖主私下交易，等日头落水，贼一样把竹木挑出山来。这一路昏天黑地，一是必须夜行，二是必须急行。碰到卡子，怕人家放狗、敲锣甚至开枪，还得绕小道，有时候也少不了打架动武落下伤来，回家吃草药。

福庄是跟着庆子去的。照当地习惯，成年男子都被叫做什么"子"，比如元庆就是庆子，见孔就是孔子，福庄就是庄子，如此等等。

庆子看不起庄子的一身泡肉，让庄子很生气。"庆子，我要是比你少挑一两，就去拱猪栏！"他愤然劈了一个竹筒。

当地人很看重起誓，一看福庄劈了竹筒，庆子就不说什么了。

孔子沉默了很久才想出一句话："带个秀才去也好，万一被抓住了，有人写检讨。"

他们一共五人，带了一袋糙米，每人三角钱菜金，还有福庄贡献的一小瓶酱油拌干椒，算是路上两天两夜的伙食。那还是酱油很稀罕的时候,乡下人只看见城里人吃过这种东西,觉得有些神秘。所以庆子吃得额头冒汗时就幸福地抹嘴巴:"毛主席一个月三斤酱油怕是要吃的?"

吃完了饭,太阳落到山后去了,峡谷里突然变暗,雾气弥漫,溪流的嘀嘀声寒气侵骨。有一只乌鸦开始慌慌叫唤。这是该下山的时候了。庄子不想被庆子那双鼠眼小看,刚才挑竹子时,怎么也不听庆子的劝告,偏偏选了两根大竹,扎成 A 字形,一挂秤,八十多斤。他满不在乎的样子,一甩长腿冲在最前面。为了表示体力还有富余,他没事找事似的,把挑子当举重杠铃往上推举,一二一,复习以前学校里的体育课。他的嘴也闲得慌,需要发出点声音:

亚——非拉——人民要解放——

孔子听见庄子在前面唱,说:"这洋戏不好听,没有调的。"
庆子说:"现在做马叫,等下就要做牛叫。"
果然,下了一个岭,就再也听不到福庄唱歌了,也很难看见他了。他总是落在后面很远,需要别人一次次来等待。在淡淡月色里,大家等呵等,好容易等到他跌跌撞撞跟上来,只见他弓着腰,五官乱成一团,汗津津的背上映出月光,扁担被肩头与脑袋吃力地夹住,就忍不住笑。

"我崽,你还唱呵。"庆子冷笑。
庄子哼哼哟哟,没工夫回嘴。
"你裹了脚吗?照你这样走,就要在这里过年了。"
"这么远呵?我……我都走得脱肛了。"
"嘿嘿,你来月经了吧?"
"庆痞子,我这裤子太紧,勒裆。"

"你那也叫裤子，妇女的骑马带子一样，要它做甚？"元庆终于抓住机会把读书人的球裤糟践了一番。

福庄眼下没有办法嘴硬。他对脱肛有些羞愧，粗腿被紧紧的裤边磨出了血，火燎燎地痛，只好横下一条心干脆脱了裤子。好在山里人稀，即便碰到女人，黑暗里谁也看不清谁。

他的大腿间凉爽多了，但还是觉得竹挑子越来越沉，怎么也跟不上队伍，走着走着就听不见前面的脚步声。他仔细听了听，嚓嚓声还是无影无踪。他走错了路吧？前面是个菜园，还有一口井，路已经消失。他两眼一黑，绝望地想起刚才的一个岔路口——肯定是当时自己选错路了。可恨庆子他们既不等他，也不在那里留个什么标记。

"喂——"

一片陌生群山里，他的声音孤零零的。

"你们在哪里——"

远处有狗吠。不一会，路上有了庆子那种左脚略有些轻的脚步声。"你喊什么喊？怕卡子上的人睡着了是不是？"

"你们也不等我。"

"要你跟紧点。"

"这到什么地方了？"

"才走了二十几里地，到了汉沙坪。"

福庄全身都软了，差点哭出来。

"起来，快起来！"庆子见庄子平躺在地上，就对他的屁股猛踢，"你这个没用的货，老子剜了你的卵子！"

"我就喘口气，只喘口气，求你了。"

"哪个耐烦等你？"

福庄只得挣扎，只得捶腿和揉腿，只得咬紧牙关站起来。他全身汗如水洗，往脸上抹了一把，竟抹出一手的蚂蚁。

幸好下雨了，他们不得不停下来歇脚。庆子路熟，带着他们躲进了一个窑棚。这里没有人，但留有一口锅。算一算，快过小年了，窑棚主人可能已经回家。他们搬来两捆烧窑的柴，燃了一堆火，烘烤刚才雨中淋湿的衣。他们互相看到男人的裸体，看到阳物在火光中晃来荡去，觉得很开心。孔子对庆子笑嘻嘻地说，听说你的家伙可以挂得两颗窑砖，是不是真的？庆子哼了一声，似乎不以为然，说当后生那时候岂止挂两颗！现在是老了，还挨了一刀——他是指在政府的动员之下，做了计划生育的结扎手术。

孔子看看自己，又看看庄子，觉得庄子也不可思议，你的怎么那么小？大蒜子一样！我看你一天到晚勒着三角裤，也就是藏了个这样的宝物呵？福庄自我解嘲：天冷嘛。

收了汗，确实有些冷，正好湿衣已经烤干，大家就穿上衣，还找些柴草来围堵自己遮挡风寒。庆子说睡就睡，一点也不耽误时间。先放出几声鼾，接着又哇哇哇地跳，原来是他一不小心把脚伸进了火堆，一只草鞋烧得冒烟。他把睡着了的一一踢醒，说睡不得，睡不得，这样睡会冻坏人的。

他又说，这雨看样子一时半刻停不了，我们得先搞点吃的再说。他四下查看，找到一个破筐，里面只有几只陶钵，有半碗盐，此外什么也没有。他吩咐庄子烧一锅水，自己出去了，不一会拿着几颗沾泥带土的白菜回来，大概是从附近家户那里偷来的。

雨还在下。可以清楚地听见满山的雨声，随着风一层层地由远而近。甚至可以听清楚每一滴雨，落在对面山上的某一片叶子上，某一块石头上，或者某一个稻草人的斗笠上。静夜使人的耳膜变得极其敏锐，可以捕捉到这个世界任何一丝微弱的动静。即便有千万种声音，它们也都被静夜一一过滤出来，洗刷得干干净净，面目各别，纤毫毕现，决不会互相混淆。

庆子说，他听到了麂子，一大一小，就在岭上跑。

庄子听了听，好像确实听到山那边轻微的蹄声，甚至听到了鼻息的声音，树叶在嘴中咀嚼的声音，还有后腿滑了一下的声音。他还听到了别的什么，听到了山里的所有重大奥秘，只是没法说。一说，那些声音就没有了。

庆子断定，那只大的足有二十斤，一身好膘。

孔子说，打到它就好。

庆子说，再养肥点，下次来吃。

你下次还碰得到？福庄有些惊讶。

庆子笑了笑，舔舔嘴巴，只是吸烟。他的笑里透出一种自信，似乎山里的野物都是他养的，都是他碗中的食，吃不吃，什么时候吃，一切由他从容安排。

锅里冒出了白汽。一锅没油没荤的白菜汤也香味扑鼻。他们没找到筷子，各自找一根树枝，一折为二，凑合着去锅里搅捞。可惜锅里没有米，庆子不容许庄子下米，一定要把几斤米留到曹家洞才吃。

庆子吹着热汤，突然手举在空中，目光凝定："有人来了。"

孔子也听见了什么："是有人来了。"他朝黑洞洞的外面看了一眼，大叫一声："妇女！"听到这两个字，有个裤子还没烤干的后生，立刻手忙脚乱往暗处躲藏。

一盏马灯已经晃在门口，门外确有女人的声音："请问一声，李福庄在这里吗？"

"李福庄？呵呵。"福庄奇怪有人来找他。

"总算找到你了——"一条影子从门外跌进来，冲着福庄倒地就拜，吓得他连退了两步。这是一张中年妇人的脸，面色发白，目光慌乱，挂了一只铜耳环，全身水淋淋的。"李局长，救人一命，胜造七级浮屠。今天你一定要大慈大悲，帮助我家过了这个铁门槛。我们将来给你打鞭炮，烧高香，贡三牲，一辈子感激不

299

尽……"

"慢点慢点,你找错了人吧?"

"你是不是李福庄?"

"是呵。"

"那就对了。求你同意给我们出一趟车。"

"什么车?"福庄越听越糊涂。

"就是你的专车呀。司机说,要经过你批准。李局长,我们也是没法子,我儿媳难产,接生婆没办法了,得赶快送医院。母子两条命呵……"

福庄哈哈大笑,"你看我是个坐专车的人吗?我连牛车都没有,哪来什么汽车?要是有汽车,我自己还想坐一坐哩。"

妇人把他全身看了一眼,也觉得有些疑惑:"你不是李福庄?十八子的李,幸福的福,村庄的庄?"

"我是呵。"

"那你如何见死不救?"妇人扑通一声跪下,紧紧抱住福庄的双腿:"你做做好事,做做好事吧。你要是不同意,我今天就死在这里……"说着说着就号啕大哭。

福庄没法吃白菜了,哭笑不得地望着同伴。庆子走上前去,拍拍妇人的肩:"喂,疯婆子你快走,这些人都是土匪,你不晓得呵?他们扇起耳巴子来铁重的。"

"你们打吧,打死我算了!我空手回去反正也是一个死。可怜我那媳妇和我那孙儿呵,可怜我那命苦的儿呵……"

这婆娘看来疯得不轻。庄子与同伴们交换了眼色,只能硬的改软的,哄哄她算了。庄子笑着说:"好好好,本局长同意了。别说是汽车,就是要飞机,你看中哪一架就给哪一架。谁让我们是人民好公仆呢?一心急人民之所急呢?"见妇人破涕为笑喜出望外,又应对方要求,摸出一截铅笔头,铺开一个纸烟盒,给对方

300

写下一纸同意调车的手令——铅笔头本来是准备写检讨书用的。

妇人把手令塞入襟怀贴身藏好,千恩万谢,对在场人一一鞠躬,提着马灯匆匆跑了。他们忍不住追到门口,哈哈哈送疯婆子远去。"大婶,你慢点走呵——"他们没有听到回答,只听到哗哗雨声,还有远处寨子里的狗吠。

庄子继续喝他的白菜汤。他喝白菜汤的时候怎么也不会想到,他会永远记住这汤,记住这汤的美味,后来还与自己的儿子说过多次。当时他儿子把蛋糕或者肉包子扔在地上,就是不好好吃。他差点一巴掌扇到龟儿子的脸上。

他更没想到,他多年以后还会来到这一片熟悉的山区。转眼又是初冬,有家公司在山里发现了一处好水源,计划生产矿泉水,急需申请一笔贷款。福庄是主管局的局长,邀一位银行副行长来考察项目,替公司争取支持。车驶出省城,进入了这个县的地界,他就再也睡不着了。大团大团的灰黄色涌入车窗,是秋后寂寞的农田,是随处可见的干草垛,还有远远的枯草山坡,将要抛甩到地球那一边的山坡。他想找到自己以前熟悉的房子、熟悉的道路、熟悉的面孔和口音,但是找不到。目不暇接的新楼房阻挡着记忆。一些风情女子站在路边店门口,对他们招手和微笑,介绍着身后的小店。补胎。饭菜。补胎。饭菜。饭菜。补胎。这些大字刷在粉墙上、木板上、篾席上,接连不断撞击他的目光。他的全部过去似乎只能用这四个字来表示欢迎和问候。

矿泉水厂选址在汉沙坪。眼下还只有几间破旧的瓦房,有几个乡下女子守着一根从山上接下来的水管,懒懒散散地接水装瓶,如此而已,其余什么还没有。筹备建厂的张厂长是本地人。他听说福庄以前在这里当过知青,喜不自禁,眉开眼笑,口口声声叫他"庄子",说亲不亲,故乡人,美不美,矿泉水,这笔项目不上马实在天理不容。福庄倒一直没松口。他担心矿泉水只有夏天几个月的旺销，还希望公司方面提出淡季的生产方案，比如能不能生产芦笋罐头或者糯米酒？

张厂长说什么也要领导们多住两天。吃了石蛙和果子狸不算，还要邀客人去钓鱼，去打猎，去看一座什么神庙。他瞪大眼睛鼓动客人们胡作非为："天高皇帝远，出了县城三公里就没有王法了，你们可以把自己想象成日本鬼子，想怎么乐就怎么乐！我去找些花姑娘来跳舞吧？"

福庄带来的周科长爱跳舞，一听此话就说自己今天晕车，胸口很闷，确实不能再走了。他动员一行人都在这里住下。

入夜，周科长左等右等，西装皮鞋一直没舍得脱，但没看见什么花姑娘来，只是有人骑着脚踏车送来两筐橘子和猕猴桃，说是张总让送的。眼看着入夜已经多时，周科长气得大骂张厂长是个大骗子。

福庄觉得老周太可笑，但他也不大喜欢那个姓张的，对他特地为客人选定的旅馆，也觉得哭笑不得。这家旅馆属于财政所，电热水器是进口的，但电压低，根本不出热水。新式马桶也是有的，但下水道不通，脏水从卫生间一直漫流出来。地毯有地图般的花纹，墙纸到处起泡，都透出阴沉的霉味，似乎这些城市的器官一旦移植此地就只能腐烂，房客只能在腐烂器官的围困中度日。这一切使福庄感到陌生，无法与他记忆中的往事发生任何联系，连橘子也完全吃不出当年的味道。

电话倒是有一台，串线的电话一再闯入房间："姓曹的，你的满愿是要留左腿还是留右腿？"

"你说什么？你找谁？这里没有姓曹的……"

"少装蒜，你九爷的刀子不认人！"

叭嗒，对方把电话摔了。

谁是九爷？这个九爷与什么人结了仇？……福庄还没明白电

话是怎么回事,又再次感到腰间剧痒。肯定是有虱子和臭虫。他满身抓挠,脱下衣服寻找,实在没法安睡,忍不住敲击司机的门,想连夜打道逃回省城。

门里面没有声音。

他敲另一张门。

"小王到哪里去了?"

"不是去县城了吗?"

"干什么去了?"

"不是你要他去的吗?"周科长醉醺醺开了门。

"我什么时候要他去县里?这家伙,不会是去拉私货了?"局长知道这里的茶油和猕猴桃特别便宜,司机们总爱往这边跑。

周科长瞪大眼,"你忘了,你亲自写的条子呵。"

他返回房里找出一张字条,说大约是熄灯前不久,一个妇人拿了字条来,说李局长同意派车送一位难产的妇女去县城急救,小王这才紧急出车的。

"根本不可能!你说些什么呢?"福庄今天没见过什么妇人,没听说过什么难产不难产,更没批过什么字条。

"你仔细看看,字倒是有点像你的字。"

福庄打开手里一张烟盒纸,这才吃了一惊。盒纸上确有他的签名,字迹也非他莫属,只是有些模糊和潦草,像年轻时代写的字,就是自己当年摹习魏碑时的那种。

"怪了!"

"局长,这不是你写的?"

"不是……"

"坏了坏了,我们上当了。这事只怪我,没回来问你一下……"

"也不是什么上当。只是……这什么时候写的呵?"

福庄毛发倒竖,依稀想起很多年前的某个雨夜,想起自己在某个破窑棚里遭遇的一幕。这就是当年那张字条吗？他怎么也无法相信，事隔二十多年，这两件事怎么可能连接起来？他猛拍自己一耳光，看能不能把自己从梦中打醒。

周科长见到他脸色大变，吓得赶快摸他的额头，摸他的脉搏，给他打开水和找药瓶，小心地查问原因。听他说完来由，忍不住大笑："局长，你今天没喝多少吗，怎么就酒话连篇？我喝了八两白干，还可以玩得游戏机。"

"信不信由你，这事实在是太奇怪。你想想，什么人可以拿出我二十多年前的字条？你看看，烟盒纸上是红橘牌。现在哪里还有这种牌子的烟？"

"那婆娘一定是个鬼！"

"我同你说正经的。"

"只能是鬼吗。局长，她在二十多年前就看出你会当局长，就提前向你开口借汽车，不是个鬼又是什么？"老周又哈哈大笑，拍拍福庄的肩膀。

月亮已经移出云端。刚下过雨，溪里的水大声洪。从窗子里看出去，对面的山壁在月色里显得突然膨大了许多，逼近了许多，压得让人有点吐不过气来。黑森森山岭的剪影，嵌入当年的天空，与记忆中的曲线仍是严丝密缝地吻合，对于福庄来说十分眼熟。好了，有了这条聚焦清晰的山脊曲线，就有了通向回忆的一条线索，足以分解混沌的往事。牛粪的气味，腿上的血痂，大路上嚓嚓嚓的脚步声，还有远处山脚下若明若暗的一粒灯火，都一齐扑面而来。

这附近肯定有一个窑棚。他记得更清楚了，他曾在那里躲雨歇脚。那是他第一次进山，来去二百多里路程，累得人死过几遍似的。他当时被同行人叫做"庄子"，担着A字形的竹挑子，总是跟不上队伍。他还记得，他曾经用钓鱼线钩系上虫饵，在一个寨子附近钓了一只鸡,带到僻静处再把鸡头扭下。要不是庆子怕遭报应,他本来还可以偷得更多。但就是那天晚上,他下山的时候一脚踩空,摔在深深的水沟里,嘴里咸咸的,一摸,竟有一颗牙齿滚落手中——真的遭到报应啦。后来,同伴总算找到了他。他们在天亮前赶到一个小镇,见店铺都没开门,只得和衣睡在檐下,直到天亮时才被冻醒,发现破棉袄上已经披霜,甚至冻出了喳喳作响的冰凌。他们没有几个钱,吃不上肉和酒,只能用大米在饭店里换来几碗白饭,一个个蹲在街边狼吞虎咽……

他走出了旅馆,看到路边有一座旧戏台,粗大的木柱布满了虫眼,还有交错密集的划痕,就像重新披上了粗糙树皮,甚至有绿苔暗暗地爬上来。他走上一个坡,看见坡上有排排砖坯,有一个人字形茅棚,一如他记忆中的窑棚。他打亮手电筒,让光柱射进棚里,照亮那里的大堆柴草,其中有几捆已经摊散,是有人在那里睡过的样子。在窑棚的正中央,几口砖架起一口锅。锅里的残汤还冒着热气,锅沿还沾贴着一片白菜。看看锅下,柴灰似乎很新鲜,风吹过的时候,有暗红色的余火一闪一闪。

这里显然刚刚有人离开。他突然心头一动:刚才上坡的时候,不是与几个人影擦肩而过吗?大概有五六个人,发出嚓嚓嚓的脚步声,很像进山来担运竹木的买客。靠水库中一片月光的反衬,他看见那几个人鱼贯而行,背脊弯曲,脚步晃荡,A字形的竹挑子在肩头轻柔地一跃一跃。其中走在最后面的一个,两腿尽量向外撇开,走得有些别扭,好像裤裆里有什么伤。

"喂——"他突然一惊,追出去大喊,在群山里放出孤零零的声音。

"庆子,你们站住,等一下我——"

远处只有几声狗吠。他希望听到大路那边有应答,有脚步声返回来,然后有庆痞子的大骂和数落……但是庆痞子没有出现,最终也没有出现。眼前只有一片银月的光雾，行者的脚步声已深深落入雾海不知去向，没法打捞上来了。

"庆痞子——"他气喘吁吁，不知怎样才能追上去。

"贼养的！"

前面有喝骂声。一个黑影挡在路上，走近才可以看清楚，那不是庆子而是一个老头，手里操一根木棍。

"你们这些过山贼，搞下的呵？烧了窑棚里的柴，吃了窑棚里的菜，抹抹嘴巴就想跑？我一听见狗叫就知道没好事。"

"对不起，这事与我没关系。"

"没关系？那你喊什么喊？我看你们就是一伙。"

"真的没关系。我刚才只是好奇，想看看那些人是谁。"

"你是干什么的？"

"我从省城里来，考察你们这里的矿泉水……"

"矿泉水？"老头用手电筒把他上下都照照，"那也不是好事。牛也吃猪也吃的水，装个瓶子就卖肉价钱。这也是本分人做的事？难怪名字也叫得无聊：逛钱水。一逛就来钱了是不？你们以后不吃谷只吃水是不？"

"您就是那个窑场的主人？"

"黄老板拜托我守棚子。"

老人不让福庄离开，押着他返回窑棚，用手电筒照一照现场，更是气不打一处来："搞下的，搞下的，臊尿到处屙，钵子也打烂，何不把锅也吃了？"

"这样吧，我替他们赔钱。"

福庄掏掏口袋，发现自己没带钱，皮包留在旅馆里了。"你跟我到旅馆里去拿钱？"他又说。

"你知道现在一担柴多少钱？两捆柴，一只钵子，不收你多了，八块吧。白菜就算了。"

"好吧，八块就八块。"

两个往坡下走。天地转暗，月亮被云遮去了。他们走到半途遇到阵雨，便在路边屋檐下躲躲。这一阵风雨来得急，吹得树弯了腰，落叶飞上天，还吹出树干噼噼啪啪断裂的声响。山上涌动着一种轰轰隆隆的声浪，大概是林木的呼啸。

"这声音好吓人，好像是人叫。"

"这算什么。"老头隐在黑暗里，只有烟头红了一下。"你要是到春上四月，碰上这样的风雨，在这里还可以听得到锣鼓声，号角声，刀枪过招的声。上百上千的人喊杀，也听得清清楚楚。这事一点都不假，要不这里怎么叫做喊杀坪呢？"

"这里不是叫做汉沙坪吗？"

"汉沙就是喊杀。怕吓了外地人，就改个斯文的名字嘛。"

雨还在下。老头就说得更多。据他说，这里原来出了一个天子，是一个铁匠老婆与一条神犬配的种。天子一生下来就可以说话，七步之内可以成诗，用他的尿研墨写状子，没有打不赢的官司。朝廷晓得了，怕他篡位，发了十万军队前来攻打。没料到军队一进山，满山的竹子都炸，满山的石头都跳，都是帮助天子的兵，把官军杀得血流成河。不过寡不敌众，天子还是被朝廷拿去用油锅炸了。喊杀坪的杀声就是那时留下来的。

老头的结论更有意思：要是那次真让天子登基了，中国哪还会现在这样子？莫说竹木不会砍光，起码平价化肥和薄膜是尽量供应的，要走什么后门？

福庄忍不住大笑。

天亮之后，周科长出了房门，看见局长正在门口擦皮鞋，便问对方昨晚到哪里去了，怎么搞得满鞋都是泥。福庄只顾上擦鞋，没顾得上回答。

局长的奥迪牌轿车已经开回来，停在旅馆门口。福庄吃过早餐，推开司机小王的房门，把对方轻轻拍醒："你昨晚辛苦。送到医院了？"

"送到了。"司机揉揉眼皮。

"生了吗？"

"生了。"

"男的还是女的？"

"男的，还是双胞胎。母子都平安。你放心吧。"

"那一家姓什么？"

"我忘了，好像是姓林，又好像是姓王……"

局长其实也没打算问清楚，就算问清楚了，也记不住的。"时间不早了，起来吃点东西吧。我们要走了，趁天晴好赶路。"

一九九三年十月

最初发表于一九九三年《上海文学》杂志，获当年上海文学奖，后收入小说集《北门口预言》，已译成法文。

山上的声音

山上有声音。

笃，笃，笃，像有人在那里砍树，越是夜深越听得清楚。

这很奇怪，什么人这个时候还在岭上？好几天都是这样。月出东山，山上的声音就出现了。黄毛狗朝山上大吠，没吠出个结果，就喉头挤出一缕呜咽，夹着尾巴不安地逃窜，一次次被门后的一角黑暗吓得掉头就跑。地坪里有什么轰然倒地，好像是晒萝卜干的那一张大门板。不知是狗绊倒的，是风吹倒的，还是出于别的什么原因。两个女知青很害怕，关紧房门，一个劲地叫"全保""全保"。全保便和卫克来敲我的门，手里有手电筒和梭镖，邀我一起上山看看。

全保说，肯定有人偷树。

我有点害怕，问怎么天天都有人来偷树，不会是有鬼吧？不会是野兽吧？不会是外星人吧？

也可能是台湾特务来了。全保把路边一个破筐踢得很响亮，嗓门也雄壮地一连喊七八个"走"字，却没有真正往前走。"场长说，前几天台湾飞来的气球丢传单。"

卫克笑着说:"可惜一张也没有看到。听说传单上尽是美女。还有饼干,恐怕都让干部收上去吃了。"

"快走快走,去抓两个特务看看!"我也不能显得胆太小,得吼出点声音给女人们听听。她们的门紧闭,窗纸透出一团飘飘忽忽的灯光。

我们带着黄毛狗从谷仓后面上山,一路上蹑手蹑脚,没在乎谁在前谁在后,似乎也暗中在乎这种不在乎。白天看惯了的一切,山塘、水沟、田埂、林中小道、一截烂牛绳,都从黑暗中浮现出来,给人陌生异样的感觉,似乎它们都是一个人刚才来过这里的物证。

全保大叫一声,原来是发现了一头牛,不知是谁忘了牵回家的,正在坡上甩着尾巴,散发出汗和粪的酸臊气。我能听到牛蝇嗡嗡的声音一哄而起。

全保又跳起来,把我的脚狠狠踩了一下。他说刚才看到一条蛇,足有扁担长,五光十色地在草丛中一闪,游到水田里去了。

我们总算勇敢地爬上坡,经过一片密密的树林,已经接近山顶,来到奇怪声音的大致来处。我们已经可以看见山那边另一个村寨,还有山下若隐若现的河湾。不知为什么,声音此时已经消失,就像什么事情也不曾发生。这就是说,没有人偷树,没有人盗墓,没有马熊或野猪的痕迹,更没有什么来自台湾的特务。连一个树干上的新斧痕也没有发现。风小些了,林子不再呼啸,蛐蛐声消散在腐叶气味里,消失在我脸上毛虫蜇出的奇痒之中。我只发现雾水开始在枝叶凝积,还发现了月光,潮湿而且毛茸茸的那种,似乎从河湾爬上山来,镀亮千山万水,渗入树木、草叶、岩石、泥土以及我们的肌肤,使一切都变得熠熠透明。我伸出手,差不多可以看见自己两手的血脉和骨骼,看到手臂里月光的流动。这是一个惊人的发现。我从此相信,月光是夜晚最大的事件。

月光也是夜晚一切事件最大的原因。我相信，月光可以使人心慌，使人无措或者失常。如果有女人在这个夜里突然尖叫，肯定没有什么别的原因，就是因为月光。如果有人在这个夜晚一刀结果了另一个人的性命，那同样不会有什么别的原因，还是因为月光。这些念头在我脑子里挥之不去。

我们放心地下了山，经过北坡那边的小庙。庙已经作为封建迷信被政府拆毁，只剩下几条麻石墙基和蔓延野草。也许最近什么人家有了难，居然还有人来此供上长明灯，在残墙上贴几条红纸。纸上歪歪扭扭的一些字，大概是香客的祈愿。

全保把油灯嗅了嗅，说是茶油，可以带回去炒菜。我们早就缺油了，当然为之兴奋，找到一个较大的灯壶，把所有的灯油囊括一尽，也算今晚没有白跑一趟。

只有黄毛狗仍是惶惶，从前面往后面跑，又从后面往前面窜，溜出一串沙沙沙的急跑声，几次挤撞我的小腿。我不知道它在搜寻什么，要提醒我们什么。

后来的一天，我从镇上背了满满一篓薯种回来，路过石砣寨的一座桥——其实不算什么桥，只是横跨深涧上的两根大木。因为走的人少，桥面爬满了青苔，甚至还长出苦蕨。桥下是寒气升腾的哗哗水声，还有掩盖溪谷的杂树，鸟雀这一下那一下的鸣叫。一个小石子丢下去，很久才能听到闷闷的落地之声，有时候甚至什么也听不到，小石子被沉重的寂静吞没了一般。

我在这个桥上来去过多次，没把它当回事，有时还在桥上大吼大唱，唱草原红卫兵来到天安门什么的。但这一天有些奇怪，刚刚上桥不久，一种可能失足身亡的念头无端袭来，突然抓住了我。这个念头如此顽固和强大，顿时使我双膝僵硬，已经不像是自己的，怎么也没法探出步子。我伸出手想抓住什么，比方说抓住脚下的木头，但腰弯不下来，抓了好一阵还差几寸。我趔趄了一下,顿时两眼一黑。

事后想起来,这一天的风可能比较大,把我的喘息和自语都迅速吹远,变成我身后另一个陌生者的声音。盖满溪谷的树林在摇晃,似乎已经杀机毕露,眼看着就要呼啦啦向我扑来。我知道,这个时候任何一个不当的动作,任何一口粗鲁的呼吸,都可能造成强大的反推力从而把我轻而易举抹下桥去。但我不知道哪一棵树或者哪一块石头将是我的末日。

我一定是发出了惊叫。

桥对面有一个人。

这个人早就在桥那边,静静地蹲着,大概在等我先过桥。我曾隔桥看见他脸上白花花的疮痂,显然是个麻风佬,是从附近麻风村跑出来的。他蜷缩身子如一尊息翅的老雕,只有一双锐利的眼睛不时闪动,显出他还是一个活物,在暗暗捕捉眼前的动静。我不知道他什么时候已经上桥,朝我递来一只手。确切地说,这不是手,充其量是根肉棒,披着疮痂的细小肉棒,因为除了拇指以外,其余的指头都已经没有了。

我没有工夫恶心,也没有任何选择,只能不顾一切地扑上去紧紧抓住生命的希望。在这一瞬间,我万分惊讶那只手的力量,透着硬,透着重,透着狠和倔强,透出一种在地上生了根的稳定感,并且像电一样立刻贯通我的全身。我感到它足以挂住我的全部重量,即使我用全身气力去摇撼,即使再加上五六个人用全身气力去摇撼,也无法使它动摇丝毫。我从没有接触过这样的钢蹄铁爪。

我被这只手接引过桥,一脚踏到了厚重的土地。直到这个时候,身上全部毛孔才突然齐刷刷张开,顷刻就有大汗湿了衬衣。几乎被恐惧消灭的心跳,此时也才咚咚地恢复。

他往桥那边走去。

"多谢了,请问大叔贵姓?"

他给了我一脸疮痂,没有什么表情。

"你……抽烟?"我急急地举起红橘牌烟盒。

他犹豫了一下,走过来,伸出刚才那只肉棒,靠残留的拇指夹住香烟。

我给他点火。他不要,只是把香烟插进衣袋。

"你是唐家湾那个麻风村的吗?"

他喉头发出嗞嗞的一道尖音,走了。

回到林场。天已近黑。我的第一件事情当然是赶快洗手,用肥皂,用敌敌畏,用碘酒和盐,恨不能把手刨去一层皮。全保和卫克听说我接触了麻风,也立即宣布戒严措施,大喊大叫,不准我碰他们的脸盆水桶以及任何东西,要我赶快去医院检查。场长哈佬的经验当然多一些,说麻风最毒在尿,不沾风尿就不碍事。他要我去镇上买一种三蛇祛风酒来喝,又要我站在伙房里,关闭门窗,烧了一把柴火。他不知从哪里弄来一把土硝投到火中,然后借着火光仔细看我。这种小游戏的结果是,他宣布我的脸色如常,没有蓝光,大可放心。

我后来才知道,这是本地人检查风虫的方法。

哈佬还向我打听过桥的麻风佬是什么模样,待我细细说完,若有所思地点点头:"是二老倌呵。"

"二老倌是谁?"

"你不认识的。"

"是唐家湾的?"

"莫是,二老倌就是这个村的,死了——哎哟,死了上十年吧?"

"死人?"我吓了一跳。

"你们明日早上到蛇坡上挖杉树坑,一人挖两个就回来吃早饭。我不来喊了,听见没有?"哈佬披着褂子准备回家。

我不让他走,不容许他这样吓唬我,这样搞乱我的思想和制造我的噩梦。他凭什么把一个大活人说成是死人?

他显得有点不耐烦了,"我屋里桂蓉都要放人家了,我屋里的雪梅都做了娘,我还会同你打诳?莫是别人,定局就是他。他走起路来左脚有点跛是不是?"

我回忆不起了。好像是,又好像不是。

这已经让哈佬把鼻涕抹得更加自信。"他镶了一个金牙是不是?"

我这次回忆起来一点印象,那个上唇完全溃烂的嘴上,确实有过金光一闪。

哈佬高兴了,一口咬定:就是二老倌嘛。他还说,前几天听到夜里的山上有声音,他就猜想是二老倌飘魂,只是当时没给我们交底。

这是一种让人心惊肉跳的说法。两个女知青闻之变色,吵吵嚷嚷就要哈佬批假,让她们回城里去。我当然半是害怕半是好笑,不想把农民的迷信当一回事。我和全保、卫克强烈要求哈佬说下去,让我们知道二老倌是个怎样的人,是怎么死的,怎么可能飘魂。世界上还真有飘魂这回事吗?

哈佬朝猪场那边张望一下:"莫什么好说的。回家卧南风去呵——"说完就走了。

他的躲闪是一个谜,更加引起了我们的好奇。我后来又问过其他人。这些本地人不觉得飘魂有什么奇怪,倒觉得我们的奇怪很奇怪。你们怎么认为世界上没有鬼呢?如果没有鬼的话,这人死了就到哪里去了呢?如果没有鬼的话,这做了善事或恶事的人如何得到报应?岂不是两腿一伸都赖了账?这天下还有什么公平可言?如果没有鬼的话,有的人活到八十岁,有的只活到十八岁,有的天天吃肉,有的天天吃糠,这一切不平之事如何解释?如何让人心服口服？

　　这一天，哈佬挑着一杆秤来称猪，走到塘坝上不慎摔了一跤，秤砣滚落到水塘里。他不会水，央求我们下水帮他寻找。我乘机胁迫，一定要他说出二老倌的故事，不然我就不下水。他没有办法，只好从实招来。

　　他说得没头没脑，东一句西一句的。我费力地去粗取精，才从他的话里总结出这么几条：

　　一、二老倌就是他侄儿，从小不大务正业，心里不明亮，性子又烈又横，喜欢到外面打架惹祸，有一次还被人家打得自己的左腿骨折。

　　二、二老倌被小镇上的一个麻风女惑住了。那麻风女面若桃花，搔首弄姿，围裙里经常藏着菱角和米糖，用来勾引过往少年。照老班子的说法，男风不能卖于女，女风可以卖于男，一卖风虫就可以给自己消灾，所以麻风女常用这个办法转嫁恶疾。

　　三、二老倌的死是因为他作恶，有一次调戏一位小寡妇，还打劫人家的金镯子，一失手竟把人家推下山，尸体后来被一个挖药的人发现。这样的暴行自然引起公愤，寨子里的人只好给他"开款"。

　　我后来才知道，开款就是动家法杀人，是民国以来政府明令禁止的族规。当然，是否真正存在过这种规矩，说法也是各各不一。我见到的一位地方志专家就断然否认有这回事，说开款同放蛊一样，同"白马会"一样，都是以讹传讹，纯属伪造历史。专家还说，二老倌的故事更不足为凭，不过是长辈人编个故事进行道德训诫，吓吓人而已。

　　我不知道哈佬是否伪造历史。从他叙说的模样来看，他倒是说得有眉有眼活灵活现的。那一次秘密开款，全村男子都得参加。每人持铁钯一把，在开款前先将铁钯钉在树干，表示各自的决心和誓约。他们烧一堆大火，在冲天火光中由最长者唱款，也就是宣布族规家法。然后由伏法者的父母和全部嫡亲行款，就是动手杀人。他们用火烧或者用刀砍，一边杀自己的亲人，一边还必须大叫：杀得好！杀得好！不杀不平民愤！不杀天理不容！诸如此类。他们必须大碗喝酒，高声大叫，扎脚勒手地在场上冲进冲出，拿出一种大义凛然威武豪壮的劲头。如果他们不这样，如果他们有任何一丝悲戚或迟疑，他们就会受到宗亲各户的鄙视，比如说他们的红白喜事都不会有人来喝酒，他们盖房子不会有人来帮工——以后就永远抬不起头，做不起人了。

二老倌就是这样死的。

我对这个介绍颇感意外，因为我在石砒碰到的那个人没有半点凶顽迹象。

"这就对了。"哈佬认真地说，"开款才能开出好人来，这就叫归款。你懂吗？这样的孽种，阳世时做了一件恶事，阴世里就要做七十七件善事来补过。阎王老子办事公道，规是规矩是矩，不是明求那号货。"

他是指大队的一个喜欢弄权的会计。

哈佬得到了他的秤砣，走了。他当场长只有一年，大概被上面认为工作不力，就免职回家了。他后来打米或打红薯浆，还路过林场的小土屋，一见面就模仿我们用省城官话骂娘，学着我们的大喊"全保鳖""卫克鳖"，以示朋友间的亲热。但实际上，他还是越来越生疏了。我们请他进房里坐一坐，他只是嘿嘿笑，朝屋里一看，并不跨进门槛。

我们几个知青也很快散了。我的女朋友调去当民办教师，去了很远的学校。另一个女知青老是叉着腰，办了个腰骨损伤的病退证明，把户口迁回城了。卫克主管林场的代销点半年，凡是干部来打酒或打酱油，他总是收半斤钱给七八两货，还加两颗纸包糖,把干部一个个都拍得眉开眼笑,终于被党支部推荐去读大学。惨一点的是全保,他年纪最大,做功夫又最卖力,还有一副唱歌的好嗓子,但因为父亲坐过牢,几次招工招生都没让他过政审关。他后来也是办病退才回城的。那一天晚上我帮他挑了一部分行李,送他到镇上。从镇上回来,我突然发现林场的小土屋里只剩下我一个人形影相吊。这张床是空的,那张床是空的,另一张床还是空的。这间房是我的,那间房是我的,另一间房还是我的。我望着窗外投进来的一角月光,心里有些空空的难受。

我不知道拿什么来度过今后的夜晚,那些好长的夜晚,好长好长的夜晚,好长好长好长的夜晚。那些夜晚里不再有朋友的笑闹和梦话,死一般的寂静里,只有山上不知来历的声音。我感觉到那种声音是专为我发出的,我是它的唯一听众。月出东山,它就及时地出现,笃,笃,笃,顺风漂流和飞扬,在我门前的地坪里旋绕,从我的窗子木栅间潜入,在我某本读过几十遍的破小说上跳荡,在我的床下或墙角悄悄囤积。

我认识了一个复员军人,住在一个叫棉花畲的村寨。他邀我去他家下象棋,让我少些寂寞。我去了,玩得太晚也就宿在他家。他家境不错,厚大被子有新棉的气息。但我光光的眼睛怎么也睡不着。主人以为我忌生床,我说不是。主人掌着灯要为我拍蚊子,我说不用。我后来总算想到,这里的月夜缺少我耳熟的声音,也就缺少了我必不可少的催眠曲。我已经不习惯窗外的山影一声不响。

我后来被招入县文化馆,最初一段也出现过这样的失眠。我不得不在睡觉前猛喝一大口白酒,把自己灌得天旋地转,才可勉强入睡。

我重返这个山寨,是十多年之后。熟人们一见,都哎呀呀大为惊喜,都说我"过得旧",意思是没忘掉穷地方和穷朋友。他们知道我是作家，却不知道我写的小说。说实话，我以前写的小说很多都取材于此地，如果被他们读到，不知某些原型人物有何看法——他们不会责怪我过于刻薄和丑化吧？我后来才知道，他们并不知道我在小说里写到他们。他们只是一口咬定我在《人民日报》上的征联十分了得，三年之内居然无人可以对出下联。我大吃一惊，问这是听谁说的。他们说是中学的胡老师说的。我问那上联是什么。一个后生想了片刻，才想出来：童子打桐子桐子落童子乐。

我差点笑翻。

"你真是个化学脑壳，怎么读得进那么多书呢？出的上联怎么那样难对呢？听说科学院开了三天会，也没人对得出下联。"有个后生还是瞪大惊羡的双眼。

"哪有这样的事？胡老师怎么能造出这种谣言？"

我的大笑并不能纠正他们的误传。相反，我越是否认，他们越是觉得我谦虚，不过是低调做人，免得树大招风和引人攀附。我这才明白，传说比真实的力量要大得多。

我没有见到哈佬。听说他儿子去城里打爆米花，他插完早禾就给儿子帮忙去了。我去找另外一个熟人，顺便到岭上走一走。我想到了当年山上的声音，想起当年关于飘魂的奇怪故事。我看见岭上已有了几户新的瓦房。其中一户的门前，一位后生正在修理手扶拖拉机，两手油污污的。他给我让了座，筛上茶，说这岭上从没有什么奇怪声音呵。我仔细描述了那种声音。他想了想，哦了一声，说是懂鸡婆吧。他说懂鸡婆叫起来就像是砍树，要不就是岩蛙——岩蛙叫起来也是惊天动地，几里路以外都可以听到。

我下了山，走在一条泥路上，不时跨过深深的车辙。我想起那时候哈佬带着我们来修路迁坟，其中就有二老倌的一座——是哈佬指认的。我们砍去茅草和杂树，刨去草根错结的土层，撬开拱砖中的一块，一股热气立刻从缺口里冒出，吓得我们纷纷闪避。女知青更是捂住口鼻逃得老远。我从逐渐扩大的缺口里，看见了黑暗洞穴里面已有很多落土，还有依稀可见的朽木和白骨。我们已经挖过很多坟，发现所有白骨都一样，无法辨别贵贱，甚至无法辨别老少，二老倌的当然也没什么特别。他只是有一颗金牙，已经蒙上泥垢和污水，被哈佬擦一擦，才有微弱的一道闪光。

我最为惊异的是，我在这座老坟里，看见了比较新鲜的板栗壳和苞谷粒。据哈佬说，这就是他飘魂出土的证明，是他吃剩的东西。在坟前的一棵歪脖子桐树旁，我还发现了一根红橘牌香烟，虽沾有雨渍和泥沙，但基本上完整无损，商标隐约可辨。

我捡起来看了看。

可能是出自我的烟盒，也可能是陌生过路人无意间的遗落。

那支烟，永远留在山里面了，也许我眼下还能找得到。

一九九四年十一月

最初发表于一九九五年《作家》杂志，后收入小说集《北门口预言》，已译成法文。

红苹果例外

一

阿中来电话，邀我去一趟鹿湖。

我从没去过鹿湖，只知道阿中在那里买下一片橘林，雇了十几个四川佬在那里种果树。阿中说他要去那里解决一点土地纠纷，需要拉我这个报社记者去助威。更重要的是，果园附近有一个湖，一个很大的湖，我们可以在那里游泳、划船、钓鱼、打野鸭子，找美丽村姑们对歌——想怎么腐败都行。这个计划不能说不动人。

去鹿湖有八十来公里，我们可以搭乘公交车去。阿中说什么也不同意，定要开车来接我，让我第二天等着就行。

我这天上午一等就是两个多小时，把一本介绍历史的小画册从汉代看到元代，他还没有来。他在汉代打来一个电话，说他的奔驰被人家借走了，只有一部桑塔纳，实在有点丑，对不起对不起。他在唐代又打来一个电话，说他觉得桑塔纳还是不行，马上去借一部林肯，要我再等一等，千万不要着急。他在元代又打来一个电话，说林肯一上路就与人家的车撞了，真他妈窝火，他刚才差一点就同别人打起来了。最后,他在光绪登基的鼓乐声中大汗淋淋地敲开了我的房门。

他穿越血淋淋的中国史之后,带来的只是一部脏兮兮的出租车,车门咣咣的怎么也关不严实,坐垫的皮革也裂了道口子。他非常惭愧地搓手:"对不起,今天真是委屈武哥了。"

"我说了,坐公交车就行。"

"我不就是要想撑撑壳子吗?你得满足一下我的虚荣心吧!"

"撞得厉不厉害?"

"不要紧,莫说是一部汽车,就是撞它一架飞机又怎么样?阿中什么本事也没有,钱有的是!"他朝车后狠狠瞪了一眼,气咻咻地扎着袖口,"我车都不要了,招个的士就来了。随他们警吊子怎么办。"

出租车司机对这话吓了一跳,把阿中看了又看。

后来我才知道,他耽误这两个多小时,是很有道理的。

二

因为耽误了时间,我们出城时肚子有点饿,只得吃点东西再走。我本来想在路边的小摊上吃一碗面,阿中说什么也不同意,说我们是什么人?国家栋梁,跨世纪的人才,改革开放的中流砥柱,怎么能这样对自己的身体不负责任?

他硬把我拉进了路边的皇家酒楼。

我得介绍一下酒楼此时的情况。我们走进大门时,门左边已有一桌东北人,正在粗声大气地猜拳行令,把东北虎的豪壮狠狠地吼出来。门右边一桌是三男一女。一个胖子耷拉着盖耳长发,盯着桌面无精打采,好像一个逃学的学生被迫听数学课,盘子里不是美味佳肴,而是一道道枯燥难题,正考验着他的坚强。"明天再说。""明天再说。"他总是这样嘟哝，不知道是何意思。另两个男人正在说笑，其中一个戴眼镜的小个子，小白脸，卷头发，眉眼清秀如大学新生，冷冷地看我一眼。

小白脸逼迫身边那个艳妆女孩喝啤酒。每喝一杯，就拍给她一张钞票。女孩忙不迭地把钞票抓在手里，塞进长丝袜的袜沿里。

"开瓶！满上！"

"不要了不要了，我要醉了。"

"醉了还认得钱？"

"怕你们输不起。"

"放心，老子卖了老婆也要陪你喝到底。"

……

他们说起了一件关于星期天的事，话语里有一些我听不懂的词。"瓜子""洗头""开荷花""撕扇子"，等等。但我突然一阵恶心，似乎听出了这些话的罪恶意味。我想起前不久阿中说到的一桩凶案。前后情节我记不太清楚，印象中只剩下一个人的死：那人躺在垃圾场，额头上有一个洞，流出的血已经干枯发黑，全身只剩下一条短裤，大概其他衣物、手表什么的已被拾垃圾的人剥去。可怜那曾经被父母百般爱怜过抚摸过的肌肤，现在与破罐头盒废报纸烂果皮共存，把苍蝇喂养得又肥又大晶莹闪亮，不时一哄而散粉碎了热烘烘的阳光。

从他们的对话联想到凶杀案，这种思路似乎有些奇怪。

邻桌又发出哄笑。哗啦——不知谁撞倒了一张椅子，一只提包落地时抖开，一件黑亮亮的东西从包里滑出，滑到我的脚跟前。

枪。

我吓了一跳，与阿中会意地对视了一眼。

我们不敢说话。幸好东北虎那一桌的猜拳行令此时进入高潮，吸引了餐馆内人们的注意力，包括刚进门的一些食客。没有什么人在意我们的紧张。

小白脸从邻桌走过来,弯腰拾起手枪,偷偷别入他的身后。他四下张望了一眼,目光最后投向了我,似乎一眼看得很深,已经看清我脑子里刚才的垃圾场。

他笑了笑:"你认得白沙村的三龙?"

我摇摇头。

"你们是万哥的人?"

我还是摇摇头。

他看了阿中一眼:"对不起,借个火。"

阿中递上火柴。

对方点燃烟,把火柴放回桌面。但他的手缩回去以后,桌上除了火柴盒,还有三根寸长的铁钉,成扇形展开。

"谢谢。"他回到那一桌,与其他两个男人起身离去。

"臭驴子!"阿中拾起那三根铁钉,"这就是他们的封口令,你懂不懂?妈妈的,这一套也玩到老子头上来了。老子可不是吃素的。别说几个烂仔,就是来一两个团正规军又怎么样?老子也有人,要坦克有坦克,要军舰有军舰,说不定哪天还买个原子弹,陪着你们玩吧……"

我没工夫听阿中吹牛,只注意到门外有汽车仓皇发动的声音。

三

我还是给公安局打了个电话,举报了那三个人的车牌号。那是一辆黑色的蓝鸟牌轿车,车牌号尾数是八八〇八,车后还贴一条矿泉水的广告。

电话那头的声音无精打采,而且一再追问我是谁,住在什么地方,在什么单位供职,身份证号码是多少,还问我为什么记不

323

住自己的身份证号码,看来对方已认定我比蓝鸟牌更值得警觉。我心里虚虚的,很难解释清楚自己是谁,也不知道怎样才能让对方明白三根铁钉的恶毒程度。

电话突然断了。

回头一看,是刚才那个陪酒女孩斜靠着收银台,一手压住了电话机的叉簧。"你点什么眼药?"她白了我一眼,翻出的眼白特别大。

"你没见那伙人带着枪?还能是什么好人?"

"我同你说,"她朝门外努努嘴,"你最好不要在这里找麻烦。晓得他们是什么人吗?"

"什么人?"

"这年头,门口过条狗,最好也莫得罪。"

"怪不得罪犯越来越多,都是你们惯的。"

女孩冷冷一笑,"你不犯罪,品德高尚,遵纪守法。但你管我吃管我喝?一个月的流水四五万,一给小费就是一张老人头。你给得起?"

"他们这样有钱,就更值得怀疑了。"

"莴笋!神经病!"她不管我怎样目瞪口呆,一把抢过话筒,自己开始拨号了。"张老板吗?今天怎么不来?……吃过饭了?不行不行,吃了也要来嘛,再吃点嘛,这么久不照顾我的生意,你好坏哟……"她冲着话筒噘嘴,还扭腰,还跺脚,要把万种风情硬塞到话筒里去一般。

我没法同那只抹了红指甲油的手抢电话,气咻咻地回到座位。

阿中笑了笑,对我的举报不以为然,说喝酒就喝酒,还想关怀五大洲四大洋呵?公安局都是他妈的粮食局,只会吃饭。你要是说这里有坏人,他们就耳朵背。你要是说这里发行原始股,他们就蹿得比老鼠还快。

我们又空了一个酒瓶。不知什么时候,陪酒女孩又游转到我们桌前,给我们倒酒,出示几个打火机:"防风打火机,进口的,来一个?"

"你长得这么难看,让我怎么有兴趣买?"阿中脸上已经笑出了流氓活动。

"你把颈根洗干净一点,我就白送你。"

阿中睁大眼,"厉害,厉害,嘴巴刀子一样,开口就像吃了铳药。凭你这母老虎的样子,还能把业务工作搞上去?"

"你不要,有的是人要。"

"倒也是,国有资产现在都严重流失国外。"

"哥哥出个好价钱,我就让你看看爱国主义。"

"好呵,我最欣赏爱国热情。这样吧,你先给我猜个谜语。五百个男人——打一体育用品。你猜出来了,我就买你五十个打火机。这个价钱不错吧?"阿中一喝酒就喜欢炫耀知识,但他的知识不是荤谜语就是荤笑话,让我作陪的都很没面子。

女子没有猜谜,却不小心掉了一个打火机,当的一声落在地上。她去拾打火机时,偷偷扯了一下我的裤脚,压低声音说:"快走快走,要不就吃亏了。"

我没听明白。

她的头发冒出复杂的香水味:"他们就要来报复了。"

"他们"是谁?为什么报复?是报复我刚才的一个电话吗?

她显然不愿多说,把打火机拾在手里,伸直腰杆哈哈大笑:"你们这些臭莴笋,想在我这里白揩油呵?连一杯人头马都请不起,谈什么谈?一边去!"

她简直是个天才的演员,好像我们这里刚才没有什么秘密,只有声色场所见多不怪的生意。她从桌上取来一张纸巾擦擦手,撇了撇嘴:"回家泡你老婆吧!"

325

高跟皮鞋笃笃笃地扬长而去。

四

当时门外有汽车的刹车声，差点吓得我跳了起来。门开了，倒不是那带枪的三个男人，是一个陌生的工人往店里搬啤酒罐。

我出了身冷汗。其实，我一直感到有看不见的眼睛在盯着我，感到某种危险就在我身边，陪酒女孩的警告只是证实了这一点。

我早就应该离开这个餐馆。当时我浑然不觉，阿中把酒往我的杯里倒了一点，我又往他的杯里倒一点，他又往我的杯里倒一点，我又往他的杯里倒一点。百威牌啤酒滴滴洒洒，还是他多我少。他说你这个家伙就是不男子汉，就是酒风不正。

我在大祸临头之下还没话找话。为了旅行的愉快，我得讲点阿中爱听的，比方说名人逸闻，比方说足球黑幕，比方说男人变性和瞎子骗钱。记得我还说到一位老同学，是个小有名气的作家，被老婆截获了他一大堆婚外恋的情书。他老婆并不生气情书之多（已经见多不怪了），而是痛恨那些情书措辞完全一样，差不多成了复印件。老婆说你这样没文化不丢了我的人吗（她嫁的好歹是一个作家吧）？阿中一听，果然笑得大力展示他那一口参差不齐的老鼠牙，还让我瞥见熏黑了的牙龈内壁。

当时我没有发现他的笑声空洞可疑，也没注意到他上厕所的时间那样长。

我仔细回忆一下，还能想起危险到来之前的其他种种，本应该引起我警觉的。比方有一个老头发作心脏病，被家人扶走了。有一条狗突然闯进餐厅，人们好容易才把它赶出去了。内厅里几桌婚宴也出现骚动，新郎与一个人发生争论——对方是一个提着提琴匣子的大汉，大胡子，脑后悬一小辫，下身是发白的牛仔裤，似乎是个什么流浪艺术家。他们居然在争论哲学问题，什么存在，什么时间，什么斯坦和斯基，真是让我惊讶万分：他们怎么不大像争论而像是生硬地对台词呢？怎么有一搭没一搭的断断续续？大胡子似乎没占到上风，气得脸上红一块白一块，宣布这里人人都能理解妓女，就是不愿理解哲学，因此他决不同这里的人碰杯，然后砰的一声掷杯于桌，拂袖而去，带走了提琴匣子。

照理说，他罢席就罢席，冲走就冲走，不干我什么事。奇怪的是，在做完这一切的时候，他朝我盯一眼，似乎已知道我的处境，要看我如何虎口脱险。

感谢陪酒女孩的警告，我总算及时离开了那里，一头冲入了门外明亮的大街。街上有熙熙攘攘的人流，有川流不息的汽车，有五光十色的广告牌，当然也就有一种什么都不曾发生而且永远不会发生的日常感。但我刚出店门就发现，街对面人群里掠过一个眼熟的人影——刚才那个邻桌的大胖子。我迅速朝右边看去，发现刚才那戴眼镜的小白脸也出现在远处，守在黑色蓝鸟牌汽车旁，眼睛朝我这边打望。

"坏了，坏了，"我对阿中低声说，"我们被盯上了。"

"你是说刚才那几个鸟人？还真有这么回事？"

"就是他们。有一个就在街对面。你别朝那边看，别看。"

我拉拉阿中的衣袖，让他也同我一样，假装看路边的杂货摊，尽量装出若无其事的样子，以便麻痹对手和争取时间。"怎么办？怎么办？"

阿中也急了，"妈妈的，今天顶上了。这样吧，我们化整为零，你去百货公司，找一个后门进公园，在旱冰场售票处等我。我去找个公共电话，要廖鳖带点人来。"

他是指我们在武警的一个朋友——那人曾夸口，他的兵就是我们的兵。

"你千万注意呵。这些人肯定手黑。"

"放心吧,你机灵点,多保重!"

我与阿中匆匆分手。

我用余光控制眼角那些可疑人影,搜寻街上更多可疑的人影,脚步却暗暗加快速度,恨不得插翅腾飞,赶快飞入哪个安全的洞穴。恼人的是,我越是想快,就越快不了,一次次撞翻前面的男人或女人,不但无法提速,还遭人愤愤地责骂。咣的一声,附近一个小贩把手中两把钢刀碰响,"不锈钢刀半买半送哇——"这不是他们动手的信号吧?我魂飞魄散,满身大汗,再次撞出女人的惊叫,疯一般冲进商场大门。但我随后在商场内接连扑了两个空,没有发现阿中说的什么后门。我慌乱中撞入一间库房,又被两个老工人模样的人给轰了出来。我走投无路只好往楼上跑,刚到楼道拐弯处,一件意想不到的事情就发生了。我不敢相信这件事情是真的,不敢相信这件事情就发生在眼前。事情是这样:我当时从楼道朝下扫一眼,虽没看见追踪的枪匪,但发现了阿中,一个十分奇怪的阿中。他不是要去打电话吗?不是要去呼叫武警朋友吗?不,他根本没有去,而是一路尾随着我。在我回头看见他的时候,他正隐在一个大柱后面做几个奇怪的动作——朝大门外摆摆头,又指了指楼上,显然是指示我逃跑的方向。

他给谁做这些动作?

他为什么做这些动作?

我两眼一黑,脑子里轰地一炸,惊愕得怎么用力也没法迈出步子。我突然发现,阿中竟是他们一伙的!与我交往了这么多年的老友,在要命的时刻竟把我卖了!

我这才恍然大悟:那双一直在暗中盯着我的眼睛,其实就是阿中的眼睛——那双隐在微笑之后深不见底的小眯眼。

五

我狗急跳墙，鼓足勇气朝楼下跳去。事后想起来也奇怪：我从来都是体育考试不及格，杀只鸡破条鱼也是笨手笨脚的。我是怎么能从二楼跳窗下来而且为什么没有折胳膊断腿？怎么成了一个呼呼呼的飞人？

我听到了身后啪啪两声，声音不大，像开了两瓶啤酒。很久以后我才想起那是开枪，是对准我开枪。要不是我命大，恐怕身上早掏出了两个洞。

有一只手抓住了我的肩，被我奋力甩掉。有撕裂布料的声音，当然也出自我的身上。那只手又揪住我衣角的时候，我纵身一跃，跳下一个高坡，昏天黑地间撞入一片咣咣当当的声响。我手忙脚乱爬起来，发现自己落入一个垃圾场。我的脖子被一根瓜藤缠着，眼角上黏着油乎乎的锡箔纸，两只脚都踩着空罐头盒。

高坡下有一条水沟，沟那边有一些模模糊糊的人影，正冲着我大喊：抓坏人！抓坏人！他就在这里！我朝右边一看，看到不远处一个建设工地，有一片使人放心的草绿色军服。军人就是正义，是全社会扬善惩恶的希望。我没命地投奔过去，快跑到工地的时候，见几个军人也跑步迎来，像前来接应突出重围的战友。我没料到的是，他们一上来不由分说先把我来了个双手反剪，三拳两脚就让我跪倒在地，差点扭得我身上骨折和脱臼。这些乳毛未脱的青瓜头，白戴了帽徽领章，白吃了大米饭，一个个热情洋溢斗志昂扬在我身上一试擒敌身手。没什么地方好抓了，他们就揪我的头发或者衣领，根本不听我申诉，根本不相信眼下是什么好人受难，哪怕我用肠子肺叶来一齐大叫也不管用。他们只相信枪声，只相信证件——小白脸赶来时，不知掏出一个什么本本给他们看了一下,他们就眉开眼笑,争相与小白脸握手,还不熟练地行军礼,谦虚地露出微笑。

阿中也赶来了,向他们出示了三根铁钉,说了些什么。他们就更加同仇敌忾。其中一位还跑步找来一根麻索,把我紧紧地捆起来。

"看你不老实!"他狠踢了我一脚。

我一跛一跛地被押回坡上。围观的人头更为拥挤。大概有水果摊子挤翻了,橘子苹果梨子栗子什么的满地滚。

"他们是贼喊捉贼!他们是犯罪团伙!你们不要相信他们的话……"我顿足大叫,"你们救救我!"

没有人响应我的呼吁,没有人相信我。反而有一张张兴奋的脸,还有围观者们欢呼胜利的一阵热烈掌声。这真是叫天不应,叫地不灵,黑白颠倒暗无天日啦。行人们只是纷纷打听着我的案情,看看我这个逃犯的模样,当然还看看阿中举在手里的三根铁钉。

"救命……"

我没把这句话喊完,就被堵上了嘴。

六

我的眼睛也被蒙上布条。

重新见到光明时,大概是一个多小时之后。我跌跌撞撞被推下汽车,进入了一张黑森森的门,通过一条窄窄的楼道,来到一间码了各种货箱的大库房。这是在什么地方?我听到附近有密集的狗叫,心想可能是到了农村吧。又听到有汽车奔驰的声音,心想这里可能离公路不远。我闻到了一股浓烈的豆酱味,还看见墙上一张计划生育的宣传画,有一个小女孩在画面上手摇花束朝我奔来。

我在黑暗中没法记住汽车拐了多少个弯，每个弯又拐了多大角度。只是从行车的时间来看，从汽车颠簸的程度来看，我可能到了远郊的一个地方。

眼前出现一个人，小平头，黑夹克，蒜头鼻子满脸酒刺，嘴巴有事没事都半张着，就要流出涎水的那模样。我定定神，发现这是阿中，人面兽心的家伙。

"狗杂种，你为什么这样歹毒？"

他嘿嘿笑了一下，用袖口抹着脸上的汗："对不起了，真是对不起了。兄弟今天实在没有办法。祸是你自己惹下的。"

"你早就是他们一伙的吧？"

"你看出来了？"

"我同你昨日无冤今日无仇，你为什么要害我？"

"武哥，这就是你呆了。你想呵，你是好人，他们是坏人。这世上的道理就是宁可得罪君子，不可得罪小人。你连这一点都不懂？"

"你就不怕公安局以后算账？"

"你去告呵，告吧。我同那些警吊子练得多了。"

"你这个王八蛋，你良心狗咬了吗？你还是个人吗？想当初，老子为你找房子，为你找生意，我差不多倾其所有给你父亲治病。我瞎了眼呵！"

"我记着你老人家的恩呵。我哪会忘了呢？你说得对，你没有什么对不起我。你他妈太对得起我了。你有人缘，交际广，德才兼备，乐于助人，才华横溢，又有文凭又有职称，还差点官运亨通飞黄腾达。你活得美滋滋的做梦都笑出声，是不是？"

"什么意思？"

"呸！就是这个意思。你我从小学同学到中学同学，都是一餐三碗饭，胯里四两肉，凭什么你人模狗样居高临下？想上大学就上大学，想评职称就评职称，想有个好爹妈就有个好爹妈，你把好事都占了，到头来还摆出臭架子，不把老子的钱放在眼里。请你吃顿饭都千难万难呵，你妈妈的也欺人太甚了吧？你们这些家伙压得老子吐不过气来，让我永远没有出头之日，压得老子天天做噩梦。你们这些臭鳖杀人不见血呵？"他激动得双手颤抖，突然从腰间拔出一把短刀，凉凉地顶住我的脖子。

我现在突然明白了什么，冷气从脚跟升起来直贯脑门顶。

我其实更不明白了。

大概没有得到命令，他还不敢随便动手，停一停，把刀收回。不知为什么，他眼下没有多少胜利感，倒显得比我还要愤怒和委屈，全身哆嗦着，往嘴里塞了一支烟，好一阵没有点着火，火柴划断了好几根。到最后，他突然咳嗽，还捂住脸哭了，一边哭一边抽自己两耳光。"我他妈从来就是人渣！我他妈就是贱！我他妈连小组长都没当过一回呵……"他尖声地猫叫一声，在脸上胡乱抹泪，冲出门去，大概是去了厕所。

我从未见过他这样激动，感到非常眼生，怎么看也不像。他是阿中吗？是那个经常打电话来没正经话的阿中吗？是那个得意洋洋到处请客埋单的小老板吗？他不会是另外一个通过整容和模仿来仿冒阿中的人吧？仿冒得如此惟妙惟肖炉火纯青，以至连我也看不出破绽。也许我只能从一些细节——比如阿中抽烟时总是用火柴而不用打火机，总是把过滤嘴摘掉——才能抓住蛛丝马迹，揭穿一个仿冒者的伪装。

但刚才这家伙确实是用火柴点烟，也确实摘掉了过滤嘴。不一会，一个小马仔还送来一瓶矿泉水，咚咚咚灌进我口里——这当然也像是阿中所为。他已经翻脸不认人，但看在老同学的分上，用一瓶水割清以前的交情。

"黄瓜皮，你出来——"我大喊他以前的绰号。

没有人回答我。

"黄瓜皮，你记住，你是个小人……"

七

我看着窗外的一角蓝天，那已经不再属于我了的自由和辽阔，那一个我可能马上就要告别的美丽世界。

我从来不知道阿中的深仇大恨。这是我的愚蠢。我得罪过他吗？最得罪他的也就是那次在老练家，我们为一个字抬杠。我说"械斗"的"械"字是读 xie，不是读 jie。我说他读错了。他不认账，当着女朋友的面尤其不认账。我们一直争得其他人的棋都下不成了，纷纷上前来劝解。

只得用字典来裁判。我当过八年编辑和记者，当然是我胜。阿中红着脸去看电视，后来一个星期没有同我说话。

我不相信这一个字就可以结仇。也许，真正的原因是阿中说的那样，我太看不起他的钱了，太装作看不起他的钱了。我不仅一次次谢绝他为我买电视机或者录像机，甚至不愿吃他的饭。这当然也怪我的胃，怪我的口味太窄。自从我的肚皮率先进入中年——悄悄隆起来之后，在医生的警告之下，我只能适应豆腐、青菜、辣椒、萝卜等诸多清高食品，没享过什么富贵却有富贵腻了的模样，谁想招待我，谁都头痛。但这并不意味着我不爱吃。每次陪阿中之类朋友豪宴，我宣布进馆子真是俗，宣布自己还是怀念野菜和红薯，甚至对一切有钱人的财富之累深表同情。这当然有些夸张。但我习惯于回绝阿中的宴请，对他埋单的魄力和能力视而不见，使他在我面前根本神气不起来。

这对于阿中确实有些残忍。阿中是一种群居兽，不能没有朋友，尤其不能没有朋友陪着他去见另外一些朋友。但他既玩不了象棋，也玩不了钢琴，更谈不了电影和文学，一张嘴就像个农村贫困地区的小学留级生。他声称自己最喜欢卡夫卡，一读卡夫卡就会热泪盈眶，但自从他有一次把老卡说成日本电视剧的作者以后，就成了大家永远的笑柄。这样，他只能请吃饭，不能不请吃饭。只有在餐桌上，他才有几分活气，才可以仗着酒量吆三喝四，对朋友们拍肩膀，摸脑袋，揪屁股，嘴里不干不净，指责你的皮鞋或者你的舅舅，到最后用信用卡诱发大家的几句感谢。这就可以理解，为了培养我的食欲，他可以不厌其烦地在电话里讨论餐馆的选择，讨论菜肴的选择，直到我动心为止。为了打消我拒绝的借口，他可以无限扩大服务范围，答应帮你拉煤气罐，帮你去火车站接客人，帮你刷墙和擦地，帮你去医院给病人送饭……他做牛做马做孙子都可以，只要你答应腾出时间去吃饭。

他有时候甚至不得不采取欺诈手段，比方说他失恋的痛苦要向我们倾诉；或者说他手上有几盒绝妙的外国电影录像带要面交给朋友。可一旦把我们骗进餐馆，他高兴得哼哼唱唱的，对失恋含糊其辞，也没带来什么录像带。

他故作惊讶地说：哎呀忘了！

到后来，朋友们都可以用拒绝赴宴来胁迫他，逼他做出各种让步——比方承认自己十五岁还尿床，承认自己偷看过女澡堂，向大家保证不再崇拜港台三流歌星，如此等等。为了大家以后能够继续赏光，他嘴里尽管妈妈的妈妈的，还是一次次就范。

有一次，他喝多了，一腔酸物喷在地上，喷着眼泪鼻涕大哭："我他妈的只会赌博，一看书就要打瞌睡，一点艺术细胞也没有。我晓得你们这些王八蛋看不起我，根本没把我黄瓜皮当朋友。我是条穷得只有钱的蠢卵哇……"他躺到桌子下去了，孩子般地呜呜地哭。有人把他送上出租车，让他回家。不料过了好一阵，出租车又把他送回来。司机说，在城里转了好几圈，他还找不到家，只好把他送回来。他却一个劲地叫司机作"舅舅"，要舅舅送他到公安局去自首。

满堂爆出哄笑。

我倒觉得他有些可怜。那一天是我送他回家的。那一天我在给他洗脸的时候，谎称我最重要的朋友就是他。我的虚伪肯定被他一眼看穿并且怀恨在心。

八

我后来才知道她也难逃摩掌。她鬼使神差地给我通风报信，没料到阿中是他们一伙的，决不容她漏网。

她就是那个陪酒女孩，名叫铁子。我后来知道，她是个来自农村的打工妹，兄弟姐妹分别叫金子、银子、铜子……差不多是开了个五金铺，填一张化学元素周期表。据她自己说，她在皇家酒楼是付过"保护费"的。

当时我被几个军人轻易擒获，被反扭双手押向汽车，豆大一颗颗的汗珠往下掉。周围的人全都兴高采烈，后排的观众为了看清楚罪犯，还鹅一样把颈根升起来。有一个老头肯定被枪匪们买通了，指着我大骂："就是他！就是这个小杂种！抢了我的钱包，不杀不足以平民愤！"

我看见她也被捆绑着押向汽车，但她一直在挣扎着大喊："他们是假公安，证件和车牌都是假的，你们不能让他们抓人……"

但她显然也错估了形势，包括错估了年轻军人的判断力。几个军人还在面面相觑的一刻，两个黑影早已向她扑过去。她在人群中一晃就不见了。人群中只有打手们扬起的拳头和巴掌，只有一个女人零碎的惨叫声四处飞溅。有个军人见此情景有些不忍，想上前拦阻,阿中便向他解释:"那个臭娘们也是在逃犯,至少偷了人家八个娃娃!"

"人贩子呵!"军人们居然就这样相信了,走了。

围观者们当然更气愤了,一次次喊打的声浪冲她而去。尤其是两个女人,大概想起了自己的娃娃,撅着大屁股向前,去揪她的头发。

她后来也被带来库房,是被人揪着头发一路拖进来的,脸上有泥污和血迹,高跟鞋在门槛处被绊掉了一只,两脚在地下乱踢狂蹬。她的旗袍被撕破,露出一块白白的肩膀和一根乳罩带子。

"臭流氓!"她破口大骂,"你们打吧!你们今天不打死我就不是人养的!洪疤子你听见没有?"

"你怕我们不敢打?"一个疤脸马仔带着几个打手上前,又是一阵拳打脚踢,简直把她当一只练拳脚的沙袋。

她不再动弹了。有人拿来一盆水,泼在她头上。

"臭婊子,到了这里还嘴硬,吃了豹子胆啦?"

"这家伙找死,先花了她的盘子!"

"挑了她的脚筋,看她还往哪里跑。"

"脱了她再说,给哥们儿擦擦炮。"

"哈哈哈——"

我呼吸变得粗重,再也忍不住了,"你们欺侮一个女的算什么本事?"

打手们把目光一齐投向我,其中那个疤脸说:"呵嘀,不要我们欺侮她,是要我们来欺侮你吧?看你这熊样,尿都吓出来了。"

他们看着我的裤裆,发出一阵哄笑。

我这才感到裤裆里有点凉,但已顾不上羞耻。"你们放了她吧。这事同她没有关系。电话是我打的,她当时还不让我打。"

"放过她容易,"疤脸擦擦手,"你给她顶罪?"

"怎么顶？"我小心试探。

"你叫我一声爸，我就少打她一下。"

"那没问题，别说叫爸，我喊你爷爷，可以吧？"

"这孙子还孝顺！"疤脸笑着与同伴们交换一个眼色，大笑一阵。"你跪着给老子叩一百个头，老子就不挑她的脚筋。"疤脸又有了新主意。

"一言为定？"

"当然一言为定。"

我把这事当真，要求他们立誓为约。叩头有什么要紧？就凭着女孩刚才仗义相救一幕，我就算把脑袋砸成个烂西瓜，也是理所应当。

正在这时，我听见窗外响了两枪。打手们脸色大变，一齐跑出门去了。我心中暗喜：是不是警察来营救了？是不是他们内部有麻烦了？……可等了很久，窗外又恢复了平静，什么好事也没发生。只有一个马仔送来两个盒饭和两瓶矿泉水，还让我松绑上了趟厕所。我问他外边发生了什么事，他根本不说。

我借上厕所之机观察了一下周围情况，发现库房门外有一条阴暗走道，通向六七张门，都是紧闭的。这有点难办。想想吧，即便我有办法解脱绳子，还有办法逃出库房，但下一步往哪里逃？这六七张紧闭的门，哪一张是通向出口，而哪一张是通向枪匪？……他们把门都关上，还用报纸糊掉了两个窗子，显然是不让我们看得更多。

在铁子吃完饭之前，他们没有捆绑她。我挣扎着挪到她身边，见她躺在地上轻轻呻吟，不免心生怜惜。我俯身吹出长气，吹走她脸上一只蚊子。

她眼里流出了泪水，哼一声就轻轻叫一声娘。

"小妹，对不起，我连累你了……"

337

她哭得更凶:"就是你这个莴笋,神经病,打什么鬼电话?管什么闲事?你不知道到处都有他们的眼线?……"

"我不知道,真是对不起。"

"我家里还有妈妈、爸爸、弟弟,全都靠着我哩。我怎么办?怎么办呵?我的存折也被他们抢走了呵……"

"别着急。我们慢慢想办法。"

她看了我一眼,哇的一声扑过来,紧紧搂住我:"我怕。"

我的手反绑,没法抱住她,只感到她胸脯紧紧压住我,瘦弱的身体挂在我脖子上,一阵阵剧烈地起伏,把我压得有点吐不过气来。我感到了她的心跳。她也肯定感到了我的心跳。我安慰她:"你不要怕,我们还有希望。家里人找不到我,一定会报案的。警察现在可能正在寻找我们……"

"来不及啦。他们杀人就像捏死一只蚂蚁。"

"如果命该如此,那也就认了。我在这里,我陪着你……"其实我同样害怕,但我眼下必须使心跳稳定下来,强劲起来,给她一种力量。我忍不住把脸靠过去,贴在她的脸上,用这种别扭的接触代替握手、拍肩、一拳捶在胸口等安慰的方式。我感觉她的发丝撩动,感觉到我们的泪水流到了一起,咸咸的,还有点苦。

我其实自己想找一个依靠,哪怕找一个根本无法依靠的人。

九

我竖起双耳,屏气凝神,但一直没听到大队伍嘈杂的脚步声,没听到警车由远而近的尖锐笛声,没听到警队指挥员通常在电喇叭里发出命令的声音……就是说,我等呵等,没有等到任何希望。

我与铁子只能依靠自己,尝试逃跑的可能性。她在我的鼓动之下,借上厕所的机会,偷来一小块碎玻璃,在夜里割断了捆她的绳子,也解开了绑我的绳子。她解绳子的时候吓得手直抖,好几次停下来,捂着胸口大喘粗气,说她怕,好怕,太怕啦,我们还是认命吧?直到我气得大骂蠢猪婆不知死活,直到我拿脚狠狠地踹她,她才战战兢兢继续解下去。

绳子既然已经解开,就没有回头路了。她再一次听我教导,使劲地点头,大概也明白了这一点。快天亮的时候,我们等来了看守人最困的一段,靠一张钢筋防盗窗作工具,偷偷撬开库房的门——这需要我们两人抬着防盗网协同操作,就像扛着两棵大树当筷子,实在是工程浩大,费了近半个小时,累得我们满头大汗。但我们找不到合适的工具,不能不这样以繁代简。

要命的是,她实在太笨了,总是不得要领,在最需要一齐下力撬门的时候,她竟然丢下了手里的巨型筷子,用袖口来给我抹汗。

"你猪呵?"我差一点骂出高声。

"我怎么了?怎么了?"

"这是擦汗的时候吗?"

"哦,对不起,我不知道……"

"用力,再用力!"

她哆哆嗦嗦更不知道如何用力了。

我额上的汗也更加汹涌。还好,天不绝人,我们总算撬开了门,总算溜下了楼道,甚至借一棵小树翻过楼房外一道砖墙——线路都是铁子白天暗中侦察过的。不料她关键时刻再次添乱,跳墙时竟伤了脚,大概是骨折或者脱臼,一跛一跛根本走不动。我差一点急得喊天,只好背上她朝前探步。但这时狗叫起来了,楼房里电灯亮了,打手们朝着窗外大喊大叫,包括阿中的声音都清晰可闻……我已经开始绝望。

"别管我了,你……"她在我耳边急急地说。

"那不行,我不能把你丢下。"

"蠢呵?跑一个是一个。"

"要死就死在一起。"

"看不出你还很义道。"

这样一说,我就只能继续义道下去。

其实,我也明白,只要有一个逃出去,就可以去报警,就使枪匪们有所顾忌,另一个也才有得救的可能。但那一刻我似乎义道得很晕,反而把她搂得更紧。

"臭莴笋,臭莴笋!你聋了?你蠢呵?……"她在后面使劲地打我,撕我的头发,直到扑通一声摔倒在地。打手们追上来,几道强光照射着我们。

我睁不开眼睛,只是长长叹出一口气,等待他们的发落。他们会重新捆绑我,重新给我蒙眼或者嘴里塞布团,甚至一支手枪顶住我的太阳穴:一、二、三——他们如果害怕夜长梦多,不是不可能随时下毒手的。奇怪的是,我久久没有听到动静,甚至发现在场人都有些手足无措。不知什么时候,我听到一个人说:"导演,没胶片了,算了吧?"

这句话令人费解。

接下来,我听到了一道哨声,听上去也怪怪的。

更不可思议的是,我听到有人鼓掌。

掌声中,周围的人都笑起来,一张张脸上绽开了花。疤脸汉子丢掉手里的木棍,伸手来与我握一把手,又同铁子握一把手,还帮我们拍打身上的灰。阿中哈哈大笑,指指我的鼻子,捂住自己的肚子一次次下蹲,笑得要满地打滚的样子。在一辆汽车强烈的车灯光柱里,一个披着军大衣的人提着电喇叭走来,对阿中高兴地说:"OK,非常好,非常好!尤其是刚才这一场追逃戏,比我预想的要好得多。可惜破门那一段没机位……"他看了我一眼,发现我还在目瞪口呆,便过来握住我的手,"对不起,让你受惊了。我来自我介绍一下吧,我是导演,叫孙建平……"

我觉得他面熟。事后我才知道,我确实见过他,就是皇家酒楼里婚宴上的那个新郎,当然是伪装的新郎。

"是这样。"他递给我一张名片,"我们正在拍摄一部实验性电影,片名叫《风季》,完全是原型主义的探索。"

"你们这是怎么回事?"我已经气得七窍生烟。

"别生气,别生气,听我慢慢给你解释。这样说吧,《罗马十一点》你看过?那是意大利片,新闻纪录手法。我们这个更进一步。主角多用原型,拍摄全用实景,不少情节随机发展,多机位全程偷拍。有些人,就像你吧,根本不知道自己入戏,这样表演就更加自然。是不是?"

"你是说,你是说,这一切……都是拍电影?"

"是呵是呵,拍电影。最新潮的电影。"他不无得意地一笑。

我几乎要哭了,"阿中你这个臭杂种,你……你他娘的跟我玩这一套?"我扑上去抓住阿中就打,打得他两手招架,连连讨饶,躲入孙导演的身后。"武哥,武哥,你听我说,我看你平时对电影感兴趣,一番好意让你来玩一票。其实我同他们都说好了,对你不要真打,也不让你饿着,天地良心……"

要不是几个人阻拦,我非把阿中这家伙一口吞下去不可。算下来,整整二十多个小时,我一直蒙在鼓里,成了一个可笑的牵线木偶,任他们这些人算计着和玩弄着。我算是白怕了,白气了,白伤心了,白义道了,还白白尿了两次裤子。要是我一慌神做出不得体的什么事,岂不是也会被他们拍个正着? "我操你大爷——"

我差不多哭了,一连骂了几十句粗口,骂出了世界上最恶毒、最下流、最不堪入耳的话,骂遍了眼前所有微笑的恶棍。哭骂声中我当然也有一丝庆幸。事情还好，只是虚惊一场和噩梦一场，我一条小命还在，还可以走路，可以吃饭，可以逛街，可以蹬自行车上班——要知道，身陷囹圄的时候，即使是平时最为令人厌恶的上班，包括在那个愚蠢编辑部主任手下的上班，对我来说也是无比幸福的回忆和向往。我没料到这一辈子还可以大张旗鼓有声有色地上班。

"你不要怪黄总。他只是赞助人之一。情节提纲都是我的设计。"孙导演给我披上一件大衣，递给我擦脸的纸巾。

"你、你、你们这不是胡闹吗？"

"艺术嘛，总得别出心裁不是？这是我有生以来最兴奋的创意。你虽然受了点惊吓，回头一想，不觉得也是一次奇妙的体验？"

"你怎不拿你老爹老娘来体验？"我没好气地顶回去。

"我们充分考虑了你的条件，这一段戏，非你莫属。"他用一大堆恭维话补偿我，吹嘘我的鼻型、身高以及正义感，正是他的艺术创作所需。至于他们事先无法向我交底，有不当和不敬之处，还望我海涵。他又说拍这种片子特别累，特别费钱，特别有风险，光是十几个机位的隐藏和移动，光是长时间的耐心等待和各机位的灵机应变，就比拍战争场面还困难百倍……他大概想夸张他们的苦处，抵消我的一些怨气。

我们走在返回楼房的路上。导演顺便让我见见他手下的人。我走到灌木丛后，看见了藏在灌木后面的摄影机，还有总摄影师。又走到一辆面包车前，看见了架在窗口的另一台摄影机。车前两个披着大衣的青年，正在收拾电线什么的，冲我笑了笑。孙导对他们吆喝："喂喂快收场，动作快点听见没有？小刘你磨蹭什么？还想在这里喂蚊子呵？"

"小刘"就是那个戴眼镜的小白脸，几次同我过不去的王八蛋,曾在大街上把我往死里踢。我一见他就冒火,冲上去一把揪住他的胸口,突然发现他一脸微笑,才迷迷惑惑地稳住手。

我得记住:电影。

他放下手里的一个木箱,拍拍我的肩以示和解,还塞来一张名片:"您能不能谈一谈自己的感受?"

我怒气冲冲地说:"没什么感受。"

"好几家报纸约我写拍摄花絮,你一定要配合呵。这也是你出名的机会。"

"你站远点,站远点。跟你说,我这个人脑子有毛病,一走神就还会打人。"

他吓得连忙退了一步:"好好,我们等下再谈,等下再谈。"

孙导笑着说:"你这种情况叫幻觉滞后。有些职业演员也这样,一入戏就出不来了,好一段时间还会有幻觉。今天幸好是让你演你自己,要是让你演毛主席,那还得了?"

他们都冲着我哈哈大笑。

十

天大亮了,我们等摄影师补了几个空镜头,准备离开拍摄现场——我现在看得很清楚,这是一片旧厂区。附近有商店、饭店、加油站以及旧宿舍楼。有一个宠物店,冒出密集的狗吠——难怪我刚来的时候还猜想这里是乡村。

有一个老太婆来找孙导,拍打手里一张断了腿的板凳,"你是领导吧?你看看,被你们踩成这样,至少也要再加十块钱吧?十块不行就五块,五块!"

孙导不耐烦地喊:"黄主任,这是怎么回事?"

一个人应声而来,把老太婆连连往后推:"去去去,没有没有,一分钱也没有。一切都只能按合同办事。"

此人可能是剧务主任吧?

另一个人又来找他,点头哈腰,满脸媚笑。我惊讶的是,这人留着大胡子和脑后一条小辫,也是我在皇家酒楼见过的。不就是那个大谈哲学的流浪艺术家吗?为何眼下活出这个熊样?我听了好一阵,才明白他是个临时受雇的演员,但领走一条领带就不归还,说是丢失了。剧务主任不相信,他便掏出钥匙,把提琴匣子打开来以供检查。匣子里果然没有领带,但也没有琴,只有一堆神功元气袋。他想拿三个神功元气袋抵了领带,但主任说什么也不同意,紧紧揪着他的胸口。"你少来这一套,你这号混混我见多了。"

两人为了一条领带揪来扯去,引来一些闲人围观。尽管有两个大汉维持秩序,但围观者还是挤倒了两筐水果,散乱的苹果、梨子、柿子、香蕉一类滚落在地——我后来才知道,除了苹果最便宜,用的是真品,其他都是塑料制品或蜡制品,是可以多次使用的道具。正如马粪纸做的电话机和泡沫塑料做的大石块,怎么也摔不烂。

我踢了一块大石头,果然有空落落的响声。

我看见很多人在吃苹果,还看见铁子也咬着苹果走向一辆大巴,大概也是饿极了。她头发还有些蓬乱,披一件军大衣,但脸上的假血还没完全褪干净,红花花的印痕一直延至脖子,还沾满领口。

"你吓着了吧?"她朝我笑了笑。

"你没吓着?"

"没吓着,只是被气着了。"

"怎么回事?"

"他们还真在我身上乱摸……合同上哪有这一条?"她噘着嘴,

"给片酬也抠门。他们给你多少?"

"我不懂这些规矩。"

"我也不大懂。不过演这种戏,拳打脚踢的,邋里邋遢的,至少也不能像打发要饭的吧?我妈都没有这样打过我。我的手哎哟哟——"她一抬手就痛得五官挤成了一团。

"手怎么了?"

"可能骨折了。"她的手终于举到空中,倒也没有什么事。但又发现了另一只手的痛点,"这里,是这里,哎哟。"

她眼睛眨出泪花,终于恨恨地咬牙:"跳那么高的墙,要人跳的,玩杂技一样。要是我真摔个缺胳膊少腿怎么办?摔个脑震荡怎么办?早知道这样,给我一座金山我也不演。我们在学校里学表演,从没演过这么乱的戏。"

"你是学生?"我大吃一惊。

"是呵。"

我后来才知道,她是一个艺术学校的学生,被孙导挑来扮演陪酒女,专门配合我演对手戏。

"他们要是不报销医药费,我就扣他们这个。"她偷偷向我亮出一把手枪,调皮地一笑,又把枪藏入提包,走了。我这才发现,她两条腿好好的,跳墙时的骨折或者脱臼,逼着我一路背着跑,确实是演戏。

我有点茫然,觉得她不能就这么走,不能就这样与我分手。怎么说呢?戏不是结束了吗?但不到一小时前我们还患难与共,不到两小时以前我们还生死相依,不到三小时以前我们还相濡以沫,这样一个在我身上体温犹在的女人,怎么说走就走了?这一走可能就是各自东西,再也不会见面了。

"喂。"我大喊了一声。

她回过头来,眨眨眼,"还有什么事?"

"你叫什么名字?"

"你不知道吗?我叫铁子。"

"你叫铁子?"

"是呵,我叫铁子。"

"我……我们也算有缘分吧?"

"当然,我们配合得还算不错吧?"

"我得谢谢你,你勇敢仗义……"

她愣了一下,突然大笑:"这不是演戏吗?"

"你早就知道是演戏?"我有点失望。

"他们只交代个大概,其余的由我见机行事。不过,我还是很佩服你,比一般演员强多了,从一开始就戏赶戏,吓得我差点都不敢演。你那些朋友也演得很不错。"她可能把所有参演者都当成了我朋友。

"我想知道,要是在生活中碰到这种事,你不会那样做?"

"你问这个干什么?"

"对不起,我就是想知道,有点好奇。"

她脸上飞过一抹红润:"我……可能不敢。"

我突然无端生气了,"胡说,你也会那样做的,是不是?你以为这只是戏呵?你想想,我们打也挨了,苦也受了,说不定还受伤了,怎么哨子一吹就子虚乌有?"

"你说这事不算演戏?"她似乎不明白。

"不,至少我不是在演戏。"

"反正我是在演,没什么……"

"你也不全是演。"

"你怎么知道?"

"我感觉得到。"

她翻出很大的眼白:"不全是就不全是吧,那又怎么样?"

346

我高兴了："那你就跟我走。"
"哪里去？"
"我先带你去医院，检查一下你的手。"
"我要桂花姐姐陪我去的。"她东张西望，样子像找人。
"我知道这附近的医院在哪里。"
"我……还不认识你。你是谁呵？"
"这是什么话？都这样了，你怎么还不认识我？"
我不由分说拉着她就走。她开始大喊："放开，放开我，我不要你陪！你脑子有病吧？你掐得我好痛知道不？我根本不认识你……"她喊是喊，挣扎归挣扎，但用力渐渐软弱。到最后，挤上公共汽车的时候，在拥挤的乘客中，她还在无力地把我推搡。

车上乘客看见她脸上似血的红油彩，看见我凶神恶煞的模样，吓得纷纷躲闪。有一个老汉直摇头："现在的年轻人呵……"

十一

她运气不大好，虽然一直想当演艺明星，但自从在《风季》中上过角色以后，再也没有得到上台和上镜的机会，别说演技让人失望，一口可怕的普通话也总是吓坏了导演。她在艺校毕业后也找不到合适工作，最后经我出面介绍，才在我们报社的幼儿园当上阿姨，成天教娃娃们大灰狼和小白兔什么的。

她胆子其实很小，完全没有演戏时的那种浪荡和生猛——这也是她求职的重要障碍。有一个公司老总曾聘她当秘书，但她一看见两个编织袋里满满的钞票，吓得全身哆嗦，丢了编织袋就跑，哭哭泣泣地回家，说什么也不干了。"我就是怕钱，那么多钱！"她的话让我莫名其妙也莫可奈何。我后来曾教她开汽车，以便她去公交公司应聘。但她学了两个月还是笨拙无比，即使开车在空空荡荡的大道上也满头大汗,一见到前面几百米开外有个小黑影冒头就面无人色,双手丢开方向盘大叫:"有人!"接下来是:"怎么办?"

她以为自己是在月球或火星上开车吗?一见到人就没魂了吗?我好容易帮她刹住了车,好容易逼她把蜗牛般的汽车再开过了有人影的地方,她停车时却没法撒手了,两只手紧锁在方向盘上,需要别人一节一节扳直手指骨节,才能使她的两手从方向盘上卸下来。这就是说,她全身几乎已经抽筋,已经僵固如铁。

我没教会她开汽车,甚至没教会她骑自行车,但使她成了我的孩子他妈。这是后话。事后阿中一说起这事,满脸都是嫉妒和悲愤,说亏了亏了,白白放走了一个纯真少女,早知如此,当初在皇家酒楼就该同我换角色,他情愿挨打也不能放过如此艳福。

"她连自行车都不会骑!"我的意思是他不必过于懊丧。

"不会骑好呵。要是她会开轰炸机,你敢要?"

阿中还是我的好兄弟,还经常请我吃饭,包括一起去皇家酒楼。这地方最对铁子的心思。她对其他地方没兴趣,但皇家酒楼是一定要去的。我猜想她很怀念那次上戏,想想当初自己的浓妆艳抹和粗话连篇,说不定有点暗暗开心。"臭莴笋",她一想到这样的台词就笑。

我恰好相反,最不愿意带她去皇家酒楼,总是找个理由把她拴在家里。那地方有什么好?不就是一个贼窝吗?一想到自己的女人曾在那里陪酒,同一些不三不四的男人周旋,每喝掉一杯就把一张钞票塞进长丝袜的袜沿——即便我知道那是演戏,心里也不太舒坦。而且那鬼地方对于我来说,总是有一种挥之不去的布景感,似真非真,似幻非幻。坐在那里,一声与我毫不相干的吆喝,有时都会让我张皇。我会怀疑又要冒出一个操着电喇叭的家伙,宣布眼前的一切都是剧情,于是现实幡然大变,人们面目全非,连我身边的铁子也站起来去卸妆,突然变成一个我无法辨认的陌生人。

我有时候稍微多喝了几口,会感叹这些布景太真实了。汽车一辆辆驶来,一点也看不出破绽。仿古式宫灯一盏盏亮了,一点也看不出破绽。一种种佳肴端上桌来,还真有色香味,真能吃。大门口站着一列挂着红绸绶带为灾区募捐的男女学生,还真像那么回事。连小贩叫卖的报纸以及报上的股市升温或非洲战争的消息,还有什么省长检查物价的消息,也都以当天的日期和真切可闻的油墨气味,让人没法生疑。剧务部门能做到这一步,真不容易呵。

可以想象,我心神不宁恍恍惚惚,不可能不做出一些荒唐事。前不久,我在皇家酒楼又碰上了那个总是提着提琴匣子的大胡子。他穿着一件破旧的呢大衣,发出浑厚的男低音,眼里闪烁着幽暗光泽,像经历过十分痛苦的漂泊,刚从遥远的草原或海岛归来。当时他陪着两个男人吃饭,手搭在一个小姑娘肩上。他们断断续续的声音听不太清楚。一会儿是现代哲学,一会儿是灯箱广告,说来说去,又像对现代哲学和灯箱广告都词不达意,欲言又止,只留下满脸忧郁。大胡子一次次埋下头去,背脊被小姑娘用同情的目光抚摸。

我觉得那位小姑娘表演得颇有分寸,浑身都是戏,一看就知道是那种爱吃零食的校园诗人。在英雄吹响金色号角的地方,总会有这一类女志愿军挺身而出,热爱着我们历尽艰辛的英雄。

剧情还在继续推进。大胡子哼完一段俄国歌曲,突然发现了我,走过来郑重地握手,还来了一把男子汉之间的深沉拥抱。他向小姑娘介绍我,称我是报社名记者,诗还写得很不错(我从未写过诗),是他的老朋友(我这是第二次见他),与他曾在一部电影里成功搭档云云。他看见桌上的照相机,问我能不能给他们来一张。我说很不巧，照相机里面的电脑出问题了。他拿起照相机看看，说你今天真是运气，碰上我了。我刚好有一个哥们儿就是干这个的，给你换一个配件，就我一句话。

"不不，不用麻烦你。"

"这是什么话？不相信我吗？"

"哪里的话。"

"你以为我这点小事也办不成？"他沉下脸，上身略略后靠，把我当一只位置不佳的台球仔细度量。

剧情到了这一步该怎么办？总不能太不给他面子吧？他不是枪匪，我总不能像上次那样大失风度狼狈逃走吧？我及时地微笑了，选定了体面的台词和形体，眼睁睁地看着他把尼康照相机塞进了挎包。

他搂着小姑娘出门而去。

阿中从卫生间回来，对照相机在桌上的消失不免疑惑。听我说明去向，大叫："水鬼！那是个大水鬼！"

"你说什么？"

"那家伙至少有八个名字，二十种身份，从来没有一句真话。你看我理都不理他。你这个二百五，居然把相机交给他。你为何不去给街上的人一个个发奖金？"

"他不是一直在谈着哲学吗？"

"你傻呵？什么年头了？以为哲学是良民证？"

同行的两位朋友也急了，说他们刚才怎么看怎么不对，本以为那家伙是我的熟人，但发现他根本不了解我，还把我当成什么诗人。

阿中愤愤地咬牙："老子要废他一条腿！"

我这才觉得，大家脸上的激昂和愤怒是值得重视的。我带了什么东西来？对了，是带了照相机。我的照相机现在给了谁？对了，给了那个大胡子。我为什么要给他？可怜我连他的名字都不知道，以后到哪里去找他？……我终于吓出了一身冷汗。

我从座位上一跃而去，大步扑向门外，发现大胡子早已不见踪影。但我不甘心，总觉得大胡子应该没有走远，应该在什么东西的后面。我像只无头苍蝇到处乱窜，发现任何东西确实都有后面，都有后面的东西，比如餐厅的后面就有厨房。我向厨房走去，发现厨房后面是灯光昏暗的停车坪。我向停车坪走去，发现停车坪后面有一片园林，还有晾晒在铁丝上的一条条白色桌布。我穿过白色桌布，发现桌布后面有一间小房子。我走到小房子门前，推门一看，发现里面是发电柴油机，还有一个从椅子上弹起失声尖叫的青年。如果我爬过小房子的屋顶再往后面走，前面就是栅栏那边的喧嚣大街了。直到这时，我才发现这里不是后台，更没有摄影、导演、灯光以及剧务部门。

就是说，这里根本不是剧场，也不是电影景区。

我回头试着给军区一招待所打电话，孙导就住在那里，该知道演员们的住处。阿中夺过电话说："你发梦癫呵？他早就出国了，你找他的魂？"

见我沮丧地放下电话，两位服务小姐来问清情况，也为我着急了一把。她们说那个大胡子有名的老赖，一身的酸菜味，光在这个店里就不下十次地赖账，老板一看见他就脸大。你们不知道吗？

我的酒这才醒了七八分。

十二

阿中带着手下人，花了整整一个星期，总算在某个小饭馆把那个骗子找到了，让我十分感动。不过我赶去以后还是没能要回照相机。大胡子说他被小偷割包了,照相机没有了,他自己的三千块钱也没有了。不过他从来不亏朋友,很义气地赔了我十个神功元气袋。

我没法证明他说的不是真话。

我气得两餐没吃饭,因为那台照相机是铁子她姐送的,而且铁子最喜欢千姿百态地用它来照相。她肯定万分心痛。

没想到她倒安慰我:"旧的不去,新的不来。丢了就丢了,多大的事?"

"对不起,我一定给你再买一台。"

"算了吧,攒点钱买奶粉尿布吧。"

她是指孩子将要出生。

她不久果然一胎给我生了两个男孩,一个六斤,一个七斤半。当孩子学会了叫"爸爸"并且争着试验这个词的魔力的时候,我感到了幸福。准确地说,我感到一种鼻子和耳朵都越长越蠢的幸福——我有一天睡醒时的时候,确实感觉到各个身体部件的智商状态,还有这种状态的提升或下降。

我常常一觉睡醒之后,不知道眼睛的幸福是否真实。我爬下床,在房里走来走去,担心突然听到一声长哨,又碰到一个操电喇叭的家伙。我忍不住检查冰柜里的食品,检查衣柜和书柜后面的暗处,检查阁楼上那一切可疑的角落。我忍不住看看床下,又猛地掀开窗帘看看窗外,看这些地方是否隐藏着可恶的摄影机。我检查铁子的衣物以及她的提包,甚至检查孩子胯下最隐秘之处,看是否印有"××摄制组 No××"之类的公物标记。我还检查过她带回来的每一张钞票,把它们一张张对着灯光照,看它们是不是道具,是否都有水印暗图并且纹络清晰。

我假装去借电工刀或者小锤子,去敲过几位邻居的家门,其实是想看看那里是否有可疑的人。我没有发现什么,只发现老金家有两个乡下人打扮的汉子,正在大口吞吸面条,说是他家乡下来的亲戚。我把他们的两个大网袋看了又看,还好,不像是摄制组的用品。

我把草地和大树也一一检查。如果我有足够长的手臂,可能还会把太阳拿来割一刀,看它是不是个可以剥皮的假货。

我总算发现了一件可疑之物,是铁子藏在衣柜里的一个小红本,某卫生专科学校的学生证。上面明明是她的照片,名字却叫"白云"。我联想到她平时对当归、白芍、荆芥、柴胡、天麻之类的用途确实知道不少,联想到她一上街就喜欢窜小药店看看,不得不怀疑她确实受过某种专业训练,进而再怀疑到她的真正身份。她也许不是铁子,只是一直在扮演着铁子的另一个女人?

当我理直气壮出示这一铁证,她竟然哈哈笑了。她说白云嘛,是同学给她起的艺名,学生证也是花钱请人伪造的——当时她和几个艺校同学找不到工作,想去私营医院当护士,就每人买了个假证件。她说这个本本虽然可笑,留着倒也好玩。

我紧紧地盯住她,看她的脸上是否有过一丝慌乱或者躲闪,从而判断她的话里有多少真实。

"你老看着我做什么?"她有点不自然了,要我把胶鞋脱下来,她好拿去洗。

"你脸上……怎么这样红?"

"我脸上红吗?"

"你在家里也化妆?"

"我什么时候化了妆?"

"我怎么觉得你像是化了妆?"

我情不自禁地用一根手指去戳她的脸。她叭的一下打掉我的手。"你才化了妆哩。神经病。"

"你真的不是白云?"

"好吧，我是，我就是，那又怎么样？快换鞋呵你。"

"你为什么一直要瞒着我呢？我们好歹也夫妻两年多了，你有什么不可以说的？"

她愣了一下，把我的鞋猛掷出去，突然捂面哭了起来："你怎么这样不相信人呵？"

我有点歉意，给她削了一个苹果。

很久以来，我在果品中只愿意吃苹果，上果品店也只买苹果。自从那次见识过剧务部门租来的一些道具，我对很多水果总是疑虑重重。货架上那些五彩纷呈的橘子梨子桃子什么的，在我看来总像是蜡制品或者塑料制品。我清楚地记得，当时只有苹果可以拿来真吃。铁子为此经常笑话我，说我一次被蛇咬，三年怕草绳。

这时阿中来电话了，问我愿不愿意明天同他去鹿湖。

一九九四年十二月

最初发表于一九九五年《芙蓉》杂志，后收入小说集《北门口预言》。

很久以前

一

我的记忆越来越糟。我明明记得朋友就住在这个学校，住在荷塘边一列平房的最南端，我去敲门时，应门人却是一位眼生的老头。他说他痔疮出血无法排便，一听说我不是李医生，没好气地狠狠关门。

这使我惊讶不已。我在校园里来来回回至少窜了半小时，从各个视角来核对我记忆中的印象，最终还是来到了老地方。不可能不是这口荷塘，不可能不是这列平房。我再次敲门，把老头惹火了，说你神经病呵，我要报警啦。

但我明明记得上一次自己就是在这扇门前告别朋友。朋友不甘心惨败，定要拉我再战三盘棋。他那天喝醉了酒，照例把明天说成昨天，把昨天说成明天。他结结巴巴地威胁："你昨天要是不来你你你就不是人。"他的妻子则在他身后捂嘴一笑。

我不敢再敲门。我想打一个电话，问问另一个朋友我是否记错了地方。好容易找到了一个公用电话亭，一个汉子从亭里冲出来与我撞了个满怀。他发出见到蝎子时的尖叫。

我看见他的笑脸，才知道叫出的是喜悦。

他叫了我的名字："你不认识我了？"

"我们……见过面吗？"

"你怎么这样健忘？"

我实在想不起来。

"我是苏志达呀。"

我假笑，差不多默认了这张胖脸，这几根稀疏的胡子以及破旧眼镜。这是我认识的，是我应该认识的，对我完全拥有尖叫和拳击胸脯的权利。

"我是长坡公社的，不记得了？那时候经常到你们那里去挑种子，买秧苗，下象棋。你想想看。"

依稀有这么回事。我慢慢能记起种子和秧苗，但还是没法回忆出这张胖脸。

胖子又给了我一拳："真是贵人多忘。"

"对不起，对不起。"

"你太对不起我啦！"他哈哈大笑，"听说你去俄罗斯至少赚了一百万，有没有这回事？放心，我不会找你借钱的。"

这年月，关于钱的谣言一造就有人信。其实我没去什么俄罗斯，更没有贵到多忘的程度。就说知青吧，我能记起李建国，他刚下乡就疯了，戴着满胸的毛主席像章去寻找花果山和水帘洞，后来被母亲接回城。据说，谁去见他，他都不认识了。我还能记起徐辉幼，他年岁最大，但总是笑眯眯的可以被任何人开心，病退回城不到三年就死于癌症。我还能记起田敏，好像没记错，是叫田敏，走路像是一惊一跳的，算是回城最晚之一。我有次看见她推着小车在街上卖咸菜。我能记得很多很多，只是记不起眼前这张脸。

按照他的揭发，我与他相当熟，为什么我没留下一丝一毫印象？我既然忘了与他下棋，是否也可能忘了借他的钱？忘了抽他的耳光？忘了与他合谋偷卖队里的牛？……他突然出现了，如同检察官在法庭上突然出示要命的铁证，使我自以为是的陈述和申辩变得不堪一击，全部动摇瓦解。

我不服气，怀疑以前并不认识这个苏什么人，他不过是拿我开心，像我一样喜欢胡说八道，在情面上先占个上风，下一步就让我请客赔礼。这家伙！

我们握手和抽烟。

他说他在等人，说他在等他的那口子。他有点羞涩地说，他那口子以前叫邢立，你们不是认识吗？你们不是还很熟吗？

我再次吃了一惊。我好久没见邢立，只听说过她再婚了，没想到最近落网的是眼前这一张胖脸。苏、志、达——我努力记住这个名字，努力记住现在是下午两点多，记住在这个公共电话亭边有擦皮鞋的小贩，有卖西瓜的摊子，有汽车卷起的尘浪。我记住公共电话的牌子已掉了个"共"字。我记住苏志达在这个时刻正不无焦急地把右脚一跺一跺，正等待着他的老婆，即那个人间消失多年的邢立。我得把这一切记清楚。

一个女人在菜市场那边出现了，左顾右盼注意来往的车辆，准备横过马路而来。这个身影太眼熟，尤其是她侧看什么时甩动的头发，还有尖削的下巴线条，总是散发出莫名的寒意，让你感到一阵隐隐的胃痛。

二

油菜花的灿烂金色延绵天际，曾让我心潮起伏。我后来才知道油菜花并不浪漫，它只能远看，一旦进入近距离，就意味着追肥时的粪臭烘烘，意味着收割时的腰酸背痛和血泡满掌，意味着油榨房里没完没了牛拉磨盘吱吱呀呀，还有震得脑子里一片空白的通通通——是大棰猛烈撞击油榨的声音，是人造地震。

尽管如此，大家还是争着去榨房，因为缺油的枯胃可以在那里大补一次。记得我当时舀了一大碗热乎乎的新油泡在饭里，迫不及待地喝下去，最后呕得天旋地转，不无幸福地栽倒在牛腿下。

我们从榨房里回到工区的时候，农场里出现了两张新面孔。一位胖，左眼斜视，走路时下身垮垮地朝前挺，大家命名她"罗太太"。其实她不姓罗，好像她模样长得该姓罗似的。另一位就是邢立，也是个母的，长得眉长眼大，扎两只羊角辫，穿一件男式军棉袄，一个被男知青们争相观看摩拳擦掌的焦点人物。

她们的来历是大家长时段的话题。时逢中央下达保护女知青的紧急文件，这些重新安置的"转点"知青，一般都有点案情。比如罗太太就差点是个喜儿，不过是自愿受害的喜儿，曾与一地主子弟私通，打过胎。事情败露后，地主崽子去蹲大狱，罗太太就来到了我们解放区。至于邢立，肯定也有过妇女的冤仇深和战士的责任重，只是她一直没有向解放区的军民倾吐过苦水，让我们有点不甘心。

我们都处在身体发育的危险阶段，正在偷偷地从农民粗痞话、母猪配种以及判刑布告中得到生理教育。何满就劲头十足地看过许多布告，对布告上言之不详处暗暗揣摩，找我共同探求一些肮脏的想象，让我有点不好意思。我们终于在新布告上看到了又一桩流氓案，其中的受害者叫邢×——不会就是新来的这盘菜吧？

"邢妹子被强奸？鬼话，她强奸别个还差不多。"一位叫小三子的农民愤愤地说。

我不理解这种愤怒。

"她生吃蛇，生吃鱼，还生吃猪肝。"小三子说。

"那是治病吧？"

"她还杀猫。不要棒子也不要刀，一只猫硬是被她活活掐死了，你看毒辣不毒辣！比日本鬼子还凶呵。"

"你们平时怎么杀猫？"

"我们从不杀猫。"

"要是饿得没办法了，硬要杀呢？"

"那我们就拿棒打。"

"差不多嘛。"

"怎么会是差不多？"小三子余恨未消，"要是她找了老公，哪天气不顺，不会把老公一把掐死？"

"只有你们城里人搞得下。"另一位农民表示痛恶。"下"大概是下流的简称。

小三子对邢立怒气冲冲，但一见面还是十分客气和殷勤。他在伙房里当厨工，见邢立要洗头，立刻去挑水。见邢立吃饭来得太晚，立刻打开炉火热饭和热菜。他是不是暗中加了半勺菜油，也在我们恨恨的想象之中。他只是容不得邢立借刀去剐蛤蟆，一见菜刀没有了，立刻冲到地坪里破口大骂，哪个瘟狗婆爪子痒，把菜刀偷走了呵？是剐你的爹爹还是剐你的外婆？是剁你的肝还是剁你的肺？……

邢立受不了这种词汇丰富的恶骂，更受不了大家的哄笑。有一天晚上，听到小三子又在地坪里叫骂，又在挨门挨户寻刀，她立刻紧急打扮自己。这样，当小三子推门的时候，油灯突熄，一声尖叫，一只手电光从下往上照，勾勒出白惨惨的一张鬼脸，映照出她脸上蓝墨水和红药水的五光十色，还有裹在身上的飘飘白床单。小三子果然找到了刀，不过是阴风习习的魔鬼伸出长舌，张牙舞爪地操刀而来，吓得"娘呀"一声，连滚带爬逃出门去。

他后来病了一场。

359

他再也不敢进那间房,还好几次忘了给菜里下盐,声称是邢妹子吓散了他的魂。他说他以前还认得百多个字,经过那一吓,现在只认得一小半了,锣鼓也敲不成点子。其他农民也证实,是这样的,是这样的。

农民差不多都不敢惹邢立,至少不敢再去她的房间偷肥皂和摸酱油。他们都说这个贼婆子太神了,动不动就骂人,就装神弄鬼——她半夜里还敢一个人到坟坡上去游荡,这样的人哪个惹得起?

……我回想起这些事,完全是因为碰到了苏志达。要不然很多事情就忘了。比方说,我差不多已经忘了,当初邢立为什么要改掉原名邢丽,为什么很少说到她的父母,为什么喜欢生吃鱼肉。有一次我随意说说,身高是可以锻炼出来的。她就追问我根据是什么。我说这是国务院规定的。她说你别开玩笑了。第二天她旧事重提,追问我这样说有什么根据,到底是在什么报上看的这种根据,如此等等——我不明白她为什么要研究这个,更不明白她为什么要研究蚂蚁的肠子,韭菜的性别,扁担挑土时的杠杆原理……都是些古怪的问题。

我也不记得,当初她夜里装鬼还吓过哪些人,为什么要吓那些人,包括用一对血糊糊的狗眼睛,吓得什么人屎尿都拉在裤裆里。如果我没记错的话,这些事都是她干的,或者说很像是她干的。

现在,她已经横过了马路,走近了。

她发现了我,好像一点也不感到意外。

她说,你好。

三

为了回忆苏志达以及他的女人,我得借助日记。

我有好几本日记，包括记录乡下生活的三本，算是我热爱写作的历史证明。另有一个红皮本的在围湖工地上丢失了。那一阵总是下雨，草棚外的淅沥沥雨雾落出了满地泥泞，也吃去了那个红皮小本，一年多生活的残迹。

我总以为那一本最为重要，是因为其他三本现在看来没多大意思，至少不宜拿给女儿看，以免损害为父的威信。有几次我都差点把它们烧掉，只是犹疑之后没动手，才有现在重新翻看的可能。

这几本尘封日记，内容大致可归纳为：

叹服和歌颂贫下中农优秀品质并一再督促自己改造世界观的，约占百分之三十；

夸张热恋中山盟海誓呵呵呵之类的，约占百分之十五；

崇拜和研究革命样板戏的，约占百分之十；

不知作何用途的格言，约占百分之十；

几乎是模仿初中课文里的景物描写，约占百分之五；

关于胃痛、打架、偷西瓜、到镇上偷肉馅等等，约占百分之五……

这些字或是圆头圆脑，或是斜眉吊眼，根本不像是我写的。很多话更不像是我写的，几乎每页都充满"继续革命""资产阶级法权""修正主义道路""时代在召唤""退路是没有的"之类。说也奇怪，我从未打算把这些日记送到长官那里去，送到媒体编辑那里去，送到历史博物馆去，然后自己被追认什么甚至被伟大领袖题词。事实上，我从来不容许别人来偷看这些日记，就像不容许别人偷看我撒尿。这就是说，一种最为真实的自我表达，也只能真实成这个样子——令我惊讶和难堪。

我居然发现，我曾对一个当过旧警长的老头充满着仇恨。我叹号丰富地写出批判文稿，说他偷偷用豆豉蒸肉，是想恢复剥削阶级花天酒地的生活。我说他在地上倚着锄头把，一次次注意天边的飞机，眼里放射出恶毒的绿光，肯定是盼望国民党反攻大陆。直到多年以后，我才知道那个老头恢复了革命军人的身份，住进了县里的光荣院。除了有点好为人师，他其实极为和善。

我还发现，我曾经为王洪文上台激动万分。我连夜给远方的朋友写信，说工人阶级终于站到历史最前线了，一个新的时代开始了，一场新的斗争正在前头，请你们密切注意军队的动向，注意复出老官员们的动向，注意东南亚以及苏联当局的动向。我们应该随时准备集合起来向凡尔赛进军，让巴黎公社的红旗插遍全球……

我几乎不相信这就是以前的我。但它是，确实是。严格地说，这是一九七三年前的我。对此感到惊讶的另一个我，则发生在往后的日子里。惊讶是两种记忆之间的碰撞。如果我在一九七三年碰上车祸死了，就没有后一种记忆。如果这三本日记某次也在淅沥沥的雨声中丢失，就不会有前一种记忆。更进一步说，如果我现在再写日记，多年以后拿来翻看，会不会还有新的惊讶与疑惑？会不会觉得今天写的一切是如此不可思议？换句话说，到那时候，我的记忆又会出现两个或更多的版本？

记忆是不断变化的，总是被后来的阅历悄悄增减，永远没有最标准定稿。我知道，一种儿时好吃的东西，成年时再吃也许觉得不爽。一种儿时有趣的图书，成年后再看也许觉得乏味。其实呢，不一定是所吃的和所看的变了，只是吃者和看者自身不复如昨，是回忆过去的现在变了。

同样的道理，人们常常宽谅以前的仇人，常常赏玩以前的苦难，一代代老家伙（像我父亲或者以后的我）都有怀旧的感叹，甚至叫叫喊喊地希望复古。我相信决不是过去的油条更好吃过去的官僚就不贪污，而是因为人非往昔，比如说已经远远离开了过去，不再亲临其境而只是远远的看客。

　　历史就这样成了一笔糊涂账，让人不能不有点沮丧。一九八五年我参加了中国作家协会一个会，与其他作家一起被总书记胡耀邦接见。会见之前，人们三两聚谈在接见厅门外等候。一个很有名的白桦先生，也许当时知道这天的接见没有预先安排座次，大家可以随意选择位置。等接见厅大门一开，他抢步上前，第一个冲了进去，占住某张椅子后面的位置，那张椅子上有写着总书记名字的字条。胡耀邦来了，比电视里看去要老态一些，脸色红艳得有点奇怪，似乎是一种化妆的结果。他向大家问好与握手，当然不会漏掉离他最近的白桦……摄影师的镁光灯此时刷刷刷闪成一片。

　　有位女作家在我身旁大不以为然，冷笑了一声："看看，这就是白桦。"

　　她的意思很明白，是说白桦又在抢风头，有意给自己制造新闻。这是第一种解释。第二种解释是，白桦不过是大胆表示对胡耀邦的诚心敬慕，何况他们还曾在战争年代有过一段情谊，抢先握个手，实为人之常情，完全无可指责。至于第三种解释，则是第二天西方很多媒体的激情述评。考虑到白桦是一位刚受到政治批判的敏感人物，他们说胡耀邦特别礼遇白桦，无疑是放出明显的政治信号，是大胆挑战中共领导层的主流路线，看来一场精心策划的自由化浪潮将重新席卷中国，如此等等。

　　到底哪一种解释是真的呢？我后来遇见一些人，包括外国记者和大使夫人。我笑他们的联想太丰富，说握手只是握手，恐怕谈不上精什么心和策什么划。但不论拥护还是反对总书记的人，都不相信我的话。尽管胡耀邦与很多作家都握过手，但他与别人握手不是新闻，与白桦握手才是新闻。新闻经媒体广为传播，受众就成了多数，就有足够的理由不相信我，就完全有资格在将来代表历史。

一位朋友对我说，你当时也是一个远观者，离总书记至少也有十米或者十多米吧？你能说你就洞悉了一切真相？

我哑口无言。

是的，任何人也是他自己的远观者，自己一切往事的远观者。多少个月或多少年以后，胡耀邦或者白桦大概也很难确定，当时在人民大会堂到底是怎么回事。就像我现在翻着尘封的日记，看着那些不知谁写下的字，无法确定自己是否认识过一个叫苏志达的人。

四

因为有老鬼的热心发动，回城知青们又在新年聚会了。事前我有点激动，准备唱一些抒情的歌，说一些亲切的话，还准备拥抱与击掌，乃至酒酣之时与大家一起低头冥想。《红莓花儿开》《三套车》《抬头望见北斗星》……我也许会在这样的歌声里眼潮。"南方的甘蔗林啊，南方的甘蔗林！你为什么这样香甜，又为什么那样严峻？……"这样的诗我们还能背诵一二？

但这一切都没有发生，聚会的主题只有扑克牌和笑闹。多数人回城以后混得并不太好，在小厂里拉煤，在酱食铺里卖货，如果胡子拉碴地混个电大文凭，已经算是飞黄腾达，就可以被旁人羡慕或者嫉妒。女人们尖叫着，有了皱纹的女人们尖叫着，哄孩子屙尿，骂孩子捣乱，把孩子支到室外去。吵死人呵。她们都抱怨，然后谈孩子的缺钙或者中学的收费。一位名叫金哥的老友还缠住我，一心让我知道他增收节支的韬略和伟业。桌子、沙发、大柜、床，都由他自己进料自己制作，油漆也没花钱，是从车间里捎出来的。他笑得吱吱吱的差点接不上气：你算算，我省了多少?

我不断回答几个孩子对电视画面的提问。他还是不放过我,一定要我重复他早有答案的演算。桌子,八十七。沙发,起码一百六十。大柜,六十五块只会多。还有床……他吱吱吱地押着我演算。

另一个电大毕业生被满地瓜子壳激起了豪情,宣布:"我的调动必然是总公司的一次地震!"

幸好开始吃饭了。吃饭把聚会推向了实惠的高潮。如果说我来到这里没找到要找的东西,但至少找到了粉蒸肉或臭豆腐干什么的。

除掉死了的、疯了的、进了牢房的、失去联系的,还有几个老知青没有来参加聚会,其中包括邢立。这很正常。大家都做的事,她一般都不做。大家不做的事情,她反而会兴致勃勃大显身手,比方说生吃猪肝,比方说两手掐死一只猫,比方说晚上独自去坟坡上拉提琴,比方说与某个农民大打出手——她有一次路过一家农户,听见屋内有女人惨叫,有两公婆在打架,便去屋里劝解。大概是劝得很不顺,大概是她受到什么辱骂,一阵惊天动地的扑打声之后,她从大门里出来时,手里竟操着一把菜刀,吓得男主人连连后退。"你哪来的贼婆子?"男主人的嘴还硬,"老子一巴掌把你拍到塘里去!"

"你再骂,再骂呵!"邢立追上去啐了一口,"你这号畜生也配讨老婆?我今天非把你阉了不可!"

男主人已经不见踪影。如果他不害怕对方手里的菜刀,至少也害怕陌生女人的泼劲,还有围观知青们的哄堂大笑。

妇女主任前来感谢她,说她打抱不平有功,接受贫下中农再教育有成绩。没料到她哈哈大笑:"你们这些贫下中农有什么用呵?就该接受我的教育!"

主任哭笑不得，只好悻悻地走了。

聚会的知青们大多记得，当初男知青对邢立都大为佩服，从此把她捧成女侠，甚至奉为太妃和太后。他们甘愿被她支使，还常去她的房间，在她面前表现文雅，互相之间也绅士，见面时你给我拍拍灰，我给你递一支烟，哈哈笑声中规中矩，有一种心照不宣的勾结感，但又暗暗较着什么劲。他们向她奉献蛤蟆肉、酸西瓜、咸萝卜以及猪油，还争相表示愿意教她游泳或拉小提琴。何满一咬牙，献上了自己珍藏多时的军帽一顶。

太后对此并不满足，与女友们分享供奉品以后，做一个鬼脸，说某某太讨厌了，在这里吃饭时嘴巴呱哒呱哒，猪吃潲一样。见女友们大笑，又说某某不论蓄多少胡子，还是一张娃娃脸，任何女人见了都只能产生母爱。于是女友们又笑。有一次，她还瞪大眼，说你们没见过何满刷牙吗？太有意思啦，他牙刷不动，只有脑袋来回甩。

女友们回想了一下，猛笑。

不过，她也看到了危险。据说有人半夜里来无耻地敲门。她的门闩已经非常可疑地被撬坏，一张照片和一条内裤也不翼而飞——这日子真没法过了。她用竹刺、铁钉、机油、死蛇等为暗器，大布地雷阵，加强自己的夜间防务。

罗太太与她同住一房，很长一段时间在制茶车间值夜班。她对朋友负有责任，强烈要求改上白班，理由是她的眼睛夜盲。场长看了看她的斜视眼，觉得事实有目共睹，也就不好拒绝。

罗太太兴奋地回到房间，"成了！"

邢立问："什么成了？"

"我不用上夜班了，晚上可以陪你。"

"好呀。"邢立应该高兴的，却不显得太高兴，好像完全忘记了以前说的话，反而发问："你晚上睡觉不打鼾吧？"

罗太太生气地说："我什么时候打过鼾？"

晚上，金哥那家伙来邀邢立去游泳，被邢立拒绝。又邀邢立去抓蛤蟆，也被邢立拒绝。但金哥很会吹口哨，吹得声音又长又亮，还有颤音和滑音，一曲《冰山上的来客》电影插曲，简直是上穷碧落下黄泉，两处茫茫皆不见，足以把人吹醉。邢立眉开眼笑，立马就要学，学着学着同对方出了门。罗太太立即掩门跟出。但她不过是慢了一步，就发现他们已经走远，而且两个背影在前面说笑着什么，毫无危险迹象，邢立更无寻求解救的暗示。

听到身后有脚步声，金哥很不客气，"罗太太你来做什么？还不去洗衣服？"

"洗完了呵。"

"你快回去吧。莉莉刚才正在找你。"

"我怎么没看见？"

"你斜着眼睛怎么看得见？"

"姓金的，你一张嘴巴干净点！"

邢立也猛捶金哥一拳，"讨厌！开口就流腔，讨打呵？"

事后据罗太太说，她跟是跟了一段，最后被邢立支去拿手电筒，但她返回来时，不知那两人到哪里去了。她急出了一身汗，用手电筒四处照，找遍了桐树林、篮球场以及水塘边，怎么也找不到一个人影。她只得马上去告诉干部，然后带上几个职工在工区附近拉网似的搜查。邢立——邢立——她一次次朝黑暗的前方大喊。

听她说事的人都哈哈大笑。有人说："罗太太，你缺心眼吧？人家有人家的好事，你插在中间算哪碗菜？"

罗太太瞪大眼，"是邢立要我陪她的。她晚上有点怕。"

"你脑袋上挂着猪耳朵？怎么话都不会听呢？她什么时候怕过男人？只有男人怕她吧？"

367

"怕她什么？"

"怕她欺侮呵。"

大家又笑。

五

邢立把口哨越吹得好，何满就越生气。照何满的说法，邢立曾叫他修整过板凳，叫他修整过门窗，还帮他管理着餐票、布票和粮票一类。一件件铁的事实俱在，怎么吹几声口哨就把老交情忘了？

何满是头超级大河马，坐垮过好几张椅子，坐塌过我的床板，一顿能往肚子塞下五钵饭，吃得痔疮流血，弄脏了我们一条条短裤。为了表示回报我们的短裤，他说他爸来信了，这次一定想办法给大家弄到招工指标，尽可能保证六个，说不定弄到八个，让弟兄们尽早脱离苦海——虽然我们听说他爸最近犯生活作风错误，已经丢官下台。但何满怒斥谣言，说他爸只是短期下放锻炼，还是握有实权的。

他总是抽伸手牌香烟，实在没处伸手，就从衣袋里小心地摸出一支，说那是最后一支，最后一支，实在对不起了，弟兄们。我们对他爸存有希望，希望成为他爸恩宠的六分之一或八分之一，一直容忍着他衣袋里可疑的空洞。

何满说金哥多次偷他的烟，这是我们不大相信的。他揭发金哥的其他罪恶，我们也将信将疑。他说金哥在学校里是留级生，在街上是个有名的二流子，当红卫兵那阵什么正事也没干，只是偷了老师的上海手表，偷了驻校军代表的军大衣，在派出所都是挂了号的。他为什么不同自己的同学一起插队，定要混到我们这些外校学生里？不就是想隐瞒自己的历史污点，重新混入革命队伍，骗过党和人民雪亮的眼睛吗？……何满说到这里的时候，吐出一口口唾沫，骂出些不干不净的话，刻骨仇恨溢于言表。

这一天，他终于与金哥双双丢了白手套。我在一场昏昏的午睡中惊醒，听到隔壁房间有惊天动地的响声，跑出门一看，只见何满捂着头跑出门来，半边脸都是血，只有眼睛在血光中间闪动。"我破相了，我破相了哇——"他无目的地狂跑和疯跳，如果不是流着血，那样子倒像欢呼雀跃。

从房间里飞出一块砖头，差点砸了他的脚。还飞出金哥的一声怒吼："你娘的套鞋！"

何满撞翻一只粪桶，在地坪里跑了一圈，没干什么，又血淋淋跑到原地来了。"姓金的你这个杂种哇，老子今天不撕了你就不姓何！"

金哥操着一把锄头冲上去，二话不说就挖。

幸好有几个人猛扑上前，拦住了金哥，七手八脚夺了他的锄头，缠住他的手脚，把他拉到桐树林那边去了。看到形势已经缓解，暂时打不起来，何满就两脚跳得更高，"你来呵，你来呵，你不怕死的就来！老子今天非废了你不可！你这个臭王八蛋，翻脸不认人的杂种，你不想活了你……"他骂着骂着就哭起来，一屁股坐在地上。小三子从灶里抓来一把草木灰，急急地给他涂抹伤口。

围观者也有邢立。她满脸的不屑，捡来一块砖拍在何满面前，"怎么就歇手了？去追呵，一砖拍死他。"

"你怕我不敢？"何满喷出一个鼻涕泡。

"就凭你这一身好肉，至少也要打个平手吧？"

何满没去操砖，一口恶气撒给邢立。"你少来烧阴火，我晓得你同他是一头的，合伙欺侮我。"

"我怎么欺侮你了？你想打架，我帮你呵。"

"告诉你,他是个流氓!"

"你不是流氓,但你哭鼻子,是个鼻涕虫。"

"你呢,女流氓!白骨精!美国女特务!"

旁观者发出一阵大笑,笑得邢立沉下脸,终于撒了野,手里一盆涮饭盆的浑水,带着几星菜屑,哗啦一声泼了个何满的满脸。

何满越哭越伤心。我把他扶到房间里,帮他洗了脸,包扎了伤口,还见他鼻涕泪水横流。他哇哇哇地痛恨邢立变心,哇哇哇地诅咒女人水性杨花,还哇哇哇盘点自己各种损失,包括餐票、猪油、香皂、当归——据说他不乏妇科知识,偷偷买下当归什么的,算准日子送过去,让邢立补一补身子。他只差没有给对方送上卫生巾。

我听到这里差一点要呕,"你无聊不无聊?同她的关系没深到那一步吧?"

"你鸡屎粒子懂什么?"他抹了一把泪,"我同她什么没干过?都老夫老妻啦,餐票都是合用的。没想到她还胆敢背叛我!"他说到邢立的手是什么手,脚是什么脚,腰是什么腰,胸是什么胸,右耳下的一颗痣是什么痣,发出的呻吟是什么呻吟……好像他是个生理课老师正讲解着标本。

我听得笑了,几乎不敢不笑,好像不笑就默认自己是什么也不懂的毛头小子。"你吹吧,好好吹吧。"

"你以为我上不了她?实话告诉你,母的就是母的。老子揉上几把,她就全身都软成一摊水……"

"还真事似的。"

"呸,别说一个她,就是蔡小婧……"他又点出几个名字,"我什么鱼没有钓过?哪个咸菜坛子没掏过?"

我听得心里怦怦跳。帮他去食堂打饭的时候,朝他饭盆里吐了两口唾沫,用筷子一搅,就搅到饭菜里去了。如果不是看在他一脸血迹的分上,我还会捡块狗屎搅到饭菜里去,让他好好尝一次鲜。

六

何满的伤口不久就好了,而且脸上长出更多粉刺,痤疮更多地发作,更显得堂堂男子汉。他后来招工回城,又参军去了前线,在一次边境战斗中阵亡。据说他一个人敲掉了敌人两个火力点,自己一条腿打断了,还爬行十几米,把手雷扔进了敌方的工事。战斗结束以后,战友们发现他全身已被乱枪打成蜂窝眼。

每当听到《血染的风采》一类的战争歌曲,我就会想起他,心里有些难受。我搜索自己的记忆,不知为什么只记住了他那些可笑往事。这小子怎么可能成为英雄?他不是白长了一身肉只会没出息地哭吗?不是抠门得让人痛恨吗?也许,某种成见遮住我的眼睛,使我对另一个何满熟视无睹,很多见过的、听过的、嗅过的、尝过的、触摸过的东西在记忆中流失无痕。成见甚至可以无中生有,比如何满害得蔡小婧打胎的事,事后被证明是出于金哥的捏造。说何满参军前夕还搅着大舌头,硬把罗太太拉着去油菜地动粗——这一情况也只是由罗太太提供,一面之词并不可靠。

我再一次对记忆深感困惑。

像人一样,社会也有记忆,记录在前人留下来的纪念碑、小说、电影、回忆录、历史著作乃至成语和积习那里。社会的记忆,其实差不多就是胜利者的记忆,比方,有胜利种族的记忆(如征服了美洲的白种人),也有胜利阶级的记忆(如夺取政权的共产党)。清华大学的红卫兵头头蒯大富在群众集会上,耸耸肩,摊开手,宣布要准备跟着毛主席"重上井冈山",使很多红卫兵热泪盈眶。去井冈山干什么?这个问题是次要的,重要的是这一口号燃起了诗情,使大家想起了篝火、马背、传单、紧紧的握手、新女性的短发、白色恐怖下的飞行演说,等等。大家不是被蒯大富蛊惑,更重要的是被革命的记忆所感染。这些从小说或电影里得来的闪闪烁烁印象,早就在培训着一代新人的美感,引导着他们的向往。

他们早就想找个机会来练一把。

毛主席并没有重上井冈山,只是用工宣队和军宣队教训了蒯大富,在那一年横扫了清华园。但青年们对革命美学的崇拜后来还是一次次表现出来,在一九七六年,在一九七八年,在一九八一年,在一九八六年,在一九八九年,他们情不自禁地一次次在大街上和广场上重演前人留下的记忆。这些运动的性质各各不一,但有大致相同的形象(旗帜、演说、高歌、捐款、争论、喊口号、抗议当局的血书,等等),而这些形象在记忆中总是最能经久。想想看,幼儿教师都知道看图识字,这是因为图像比文字更容易记住,就像一个我这样的人,历史知识十分贫乏,对很多历史英雄的浪漫风度却决不陌生,动不动就把自己想象成刑场上的李大钊、街垒上的丹东、演说台上的列宁、流放途中的十二月党人。

有一个几乎参与了上述所有事件的人,叫孟海。我发现他至今还对游行有特殊爱好,不管是维权请愿还是抗议官倒,不管是反对洋人(他们不给签证或者倾销劣质汽车)还是拥护洋人(他们支持中国的民主自由),他都一律投入,都觉得与自己有关,眼里闪耀着兴奋的光芒,如同一只打了吗啡的山羊。他的游行史始于中学时代,每次都是带上水壶和草帽,头上勒一布条,斜挎书包里塞着折叠小马扎,装备齐全走在队伍最前头。他走起路来一肩高一肩低,指挥高唱《国际歌》时把一头长发扬过来抛过去——让我一次次觉得似曾相识。那时候有一位少女曾慕名求爱,不料一见面竟大失所望,说他的脸怎么这么白净?一条疤都没有!

少女弃之而去。她一定觉得英雄的脸上不能没有伤疤，不能没有痛苦感和沧桑感。我总算想起来了，她肯定读过曾经风靡一时的英国小说《牛虻》。

孟海在中学里比我高几届。当我还在着迷抗日斗争小故事，他已经在研究辩证唯物主义和历史唯物主义了，经常召集几个弟子，讲解什么是生产关系，讲解唯物辩证法和辩证唯物主义有何不同。有一天深夜我们打扑克，肚子饿了，上街找辣豆腐干。他突然指着街灯下的空寂广场对我们宣告："这是属于人民的，一定会回到人民手中！"我当时立刻肃然起敬，境界阔大，好像突然明白了很多人生真谛，只是得意妄言，一时说不清楚。

他下放在长坡公社，离我们农场有几十里路。我去玩过一次，冒着大雪跌跌滑滑走了一整天，才摸入他的茅草屋。我们吃了些烤红薯。他指着门外的汪汪水库说，你看那像不像贝加尔湖？

我知道贝加尔湖，知道很多俄国革命者曾在那一方流放。我也听孟海背诵过很多俄国革命诗歌，大海呵大海什么的。

他坐在火塘边哆哆嗦嗦笼着袖子，破棉袄好几处开了花，肩上和头上都盖着很多轻轻欲飘的柴灰。他咳嗽，很同志式地让我大吃烤红薯。

我永远记得屋外面那俄式的风雪。

我被借到县里绘制水利规划图的时候，住在县招待所。孟海来找过我，问我能不能借些钱给他。他有一位朋友最近打算出国，承担着重要的使命，差不多就是革命的先头部队，急需得到大家的资助。我有点为难，说自己没有钱，只有一些粮票。他收下粮票以后就倒头睡了。

半夜里，服务员敲门查房，问我为什么擅留客人，为什么不去服务台登记？说着把孟海盯了一眼。

我立刻感到这一眼盯得不同寻常，史无前例的深夜查房也特别可疑。第二天一大早,我让孟海赶快走人,见他的跑鞋湿透了,让他匆匆穿走了我的皮鞋。

我去服务台补缴罚钱,注意服务员的神色。还好,那女子倒也没说什么,一边嗑瓜子一边与旁人笑闹,根本不看我一眼。

我暗暗松了一口气:也许纯属自己神经过敏庸人自扰?

大概两个多月以后,一位电工来我的房间检修线路,大概是嘴闲得有点慌,便东拉西扯,包括说到服务员对我的意见:鞋袜臭烘烘的,烟灰到处乱弹,前不久还害得她们一夜未眠,陪着公安局的人监视这个房间。

我吓了一跳,"哪有的事!她们肯定记错房间了,我坐得稳行得正,凭什么被公安局监视?"

"她们真是这么说的。不过,我看你也不像坏人。"

我故意哼小调而且吐痰。

我等对方一离开,立即惊慌失措地打电话,找一切可以找到孟海的人,希望他们赶快给孟海传话。我怕吓着别人,当然不能明说,只能由他们传达一种暗示。"一个叫秦纪为的朋友病重,正在找他。"这就是我编的黑话。"秦"是指情况,"纪"是谐音"急","为"是谐音"危"。情况又急又危,他能不知道下一步如何应对吗?凡读过几本革命地下工作者回忆录的人,能不对这种黑话心领神会?

一位朋友在电话里告诉我,现在已没法找孟海了,因为他几天前进了笼子,听说案情特别严重,是涉嫌偷越国境。

我大出一身冷汗,立刻赶回农场焚烧材料,包括两个笔记本和一些文稿,包括孟海以及其他朋友的普通来信——信中那些情绪消沉或狂妄自大的话,在那个时代也完全可能带来麻烦。其中一封信是孟海入狱前发出的,倒也没说什么,只是谢谢我的粮票和皮鞋。我注意周围人的动静。他们吃饭的吃饭,走路的走路,打扑克的打扑克,上厕所的上厕所,没有什么反常。但他们完全可能暗中充当警察的眼线,我不会掉以轻心。

过了好些天,居然没什么事。

我算是暂时漏网了吧?

回想我和孟海被警察暗中监视的那一夜,当时我虽有不祥预感,但没想到事情有那样险恶。那一夜我幸好没说什么话,没被窃听的警察们抓到什么把柄。我一直怕孟海看不起我,本想好好展示一下理论成果,比方吐出一些俄式烟雾,谈谈林彪坠机事件,谈谈国家的政治危机和前途,谈谈我从美国和台湾广播里听到的一些紧要消息……我几乎会按照警察们所想象的那样行动,为他们的动手拘捕提供充足理由。不料我还没来得及露一手,孟海就呼呼大睡了,让我相当扫兴。

他不过喝了半杯白酒,就醉成这样,实在有点奇怪。我怀疑某乡镇工厂出产的这种酒里有假,就像小三子说过的,农民有时也搞下的,在谷酒里掺敌敌畏,使酒变得烈一些和香一些。

孟海像只蟑螂被点杀在地。

假如他没有醉倒,我必定夸夸其谈大放厥词,让门外的警察记录在案。然后,我将很快入狱,被判以重刑,甚至在某个重大节日的前夕饮弹伏法,都不是没有可能。我听说过,有一位少年只是无意地用硬币在墙上乱画,一不小心在伟大领袖名字上画了几个叉,后来就差一点被枪毙。

但事态进程竟被一个小小的偶然打破。敌敌畏,神奇的敌敌畏,不知何时由一位敬爱的农民老大爷掺入了谷酒,然后装瓶装箱地运到县城,辗转曲折地经过一个个销售环节,最后出现在招待所这张小桌上,掐灭了我的话头,救了我。

我崇拜敌敌畏。

七

有一声长长的口哨。"可以进来吗?"

"当然。"

"不打搅吧?"

"我没做什么。"

"样子蛮深沉的。"

"就是发发呆。"

"发呆都深沉,不发呆怎么得了?"

我不再说话,目光投向棋盘。

她也不再说什么,撩了撩头发,把几件叠好的衣放在我床头。

自知青们一批批招工走了以后,加上很多人以病退的名义返城,场里的知青已为数不多,深不见底的寂寞弥漫在空空房间。听不到歌声与琴声,听不到球场喧哗,也听不到同学们的打架骂娘。曲终席散,人走茶凉,每一天早上在被子里睁开眼睛,我望着漏光的瓦盖,都不知道这一天该怎么过。"南方的甘蔗林啊,南方的甘蔗林!你为什么这样香甜,又为什么那样严峻?北方的青纱帐啊,北方的青纱帐!你为什么那样遥远,又为什么这样亲近?……"郭小川的诗眼下一旦读出,字字都成了冰团子。

因为与场长对骂过一次,邢立也没混进招工名单,甚至没法得到轻松点的差事,像进厨房帮工或者进车间制茶那种。她跟着男人们去担粮,锄草,挖树洞,碰到坚硬的岩层,挖得钯头直跳和火星四溅,脸上有一种要哭要骂的表情。碰到这个时候,我会走过去帮她挖一阵,把硬土层挖松,只需她轻松取土。

不知为什么,在当这种挖土骑士的时候,我们都不说话,硬要说的话,也只是"喂"一声或者"哦"一声。比如她把水壶递给我，就"喂"一下。或者她指一指土洞里半截需要斩断的老树根，我就"哦"一下，取来板锄和柴刀帮她斩掉。她当然感受到我的好意，收工以后去塘边洗衣，有时也会把我几件脏衣顺手拿去。但在取衣和还衣的时候，我们还是没有多话，"喂"一下或者"哦"一下，就算礼数周全了。

她在我衣袋里发现了孟海的信——当时孟海还没有被捕。"你怎么有那个，有那个……"她声音哆嗦，像发现了定时炸弹。

"打算去举报？"

"关我屁事，但你们也太不知死活了吧？"

"什么死呀活的？我们是提高思想觉悟，制造一些反面教材，看反革命分子到底是怎么阴谋夺权的。知己知彼，才能百战百胜。不入虎穴……"

"鬼信你那一套。"

"那你要怎么样？"

"我早就看出你鬼鬼祟祟，不是盏省油的灯。"

我不再说话，走了。

她近来没接到金哥的来信，过得有些无聊，对我的秘密突然有强烈好奇。我后来发现，我不在房间里的时候，她翻过我的箱子，擅自拿走我的藏书。在她发誓保密的前提下，我却不过她，只好说了秘密之一二，比如说到我的几个同道弟兄，说到在武汉和桂林的秘密聚会，还说到马克思的《法兰西内战》和列宁的《国家与革命》。我很快发现她搂住双膝睡着了，在水塘边月色朦胧中发出粗重呼吸。被我推醒之后，她伸出一个懒腰，还嘟哝出一句："都是神经病！"

但有了这第一次长谈，她后来常常来到我的房间，坐在飘飘忽忽的油灯旁，补着她的衣或者鞋袜，似乎想同我说点什么，哪怕就是沉默一段，哪怕就是比着背诵两句郭小川或普希金的诗，也是寒夜中的一缕温暖。

"我今天很高兴,收到了三封信。我表姐说她最近招到交响乐团了,马上要到上海演出。前几天他们还给外宾演出……"她提到一位元首的名字,"他听了演奏大加赞赏,还送了她一个花篮哩。"

我说那家伙什么也不会干,赖在中国讨饭,是想在中国纳妾吧?你表姐居然还给他去献艺?

她被我扑得晕头转向,只好另找一个话题:"何满当司机了,知道不?听说他马上还要参军了,爬得比哪个都快。"

"你是不是现在有点后悔?"

"说什么呢?他是罗太太的骑士,差一点还是张场长的乘龙快婿。你没见过张场长的女儿吧?嘴巴蛮小的,眼睛水灵灵的。咯咯……"

"何满可不是你这样说的。"

"他说什么?"

"他要说什么,你还不知道?"我埋头去打棋谱。

她久久没有吭声。我再次抬起头时,发现她停止缝补,眼里竟然亮晶晶的一圈,不觉大吃一惊。"你哭什么?"

她用袖口擦擦眼睛,"不是被你气的吗?"

"对不起,何满没说过你什么。我刚才也就是开个玩笑。"

"哄谁呢?你相信任何人,就是不相信我。你心里那几根肠子我算是看清了。你不就是认为我贱吗?不就是认为我骚吗?还骂过小破鞋吧?你硬要这么看,那我就认。我就把这个小破鞋当到底了。"

"我没有这么说。这是你说的。"

"少来这一套!"她气冲冲地夺门而去。

第二天,大家都没有看见她上地,到她房间去查看,也没见到人。队长和场长都气得大发脾气，说没见过这么自由散漫的家伙，真把这里当菜园子呵？眼里还有没有领导？以后还要不要前途？直到第四天，她汗水淋淋地回到工区，据说是去了县城，去了邻县县城，差一点就去北京和上海散心。她没钱了就讨饭，就借宿，就爬车，据说返回农场时爬上了一辆粮车，一段助跑两腿一跃就解决问题，功夫不在铁道游击队之下。面对小三子的惊疑，她还满不在乎地夸口，这有什么了不起？没偷他们的车，算客气的啦。

她带回两个陌生的女知青，大概是邻近公社的，好好地吃了一顿，疯了一阵，才送客人离去。

她说她们成功爬上了粮车，不知是真是假。她说自己跳下粮车时没摔倒，也不知是真是假。她说自己花两块多钱玩了三天，到哪里都有吃有喝，都有朋友相助，而且从不需要她装嗲卖娇巧施美人计，更不知是真是假。就如她自己承认的，她经常一开口就有假话。只是她给我买来了一件汗衫，说我身上的那件都破成渔网，该换新的了。

八

坦白地说，我越是戒备邢立，就越证明我受到了诱惑，青春病已经防不胜防。有一段时间，附近小学有女教师生孩子，农场让邢立去代课几个月。也就是几个月吧，可我觉得那一段时间特别漫长，日子过得缺盐少油。

在常人眼里，她显然不是个好老师。她带着同学们偷学校附近的西瓜，考试前向同学们泄露试题答案，发现有些女学生被父母责令退学，就唆使男学生去开展游击战，朝这样的父母扔牛粪、扔狗粪、扔鸡粪，直到他们同意孩子复学为止。老师们都认为她太疯了。但孩子们喜欢她,在她代课结束返回工区的那天,他们找来一辆板车,让这个孩子王坐在车上,俨然是太后巡驾出宫,几十个孩子前呼后拥一路高唱猛进。女教师用旧报纸叠了些船形帽,让男孩子一人戴一顶。用红纸浸出一些红水,给女孩子每人脸上抹两块红。她自己扬起一根竹竿,像扬起一条马鞭,在车上吆喝不已。"大鞭子一呀甩呱呱地响哎……"她在车上唱得前俯后仰。

看着她前来的身影,我哈哈大笑,差一点把这个活宝贝拥抱入怀。但我没有迎上去。我得严正提醒自己,我不喜欢她太疯,不喜欢她总是零钱乱放一副有钱人的派头,不喜欢她总要在男人面前占个上风,不喜欢她动不动就谈她的提琴手表姐和当画家的叔叔,似乎自己出身名门,鼻子里哼的都是高等气息。我更不喜欢她睁大眼睛假装天真,其实手段高超,把一个个男人都逗得神魂颠倒——只可惜没人同她玩真的。她越是对我友好,我就越挑剔和刻薄。我吃饭时崩了一颗沙子,也似乎觉得她太可恶,必须对我的牙痛负完全责任。

有一天,一个叫小安子的后生告诉我,他昨晚上看见邢立同一个男人在水塘前散步,那人的身影有点像我。他后来去问过邢立,问那人是不是我。邢立当时的回答是:"可惜不是,要是就好了。"

邢立不会不知道,这话要传过来的。

我把传话者轰走了,不一会又喝令他回来,把全过程再详说一遍。"小安子你也一肚子坏水呵?想给你大哥下绊子设圈套是不?"我当然得加上这样的责骂。

我不可能不说一些邢立的坏话。据小安子后来揭发,我当时说邢立不过是残花败柳,在娘肚子里再翻两个跟头,我也不大可能正眼瞧她。你大哥是什么人?一尘不染,坐怀不乱,特殊材料造就的钢铁战士，哪是金哥和何满那种轻骨头？那娘们自以为百战百胜，其实也没什么招，充其量只会装疯卖傻，再加几滴眼泪，拿手好戏就是痛说革命家史，说她后妈如何虐待，说她生母如何可怜……但本子没怎么编好嘛，每次说得情节有出入。

我同小安子下棋，连胜了他两盘。他要悔棋，被我坚决拒绝，便同我吵了一架，红着脸冲出门去，把棋子拂得满地乱滚。

第二天，队长急匆匆来找我，问我对邢立作了什么孽。"你快去看看吧。要是闹出人命，你要坐牢的哟！"

我莫名其妙去了邢立的房里，才知道小安子前一天大发脾气，竟跑到邢立那里揭发，算是对我的狠狠报复。邢立一听我那些恶语，加上揭发者夸大的恶语，禁不住两眼发直，大口吐血，要找我拼命，但刚走到门口就晕了过去。我走进房间时，一个医生刚打完针，正在给她灌药。为了阻止她的挣扎抗拒，几个人抓的抓手，按的按脚，还在她嘴里横塞竹筷，意在撬开她的嘴巴。屋里乱糟糟的，不像是闺房倒像是刑场，被子上和蚊帐上，墙上和地上，到处都有血。小三子吓得哭了，说没救了，没救了，血都吐光了吧？

我没料到事情会闹成这样。不就是几句玩笑话嘛，如何把她伤成这样？她平常不也是一张刀子嘴经常刻薄别人？我想向她解释几句，但她一看到我，死鱼般的眼睛再次放大，全身再次抓狂并发出尖锐长叫："呵——"

不光是在场的其他人，连我也吓得手足无措。

我只能赶紧逃出门去，找小安子他娘的算账。

直到好几天以后，见她房间没有太多动静，我才硬着头皮端上一碗鸡蛋去向她道歉。她半躺在床上，依然气呼呼的，不论听到我说什么也不给我好脸色，只是以各种命令考验我的道歉诚意。你给我扫地——你给我倒水——你给我洗脸——过来，你给我梳头,听见没有?——她只差没再生一计,要我抱着她去洗澡了。见我折腾得大汗淋淋,笨手笨脚地帮她梳头发,她苍白的脸上才浮现出得意之色。"你以为这就算道歉了?"

"你还要怎么样?我都成奴隶了。"

"你耐心点,你得负责到底,我这病不是三两天能好的。"

"奴隶也得有解放的日子吧?"

"我喉笼里痒,说不定还要吐血。"

"吹什么牛?想吐就能吐?"

"你以为我吐不了?"

"你吐痰吧。"

怪我再次失言,她触电一样,猛地弹起来,没等我看清是怎么回事,床头的杯子药罐什么的都乒乒乓乓地到了地上。她疯了似的扑打我,撕扯我,掐我,一只手还伸向桌上的鸡蛋。我惊恐地抓住那只手,于是一切就没法避免:我把她搂入怀中,两双眼睛紧紧对视,一只嘴压向另一只嘴。事情怎么会这样?连我自己都不怎么明白。我事后能记起来的,是那一刻我两脚没站稳,膝头被床沿顶着,姿势不免别别扭扭,扑倒下去时更像跛子失足,毫无美感可言。她也手忙脚乱,大概是动作太大,使床板发出断裂之声,全身突然向下坠落。她的脑袋狠狠撞了我的脑袋。她的牙齿把我的手背狠狠刮了一下。更使人扫兴的是,我们还没吻上,就带垮了蚊帐。一张大网昏天黑地罩下来,网住了两个活物——我挣扎好一阵也没找到出口。

九

我应该纠正上面的一些说法。

一、我后来才知道,邢立在吐血的那天,发现她养的一条小狗被人打死，只剩下垃圾堆里的几根狗骨头。她非常生气地四处叫骂。这是否也是她吐血的原因之一？如果是，我在她吐血的问题上是否有点枉担罪责？或者说在很大程度上是代人受过？

二、说实话，我享受了她的激情，但偶尔也有一种被俘感，只是没敢说出来。她曾经轻易制服了何满、金哥等很多男人，眼下没有多少目标了，是否也不容许我漏网？是否无法容忍我的矜持和傲慢？这种征服，通常被当作爱，但在多大意义上真正与爱有关？

三、上面关于拥吻一段其实涉嫌虚构。如果我没有记错的话，事情就要越界的那一刻，小三子送开水来了，我也就中止作案，松开了她的手，借机溜出门去。我写到上面一段时情不自禁略加发挥，无非是笔头一滑，受到许多既有小说的影响，似乎孤男寡女混在一起，都已经洗过脸了，都已经梳过头了，不再做点什么就说不过去。正是这种对通则的迎合，使我由小说逻辑挟持，在纸面上与邢立欢爱了一场。

我现在需要回到事实。

我匆匆离去的主要原因，就像我说过的，与金哥他们有关，与邢立的小狗有关，也与其他事故有关。不久前的一天，我走进工区的茅房，那种到处通风、通气、通声响的简陋棚子。我在茅房里清晰听到隔壁女人们的声音，听到她们那些响亮、复杂以及丑恶的排泄，一声声轰击我的耳鼓，令我突然惊骇和沮丧。我似乎有点可笑，有点少见多怪。这些声音不是很正常吗？不论人们如何风度翩翩仪态万方光彩夺目，不都有撅着屁股的时候吗？——后来读伟人传记时我也曾偷偷这样想。在很长一段时间内，我无法摆脱一种心理病态，一见到可爱的男人和女人，就立即想到他们的头皮屑和耳屎，想到他们胃里的沟纹和须毛，想到他们肠胃中混浊的泡沫和腐臭的渣滓在偷偷蠕动，如此等等。我深知文明的意义就是要略掉这一切,做文明人的意义就是要善于忘记,似乎这些东西根本不存在,生活中只有美好和灿烂,比方说只有"南方的甘蔗林"和"北方的青纱帐"。

但我做不到这一点,只能在非文明状态中离开了女舍。我想起一件事:小三子曾教我玩一种把戏,同我赌一张饭票,看谁能记住这几天每餐吃过的菜。我以为这件事太容易,但拼命回想一阵,记忆的触须顶多上溯一两天,再远的菜目就一片模糊。不过是一些最简单的菜目,也就是一些缺油少盐的南瓜冬瓜黄瓜,但就是记不起来。

这有点奇怪。人们的记忆是如此粗疏,如此挂一漏万和不负责任,那么产生于记忆的历史和文学是否还值得信任?相比之下,也许小三子更为可靠吧,至少他还能有序说出五六天之内菜目——这种历史与文学如果说不是最好的,肯定不是最糟糕的,至少是对某种记忆空白的必要填补。

对不起,我差点忘了小三子。在我凌乱的记忆片段中,他依稀是孤儿,一个地主子弟。场长曾经说他是地主,让知青们吓了一跳,没料到有这么年幼的阶级敌人。后来才知道本地人看人不是一个个地看,是一窝窝地看,地主子弟都被看作地主。小三子这个"地主"当然要干最累的事,可以被任何人怠慢和戏弄,比方我也曾以脱光对方裤子相威胁,要他乖乖交出一点猪油。奇怪的是,他在这种环境里居然过得很快活,刚生过我的气,转背去切菜就"皇里个皇皇里个皇",唱些没人能听懂的歌。

后来,我看见一张陌生面孔在伙房里切菜,才想起好几天没听到"皇里个皇"。我打听小三子,听说他已经回家了。

又过了几天,还没看见小三子。别人说,告诉了你嘛,他回家啦。

我去小三子住过的房间,发现他的床空了,只剩一堆乱糟糟的铺草，几只鸡猖狂地扒来扒去，似乎在啄食一个人的音容，还有"皇里个皇"的余韵。我这才知道，小三子的一个姑妈是麻风，过年的时候跑出医院来看他，没想到竟使他染病，于是从我们的视野突然消失。

我们农场地处二级麻风流行区，病人一般都往县麻风院送，还有些医院收不下的，或者顽固恋家的，就被安排到偏僻山地，让病人在那里自给自足自生自灭。有一次我随几个职工外出担树，路过一个寨子。歇脚的时候，有人指着对面的山岭要我看，说那里有两个麻风户，小三子就住在那里。

小三子我认识。我想起来了，小三子原来是我们工区做饭的那个"地主"。天气正晴朗，山里的雾浪翻腾，漫下一个山坡之后，把两间孤零零的房子遗留在山坡上。那里没有炊烟，也没有任何活物的迹象，连通向外界的一条小路也被草木封死。

我冲着那里只能长喊一声："呜呵——"

没有回答，只有越来越远退的回音。

"张舜志——"我第一次喊他的大名，还是没有听到回答。

我们走了。我听到山谷里几头牛被我们的叫声激发，此起彼伏地发出叫唤。那就是小三子的回答吗？小三子是不是已经变成了牛？……我曾经亲眼见过烧麻风，一种屡禁不止的本地民俗，一种据说是灭毒的有效方式。我同几个农民在夜幕下来到一个山谷，听见对面山上麻风村里有锣声，有人的叫喊。"快看，火！"有人推推我。于是我看见火星亮起来了，一点，两点，三四点……火汇聚成一大匹金浪，跳跃和飞舞，与天边暗紫色的晚霞交相辉映。我离得这么远也无端退了两步，似乎怕被热浪灼伤。不知为什么，我还听到一阵嚯嚯嚯的声音，好像是人的喘息，但我四处寻找也没发现喘息者，只能怀疑是自己出现幻觉。

叭——叭——我听到了枪响。

肯定是有人在麻风村补枪。应该说说的是，当老弱麻风患者强烈要求自焚时，旁人补枪不算谋害，通常被本地人看作一种帮助。

那天晚上，我肯定是中了邪。直到我回到家里睡下，我还听到莫名的喘息声一直跟随着我，嘀嘀嘀地压迫我的耳鼓。我找遍了附近的房间，也没有找到声源。我用被子蒙住头也不管用。

十

我被抓起来了，一路押往公社。当时不免有些慌乱，怕他们动不动就打人，我反复提醒他们记住革命纪律："你们不能虐待俘虏！"

我的严正立场使他们果然客气了一些。他们是乡下民兵，没有像样的枪，也没有像样的衣服，其中一位还挂着鼻涕浑身汗臭，让我有点莫名的失望。

我首先想到的问题是：谁出卖了我？不知道这一点，就不好准备口供，就不知该如何控制案情减少损失。我尤其担心孟海，他被捕已经一年多，假如他扛不住，把什么事都吐出来，那我和很多人就完了。

我心里虚虚的，但装出一副死相，企图博得审讯者的同情，其实是在暗中察言观色，紧张地分析和判断着形势。

场长有一种心满意足的表情。"我早就看出你是个现行，成天抱一本书看，还看外国书，还晓得写艺术字，思想也太复杂了吧？"

另一位主审官是公社政法委员，老谋深算得多，皮笑肉不笑的，只是要我自己坦白。我说一件，他点点头，要我再说。我又说一件，他点点头，又要我再说。他不时看看炭盆里炖着的一个瓦罐，闻闻那里冒出的肉香。直到我说出偷电线、不慎撕坏毛主席肖像、有一次把革命歌曲"万物生长靠太阳"猖狂篡改成"外婆出来晒太阳"……他仍然不动声色，只是往一罐肉里添加姜片和蒜花。

第二天，审讯没有继续，这位委员不见了，而且一连几天没看见人影。我估计他们正在广泛深入地调查取证，正在广州、桂林等地我所有的朋友那里翻阅口供，分析疑点，搜集证据，准备对我给予致命的最后一击。我的监房离公社电话室不太远。一听到电话铃响，我就觉得那电话与我大有关系。我注意到接电话的人都面色严峻并行走匆匆，相信他们在广州、桂林那边已大有斩获，套在我脖子上的绞索正越拉越紧。

大概七八天之后，委员终于回来了，指挥值班民兵从拖拉机上卸瓦，也要我这个囚犯去帮一把。我听见他对别人说，他这些天回家做屋，累死了。

我这才发现，他根本没有去调查取证，更没有一个兵强马壮的庞大专政机器在对付我。我当然松了口气，但再一次感到失望：我来干什么的？只是个来卸瓦的伙计？

我的案子久拖不决。政法委员的最后疑问是："老实交代，你曾经想去什么地方？"

"我……想去北京，看毛主席呵。"

"不对，你仔细想想。"

"我想招工回城。"

"你不要避重就轻。"

我做出苦苦回忆的样子，一件件试着说。我说曾经想去县城玩耍，想去西藏和云南旅游，想去某个海港看看军舰和潜艇……委员一直在摇头，到最后，他实在不能继续老谋深算下去了："你没想去苏联？没想叛国？"

387

我没听懂。

场长扇了我一耳光:"你没想去苏联?就是修正主义那里?"

我的半边脸立刻失去知觉,一手捂上去,手指触到了热烘烘的一堆。那是我的脸吗?怎么突然膨胀如球?怎么安装在我的肩上?

我其实被这一巴掌打得心花怒放,因为我立刻洞察了目标:看来事情是邢立引起的。只有她看过孟海的来信,也只有那封信上提到过苏联什么的。谢天谢地,这没有什么了不起。如果事情到此为止,那么有关广州的聚会,有关私藏之后又丢弃的手枪,有关胎死腹中的地下筹备建党……更可怕的那些炸弹都摘除了引线。但我必须掩盖自己眼下的喜悦,两手发抖和结结巴巴,拿出走投无路坐以待毙的样子,继续把审讯引向误区。

"有是有……这么回事……但我是想去解放苏联人民,让他们摆脱修正主义的黑暗统治呵。"

"不要狡辩!你只说,哪些人同你一起去?"

"人?没什么人。"

"骗得了谁?干这么大的事没有同伙?你以为是去上街赶集?"

"联系人倒是有,我不敢说……"

"那好,你明天就到公安局去说,尝尝无产阶级专政的滋味!"

"我说我说,他们是外国人……"

"外国人?果然是里通外国了,狗胆还不小哇!"

我再次结结巴巴目无定珠,深呼吸两三次,似乎经过激烈思想斗争,才真正认清了眼下的形势,终于痛下决心回头是岸。我说到一些人名,都是些很反革命的那种人名,第一是普希金,第二是托尔斯泰,第三是果戈理,接下来还有肖洛霍夫和柯切托夫……我还得加上不厌其详和颠三倒四的情节,看他们脑袋大不大,看他们眼睛花不花,看他们舌头转不转筋。我要用一个无比复杂的故事把这些乡下人彻底拖垮。

"普什么？你慢点说，那个人姓普吗？……"委员果然开始皱眉和冒汗了，一只手正在发抖，往笔记本艰难地下笔。

"就是普志高的普。你知道普志高吗？"

十一

男女交往时，双方都容易弱智。不过男人的弱智是没主意，女人的弱智是太有主意。邢立一口认定我对她"那个"了，还认定我的冷淡、躲避甚至恶语诽谤都不过是掩饰。我越是这样掩饰，越证明我已经情火如焚——她对这一点几乎洞若观火。

这种蛮不讲理真是让人生气。

我得承认，我对她并非心静如水，有时走在月夜的土路上，走在秋天稻草的气息里，我的裸臂与她的裸臂无意间相撞，心里便有咯噔一下的异样，以至于在往后很多日子里，我还会在心头掠过月夜里凉凉的这一撞。

但这说明不了什么，至少不能说明她魅力无穷。我没法忍受她洋洋得意的思想拷问，哪怕搬出刑讯的辣椒水和老虎凳，我也不能承认无中生有的一切：我给她倒水时目光颤抖了吗？我给她洗脸时血压上升了吗？我给她梳头时呼吸粗重了吗？全身都在放电吗？捋着她的一头长发在故意拖延时间吗？手指一次次摸向她的脖子和肩膀吗？目光偷偷向她领口里钻吗？似乎不经意掉了梳子然后手指借机碰触她身体的某个部位吗？……她不是我肚子里的蛔虫，怎么能知道我借口帮助病人，故意赖在她的房间里，一心向往着在她身边蹭来蹭去甚至把她抱到水桶边去洗澡？

"你的联想也太丰富了吧？"我冷冷一笑。

"别不老实！你不要以为我是瞎子。"

"说实话,你的自以为是,真是让我讨厌。"

"你脸红什么?"

"金哥是我朋友。朋友妻,不可欺。我怎么会重色轻友?"

"少来这一套。我再向你说一遍,你不要跟我提他。"

"好吧,就算你让我也心猿意马,也没什么了不起呵。举目无亲,穷乡僻壤,日子这样单调和苦闷,看见一头老母猪,也会当作大美人的。"

"你混蛋!"

"我压根就不想同你鬼混……"

"呸,你才鬼混!"

"好,就算是恋爱吧,就算我们海誓山盟了,你以为可以当真?说句实话吧,你同金哥、何满他们也就是鬼混,穷极无聊,找点刺激而已。"

"我再说一遍,不准你提……"

"好,我不说了。"

"没想到你这么世故!"她的脸色已经变白。

"世故的同义词就是成熟。"

"成熟的同义词是虚伪!"

"没错,我虚伪。这下对了吧?"

"你还愚蠢!"

这样拷问过几次以后,她没有太多收获,结果不是生气冲走就是洒几滴猫尿。我劝她不要哭,有一次她大概是哭累了,哭得没趣了,脸上掠过一丝苦笑。"女人不哭一哭,其实也没什么事好干。"

我最后约她赌棋,赌注是我的诚信:如果我输了,我所说的都不算数,一切都算她说得有理。我不过是用下棋取代争吵,而且相信这是毫无悬念的较量,就凭她那一手臭棋,我即使退掉一半车马炮，也足以杀她个片甲不留。但事情偏偏这么怪，这一天她紧咬嘴唇，目不转睛，全神贯注盯住棋盘，竟有超常态的发挥。不是笨中有谋，就是乱中有计，虽然走得毫无章法，但冷不防就杀气腾腾步步紧逼，似乎巨大的仇恨使她换了个人，脑子突然充满着深不可测的奇思妙想。女人是能创造奇迹的。我在满头大汗应付将军时想到了这一点。

我终于输了。但我执意悔棋，坚决毁约，装出健忘的样子。"你记错了吧？我怎么会打这种赌？"

她气得整个脸变了形，哗的一下抽来一把镰刀。

"砍呵，朝这里砍。"我笑一笑，朝她亮出自己脖子。

"臭流氓！"她脚一跺，一刀钉在桌面上。

我的被抓就发生在这件事以后。一个多月过去了，我的案子不了了之，虽说还在等待继续调查，但政法委员不甘心我天天白吃饭，责令我先回农场劳动，下一步再看着办。我回到工区的第一天，邢立就来找我，给我蒸了一碗肉，还带来两大瓶白糖，看来是想补偿什么。"对不起对不起，我当时太气了……"她看一看我的脸色，一进门就忙着打扫卫生，"谁想到事情闹得这么大？以为他们就是开个批斗会……你不要生气，我只是想不让你再欺侮我。"

"没什么，我得谢谢你。休息了个多月，身上都发福了。"

"真的没生气吧？"

"生哪门子气？我住在公社里都乐不思蜀。"

"这事会不会影响你的前途？听说又要招工了……"

"你放心，我再怎么倒霉，也比你的前途要好。凭我的劳动力，凭我这聪明脑袋，凭我家老爷子平反昭雪，我肯定要走在你前面。"

"那不一定。"

"除非你再去告。就算你把女叛徒的全套手段都使出来，罗织罪名，造谣中伤，也伤不了我半根毫毛。"

"那也是你自作自受！"

"我欠了你什么？"

"你还没欠我？你差点要了我的命，你没良心的！"

"你活该！"

她一耳光扇在我脸上，见我没回手，突然坐下去，捂住脸大哭，哭得长发垂落下来随着哭声一吊一吊。不知道她是什么时候走的，只记得她最后一句话是："你等着，你等着……你要死在我手里的！"我再也没有见过她。工友们也不知她去了哪里，说她没同任何人打招呼，看来也没带走任何东西，变戏法一样，说没就没了。该不会投河自绝吧？我还记得她临走前夕的那个夜晚，她房里熄了灯，但一直没关门，因为我一直熟悉她的关门声：一张变了形的木门，被门框挤得嘎一声，然后是长长一声吱——如果在晚上，这关门声就更为响亮。等到伙房里的劈柴声没有了，老场长奋力咳痰的声音没有了，狗吠声或蛙鸣声渐渐平息，一般来说，那间房就会传来大家耳熟的嘎吱——

但那一夜一直没有这样的声音，使夜晚没法真正降临，一个日子没法真正结束。我注意到隐隐哭声还在传来，注意到她在我桌子上留下一个饭盆，大概想给我留一个去她房间的借口。我如果不敢去劝她，至少得去送还饭盆，省得她明天一早就抓瞎。

这个饭盆该不该还？

我心里怦怦跳。

我发现夜里原来有这么多声音。有虫鸣，有风声，有一条鱼哗啦跳出水面，有山林间几乎无声的叶落，有远处几个捉蛤蟆者不时的窃窃私语，听不太清楚。我还听到隔壁房间里一位工友的磨牙，像一种恨恨的咬牙切齿。

终于，快到鸡叫的时分，嘎吱——关门声传来了，让我听得清清楚楚。

十二

孟海出狱的时候，我已经回城好几年，虽然工资不算高，但也存了几个小钱。我立即约朋友给孟海摆酒接风，也算是答谢他的义气——要不是他在局子里一直守口如瓶，我们都一定搭进去了。

他没有白读俄国革命诗歌，真是条汉子。他为此付出了代价——腰被打得严重内伤，至今还要经常敷草药。他的一条腿也坏了，是几年前为了争取保外就医，自己给自己的小腿静脉偷偷打煤油针打坏的。很多犯人都这么干过。

他走路一拐一拐，更是一肩高一肩低了。我想起他以前走路差不多就是这样子，是不是那时候就已经命数昭然？就已经注定有煤油针在前面等着他？他的脸上也有了伤疤。当年希望他脸上有伤疤的那位姑娘，现在是否满意了？是否还会来献上爱心？应该说，他精神还很好，哈哈朗笑，说坐牢也是上大学嘛，他这几年算是从铁窗大学生存系毕业，不光学会了打煤油针以骗取疾病证明，还学会了用一根蜡烛和一个罐头盒烧出三菜一汤，学会了用麻绳和木头来钻木取火。你们都不会吧？

他说他还给难友们上过数学课——可惜一位最得意的弟子后来被枪毙了，那人上刑场的前夕，没有剃刀，就用一块碎瓷片刮脸，刮出脸上一道道血痕，但胡须还没刮干净，自己摸来摸去十分遗憾。其实那人也是冤死，在"文革"武斗中忘了自己的枪借给谁，结果几桩破不了的枪杀案，就挂在他的名下。

孟海说，幸好后来公安局里的造反派重新上台，把这个冤案平反了，而且大抓司法系统的改革开放，把孟海这样的造反派都放了。

我对这一结论疑疑惑惑：造反派与改革开放有什么关系？

他未婚妻打断他的话："放了是放了，八年牢也坐了，人家在外面的该玩就玩，该吃就吃，什么也没耽误，你以为还占了什么便宜？"

孟海肯定注意到我们的难堪，沉下脸，"你这是什么话？"

"什么话？就是这话，当说的还是要说。这些年你充好汉，什么事一个人揽了。你那些亲密战友呢？到哪里去了？也去担点责任没有？送了两碗牢饭没有？"

孟海大喝："你晓得什么！"

"我是不晓得，但我不会去犯法。"

"你看你那样子，一条花短裤也敢上席，简直有辱斯文，一点教养都没有！"

对方红了脸，"天气热呵。"

"你还说！"

"我偏要说！嘴是我自己的，你管得着吗？"

孟海猛拍桌子，"滚——"

女人眼一红，跑进另一间房，抽泣不已，摔东打西，弄得我们都六神无主。我劝孟海："何必呢？她等你这些年，也实在不容易。事情只怪我们，让你一个人顶着。她有些想法也在情理之中。"

另一朋友也劝："是呵是呵，天气热，穿短裤有什么要紧？现在街上的超短裙比短裤还短，你不能太封建。"

孟海气呼呼地抽烟，手哆哆嗦嗦，粗声说："吃吧吃吧，别管她。"

孟海的女人原是他一邻居，一个木匠的女儿，没读多少书。

她以前就对我们没有多少好脸色，今天还算是高兴的，没去邻居那里打牌，还破例给我们上了茶。她说的那些气话，其实也没大错。她虽然穿着花短裤，但确实比我们义气得多，一等六七年，完全有权利在这里指东骂西算老账。

孟海后来与她结婚，但没有维持多长时间又离婚。她说孟海没用，还靠她来养活。她丢下一个刚出生不久的儿子，跟着一个什么布贩子跑了。我怕孟海难过，上门去安慰他。孟海说没什么，没什么，她一家人在"文革"那几年都是保守派，同他本就没有共同思想基础。

我对这个结论同样疑疑惑惑：保守派？什么意思？

孟海没有找到正式工作，就摆了个豆腐摊，几个月下来总是亏损。他要带养儿子，还要参加各种业余政治活动，没法管好自己的豆腐。熟悉他的人都知道，他对朋友特别热情，重返社会以后仍然是公共的老大哥。谁要修房子，谁要办丧事，谁要写状纸，谁大逆不道辱骂顶撞了父母，他都会很快出现在现场，忙得非常认真，忙得满头大汗和喉干舌燥，以至于他的一辆自行车和一串串钥匙，不幸在忙乱中丢失。

我经常去买他的豆腐，但没法使全体人民都成为他的铁杆顾客，而且买来豆腐通常不是太粗就是发酸，没法吃，只能倒进厕所。我老婆为此经常生气。更可气的是，孟兄常来我家串门，屁股沉得很，一坐就到大半夜，尤其是有政治新闻的时候，还常常带来一些我认识或不认识的人，共同关心着国家大事。他那小崽子则关心我家的每一个抽屉，进门不到十分钟，抽屉里所有的东西都会被他翻出来，遭到他粗暴的折磨。刚捡走他打烂的碗，他又撕了一本书。我老婆只好跟着他转，平定家里一次次动乱。

孟海说，改革开放没什么新鲜的，我们早就是这么干了。反官倒，不就是铲除特权阶层吗？要民主，不就是号召人民造反吗？

他说最近形势越来越好，化工局发展知识分子入党，一下子发展了三个造反派。化工局因此有希望，只有林业局和团省委还不行。他甚至把他的豆腐摊也看成了"文革"斗争的继续，说工商局要吊销他的执照，其中有一个人他认识，就是原来保守派的头头。那人的背景是某某副省长，是反对给右派平反和反对农村联产承包制的那一伙，是反对胡耀邦和邓小平的那一伙。他们哪是要吊销执照？分明是反攻倒算顽固阻挡历史潮流！

我觉得他这些看法很奇怪，担心他要是再一次丢了钥匙，也会将其看作政治事件，看作两条路线斗争的新动向，说不定还由此查出一大串可耻的这个派或那个派，一直查到国务院甚至联合国去。

没有什么政治新闻的时候，我们就只好回忆点往事。我没想到他的记忆力惊人：××年×月×日他在红旗电影院地下室会见过清华大学红卫兵头头蒯大富，在场的还有××，××，×××。××年×月×日，他目睹了群众占领军区抢走枪支的全过程。××年×月×日下午三时左右，他参加了有周总理联络员在场的停战协议签字，签字的还有×××，××，×××，×××……他差不多总是说"文革"的事，也只能说"文革"的事，而且有关时间必精确到天，精确到时甚至分钟。我问他如何有这等了得的记忆力。他说这是在牢里练出来的。他在牢里不是经常需要写交代材料吗？警察问出的每个问题，他都至少回答和交代过一百多遍，写材料的用纸至少也有几十公斤。有了这样一段经历，什么样的往事不能在他嘴里倒背如流？

他说累了就咳嗽，面如纸白，手不由自主地哆嗦，像要发热病。他的咳嗽总是一朵朵开放在一九七二年（他被捕入狱的那一年）前的日子里。

十三

我想让他散散心,拉他去听歌。他在歌厅里坐立不安,扫一眼红男绿女,最后骂了一句"颓风败俗",就一跛一跛地坚决要求回家。

我只好约他去旅游,让他那没娘的儿子也高兴一回。我特地请了假,把女儿骗到她娘那里去——我的钱不够带她。我兴冲冲到了孟海家,没料到他脸色发白,说不想去了。他的儿子看来刚挨过打,坐在地上大哭大闹,脚一蹬,一只鞋子滑出老远。

我问为什么。

孟海闷闷地说,今天早上把钱丢了,大概是买菜时丢的。

我给小崽子擦鼻涕,洗脸,穿衣服,掏一包鱿鱼干哄着他去看小人书。"你怎么老是丢东西呢?仔细想想,会不会忘在家里的什么地方了?有多少钱?"

"我什么地方都找过了。"

"菜场里不会有什么小偷吧?"

孟海冷笑一声:"丢了就是丢了,我没丢还会说丢?"

"不一定。你找一找再说嘛。"

"你放心,没有钱不去就是了,我不会找你借钱。"

我发现有点不对味,这才记起来刚才他的一声冷笑。"不不,我不是这个意思。我不是说你要怎么……我带了足够的钱,完全可以借给你,完全……"我有点说不清。

"我再穷也不会借钱去玩。"

"我不是这个意思。"

"你的意思别人看不出,我还看不出?"

"借钱也没什么问题呵。我们之间还言借?"

"是没问题。我以前借钱给你从来不当回事。"

我有点吃惊，记不起他借钱给我的事，不得不问一句："什么时候？你是说……"

他更加生气："只说在县招待所那次。二十还是三十？"

我完全没有印象了。只记得那次他拿走了我的一些粮票，还穿走了一双皮鞋，是翻毛的工作皮鞋那种。但我没敢把这些说出来。

我的沉默大概有点不认账的嫌疑，使他必须认真到底。"忘记了？那次你还穿走我一双皮鞋，也忘记了？"

皮鞋成了他的？那次明明是我住在招待所绘图，他来了，喝了点酒，睡在我床上。第二天他要走，发现湿透了的鞋子还没干，就穿走了我的皮鞋……这事绝对不会错的，怎么可能错？

"海哥，对不起，皮鞋的事你不说，我都差点忘了。既然要说，恐怕就得说清楚，你仔细想想，是不是你刚好记反了？是不是你当时穿走了……"

"你怎么能这样？怎么能这样呢？"他怒气冲冲，跛着脚在房里走来走去，脸上的伤疤涨得又红又亮。

"如果真是你的，我完全可以还，也应该还。"

"无聊，无聊！不说了！"他气呼呼地去看报。小崽子发现家里气氛不对，跑过去，把我刚才洗净的脑袋埋进父亲怀抱，不时又探出头，投来同仇敌忾的目光，朝我喷出稀稀的涎水星子。"打你！打你！"

"孟海。"

他头也不回。

"孟海，说这些是很无聊，不说了吧。但我今天确实没有怀疑你要揩油。我是真心想让你们高兴，玩个痛快。你看我买了多少东西。你看看，橘子、苹果、烧鸡、酒、钓鱼竿，还有你胖佗最喜欢吃的鱿鱼干。我知道你腿不好,我准备背你的儿子,所以没让我的女儿来添乱。她在家里还哭得一塌糊涂哩……"

他冷冷地说:"多谢了。要我如何报答你?"

小崽子则对我更加愤怒地高喊:"打!"

我突然发现自己实在太傻。我可怜巴巴地想打动谁呢?他对往事的记忆可以精确到年月日乃至时刻,是不会相信自己记错的。我即使买来一个食品公司又能改变他的记忆吗?我今天结结巴巴语无伦次,是打算说服这位老同学核查和确认我的一份份情义吗?

我抽了一支烟,终于平静下来。"对不起,很对不起。我慢慢想起来了,海哥,是我记错了,是我穿了你的皮鞋,是我借过你的钱,在乡下那次是三十。还有一次买车票,好像是十五吧?……"

孟海瞟我一眼。

"我有时确实打小算盘,以为你忘了,也就装装蒜。还有那次在你舅妈家,我还拿了你一条烟,你也毫无印象,是不是?"

"我是经常忘事。"

我掏出钱来,数数,放在桌上。"我今天还清。今天不还,说不定我哪天没钱了,又会耍赖的。"

"你要同我公事公办?"

"是的是的,是我要还的。"

"要了清就了清吧,我收了。"他嚓嚓两下把钞票撕碎,朝我劈面摔过来,勃然大怒使他的眼睛有点斜视,还有点散光。"你不就是读了个大学?不就是写了两篇屁小说吗?有什么了不起?没想到你这等下作!"

碎片纷纷飘落。我像个偷偷摸摸来行贿的小人,惨遭失败,无地自容,一句话也说不出来。

我晕晕地不知该去哪里,走进一家小铺子买了瓶酒,胡乱灌进肠胃，灌得自己天旋地转。天啦，我怎么也说不清了，跳进黄河也洗不清了。二十多年的交情就在这碗酒里了，要喝完了。我发现自己流出了眼泪，怀疑自己确实欠了孟海很多。我盯着桌上的苍蝇决心相信皮鞋确实是他的。我盯着桌上的苍蝇决心相信他从没有拿走我的粮票。我盯着桌上的苍蝇努力相信自己还欠过他的钱、车票以及更多的一切。我盯着桌上的苍蝇努力相信我不曾为他担心为他奔波为他拔刀相助并且义买他的馊豆腐。我一定要相信我今天兴冲冲找他是彻头彻尾的虚情假意是圈套是下流——我必须相信。我看见苍蝇优雅地飞绕一圈然后飞向了白晃晃的窗外。

我东倒西偏地骑着自行车回家。一辆辆汽车在我面前忸怩作态或东藏西躲，一位妇女在我面前突然激动地手舞足蹈，一个烟贩子的烟卷突然在我面前腾空而起，红红绿绿地迸散天空，像节日的礼花停驻空中。最后，一根水泥电线杆不怀好意地游动着和摇晃着，迅速壮大而来——

我向电线杆扑吻过去。

十四

医院化验室在三楼，只有一个小小窗口，碉堡枪眼那么大。窗口内外的双方一般只能看见对方的手。大概化验师们厌恶排泄物，延及排泄物的提供者，拒绝与病人堂皇见面。

我把化验单与一只塑料样杯递进窗口，见一只手把它们接过去了，但久久没有动静。

我压低脑袋往窗口里看，一只白口罩上面，一双眼睛有长长的睫毛。"你的胃病还没有好？"白口罩说。

"不不，我是新来的。"

口罩摘下来,原来是——我大吃一惊。

我没料到邢立会在这里冒出来,更没料到自己会这样狼狈地与她重逢。多少年以后的今天,我肠胃炎发作,虚汗淋淋,腹痛难当,肯定还面色惨白双目无神。我急匆匆来医院急诊,可怜巴巴呈上一个脏兮兮的样杯,就是要让她从显微镜里考察我的病菌、虫卵以及一切腐臭之物?考察我几年来大小便一样的别后生涯?

我匆匆逃走,庆幸窗口小得恰到好处。但她不容我逃走,很快追来诊室,给我一纸化验结果,拉着我去见另外一个医生,据说是更有经验的老医生。她在老头面前低声说了些什么,在谈到我的病史和病状时,好像成了我的代言人,几乎不用我开口,就知根知底地揭发我好酒、好烟、嗜辣、贪咸、不洗手、不吃早饭一类坏习惯。老头教训我的时候,她望了我一眼,嘴角有一丝得意的暗笑。

她当然可以得意了。看见我送上门来丢人现眼,毫无反抗能力地任她宰割,她心里不知该有多开心。说不定要心花怒放地哼出小调和走出舞步吧?她熟门熟道地去划价,缴费,取药,安排打针和输液,指挥我坐在这里,指挥我站到那里,指挥我搂起上衣或退掉裤子,暴露我窝窝囊囊充满汗臭的一切。在帮助护士给我扎针的时候,她抓住大好时机扮演了一个两肋插刀无微不至的拯救者。不,我不承认这种演出,不接受这种角色安排,更无法容忍她心花怒放的权利——但我实在挺不住。强忍腹痛去注射室的时候,我气喘吁吁,由她从旁尽力搀着,整个身子几乎是挂在她身上。我闻到了她的发香,感觉到她手的冰凉,还有白大褂里瘦削身体透出的惊人力量。

窗外是哗哗大雨,还有无声的闪电。玻璃窗上不断下泄水帘,使窗外的高楼和树丛变得模糊不清。

"今天谢谢你了。"

"不用谢。"

"你回去吧。不都换班了?"

她看了看输液瓶,低头剥着自己的指甲,"再等等。只有半瓶了。"

"欢迎你以后到我家里来玩。"

"有空会来的。"

"你还没有问我住在哪里,也没问我的电话号码。"我看了她一眼。

她想了想,淡淡一笑,"你觉得真有这个必要?"

我有点狼狈:"也对,我有点多事。"

停了停,她说:"你戒烟吧。"

"我会努力。"

"酒要少喝。"

"我会注意。"

"早餐一定要吃。"

"我知道。"

"饭前一定要洗手。"

"……"

> 南方的甘蔗林啊,南方的甘蔗林!
> 你为什么这样香甜,又为什么那样严峻?
> 北方的青纱帐啊,北方的青纱帐!
> 你为什么那样遥远,又为什么这样亲近?
> ……

不知道她此刻是否想起了这首诗。窗外的雨声更汹涌了。在空荡荡的输液室里,我感觉到她的一只手伸过来,抓住了我的手

——只是我对这一记忆没法完全确定。

十五

你好。

你好。

现在,她已经横过了马路,来到了我的面前。

又是好几年过去了,她已有了中年人的暗淡,虽然形体线条还没完全解散,但类似旧货和古籍的某种气息,正从肌肤里透出来,淹没了她往日的鲜明。

她旁边还有一个高高瘦瘦的男人,我差点没注意到。她说这是她的儿子,让我几乎吓了一跳。据说她后来在云南生过一个孩子,想必就是他了,想必就是这生猛的胡须、喉结以及宽宽的肩膀了。

他一只脚尖在地上旋转,冲着母亲娇娇地嘟哝,说要去买拳击手套。苏志达有点讨好地说,好好好,我支持你买,我带你去!苏志达扶着他的肩要走,他却把肩膀从继父怀里滑了出来,快步朝前走去。

我们等着他们,必须说说话。不知为什么,我们好像没有久别之感,不过是在院子里遇到邻居,在走道里遇到同事,如此而已。"今天像要下雨,你看这闷的。"我说。她看看天,接着说:"老天是不是睡着了?整整一个月没下雨了。"我说:"是有点怪。昨天降了点温度,但雨没落下来。也就是玩点形式主义。"她笑着说:"你没看天气云图?台风还没上岸就不走了,好像是迷路了,不玩了。"

我们的说笑为什么不能这样轻松?几十年已经过去了,生活的谜底一个个解开,所有的底牌都已经见光,彼此间的好奇变成彼此间的会意，很多话不必再说，激动更显得多余。即使是往日的恩恩怨怨，也可以进入今天的笑谑，让我们笑得有点没肝没肺。我捶了她一拳，"你那时简直是乱党乱国呵，有一次只是扔我一石头，就让我激动了好几天，还以为是接到绣球了。"

她哈哈大笑，"那一天正是我生日。你不知道吗？你要是回赠我点什么，我脚一跺，还不就私订终身了？"

"可惜，当时不善于体会领导意图嘛。"

"后悔了吧？"她捂住嘴，"时光一去不复返呵。你要是早下毒手，我后来也不会孤苦伶仃跑什么云南。"

"谁信呢？你眼角里从来都没我。什么石头不石头，刚才我随口一说，你还真事似的。"

"你看你看，你这人就是赖，辜负了本大姐当年一片芳心，还不当回事。好险呐，我当年要是真跟了你，还不知道要倒多少霉。"

直到苏志达父子回来，我们还在开心地斗嘴，计较着她当年送给我的一件汗衫，到底是优质品还是劣质处理品。儿子戴上了拳击手套，兴奋地手舞足蹈在母亲背上试拳，打得母亲皱着眉头，连连躲避。她耳边一根白发十分触目地晃荡，让我有瞬间的无语。

他们请我去他们家玩玩。我去了，吃西瓜，喝茶水，听音乐，看他们儿女的两大册照片。那里显得有点乱，桌上有散乱扑克没有收拾，杯子里还积着酱色的剩茶，一大堆衣服胡乱地扔在床上，一只长毛大狗窜来窜去。苏志达系着围兜要下厨，被邢晓兰拦住——这是邢立的新名字，也许标志着她新的生活。

苏胖子笑着说："你不会招待我们又吃饼干吧？"

邢晓兰撇撇嘴，"那可不一定。"

我与苏志达在客厅里说古道今，听他老婆一直在厨房里忙碌，一会儿是抽油烟机嘀嘀响着，一会儿是自来水哗哗响着，一会儿是煎锅噼里啪啦地冒出鱼香——她一扎进厨房就没再露面，但忙了好半天也没个眉目，让我们饿得慌。

苏胖子说，你以后要多来玩。

我说，一定来。

你记住这个地方了吧？

记住了，记住了。

其实我心里暗想，我不会再来了。

因为我不愿意再遭遇谜团。我家中抽屉里确有一块石头，如天然的一方水墨山水。但这块黑石头难道不是女儿从外面捡来的？怎么与邢立的生日有了关系？她是否真送过我一块石头？而这块石头是否在我的遗忘中消失？

除了黑石头，家里至少还有下列谜团需要破解：

汽车票——一张发黄的旧车票，夹在日记本里。票面上没有起点和终点的记录，只有票价十二元六角。是谁坐了这趟车？为什么车票会留在我这里？

奇怪数字——我的一本日记封面上赫然记录下一个数字：八二二二八。像是电话号码，也像是日期。如果是日期，那是一个什么日子？有什么特别的意义？

卷曲癖——我老是手闲不住，随手抓到一片树叶或纸条，就不由自主地把它卷成棍棍，有时候连钞票都被我卷破了，卷丢了。这种恶习来源不明。

月光恐惧——我不喜欢月光，甚至害怕月光，特别是在秋天，一见到月光我就会哆嗦和冒冷汗。这种生理反应无人可解。

幻听——我常常在晚上产生蛙鸣的幻听，听到屋后或窗台上有青蛙的叫声。这种幻觉在我迁居海南岛以后才稍有所减弱。

以上等等，像一些证据在法庭上出示多年但无人指认，眼看就要废弃。但是，如果邢立能够指认其中一块石头，那么是不是还有更多的人,将来也能出面指认其他?然后让我的生活里重新充满惊讶?

　　我最近读到一本犹太作家写的书。书中写到他一位朋友也有月光恐惧症,因为那位朋友曾经在月夜里逃走,从尸体堆里爬出,爬过他妻子的尸体、他女儿的尸体、他父亲的尸体,还有一条条没主的腿或胳膊。他从此以后一见到月光就呕吐,就情不自禁地要往地上爬。这与我的症状多少有些相似。

一九九三年六月

○ 最初发表于一九九三年《小说界》杂志,后收入小说集《北门口预言》,已译成日文。

图书在版编目（CIP）数据

爸爸爸 / 韩少功著. -- 上海：上海文艺出版社，2025. --（韩少功作品系列）. -- ISBN 978-7-5321-8378-4

Ⅰ. I247.7

中国国家版本馆CIP数据核字第2025ZE2954号

责任编辑：丁元昌　江　晔
装帧设计：付诗意

书　　名：爸爸爸
作　　者：韩少功
出　　版：上海世纪出版集团　上海文艺出版社
地　　址：上海市闵行区号景路159弄A座2楼　201101
发　　行：上海文艺出版社发行中心
　　　　　上海市闵行区号景路159弄A座2楼206室　201101　www.ewen.co
印　　刷：浙江中恒世纪印务有限公司
开　　本：1240×890　1/32
印　　张：12.875
插　　页：5
字　　数：311,000
印　　次：2025年5月第1版　2025年5月第1次印刷
Ｉ Ｓ Ｂ Ｎ：978-7-5321-8378-4/I.6613
定　　价：78.00元
告　读　者：如发现本书有质量问题请与印刷厂质量科联系　T: 021-59404766